Skuggor vid aftonlampan

SKUGGOR VID AFTONLAMPAN

Trettio nattstycken

ALEPH
Bokförlag

www.alephbok.com
Klassisk och nyskriven fantastik

Omslaget tecknat och formgivet av Nicolas Krizan.

© 2016 Aleph Bokförlag. Inlagan formgiven av Rickard Berghorn.
Första upplagan, tredje tryckningen. Framställd av Ingram
Content Group LLC i La Vergne, TN, USA 2019.

ISBN 978-91-87619-21-2

– *Innehåll* –

Samling kring aftonlampan

Skräck är en klumpig benämning på en genre som innehåller så skilda saker som spökhistorier och allmänt övernaturliga historier, rysare utan tillstymmelse till övernaturligheter och filmer av typen splatter/slasher/gore. Ordet "skräck" är storvulet och melodramatiskt och passar bra till blodsorgierna på film i den sista kategorin, men hur mycket *skräck* är en vanlig spökhistoria av Selma Lagerlöf eller en rysare av Roald Dahl? De läses snarare för att de är kusligt stämningsfulla, oroande och spännande, inte för att läsaren förväntar sig att bli skrämd halvt till döds. Överhuvudtaget läser vi och ser på skräck för att känna att vi lever, att vi har ett bättre och tryggare liv än stackarna som hemsöks av vansinne, demoner och psykopater med motorsåg. En skräckberättelse får aldrig bli för verklig; men den får gärna ligga retande nära verkligheten.

Det är ganska tydligt att det som kallas skräcklitteratur oftast bara handlar om saker som är skräckinjagande, snarare än att aktivt försöka injaga skräck i läsaren. Just det är en av de stora – men förstås inte definitiva – skillnaderna mellan skräck i bok och på film: Skräcklitteratur *handlar om* skräck, medan skräckfilm försöker *injaga* skräck hos tittaren.

Trots allt är text och bild helt skilda former. När Baudelaire i den klassiska dikten beskriver ett ruttnande kadaver upplever vi det med en rysning och kittling som öppnar märkliga, dammiga rum i vårt undermedvetna, medan samma kadaver på foto eller i film får oss att vända bort blicken i avsky. Baudelaires dikt kan ge den känsliga läsaren en dålig smak i munnen men inte mer; kadavret på bild får den känsliga tittaren att kasta bort fotot och kräkas. Detsamma gäller skräcklitteratur visavi skräckfilm.

Låt det vara sagt att det är fåfängt att försöka skriva en skräckhistoria som *injagar* skräck hos läsaren; mycket få författare lyckas med det. Däremot finns det gott om skickliga skräckförfattare som lyckas skapa en kompakt atmosfär av kuslighet, undergång och hot, och som slår allt i den vägen som kan ses på film. Den skickliga skräckförfattaren lägger därefter sin omsorg på att ge kittlande och mörkt fantasieggande skildringar av det som skrämmande är, när berättelsen väl nått klimax. De rena chockeffekterna, som alltid är ytliga och tar bort fokus från djup och nyanser, sparas till filmatiseringarna.

I brist på riktigt bra genrenamn kallas allt i denna antologi för skräck. Här finns spöken, övernaturligheter, helt realistiskt förankrade rysare, blodsorgier och vansinnesskildringar om vartannat. Du blir antagligen inte skrämd från vettet, men du får en riktigt god, spännande och kusligt stämningfull läsning vid midnatt eller i höstens döende mörker.

Det är inte fy skam. I synnerhet inte när du också får läsa några av världslitteraturens främsta författare på dessa sidor.

* * *

Det har varit ett fascinerande jättearbete att välja ut, modernisera och korrigera texterna hos dessa trettio skräcknoveller, som publicerades i svenskspråkiga tidningar, tidskrifter och böcker under 1800-talet fram till 1922, och därefter har legat glömda i arkiven och biblioteken. Detta är långt ifrån alla guldkorn som Jan Reimer grävt fram (mer om honom strax), men det är de bästa och mest tidlösa av novellerna. Och inte minst viktigt: de har nästan aldrig utgivits på nytt i svensk språkdräkt sedan dess.

Genrehistoriker har tagit för givet att Sverige ända till modern tid har varit ett "skräckfattigt" land.[1] Men det står alltmer klart att det verkligen fanns en vital skräckutgivning på svenska redan för hundra år sedan och tidigare, samt att den skräcklitteratur som trycktes var av hög kvalitet. Ann Radcliffe, M.G. Lewis, E.T.A. Hoffmann och Edgar Allan Poe publicerades flitigt. Joseph Sheridan Le Fanu översattes med romaner och noveller, likaså Gustav Meyrink, H.H. Ewers och Bram Stoker. William Hope Hodgson översattes till svenska redan 1904 med hans första novell *The Goddess of Death* (1904) och fler följde samma årtionde. Ambrose Bierce publicerades med noveller 1907, 1909 och 1912 om inte tidigare. Också smärre klassiker inom genren som E. & H. Heron, Erckmann-Chatrian och W.W. Jacobs presenterades för en svenskspråkig publik.[2]

Var det då bara utländsk skräck som utgavs på svenska? Knappast så heller. Nästa bok som Aleph Bokförlag utger är del 2 i serien Svenska Sällsamheter, där jag på egen hand fortsätter att gräva fram ofta helt för-

---

1 Läs t.ex. Annika Johanssons artikel *Skräcken i folkhemmet* i Alephs faktaantologi *I nattens korridorer* (2004).

2 Se KB:s databaser Regina och Libris och *Kring Aftonlampans* hemsida <www. kringaftonlampan.se>.

bisedda guldkorn inom genren av *svenskspråkiga* författare, och dessa guldkorn har visat sig vara betydligt fler än jag någonsin hade räknat med. Skräcklitteratur översattes ofta till svenska, och svenska författare skrev det gärna – problemet här är snarare den kollektiva och selektiva glömskan, skapad av det som små kotterier av litteraturhistoriker och kritiker har ansett vara värt att komma ihåg och uppmärksamma från svunna tider. Det som är skräcklitteratur har ofta inte heller beskrivits som skräcklitteratur, för att nu ta fallet med Axel Wallengrens "seriösa" noveller som exempel. Han skrev verkligen inte bara den sortens tokroliga stycken under pseudonymen Falstaff Fakir, som han fått klassikerstämpel för.

Denna insikt ger ingen anledning att överdriva åt andra hållet. Skräckgenren blev aldrig riktigt stor på svenska förrän i modern tid (efter millennieskiftet) och genren skaffade sig inte heller någon "fanbase", medan science fiction och fantasyn fick denna fanrörelse redan på 50- respektive 70-talen.[1] Detta trots att Torsten Jungstedts och Olof Thunbergs radioprogram *Mannen i svart* och *Klubb Varulven* var mäkta populära och alstrade två klassiska skräckantologier: *Mannen i svart* (1955) och *Stora skräckboken* (1959). Det publicerades ej heller några svenska författare som regelbundet skrev inom genren eller identifierades som skräck- eller spökhistorieförfattare, utom på sin höjd Aurora Ljungstedt, Selma Lagerlöf och Sven Christer Swahn.

Poängen här är att Sverige inte på långt när var lika skräckfattigt som myten säger, och att svenska författare skrev inom genren betydligt oftare än vad som gjorts gällande. Det är en relevant modifiering, och nyanser är viktiga – också inom litteraturforskning.

*   *   *

Denna antologi bygger på det lika fantastiska som gigantiska arkivarbete som genreforskaren Jan Reimer har gjort. Sedan 1997 utger han fanzinet *Kring Aftonlampan* med vanligtvis fyra nummer per år, där han återger skräck, rysare och allmänt bisarra noveller som han letat fram ur äldre tidskrifter, tidningar och böcker. De trettio novellerna här, våra respektive favoriter, är bara en liten del av allt han publicerat.

Jan Reimer är den första jag känner till som har uppmärksammat att Axel Wallengren faktiskt skrev skräck. En annan av Reimers upptäckter

---

1 Dénis Lindbohm (som senare själv blev känd som sf-författare) startade den första sf-föreningen 1949, Strate-Organisation, men rörelsen kom igång på allvar under 50-talet. Tolkien-föreningen Forodrim startade 1972.

är tysken Gustav Nicolai. Hans noveller i denna bok är bland det mörkaste jag läst av en 1800-talsförfattare; de är så kompromisslöst cyniska och illusionslösa att mindre härdade läsare riskerar att uppfatta dem som direkt deprimerande. Nicolai står i dialog med den gotiska och skräckromantiska litteraturen som var populär på hans tid, men han behandlar stoffet på ett sätt som bäst kan beskrivas som antiromantiskt – han visar hur skitigt, brutalt och krasst livet är, och att det är där den verkliga skräcken finns. Gustav Nicolai är inte helt bortglömd som kompositör och författare av reseberättelser samt humoristiska romaner, men i den klassiska skräcklitteraturen är han hittills en vit fläck.

Alla författare presenteras mot slutet av denna antologi. Där nämns också deras respektive översättare i den mån de är kända; det var inte kutym att ange översättarnas namn vid denna tid och de är således okända utom i några få undantagsfall.

Kring Aftonlampan har en mycket begränsad läsekrets och skickas i allmänhet ut gratis till vänner och bekanta. Intresserade läsare kan dock bli prenumeranter genom att sätta in en valfri summa som stöd till utgivningen på konto 524248 074-6 (Sparbanken Skåne, clearingnummer 8313-9). Tidskriften har en hemsida på <www.kringaftonlampan.se> – under konstruktion när detta skrivs, bör nämnas. Och Jan Reimer nås på epost <info@kringaftonlampan.se>.

– Rickard Berghorn

Joseph Sheridan Le Fanu

Madam Crowls ande

Jag är en gammal gumma nu, men jag var bara tretton år den natten jag kom till Applewale House. Faster min var hushållerska där, och ett slags enspänd vagn väntade vid Lexhoe för att ta mig och min kista ned till Applewale. Jag var mycket uppskrämd då jag kom till Lexhoe, och då jag såg vagnen och hästen önskade jag mig tillbaka till min mamma i Hazelden. Jag grät då jag steg in i diligensen; och gamle John Mulbery som körde och var en beskedlig karl, han köpte en handfull äpplen åt mig vid det "Gyldene Lejonet" för att muntra mig litet, och han sade mig att korintkaka, te och revbensspjäll stod i ordning för mig i fasters rum i det stora huset. Det var en vacker, månljus natt, och jag åt mina äpplen och tittade ut genom vagnsfönstren.

Det är skamligt av gentlemän att skrämma ett stackars enfaldigt barn som jag då var, fastän jag tror att de bara gör det på skämt. Två herrar satt bredvid mig i vagnen, och då natten inbröt och månen gått upp började de fråga mig vart jag skulle fara. Jag sade dem att det var till Applewale House nära Lexhoe, för att passa upp fru Arabella Crowl.

"Aha", sade den ene av dem. "Då stannar ni inte länge där."

Och jag betraktade honom liksom ville fråga: Varför inte?

"Emedan", säger han, "men för guds skull nämn det inte för någon — hon är besatt av hin håle och till hälften ett spöke. Har ni bibel med er?"

"Ja, sir", säger jag. Ty min mamma lade min lilla bibel i kistan och jag visste att den fanns där; och jag har den ännu, fastän stilen är för fin för mina ögon numera.

Då jag såg upp mot honom och sade "Ja, sir" tyckte jag att han vinkade till sin vän, men jag var inte säker därom.

"Gott", säger han. "Kom då ihåg att ni lägger den under er huvudkudde varenda natt, så håller den er fri från den gamla fulingens klor."

Och ni kan inte tro så rädd jag blev, då han sade detta! Och jag kände så stor lust att fråga honom åtskilligt om den gamla ladyn, men var för blyg för att göra det. Och han och hans vän började tala med varandra om sina egna angelägenheter, och som sagt var jag mycket rädd då jag kom fram till Lexhoe. Jag riktigt darrade då jag for in i den mörka allén.

Träden stod så täta, nästan lika gamla som huset, och några av dem är så stora att inte ens fyra personer tillsammans skulle kunna nå runt dem med armarna utsräckta.

Jag lutade mig ut genom fönstret för att få syn på det gamla huset, och rätt som det var stannade vi mitt framför det.

Ett stort vitt och svart hus är det, med stora mörka bjälkar och utskjutande gavlar, vilka tycktes vita som ett pappersark i månskenet och mot skuggorna från träden, varav några stod tätt intill huset; och alla de små rutorna i salsfönstren glimmade, och de stora gammaldags fönsterluckorna hängde på ytterväggen och var tillskruvade framför de flesta fönstren, ty där fanns endast tre eller fyra tjänare och den gamla damen i huset, och de flesta rummen stod stängda.

Mina ben ville knappt bära mig då jag nu fann att resan var slut och såg det stora huset framför mig, och då jag var så nära min faster som jag aldrig hade sett tidigare, och så nära madam Crowl som jag hade kommit för att betjäna, och vilken jag redan var så uppskrämd för.

Min faster mötte mig i salen, kysste mig och förde mig till sitt rum. Hon var lång och mager, med blekt ansikte och svarta ögon, och långa, smala händer med svarta vantar på. Hon var över femtio och mycket fåordig, men hennes ord var lag. Jag kan inte beklaga mig över henne, men hon var en hård kvinna, och jag tror att hon skulle ha varit vänligare mot mig om jag hade varit hennes systers barn istället för hennes brors. Men allt det där betyder ingenting numera.

Squiren – hans namn var mr Chevenix Crowl och han var madam Crowls sonson – kom dit ett par tre gånger om året, för att efterse att den gamla damen vårdades väl. Jag såg honom bara två gånger, medan jag var på Applewale House.

Jag kan inte säga annat än att hon blev väl vårdad, och det var därför att min faster och Meg Wyvern, hennes kammarjungfru, hade ett samvete och gjorde sin skyldighet mot henne.

Mrs Wyvern – min faster sade Meg Wyvern till henne, och mrs Wyvern till mig – var en fet, glad kvinna om femtio, ganska stor och tjock, alltid gladlynt, och gick långsamt. Hon hade en stor lön, men hon var mycket snål och höll alla sina fina kläder under lås och nyckel, och bar för det mesta en chokladfärgad bomullsklänning med röda, gula och gröna prickar.

Hon gav mig aldrig någonting under hela tiden jag vistades där, men hon var godlynt, alltid glad och talade en mängd paschaser[1] medan hon

____

1 Äldre benämning på kortfattade dråpliga historier.

drack sitt te. Och då hon första kvällen såg mig så tyst och nedslagen sökte hon muntra mig med skämt och sina historier, och jag tror att jag tyckte mera om henne än om min faster – barn tycker så mycket om ett skämt eller en historia – fastän faster var ganska god mot mig, men en hård kvinna i vissa fall och alltid tyst.

Faster förde mig in i sin sängkammare för att låta mig vila litet, medan hon dukade tebordet i sitt rum. Men först klappade hon mig på axeln och sade, att jag var en stor flicka för mina år och hade skjutit upp bra, och frågade mig om jag kunde sy och sticka; och hon såg mig i ansiktet och sade att jag var lik min far, hennes bror, som var död och bortgången, och hon hoppades att jag var en bättre kristen än han hade varit.

Jag tyckte att detta var hårda ord första gången jag satte foten i hennes rum.

Då jag en stund därefter inträdde i hushållerskans rum – mycket trevligt, med vackra möbler – brann en duktig eld i kaminen, och på bordet stod te, varm kaka och kött, och där satt den feta, glada mrs Wyvem, som pratade mera under en timme än faster på ett helt år.

Medan jag ännu drack mitt te gick faster upp i övre våningen för att se till madam Crowl.

"Hon har gått upp för att se efter om gamla Judith Squailes är vaken", sade mrs Wyvern. "Judith sitter inne hos madam Crowl, då jag och mrs Shutters" – det var min fasters namn – "är nere. Hon är en besvärlig gammal dam. Man får se noga till henne, annars springer hon i eldsta'n eller kastar sig ut genom fönstret. Hon är pigg nog så gammal hon är."

"Hur gammal, ma'am", säger jag.

"Hennes sista födelsedag var den nittiotredje, och det är nu åtta månader se'n", sade hon skrattande. "Men fråga inte om henne, då din faster är inne. Kom ihåg vad jag säger: ta' henne som du finner henne."

"Och vad är mitt åliggande hos henne, om jag får fråga, ma'am?" säger jag.

"Hos den gamla damen? Ja, det skall din faster, mrs Shutters, nog säga dig; men jag tror att du skall sitta inne i hennes rum med ditt arbete, och se efter att hon inte gör någon skada och att hon får leka med sina saker på bordet; och så skall du bära fram hennes mat, då hon vill ha, och ringa klockan, om hon börjar bråka."

"Är hon döv, ma'am?"

"Nej, och inte blind heller; hon är skarp som en nål, men pjollrig och minns ingenting riktigt, och sagan om Jack Jättedödaren eller Lunkentus roar henne lika så mycket som kungens hov eller statsaffärer."

"Och varför flyttade den lilla flickan, ma'am, som for härifrån i fredags? – Faster skrev till mamma att hon blivit avskedad."

"Ja, hon reste."

"Varför?" frågar jag ånyo.

"Mrs Shutters ansåg henne inte duglig, förmodar jag", säger hon. "Jag vet inte riktigt. Tala inte; din faster kan inte tåla ett barn som pratar."

"Har den gamla damen god hälsa?" säger jag.

"Det skadar inte att fråga det", säger hon. "Hon var lite skral häromsistens, men blev bättre i förra veckan, och jag tror nog hon hinner till sitt hundrade år. Tyst, där kommer din faster i förstugan."

In kommer faster och börjar tala med mrs Wyvern; och jag, som började känna mig mer hemmastadd, gick omkring i rummet och betraktade än det ena, än det andra. Där fanns gammalt kinesiskt porslin på en hylla och tavlor på väggen; och en dörr stod öppen till ett stort skåp, och jag såg en besynnerlig gammal lädertröja, med stroppar och spännen, som hängde därinne.

"Vad gör du, barn?" säger min faster ganska skarpt, då jag minst anade det. "Vad har du i handen?"

"Det här ma'am", säger jag och vänder mig om med lädertröjan. "Jag vet inte vad det är, ma'am."

Så blek hon än var, så blev hennes kinder likväl purpurröda och hennes ögon flammade av vrede; och hade hon inte behövt ta ett halvt dussin steg fram till mig, tror jag hon skulle ha givit mig en sittopp. Men hon skakade mig vid axeln, ryckte saken ur min hand och sade: "Understå dig aldrig, så länge du är här, att blanda dig i saker som inte angår dig", och hängde upp tröjan på sin pinne samt slog igen dörren och låste den.

Mrs Wyvern upplyfte sina händer och skrattade i sin stol, medan hon makade sig hit och dit i densamma.

Tårarna stod mig i ögonen, och hon vinkade åt min faster och sade, medan hon själv torkade sig i ögonen efter skrattet: "Se så, barnet mente ju inte något ont. Kom hit min flicka. Nyfiken i en strut; men kom ihåg att vi slipper säga dig några osanningar, om du inte frågar. Kom nu hit och sitt ned och drick en mugg öl, innan du går till sängs."

Mitt rum, märk väl, låg i övre våningen, näst intill den gamla damens, och mrs Wyverns bädd stod nära hennes inne i hennes sängkammare; och jag skulle alltid vara tillreds att komma om man behövde mig.

Den gamla damen hade ett av sina anfall den natten och en del av den föregående dagen. Hon brukade få anfall av trumpenhet. Ibland ville hon låta dem klä henne, och andra gånger ville hon inte låta dem klä av henne. Hon hade varit en stor skönhet i sina dar. Men ingen på Applewale kunde minnas henne i sin fägring. Och hon var orimligt svag för kläder, och hade klänningar av siden, styvt satin, sammet, spetsar av alla slag, så att det kunnat fylla sju modebutiker. Alla hennes dräkter var gammalmodiga, men värda en förmögenhet.

Nåväl. Jag gick till sängs. Jag låg vaken en god stund, ty allting var så nytt för mig, och jag tror också att teet inverkade på mina nerver, ty jag var inte van att dricka sådant annat än om helgerna och dylikt. Och jag hörde mrs Wyvern tala, och jag lyssnade med handen vid örat, men jag kunde inte höra mrs Crowl och jag tror inte hon sade ett ord.

Man tog noga vård om henne. Folket på Applewale visste, att då hon dog var deras sötebrödsdagar slut, och de var väl lönta dessutom.

Doktorn kom två gånger i veckan för att se om den gamla damen, och ni kan vara säkra om att alla gjorde som han tillsade dem. Han upprepade alltid att de aldrig skulle motsäga eller förarga henne på något sätt, utan roa och behaga henne så mycket som möjligt.

Sålunda låg hon i kläderna hela den natten och följande da'n utan att säga ett ord, och jag satt med min sömnad hela da'n i mitt eget rum, utom då jag gick ned till middagen.

Jag ville så gärna se den gamla damen och även höra henne tala. Men för min del kunde hon lika väl ha varit i Lunnon, hela den tiden.

Då jag hade ätit middag skickade faster mig ut för att gå en timme. Men jag var glad att få komma tillbaka, ty träden var så stora och stället så dystert och ensligt, och det var en molnhöljd dag, och jag grät en stund då jag tänkte på hemmet, medan jag gick där så ensam. Sedan ljusen blivit tända på aftonen satt jag i mitt rum och dörr'n stod öppen till madam Crowls rum, där min faster var. Då hörde jag för första gången den gamla damen tala – efter vad jag trodde.

Det var ett underligt ljud, snarlikt – jag vet inte vad – en fågels eller ett djurs; nästan bräkande och mycket svagt.

Jag spetsade mina öron för att lyssna, men jag kunde inte urskilja ett ord av vad hon sade. Och min faster svarade:

"Den onde kan inte skada någon, ma'am, utan Guds tillåtelse."

Därefter yttrade samma bräkande röst från sängen någonting mera, som jag inte heller kunde urskilja.

Och min faster svarade återigen: "Låt dem göra grimaser, ma'am, och säga vad de vill; om Gud är med oss, vem kan då vara emot oss?"

Jag fortfor att lyssna med mitt öra vänt mot dörr'n medan jag återhöll min andedräkt, men inte ett enda ord eller ljud hördes vidare från rummet. Omkring tjugo minuter därefter, medan jag satt vid bordet och betraktade teckningarna till Aesops fabler, märkte jag att någonting rörde sig vid dörr'n; och då jag blickade upp såg jag min fasters ansikte i dörröppningen och att hon lyfte handen.

"Tyst", viskade hon och nalkades ytterst försiktigt på tåspetsarna. "Gud ske lov hon sover äntligen; gör nu inte det minsta buller medan jag är borta, ty jag går ned för att få en kopp te, och jag kommer tillbaka med mrs Wyvern, och du kan springa ned när vi kommer upp, och Judith skall ge dig kvällsvard i mitt rum."

Och därefter avlägsnade hon sig.

Jag fortfor att titta på teckningarna och lyssnade då och då, men jag kunde inte höra det minsta ljud inifrån rummet; och jag började viska till teckningarna och tala till mig själv för att hålla modet uppe, ty jag började bli rädd i det stora rummet.

Slutligen steg jag upp och började smyga omkring i rummet och såg än på det ena och än på det andra, för att förströ mig, kan ni förstå. Och slutligen tittade jag in i mrs Crowls sängkammare.

Det var ett stort rum med en mycket stor sparlakanssäng, omgiven av sidenomhängen ända från takpanelen och ned till golvet, och de var tätt tilldragna. Där stod en stor spegel, den största jag nån'sin sett, och hela rummet strålade av ljus. Jag räknade tjugotvå tända vaxljus. Det var hennes infall, och ingen vågade invända något däremot.

Jag lyssnade vid dörren och gapade förvånad runt omkring mig. Då jag inte hörde några andetag och inte märkte den ringaste rörelse i omhängena – fattade jag mod, smög mig in i rummet på tåspetsarna och tittade mig omkring återigen. Därefter bekikade jag mig i den stora spegeln, och slutligen föll det mig in: Varför kunde jag inte kasta en blick på den gamla damen själv i sängen?

Ni skulle anse mig galen, om ni endast till hälften kunde ana hur mycket jag längtade att efter att få se dam Crowl, och jag tänkte för mig själv att om jag inte tittade nu, så kunde många goda dagar gå förbi innan ett dylikt tillfälle erbjöds igen.

Jag smög mig fram till sidan av sängen, vars gardiner var så tätt åtdragna, och mitt mod svek mig nästan. Men jag samlade all min beslutsamhet, och jag smyger fram ett finger och sedan handen mellan de tjocka omhängena. Därefter dröjer jag några ögonblick, men allt var stilla som döden. Så sakta, så sakta öppnar jag omhänget, och – där ser jag framför mig den märkvärdiga damen Crowl på Appleware house, utsträckt som den uthuggna damen på gravstenen i Lexhoe kyrka. Där låg hon fullkomligt påklädd. Ni har aldrig sett maken. Satin och siden, scharlakan och grönt och guld och spetsar; herre min Skapare vilken syn! En stor pudrad peruk, hälften så stor som hon själv, satt på hennes huvud, och – vilka rynkor i hennes ansikte! – och det skrynkliga skinnet hängande i påsar på hennes vitpudrade hals, och hennes kinder var sminkade, och hon hade ögonbryn av svart råttskinn som mrs Wyvern brukade smeta fast på henne – och där låg hon stolt och grann, med silkesstrumpor och vita sidenskor. Men hennes näsa var krokig och vass som en fågelnäbb, och hälften av hennes ögonvitor syntes. Hon brukade stå klädd i full stass, fnittrande och grinande framför spegeln, med en solfjäder i handen och en stor nejlika på bröstet. Hennes skrynkliga små händer låg utsträckta efter hennes sidor; och så långa naglar har jag aldrig sett i mina da'r, alla spetsigt klippta. Kunde det nån'sin ha varit modernt bland förnämt folk att nyttja sådana fingernaglar?

Jag tror all' skulle ha blivit rädd vid en sådan syn. Jag kunde inte släppa gardinen eller röra mig en tum, eller ta' mina ögon ifrån henne; jag tyckte att mitt hjärta hade stannat. Plötsligt öppnar hon sina ögon, sätter sig upp i sängen, svänger sig om, sätter båda sina höga klackar i golvet och glor mig i ansiktet med matta ögon, medan hon drar de skrynkliga läpparna till ett rysligt grin.

En kropp är en naturlig sak, men detta var den rysligaste syn jag någonsin sett. Hon höll fingrarna utsträckta mot mig och ryggen stod som en sprättbåge, och så väser hon:

"Du lilla byting! Varför sade du att jag dödade gossen? Jag skall kittla dig tills du blir kall!"

Om jag hade kunnat tänka i detta ögonblick, så hade jag vänt mig om och sprungit. Men jag kunde inte ta' ögonen från henne, och jag drog mig undan baklänges, och hon kom slamrande efter mig med fingrarna riktade mot min strupe samtidigt som hon med tungan frambringade ett ljud liknande *zizz-zizz-zizz!*

Jag drog mig undan så fort jag kunde och hennes fingrar var endast ett par tum ifrån min strupe, och jag kände att jag skulle mista förståndet om hon vidrörde mig.

Jag stannade slutligen i ett hörn och gav till ett skrik som om kropp och själ hade skiljts åt, och i samma ögonblick syns min faster i dörr'n; och hon ropar till och den gamla damen vänder sig mot henne, och jag rusar ut i mitt rum och utför trapporna, så fort som benen kunde bära mig.

Jag grät bittert, kan jag försäkra, då jag kom ned i hushållerskans rum.

Mrs Wyvern skrattade som vanligt då jag berättade för henne vad som hade hänt. Men hon blev allvarsam, då hon hörde den gamla damens ord.

"Säg om dem igen", säger hon.

Jag gjorde det: "Du lilla byting! Varför sade du att jag dödade gossen? Jag skall kittla dig tills du blir kall!"

"Och sade du att hon dödade en gosse?"

"Nej visst inte, ma'am", säger jag.

Hädanefter var Judith alltid uppe hos mig, då de två kvinnorna var borta. Jag skulle hellre ha hoppat ut genom fönstret, än att stanna ensam i samma rum som hon.

En dag omkring en vecka därefter – vill minnas – när mrs Wyvern och jag var ensamma, berättade hon åtskilligt för mig om madam Crowl som jag inte visste förut.

I sin ungdom då hon var mycket vacker, hade hon gift sig med squire Crowl på Applewale. Det var nu över sjuttio år sedan. Men han var änkling och hade bara en son, ungefär nio år gammal.

En morgon försvann denne gosse, och man hörde sedermera aldrig av honom. Ingen visste vart han tagit vägen. Han ägde för stor frihet och brukade ibland gå bort till skogvaktaren, äta frukost där och gå till kaningården, och inte komma hem på hela da'n. Ibland gick han ner till sjön, badade och tillbringade dagen med att fiska eller ro omkring i en liten båt. Ingen kunde säga vad som hade blivit av honom efter den där morgonen; man hittade hans hatt vid en hagtornsbuske, som ännu finns kvar nere vid sjön, och man trodde att han hade drunknat. Med sin andra hustru, denna orimligt gamla madam Crowl, fick squiren en ny son, som ärvde egendomarna. Det var i sin tur dennes son Chevenix Crowl – den gamla damens sonson – som innehade egendomarna då jag kom till Applewale.

Före min fasters tid talades åtskilligt om'et, och det påstods att styvmodern visste mer om saken än hon ville tillstå. Och hon styrde sin man, den gamle squiren, helt och hållet genom trolleri och smicker. Men då gossen aldrig mera syntes till upphörde man att prata därom.

Jag ska nu berätta för er vad jag såg med egna ögon.

Det var vinter och jag hade inte varit där mer än ett halvår, då den gamla damen blev sjuk för sista gången.

Doktorn var rädd att hon skulle få ett anfall av galenskap, liksom för femton år sedan då hon många gånger måste sättas i tvångströja, vilken just var samma läderjacka som jag sett i skåpet i min fasters rum.

Men så blev det inte. Hon tynade av och blev allt svagare, tills ett par dagar före sitt slut, då hon började prata och våndas i sängen, så att man kunde tro att en mördare stod med kniven på hennes strupe. Och hon arbetade sig ibland ut ur sängen; och emedan hon var så svag att hon inte kunde gå eller stå föll hon omkull på mattan, och ropade om förbarmande med de skrynkliga händerna för ansiktet.

Ni kan förstå att jag inte vågade mig in i hennes rum, och att jag låg i min säng och darrade av fruktan, medan hon kröp omkring på golvet och framkved ord som skulle ha drivit varenda droppe blod från era kinder.

Min faster och mrs Wyvern och Judith Squailes samt en kvinna från Lexhoe var beständigt inne hos henne. Slutligen fick hon kramp och de bar henne till sängs.

Kyrkoherden kom hit och bad för henne, men hon kunde inte begripa någonting vidare. Jag tror nog det var rätt och riktigt även om bönerna föreföll alldeles onödiga; och slutligen blev hon förlossad ur sin vånda och allt var slut. Och gamla madam Crowl sveptes och lades i kistan, och man skrev efter squire Chevenix. Men han var borta i Frankrike och det dröjde så länge innan han kunde komma hem, att både kyrkoherden och doktorn kom överens om att det inte gick an att låta henne stå så länge ovan jord; och de båda samt min faster och alla andra på Applewale bevistade begravningen. Och sålunda blev den gamla damen på Applewale nedsatt i valvet under kyrkan i Lexhoe; och vi stannade kvar i det stora huset till dess squiren skulle komma hem och betala oss, samt avskeda dem han inte ville behålla kvar.

Jag förflyttades till ett annat rum, två rum utanför den kammare där madam Crowl hade stått lik sedan hon dött, och detta skedde samma afton som squire Chevenix återkom hem till Applewale.

Rummet dit jag nu blivit förflyttad var en stor fyrkantig kammare med ekpaneler och nästan utan möbler, förutom sängen som saknade omhängen samt en stol, ett bord och en gammal skänk, vilket var detsamma som ingenting i det stora rummet. Och den stora spegeln, i vilken den gamla damen brukade beundra sig själv från huvud till fot, hade flyttats ut från sängkammaren och stod lutad mot väggen i mitt nya rum, ty ni kan förstå att mycket omflyttades i hennes sängkammare sedan hon hade lagts i likkistan.

Samma dag hade underrättelsen kommit att squiren skulle anlända till Applewale följande dag; och jag var inte ledsen därför, ty jag var säker på att få resa hem till min mamma. Jag kände mig så glad när jag tänkte på hemmet och på min syster Janet och katten och steglitsen[1] och tiken Trimmer och allt det övriga, så att jag inte kunde sova och klockan slog tolv, och jag låg ännu vaken medan rummet var kolmörkt. Min rygg var vänd mot dörr'n och mina ögon mot väggen mittemot.

Klockan kunde vara omkring en kvart över tolv, då jag plötsligt såg ett matt sken på väggen framför mig, liksom någonting hade fattat eld bakom mig, och skuggorna av sängen, stolen och min klänning, som hängde på väggen, dansade upp och ned på takbjälkarna och ekpanelerna; och jag vänder hastigt om huvudet i tanken att någonting måtte ha fattat eld.

Och vad tror ni väl jag såg! Herre min Skapare! Jo, den gamla damen Crowl, utstyrd i sammet- och sidensvepning, grinande med ögon så stora som tekoppar och ett ansikte likt den onde själv. Omkring henne uppsteg ett rött sken som om hennes klänning hade brunnit omkring hennes fötter. Hon svävade fram emot mig med sina skrynkliga händer utsträckta och fingrarna krökta liksom de ville riva mig. Jag kunde inte röra mig men hon svävade tätt förbi mig med en iskall fläkt; och jag såg henne vid väggen i alkoven, som min faster brukade kalla en fördjupning där godsets huvudsäng hade stått i äldre tider; där stod nu en dörr öppen och hon tycktes treva efter någonting därinne. Jag hade aldrig förr sett den dörren. Och plötsligt vände hon sig emot mig likt en docka som svänger runt på en mekanisk axel och rummet blev återigen kolmörkt, och jag stod upprätt på andra sidan om min säng; fråga mig inte hur jag kommit dit. Men i detsamma återfick jag målföret och gav till ett förfärligt skri, rusade utför trapporna och nästan sprängde mrs Wyverns dörr, samt var nära att skrämma livet ur henne.

Ni kan förstå att jag inte fick en blund i ögonen den natten, och då dagen grydde skyndade jag till min faster så fort benen bar mig.

Min faster varken grälade eller gjorde narr av mig, som jag hade väntat, utan fattade min hand och betraktade mig skarpt under hela min berättelse. Och hon bad mig att inte vara rädd och sade därefter:

"Hade skepnaden någon nyckel i sin hand?"

"Ja", sade jag, som nu erinrade mig detta – en stor nyckel med mässingshandtag.

"Vänta litet", säger hon och släpper min hand och öppnar skåpdörren. "Var den lik den här?" säger hon och tar fram en nyckel och visar mig den med en mörk blick.

"Den var det", ropar jag hastigt.

"Är du säker därpå?" säger hon och vänder den.

---

1 En art av finkar.

"Javisst", svarar jag; och jag var nära att dåna när jag sade det.

"Det är bra, mitt barn", sade hon tankfullt och låste in nyckeln igen. "Squiren kommer hit idag klockan tolv, och då måste du berätta alltsammans för honom", säger hon. "Och förmodligen flyttar jag snart härifrån så det bästa är nog att du reser hem i kväll, så jag skall försöka skaffa dig en annan plats."

Ni må tro att jag blev glad, då jag hörde detta.

Min faster packade in mina saker och de tre pund som tillkom mig, och squire Crowl kom ned till Applewale samma dag. – En vacker herre, omkring trettio år gammal. Det var andra gången jag såg honom. Men detta var första gången som han talade med mig.

Min faster hade ett långt samtal med honom i hushållerskans rum, och jag vet inte vad de sade. Jag var blyg för squiren, för han var en förnäm herre här nere i Lexhoe, och jag tordes inte närma mig rummet förrän jag blev tillkallad. Och han sade småleende till mig:

"Vad är det du tror dig ha sett, mitt barn? Det måste ha varit en dröm, ty du vet väl att spöken och andar inte finns. Men vad det än må vara, min lilla flicka, så sitt ned och tala om alltsammans från början till slut."

Så snart jag hade slutat, funderade han en stund och säger därefter till min faster:

"Jag kommer väl ihåg stället. På gamle sir Olivers tid berättade halte Wundel för mig att det finns en dörr till vänster i alkoven, där flickan här drömde att hon såg min mormor. Han var över åttio år då han sade mig detta, och jag var endast en gosse. Det var över tjugo år sedan. Bordssilvret och juvelerna brukade förvaras där förr i tiden, innan järnskåpet i hörnrummet blev inrett, och han sade mig att nyckeln hade ett mässingshandtag. Och denna nyckel återfanns på botten av skrinet där hon förvarade sina gamla solfjädrar, säger ni. Det skulle vara eget nog om vi fann några kvarglömda skedar eller diamanter där. Följ med oss upp och visa stället, min flicka."

Ni kan tro att jag var ängslig och höll tag i min fasters hand, då jag gick in i det hemska rummet och visade dem båda hur hon kom och gick förbi mig, och stället där hon stannade och dörr'n tycktes stå öppen.

Den gamla tomma skänken stod invid väggen, och sedan den blivit undanflyttad syntes spåren efter en dörr i panelerna, och ett nyckelhål tilltäppt med trä och överstruket som det övriga, och dörrfogarna tilltäppta med kitt samt målade i ekfärg; och om man inte hade sett spår efter gångjärnen sedan skänken blivit undanflyttad, skulle man aldrig ha anat att en dörr fanns där.

"Ha!" säger squiren med ett tvunget leende. "Här har vi det, tror jag."

Efter några minuter hade han med hammare och mejsel uttagit träbiten ur nyckelhålet. Nyckeln passade fullkomligt, och efter en kraftig vridning och med ett knarrande ljud sprang regeln tillbaka, och han ryckte upp dörren.

Där innanför var en andra dörr, men låset var borta och den öppnades lätt. Därinne var ett trångt, välvt rum, murat av tegelsten, men vi kunde inte se vad som fanns där, ty det var kolmörkt.

Då min faster hade tänt ett ljus tog squiren det och gick ditin.

Min faster stod på tå och försökte titta över hans axel, men jag kunde inte se någonting alls.

"Ha!" utropar squiren och drar sig tillbaka. "Vad är det? Räck mig eldgaffeln – fort!" säger han till min faster. Och då hon sprang bort till kaminen tittade jag mellan hans arm och jag såg någonting likt en markatta, eller den mest skrynkliga och förtorkade gamla gumma som man nån'sin sett, sitta nedhukad längst bort i ett hörn.

"Herre Jesus!" utropade min faster, då hon lämnade honom eldgaffeln och tittade över hans axeln samt varseblev den ohyggliga skepnaden. "Akta er, sir! Kom tillbaka och stäng dörr'n."

Men istället går han in med eldgaffeln utsträckt, och han stöter till det och det ramlar ned i en enda hög av ben och stoft – ungefär så mycket som kan rymmas i en hatt.

Det var benen efter ett barn; allt det övriga sönderföll till stoft då det vidrördes. De sade ingenting under några ögonblick, men han vände huvudskallen som låg på golvet.

Så ung jag än var förstod jag mycket väl vad båda tänkte.

"En död katt", säger squiren i det han drog sig tillbaka, blåste ut ljuset och stängde dörr'n. "Vi går hit en annan gång, ni och jag, mrs Shutters, och undersöka hyllorna. Jag har andra saker att tala med er om först; och den lilla flickan skall resa hem, sade ni. Hon har ju fått sin lön, eller hur? Och jag skall ge henne en liten gåva", tillade han och klappade mig på axeln.

Och han gav mig ett pund i guld, och jag reste till Lexhoe en timme därefter, och därifrån hem med diligensen och glad var jag över att vara hemma igen; och aldrig mer har jag sett madam Crowl på Applewale, Gud ske lov, varken i drömmen eller i syne. Men då jag blivit fullvuxen stannade min faster en dag och en natt hos mig i Littleham, och då sade hon mig att det tvivelsutan var den stackars lille gossen som hade varit förlorad så länge, som blivit instängd där i mörkret av sin gudlösa styvmor, där hans skrik, böner och bultningar inte kunde höras; och att hans hatt hade lagts på stranden för att inbilla folk att han hade drunknat, vem som nu än hade gjort det. – Så fort kläderna vidrördes sönderföll de till stoft i cellen, där benen påträffades. Men där fanns några gagatknappar och en kniv med grönt skaft samt några pence, som jag tänker att den stackars gossen hade i fickan då han stängdes in där och såg ljuset för sista gången. Och bland den gamle squirens papper fanns en avskrift av annonsen som trycktes sedan gossen hade försvunnit, då squiren trodde att han hade rymt eller blivit bortrövad av zigenare, och i annonsen stod att han hade en kniv med grönt skaft på sig samt gagatknappar i sin jacka. Så detta är allt jag har att säga om gamla madam Crowl på Applewale house.

Guy de Maupassant

Visionen

Käre vän, du begriper väl ingenting, och jag fattar det nog. Du tror måhända att jag är galen? Ja, jag är det väl även en smula, men inte av de orsaker som du antar. Nåväl! Jag gifter mig. Där har du hela saken!

Och likväl är min åsikt om giftermål fullkomligt oförändrad. Jag anser att den lagliga föreningen mellan två personer är en stor dumhet och är säker på att åtta av tio män är bedragna. Mer än någonsin känner jag min oförmåga att älska en enda kvinna, emedan jag alltid kommer att älska alla andra för mycket. Jag önskar äga tusen armar, tusen läppar och tusen hjärtan för att på samma gång kunna omfamna en hel armé av dessa förtjusande varelser.

Och likväl gifter jag mig.

Tilläggas bör, att jag knappast känner min blivande hustru. Jag har endast sett henne fem eller sex gånger. Hon misshagar mig inte alls, och mer behövs ju inte. Det är en liten, fyllig blondin. Två dagar efter bröllopet kommer jag att tråna efter en lång, magerlagd brunett.

Hon är inte rik och tillhör medelklassen. Det är en ung flicka, sådana man kan finna i dussintals, färdiga till äktenskapet och utan några framstående fel eller förtjänster. Man säger om henne: "Mademoiselle Lajolle är söt." Snart kommer man att säga: "Hon är rätt älskvärd, den lilla madam Raymon." Med ett ord – hon tillhör den legion av unga ärbara flickor, från vilkas led man känner sig "utomordentligt lycklig att vinna en hustru", ända tills dagen då man upptäcker att man föredrar alla andra kvinnor, framför den man utvalt.

Men varför skall du gifta dig då? frågar du. Jag vågar knappast bekänna för dig vilken besynnerlig och ofattlig orsak det är, som driver mig till detta dåraktiga företag.

Jag gifter mig för att inte vara – ensam! Hur skall du förstå mig; hur förklarar jag allt för dig. Du kommer att hysa medlidande med mig, du kommer att förakta mig, ty så bedrövligt är hela mitt förstånd.

Jag vill inte vara ensam om natten. Jag vill känna en varelse, ett levande väsen bredvid mig, som kan tala, kan säga någonting, vad det än må vara.

Jag vill avbryta hennes sömn och hastigt göra henne någon fråga – vilken som helst – någon enfaldig fråga endast för att höra en röst, endast för att veta att mitt rum är bebott, för att se en mänskligt varelse vid min sida då jag hastigt tänder mitt ljus... för att... för att... hur tillstå för dig denna ömklighet... för att jag är rädd, alldeles ensam. Nej, du förstår mig ännu inte? ...

Jag är inte rädd för någon fara. Om en man skulle bryta sig in till mig, så dödade jag honom utan att darra. Jag är inte rädd för gengångare eftersom jag inte tror på något övernaturligt. Jag är inte rädd för de döda, ty jag tror på den fullkomliga förintelsen av varje varelse sedan de försvinner härifrån! ...

Nåväl... men... Nåväl... jag är rädd för mig själv! Jag är rädd för rädslan... rädd för den fruktansvärda upplevelsen av en obegriplig fasa.

Du må skratta, om du så vill. Det är ohyggligt men obotligt. Jag är rädd för väggarna, för möblerna, för alla de vanliga föremål som omger mig, vilka inför mina ögon får liv, ett besynnerligt djuriskt liv... Jag är i synnerhet rädd för mina tankars förfärande oreda, för mitt grumlade förstånd, vars orsak är en hemlig ofattbar ängslan.

Till en början erfar jag en obestämd ångest, vilken småningom intränger i själen och frambringar den ena kalla rysningen efter den andra. Jag blicka omkring mig. Ingenting! Jag önskade mig något! Vad? Någonting fattligt, något begripligt. Jag är ju rädd endast för att jag inte kan fatta min förfäran.

Jag talar... och är rädd för min röst. Jag går... och är rädd för det okända där bakom dörren, bakom gardinen, bakom skåpet och sängen. Och likväl vet jag att ingenting finns där...

Min oro och skrämsel tilltar. Jag stänger mina dörrar, klär av mig och hastar i sängen, där jag hopkrupen som en klump döljer mig under lakanet, tillsluter med förtvivlan ögonlocken och ligger så en oändligt lång tid och tänker på ljuset som brinner på nattduksbordet, och att man borde släcka det. Men jag vågar inte göra det!

Är det inte ohyggligt att vara så där? ...

Förr kände jag ingenting av allt detta... Jag inträdde helt lugnt till mitt hem, gick fram och tillbaka i mina rum utan att någonting störde min själs jämnvikt... Och hade man sagt mig att jag av alla i världen skulle gripas av denna ofattliga, dumma och fasansfulla sjukdom, så skulle jag ha skrattat personen i fråga rakt upp i ansiktet. Modigt öppnade jag alla dörrar i mörkret, klädde långsamt av mig utan att skjuta till reglarna och vaknade aldrig om natten för att övertyga mig, att alla utgångar från mitt rum var säkert stängda.

Det började för några månader sedan på ett högst besynnerligt sätt.

Det var en fuktig höstafton förra året. Min hushållerska hade gått sin väg på eftermiddagen och jag frågade då mig själv, vad jag skulle ta mig till. Jag gick några slag fram och tillbaka i rummet. Jag kände mig trött och beklämd utan någon orsak. Det var omöjligt att arbeta, ja, till och med att läsa. Ett fint regn stänkte mot fönstren. Jag kände mig helt svårmodig, alldeles genomträngd av en oförklarlig förstämning, och så betryckt att jag hade lust att gråta. Denna modstulenhet ingav mig en önskan att språka med någon, vem som helst, för att förjaga tyngden som låg över mitt sinne. Jag erfor en känsla av ytterlig ensamhet, och mina rum förföll så tomma som de aldrig varit tidigare. Vad skulle jag göra? Jag satte mig, men en nervös oro kröp i mina ben. Jag steg åter upp och började gå. Jag tror att jag hade litet feber, ty mina händer brände mot varandra där jag höll dem på ryggen, såsom man ofta gör då man promenerar långsamt. Plötsligt kände jag en rysning smyga mellan skuldrorna. Jag tillskrev den det fuktiga vädret, och tanken att tända en liten brasa uppstod nu hos mig. Jag gjorde det och satte mig ånyo för att betrakta lågan. Snart kändes det dock knappt var möjligt att sitta stilla på samma plats, varför jag beslöt att röra mig och söka upp någon vän. Jag skyndade ut och sökte tre av mina kamrater, vilka inte var hemma, varefter jag nådde boulevarden i den fasta föresatsen att hitta någon annan bekant.

Det var dystert överallt. Trottoarerna simmade i vatten. Ett tätt duggregn isade mig småningom från huvud till fot och förmörkade luften, genom vilken gaslågorna matt flämtade fram. Med slappa steg gick jag utmed boulevarden och upprepade för mig själv: ”Nej, jag finner inte någon bekant.”

Efter att ha inträtt i alla restauranger från Madelaine ända till Faubourg Poissonnière, där jag vid borden endast såg några utledsna personer vilka mödosamt tycktes dricka ur sina glas, irrade jag omkring ännu en lång tid, varefter jag emot midnatt styrde vägen hem.

Jag var mycket lugn ehuru mycket trött. Min portvakt, som alltid lägger sig klockan 11, öppnade genast dörren emot sin vana, och jag tänkte då att någon annan hyresgäst stigit in kort före mig.

Då jag går hemifrån låser jag alltid min dörr med dubbla slag. Jag fann den nu endast tillskjuten, vilket förundrade mig mycket. Med förmodandet att man har burit upp min post under aftonens lopp, trädde jag in. Elden brann ännu i kaminen och upplyste rummet med ett matt sken. Jag fattade ett ljus och styrde stegen dTill för att liva upp elden, men då jag blickade framför mig såg jag, att någon satt i fåtöljen med ryggen vänd mot mig. Denne någon värmde sina fötter.

Jag blev inte rädd, oh nej... det kom inte på fråga. Jag antog att det var en av mina vänner som kommit för att träffa mig. Portvakten, som visste att jag gått ut, hade troligen sagt att jag snart skulle återvända, och lånat honom min nyckel. Under loppet av en sekund påminde jag mig alla omständigheter vid min hemkomst, såsom exempelvis porten som genast hade öppnats, och den endast tillskjutna dörren.

Min vän, av vilken jag blott såg håret, hade somnat där framför elden under sin väntan, och jag närmade mig sakta för att väcka honom. Jag såg honom helt tydligt. En av hans armar hängde ned på högra sidan. Fötterna var korslagda, den ena på den andra, och huvudet som lutade mot vänstra sidan av fåtöljkarmen visade påtagligt att han sov. "Vem månne det vara?" frågade jag, ty rummet var endast svagt upplyst. Jag sträckte fram armen för att vidröra hans axel... men mötte blott länstolens karm! Ingen fanns där. Fåtöljen var tom!

En förtvivlad skakning genomlöpte hela min varelse. Barmhärtighet! Vad betyder detta?

Jag studsade tillbaka, som om en fruktansvärd fara hotat mig.

Sedan vände jag mig om, tydligt förnimmande att någon befann sig bakom min rygg; och genast därefter kände jag ett obetvingligt behov att återigen vända mig om på samma ställe och hastigt betrakta länstolen. Och så stod jag där alldeles utom mig, flämtande av fasa, färdig att falla till golvet, utan en tanke i mitt huvud.

Men då jag är en kallblodig man återvände förståndet snart. Jag tänkte för mig själv: "Nyss hade jag en hallucination, en högst obehaglig synvilla. Se där allt!" Omedelbart därefter reflekterade jag över detta fenomen. Tanken löper snabbt under sådana minuter.

Ja, jag hade lidit av en synvilla... det var ett obestridligt faktum, ty mitt förstånd var hela tiden klart och verkade vara logiskt och regelbundet. Min hjärna var således på inget vis rubbad. Det var endast ögonen som haft en vision, en av dessa visioner som förmår enfaldiga, naiva personer att tro på underverk. Det var en nervös störning av synorganen... ingenting annat... möjligtvis någon liten blodkastning åt huvudet?

Jag tände mitt ljus. Då jag lutade mig ned mot elden kände jag hur jag darrade. Jag reste mig häftigt upp, det var som om någon vidrört mitt rockskört. Nej... lugnet hade ännu inte återvänt!

Jag gjorde en runda i rummet och talade med hög röst. Halvhögt sjöng jag några visstumpar. Därefter låste jag dörren till mitt rum med dubbla slag och kände mig något lättad. Åtminstone kunde inte någon komma in.

Jag satte mig vid fönstret och reflekterade länge över vad som skett, varefter jag gick till sängs och blåste ut ljuset.

Under några minuter var allt bra. Jag låg på ryggen helt lugnt. Sedan var jag tvungen att lägga mig på sidan för att blicka utåt rummet.

I kaminelden glödde endast två eller tre kol, vilka kastade ett obestämt, svagt ljus på fåtöljens fötter. Jag tyckte mig se mannen ännu sitta där...

Hastigt som blixten tände jag en stryksticka. Nej, jag hade bedragit mig. Fåtöljen var tom.

Jag släckte ånyo ljuset och försökte att somna in. Efter att ha sovit omkring fem minuter, såg jag i drömmen lika tydligt som i verkligheten allt som hänt under aftonen. Skakad av drömmen reste jag mig skyndsamt upp, tände eld på ljuset och blev så sittande i sängen utan att ens våga tänka på att sova igen.

Två gånger kunde jag likväl inte motstå det, och två gånger återsåg jag samma dröm under några sekunder. Jag trodde att jag blivit vansinnig!

Då dagen randades kände jag mig lugnare och inslumrade stilla ända till middagen.

Allt var förbi, alldeles förbi. Jag hade plågats av feber, av maran... vad vet jag?

Med ett ord, jag hade varit sjuk... och tyckte nu att jag varit så dum det någonsin var möjligt.

Jag var mycket glad denna dag, intog min middag hos Tortoni, besökte teatern om aftonen och begav mig hem därifrån. Då jag närmade mig huset där jag bodde, fattades jag igen av en besynnerlig oro. Jag var rädd att återse... honom. Det var inte tron på honom eller hans närvaro som skrämde mig, utan jag fruktade för ett nytt ögonens gyckelspel, för ett nytt inbillningsfoster, fruktade för den fasa som återigen skulle gripa mig...

Under mer än en timme gick jag upp och nedför trottoaren. Slutligen fann jag mig själv alltför enfaldig och trädde in. Jag flåsade så mycket att jag hade svårt att stiga uppför trappan. Över tio minuter stod jag likväl framför min dörr, men plötsligt betvingade jag min vilja, fattade ett modigt beslut och trädde in nyckeln. Med ett ljus i handen störtade jag fram, knuffade med foten till den halvöppna dörren till mitt sovrum och kastade en skrämd blick på kaminen. Jag såg ingenting... ah!

Vilken lättnad! Vilken glädje! Vilken börda föll inte från mitt hjärta!

Jag travade omkring med lätta, spänstiga steg, men kände mig dock inte helt säker. Ofta vände jag mig hastigt om, ty skuggorna från de mörka hörnen oroade mig något.

Jag sov illa och vaknade allt som oftast av inbillat buller. Honom såg jag dock inte. Nej! Därmed var det förbi!

Sedan denna dag är jag rädd att vara ensam om natten. Jag vet att den är där, nära mig, överallt i rummet... denna vision. Jag har likväl sedan dess inte återsett den. Och för övrigt kan det ju vara detsamma eftersom jag inte tror på den, eftersom jag vet att det är ingenting!

Trots allt detta besvärar den mig likväl, ty jag tänker på den utan uppehåll... En arm hängde ned på högra sidan; huvudet var lutat åt vänster, alldeles såsom en man som sover... Nej, det må vara nog nu... Guds död... jag vill inte tänka mer därpå!

Men vad betyder denna anfäktelse? ... Varför skall den förfölja mig? ... Hans fötter var helt nära elden! ...

Han står jämt framför mig... det är vansinnigt, men det är nu en gång så... Vem? Han! Jag vet mycket väl att han inte finns till... att det hela är ingenting! Han finns till blott i min inbillning, i min fasa, i min ångest och ängslan! Nej, det må var nog! ...

Ja, jag kan resonera hur mycket som helst med mig själv, jag må stålsätta mig eller inte, men jag kan inte längre vara ensam hos mig, utan att han är där. Jag kommer inte att se honom mer, därom är jag säker; han skall aldrig mer visa sig för mig... därmed är det slut. Men han finns ändock alltid i mina tankar. Han förblir osynlig, men det hindrar honom dock inte att var där. Han finns bakom dörrarna i det stängda skåpet, under sängen, i alla mörka hörn, dold i alla dunkla skuggor. Om jag öppnar dörren, om jag låser upp skåpet, om jag lyser under sängen, i hörnen eller i skuggorna, så är han inte där längre, men då känner jag att han är bakom mig. Då jag vänder mig om, fullt säker att aldrig mer få skåda honom, vet jag likväl att han återigen finns bakom mig... Det är barnsligt, det är dumt, men det väcker fasa. Vad vill du jag skall göra? Jag kan inte göra någonting!

Men om vi skulle vara två hos mig, då vet jag – ja, då känner jag säkert – att han skulle försvinna! Han är där eftersom jag är ensam, endast därför att jag är ensam!

Axel Wallengren

Rösten

Några lösa papper av olika färg och format, några anteckningar, synbarligen nedskrivna omedelbart efter intrycken, på första bästa papperslapp, som låg till hands... Då den döde levde ensam och hans släktingar är okända, kan offentligheten ha lika stor rätt till papperen som glömskan. De bär ekot av en röst, som klingade hinsidan alldagslivet och dygnets skenbara skrankor, långt innan även kroppens liv upphörde att verka i *en* form och dess krafter åter lösta strömmande ut till den gemensamma utgångspunkten.

Måndagen den 2 mars.

Jag kan inte ge någon människa rätt att kalla mig nervös. Jag är *inte* nervös, jag håller blott på min oeftergivliga rätt att få leva i fred, att inte ständigt vara utsatt för spioneri och evig förföljelse, vilken är så mycket mer pinsam, som den gör sig gällande på ett så märkligt sätt. Mina kamrater i ämbetsverket drev det härvidlag så långt, att det var mig en outsäglig lättnad, när jag nyligen, på egen begäran, fick mitt avsked beviljat och kunde dra mig tillbaka i lugn och ro för att äntligen påbörja mitt stor arbete – det, som jag samlat stoff under mera än ett år.

När jag tänker på hur mina kolleger behandlat mig, förundrar jag mig endast över att jag kunde uthärda samvaron med dem så pass länge – nära fyra år. Det var för märkvärdigt – jag kunde t.ex. inte få ett brev på ämbetslokalen, utan att de genast frågade mig "om det var trevliga nyheter" – eller något dylikt. Och om jag hade varit bortrest på landet några dagar och kom tillbaka till verket, fick jag genast höra den frågan "var jag hade varit". Jag låtsades inte höra, men det hjälpte inte – de bara upprepade frågan. Till slut lyckades jag utfundera ett sätt att bli kvitt dessa förhör. "På Drottningholm!" svarade jag alltid, oföränderligen. Då märkte de ju slutligen att jag drev med dem, och jag fick vara i fred, på *det* gebitet åtminstone.

Med det fanns även andra, långt värre saker, med vilka de plågade mig.

Deras tissel och tassel och viskningar t.ex. – jag är viss om att de talade om mig!

Jag höll t.ex. också en tidning från min födelsestad – en liten oskyldig landsortstidning, som kanske endast jag höll i hela Stockholm. Men åtminstone tre eller fyra gånger hände det att ett exemplar försvann för mig – d.v.s. *jag* fick det aldrig! Jag är fullt övertygad att någon av mina kamrater höll det undan för mig för att läsa det i smyg och se efter om där stod några obehagliga historier om min släkt eller något annat, som de kunde använda till att kränka mig. Det hände nämligen en gång att jag faktiskt lyckades beslå Lindkvist med att han hade min tidning i sin ytterrocksficka. Han påstod visserligen att den hade ”av misstag” varit instoppad i hans eget exemplar av *Dagbladet*, men jag kunde inte tro honom – av en speciell orsak:

I detta nummer stod nämligen bland annat ett referat om en rannsakning, som hållits med en landstrykare, vilken häktats för stöld. Nu hade denne person vid häktningstillfället i sitt följe en kvinnsperson, som gick under benämningen ”Lundgrenskan” – hans s.k. ”fästekvinna”. Två dagar efter jag upptäckt Lindkvists tillgrepp av tidningen, säger han till mig:

”Hör du, Lundgren, vad är det för en ’Lundgrenska’ du låter stryka land och rike omkring?” – Och så skrattade han!

Detta skulle naturligtvis tas som ett skämt och ”oskyldigt kamratskoj”, o.s.v. Men om man är så pass människokännare, som jag verkligen är, ser man snart om det är *så* eller *inte så*. Det var inte ett skämt av Lindkvist! Det var endast ett försök att såra och pina mig, att nedsätta mig och min personliga värde, bara på grund av en obehaglig namnlikhet. Jag såg detta på Lindkvists elaka blick och på hans träffade min, då jag, utan ett ord till försvar, vände honom föraktfullt ryggen och med uppbjudande av all min självbehärskning gick till mitt arbete igen.

Efter denna betan vågade jag emellertid naturligtvis inte låta tidningen skickas till mig i verket utan hem i min privat bostad. Då likväl tidningen även där försvann för mig flera gånger – åtminstone säkert *en* gång – blev det mig klart att inte hålla tidningen längre, för att åtminstone inte bereda dem den hemliga tillfredsställelsen att se mig narrad. Det gjorde mig mycket ledsen, ty jag var sedan många år van att läsa det lilla landsortsbladet – men jag kunde ju inte handla annorlunda. Dithän hade de drivit mig.

Då Lindkvist såg sig slagen på detta område, utfunderade han en annan metod.

Han började följa efter mig! Om jag gick i en folkmassa, kände jag ofta att han var bakom mig, och två gånger ertappade jag honom med att gå på några få stegs avstånd från mig – skenbart sysselsatt med helt andra tankar, men i själva verket utan tvivel observerande mig.

Första gången sade jag ingenting; men andra gången – det var på Norrbro – kunde jag inte bärga mig längre.

Jag vände helt om och gick fram till honom:

"Nej se goddag!" sade han med hycklad överraskning.

"Varför förföljer du mig?" sade jag så lugnt jag kunde.

"Förföljer dig!" sade han. "Jag är på väg till Västerlånggatan och detta är närmaste vägen! Får vi kanske sällskap?" tillade han helt kallblodigt.

Jag endast stannade och såg honom rakt in i ansiktet.

"Nå?" sade han.

Jag svarade ingenting. Jag ville se hur långt han hade panna att driva sitt spel, trots att han stod avslöjad inför mig.

"Ja, jag har bråttom!" sade han helt ogenerad, nickade och gick sin väg.

Han har alltid varit mig motbjudande, med sitt evigt leende ansikte, benan mitt i pannan och svartbågade binokler – svarta bågar, för att det skall bryta så vackert emot hans flickhy! Men jag kan inte förstå varför han skall förfölja mig. Jag har ju aldrig gjort honom något ont, utan till och med gått ur vägen för honom. Jag har verkligen varit oskyldig.

Men från ett visst ögonblick, jag vet inte säkert varför, fick jag misstroende och fruktan för honom, och de andra med. Det blev mig en pina att arbeta längre med dem – jag är förresten trött på att arbeta, jag får så ofta huvudvärk, utom när jag arbetar på mitt *eget* kära arbete.

Det var därför en ren lisa för mig att få lämna verket och att veta jag aldrig mer skall träffa mina fiender. Mitt lilla arv räcker fullt nog till för mig – lyckligtvis!

Jag ville börja ett helt nytt liv, under fullständigt andra förhållanden och i helt annan omgivning. Det första nya rum jag hyrde kunde jag likvisst inte bo i mer än två dagar. Möblerna var allt för stora; det sade jag också till hyresvärden, betalade honom en månads hyra och flyttade hit till den stilla Målaregatan.

Här i den stilla mellangatan hör jag intet larm, och kan ostörd arbeta på mitt verk om *"Blommornas själ"*.

Jag har möblerat hela mitt stora rum i vitt – en kall, tyst och kysk färg, som går helt svagt i grått – som en skymning eller en vårdagsgryning. Dubbla rader av vita hyacinter i all tre fönstren, ett vitt flor kring ljuskronan, vita slöjor för alla speglarna utom kakelugnsspegeln; vita ljus på skrivbordet, tre vita jättekallor på blomsterbordet, och vitt i mitt nya hjärta. Och idag snöar det också – det snöar lång frid och lugn över mitt hus, över mig – jag har äntligen kommit in i en vintervit ro och vila.

Tisdagen den 10 mars.

Jag kan inte nog uttrycka hur belåten och nöjd jag är med mitt nya hem. Allt är stilla och lugnt, uppassningen går som den skall gå: snabbt och tyst som på filttofflor. Värden är en ruinerad byggmästare, något knäckt av livet, ser litet bruten ut, fem år äldre ungefär i ansiktet än på dopsedeln, för tidigt skallig, och med en ängslig värdighet i sin stämma och sina bekymrade ögon.

Han röker alltid en pipa, som luktar avskyvärt. Jag frågade honom, om han inte tyckte bättre om cigarrer. – Jo! mumlade han och tittade åt ett annat håll – förläget, fattigt! Jag gav honom en bunt cigarrer. Men han röker ändå fortfarande alltjämt sin lilla avskyvärda pip, när han kommer in till mig med frukostbrickan. Detta harmar mig – eller kanske han sparar cigarrerna för spatserturerna om söndagsförmiddagen? Eller kanske han tyckte att de inte är goda nog? I så fall ångrar jag mig att jag gett honom dem. Smått folk är ju alltid så tacksamma.

Vad det ändå är för en skillnad på de "små" människorna och oss, som är födda med blick för det stora, det väsentliga, det djupa! Världens och utvecklingens ändamål har skiljt alla människor i två stora grupper, allt eftersom vi är själiska aristokrater eller resignerade dvärgar; för *oss* konstverk, teater och palats – för dem clowner, positiv och marknadstält. För *oss* Chopin, Grieg och Wagner – för *dem* hoppsansa och taraboomdeay! För oss gräddan och för dem skummjölken. För oss livets röda färger, men för dem allt grått på jorden. För oss nerver och skrämsel – för er muskler och lugn!

Det sista är det enda jag avundas er; men man får väl unna er att äga *ett* stort ideal realiserat; när vi andra har alla de övriga inom oss.

Ja, jag borde unna er lugnet – men jag missunnar er ändå! Och är *glad* över att missunna er det, ty avunden driver oss framåt, ger vår energi vingar. Vad är väl äregirigheten annat än maskerad avund? Och dock är äregirigheten en dygd, en "virtus"!

Det förefaller mig ibland som om hela den gängse moralen behövde en revision, ty då jag analyserar en "dygd", så får jag så ofta en "last". –

Jag skulle vilja arbeta idag, men jag kan inte. Från rummet innanför hör jag nu sedan en halvtimme en störande röst – en av min värds pojkar, som lär sig sina läxor genom att läsa upp den högt. Det pinar mig, jag måste gå ut och promenera. Det är så soligt och oroligt på gatan, men jag måste ändå gå ut, för röstens skull. –

Torsdagen den 12 mars. Kl. 11 f.m.

Idag är det full vår! Ingen grönska ännu, inte ens en blåsippa på torget, och kallt och snöigt är det på gatan. Men där är något i luften, något friskt och starkt och eggande och nytt, och solskenet är liksom yngre och ljuvare, och människorna går fortare, talar livligare och ser älskvärdare ut. Allt andas lust, arbetslust och livslust. Jag har idag skrivit inledningen till mitt verk:

"BLOMMORNAS SJÄL.

Liksom en kanariefågel börjar sjunga, när han vaknar ur sin skymningsslummer, då aftonlampan tänds i den sena vårkvällen, så vaknar också människosjälen till nytt liv först när ett ovant och nytt ljus plötsligen väcker henne ur hennes skymningsdrömmar.

Hon ser då livet i en annan belysning än förr, med nya skuggor och nya dagrar; och förhållanden, som hon förut anat, ser hon nu tydligt och klart.

Detta nya ljus har fallit över mig, och jag har plötsligt varsnat det psykiska sammanhanget i naturen.

Allt har en själ. Inte blott människan, utan även djuren.

Detta är bevisat redan genom det numera fastslagna faktum, att människan endast är djurets högsta utvecklingsstadium – är, så att säga, ett adlat djur.

Att även blommorna har en själ, d.v.s. medvetande och känslor skall jag söka klarlägga.

Den mörkröda ros, som vaggar på drottningens vita barm, våndas i dödssmärta och avundas den levande flädern vid den soliga landsvägen..."

Kl. 4 e.m.

Hit hade jag hunnit i min inledning, då jag återigen blev störd – av rösten fån rummet innanför. Den gutturala, monotona gossrösten, som läser upp högt ur skolböckerna, och som alltid börjar höras, just när jag som bäst behöver isolering och lugn...

Det är något tunt och falskt och ofint i den rösten, den gör mig nervös och orolig, den verkar på mig som ett utspätt gift – inte dödande, men upphävande all själisk harmoni.

Det är något vidrigt, oförstående och ödsligt i den rösten – ängsligt och kallt på samma gång. Och inga modulationer! Varje ord får samma betoning, samma värde:

"Och–Simson–sade–till–fili–stéerna––jag–skall–förgöra–eder––"

Och samma sats om och om igen, tjugo, trettio gånger, tills den fastnat i denna hårda hjärna – för några sekunder blott! Men sedan detsamma om igen!

Just när jag känner att inspirationen börjar gry hos mig, faller denna röst som ett irriterande dropp över mig, absorberar min egen tanke och förlamar mitt initiativ. Jag sitter och tänker: nu tystnar han! – Han tystnar verkligen... Men just när jag skall koncentrera mig igen, och till hälften lyckats däri, höjer sig rösten igen...

Och jag lägger pennan och känner mig besegrad, förintad i min handlingsfrihet av några monotona, gutturala ljud från en osedd människa i ett osett rum.

Fredagen den 13 mars.

Det är *fredag* och den *13:de* idag – allt olyckligt på en gång! Jag har talat med min värd idag om gossen där inne, och han lovade att förbjuda honom att läsa högt. Men det har inte hjälpt. Så fort fadern är ute, börjar gossen igen, nu ännu högre – tycker jag – än förut.

Det är som *han där inne* vore i en ständig feber och yrsel, som om han *måste* tala i samma tonfall alltid, utan att ta hänsyn till om han blir hörd eller inte – ett helt och hållet patologiskt talbegär.

Jag hör när han börjar, ja, redan ett par minuter innan han börjar känner jag hur mitt intresse för allt annat börjar slappas och försvinna – jag sitter väntande, som när man väntar ett telegram om en olycka – och så kommer de första ljuden, och en kort tystnad... Och så stiger rösten till sin fulla styrka där inne, och jag blir förvirrad, och jag andas tungt och stora droppar kommer på min panna – och jag är i *hans* våld, *han där inne*, som binder mig i hjälplös slapphet vid min stol, endast med blotta ljudet av sin hatade röst!

Det är endast med yttersta möda jag stundom lyckas slita mig loss och gå ut. Det är som om någon tvang mig att sitta stilla och i flämtan och ångest vänta på rösten, lyssna till rösten. Jag kan inte göra någonting, jag är inte fri längre, jag är i ångest dygnet om, antingen av fruktan för att han skall börja, eller i vånda över att han binder mig fast.

Måndagen den 16 mars.

Det är omöjligt, det går inte längre. Mitt liv är förintat. Mitt verk kan aldrig fullbordas. Jag har levt förgäves. Det är alltså meningen att jag aldrig skall få fullborda mitt livsverk! Jag skall alltså, liksom en vanlig människa, dö, utan att lämna spår efter mig på jorden – och detta, när jag vet att jag med mitt verk skulle sprida nytt ljus över stora områden, göra nytta, bli stor, d.v.s. visa mig sådan min själ är.

Men det blir omöjligt; outförbart och outfört! All min förmåga att koncentrera mina tankar stjäls brutalt från mig av en underlägsen liten varelse på andra sidan om väggen – tre tum ifrån mig, utan att jag kan se honom.

Det hjälper inte att rösten stundom för flera timmar inte låter höra sig! Då sitter jag blott i rädd spänning och fruktan att han vilket ögonblick som helst skall börja. Denna spänning är nästan värre än när jag verkligen hör rösten. Ja, att inte höra *hans* röst är fruktansvärt av allt.

Ty då bor han i min väntan och skräck som en oemotsäglig härskare; mina minuter är hans slavar, min tanke hans bundne träl.

Och värst av allt; jag vet att även om jag flyttar härifrån, är mitt medvetande indränkt av tanken på hans närvaro, och han kommer att höras för mitt öra, sakta och oemotståndligt, även när andra ljud pockar på mottagande.

Jag har sett en skymt av honom idag; en liten blek företeelse med smalt, snett, lillgammalt ansikte och stora, oroliga ögon, som han vände bort från min blick. Jag såg att han var medveten om sin makt men inte vågade visa det, av fruktan för att jag skulle revoltera – *innan han fått sitt värv fullgjort.*

Ty *ett* är mig nu säkert och klart; han är mina fienders sista medel och ödesdigra verktyg.

Tisdagen den 17 mars.

Efter en natt utan sömn steg jag utmattad upp. Men jag kände arbetskraft ändå, och fram emot fyratiden på e.m. satte jag mig till mitt arbete.

38

En halvtimme förgick i stilla, njutningsrik produktion. Då hörde jag plötsligen stämman från andra rummet – svagt, men tydligt.

Den verkade på mig som ett tyst skott. Pennan föll ur min hand och fastnade med spetsen i golvtiljan, stod darrande och svängande som en blomma i storm. Och all min kraft försvann, jag satt som ett livlöst ting i min stol, blek och med kallsvett på tinningarna.

Varje ord trängde genom mig som en långsam, giftig pil, vilken jag inte kunde undfly, ljuden närmade sig mig som lugna huggormar och bet till, när de nått ända fram. Och jag satt bunden och såg dem komma!

En tyngd låg på mitt huvud, och jag kunde inte skaka den av. Det stack som av spetsiga, glödande nålar i utsidan av mina förlamade händer. All tanke svann, blott ett stod kvar, att jag led utan hjälp och utan värn.

När äntligen efter en lång stund rösten upphörde, gick jag darrande i alla leder hän mot min soffa och lade mig, svag som efter en sjukdom.

Slutligen återvände min vilja, och min tanke tog en enda form, bönens form:

O Herre, om du finns, så hjälp mig! Och finns ingen annan hjälp, så låt honom dö, att jag må få leva! Jag ber dig om hans död, det är min sista bön, min enda bön. Jag ber dig om hans död! – –

Utanför på gatan var allt tyst och stilla. Solen sken lugnt och gult in på mina vita blommor, och jag slöt trött mina ögon och somnade in – för första gången på länge utan att drömma om honom.

Torsdagen den 19 mars.

Sedan igår e.m. har jag inte hör rösten; men jag har inte kunnat arbeta ändå. Utmattningen, mitt lidande, allt har gjort att jag inte kunnat skriva något nytt förrän idag.

Jag har lyckats uppställa huvudplanen för mitt verk. Blommornas inre kan naturligtvis inte vara betingat eller beroende av så likgiltiga yttre företeelser som deras befruktningsorgan, deras andningsorgan, deras näringsorgan eller dylikt. Det är utan tvivel *färgen* som är det väsentliga för en blommas djupare väsen:

"De *blå* blommorna har en lugn, stort anlagd själ; deras sinnesrörelser är till det yttre nästan omärkliga. Men djupa, liksom strömmarna i havet. Deras färg är en trogen bild av deras väsen: stilla, stor, mäktig utan prakt, men oemotståndligt gällande. Exempel: blåklinten i ett rågfält:

syns alltid, ger *karaktär* åt det eljest flackt, odeciderat färgade åkerstycket. Blåklinten personifierar alltså det stora, det *förande* elementet i massan. Blått: härskarefärg.

Den *vita* blomman: endast en är *äkta* vit: den snövita konvaljen. Dess doft är dess röst, och dess röst säger: tyst sällhet: exempel: björkslag med blommande konvaljer: skogen susar sin sorg och fröjd, men konvaljen andas ljudlöst, blek av tillbakaträngt jubel, och ringande med dämpade bröllopsklockor i den vardagligt susande skogen."

Jag skulle ha skrivit mera – jag hade beslutat att analysera rött också – den första underavdelningen av rött (vitt rött). Men jag kan inte. Rösten hörs inte längre, och dess frånvaro kryper som en ängslan, som en kvävande slingerväxt kring mig. Det är värre än när jag inte hör den.

Lördagen den 21 mars.

Hela natten har det bullrat och sprungits inne hos min värd. Jag har inte kunnat sova. Jag har undrat och undrat. Och i morse frågade jag honom vad det var?

Han var blek i hela ansiktet, utom de röda ögonlockskanterna. Han liksom sväljde ned något, öppnade läpparna, slöt dem igen, och sade till sist med underlig, tom röst: Min gosse är död.

Jag svarade ingenting, bara såg på honom, och han vände sig om för att gå, men vände sig återigen och sade liksom förklarande:

"Det var kramp – feber. Han dog i natt. Bara två dagar sjuk! Det kom så – så..."

Han tvärtystnade och gick brådskande, med handen famlande efter näsduken.

Detta har alltså hänt! Jag är alltså en mördare!

Det *måste* vara min önskan, min bön, som har gjort hans död.

Denna tanke har legat på mig hela dagen. Den lämnar mig inte. Den lämnar mig aldrig.

Jag *känner* att det är min bön, som har satt Döden i gång. Jag känner det. Och om också hans röst är slut, så är också min ro slut.

Söndagen, 22 mars.

Man kan döda med svärd, man kan döda med ord, man kan mörda med tankar. Om en tanke har någon makt – och det har den – varför skulle inte den kunna utöva ett sådant inflytande på en nära befintlig annan, svagare människa, att hon känner sig driven att begå en handling, som befrämjar den starkare människas tankes syftemål?

Hon märker inte att hon lyder en främmande impuls, men hon lyder den ändock. Hon går en annans ärenden, till sitt eget fördärv.

Jag har önskat hans död. Han har känt och smittats av min önskan. Han har utsatt sig för förkylning eller för andra sjukdomsalstrande omständigheter, därtill driven av min inympande tanke. Ty tanken kan överföras, slå rot och blomma, utan att människan – jordmänniskan – kan hindra sitt eget väsen att naturligt nära den giftiga plantan.

Så har det skett. Jag är en mördare. Jag ångrar –

Jag ångar – men vad hjälper all min ånger mot det avgörande ögonblickets handling? Ångern är en onyttig leksak – jag ångrar inte. Vad hjälper det mig! Och *vad* hjälper mig nu?

Måndagen.

Jag har dödat ett barn – d.v.s. möjligheter till gott. Vad var *mitt* lidande mot *hans* möjligheter? Varje år, som han inte kommer att leva, blir ett år av ångest för mig. Jag måste ju alltid fråga mig: hade inte möjligtvis han kunnat ingripa avgörande, välgörande och räddande här i detta kritiska tillfälle? Och i de flesta fall kanske det tunga och hårda svaret: Ja.

Den 24 mars.

Spegeln på min – den enda obeslöjade spegel i hela mitt rum – är så ställd, att jag kan se mitt skrivbord uti den.

Idag när jag stod framme vid denna spegel och tankspritt såg på min egen bild, varsnade jag att papperen på mitt skrivbord rördes av sig själva. De prasslade inte, jag hörde det inte, jag endast såg det. Då jag häpen vände mig om, var allt som vanligt – de livlösa tingen var stilla, endast jag rörde mig i hela rummet?

Är detta en synvilla – eller något annat?

25 mars.

Denna eftermiddag har något förskräckligt, något ohyggligt hänt mig.

Jag stod vid kakelugnsspegeln och ordnade i mitt cigarrställ. Jag var ensam i rummet. På mitt skrivbord låg en bok.

Då ser jag hur tre blad långsamt vänder sig av sig själv i boken – och för varje gång prasslar det till.

Jag vände mig om – ingen människa i rummet.

Endast jag och blommorna. Men sidan var vänd, ty jag mindes mycket väl var jag slutat läsa.

Jag tog boken i hand – de vända bladen var iskalla, som om boken hade upptagits ur en källare.

Jag vågar inte tänka på det, men jag kan inte tänka på något annat heller. Mitt enda hjälpmedel är sömn – sömn genom opium, utan drömmar.

Torsdagen den 26 mars.

Mitt ansikte är förändrat; det förefaller mig som om jag vore en annan person, ett annat jag, med dessa bleka drag, dess långa ansiktslinjer, mörka ögonringar och skälvande läppar. Min blick vill inte möta mina ögon, då jag söker honom i spegeln – spegeln, som har blivit mitt helvete och mitt liv, mitt verkliga liv.

Igår hände det, som gör att jag ser mig om, vart jag än går i mitt rum. Jag har blivit rädd för mitt rum: jag bor inte ensam här.

Jag stod vid spegeln, skulle tända en cigarr. Mitt skrivbord speglas där av, i sin mahognybrunhet, en brun öken med vita oaser av papper. Men när jag ser det, så bildar sig över ett av papperen en brungul skugga, liksom början till en rök. Jag vill vända mig om men kan inte. Den bruna skuggan blir en svagt böljande rök, endast ett par tum hög. Och plötsligen skönjer jag, mitt genom röken som stilla skingras, delas, en liten gulvit hand, som lyfter papperet högt upp och kastar det ned på golvet.

Jag vill vända mig om men föll omkull av skräck. Vid bullret störtade min värd in. Jag ville fråga honom: Hur såg er döda gosses hand ut? – men mina läppar skälvde ju så av överraskning, att jag inte kunde säga ett ord. Jag blott vinkade – och han gick igen och såg på mig så egendomligt, när han stängde dörren.

Se'n dess har jag sett den lilla gula handen en gång till. Han rörde om i mina papper – utan att *de prasslade*. Men så fort jag vänder mig om från spegeln – syns ingenting.

27 mars.

När jag sitter vid mitt skrivbord, har jag en känsla av att någon står bakom min rygg, och ser på mig. Det känns först varmt, sedan kallt, blir allt kallare, tills jag känner hur mitt hår reser sig och min hand blir kraftlös,

42

och min tunga förlamas, och jag andas tungt och flämtande. När han fått mig så långt, kan jag med ohygglig ansträngning vända mig om, och hör då hur han susande och tassande försvinner långt borta, längre borta än mitt rums väggar.

Den lilla gula handen har i eftermiddag synts två gånger. Den ser magrare, kallare och mer levande ut för var gång. I natt har den strukit mig över strupen en gång. Jag vaknade och skrek.

Lördagsnatt.

En stel skrämselnatt. Genom mina öppna fönster hör jag de sträckande vildgässens sällsamma sång. Stora, vita stjärnor. Mina hyacinter vissnar: Min själ vissnar också bort.

"Lilla, gula hand!" – har jag bett i natt. – "Lilla, gula hand, släpp mitt fattiga liv! Jag skall göra allt vad du vill, jag skall också göra allt vad det elaka, likstela ansiktet med de stora stickande ögonen vill. Men släpp min strupe, lilla gula hand, och släck inte ut mitt ljus, var gång jag försöker tända det. Jag kan ju inte leva, om allt blir mörkt – lilla, gula hand!"

Denna bön har jag bett som ett barn två gånger å rad, högt, i vårnattens mörker, där knappt de vita kallorna skiner igenom. Så mitt hjärta slår – det hörs, det hörs...

Jag är ensam på jorden, och vill vara ensam. Ibland tycker jag liksom att det är synd om någon, men vem vet jag inte. Jag anstränger mig, och med ens börjar det bli klart för mig att det är synd om någon, som jag känner, som jag känner mycket nära, som är mycket nära mig... Men så mörknar det igen. Det stela ansiktet med de stora, tomma ögonen släcker ju alltid ut mitt ljus.

Så mitt hjärta slår – och vad jag är ensam.

Jag måste skydda mig på något sätt – jag har rättighet att skjuta – tyst, så att jag inte väcker alla de lyckliga, som sover i natt under de stora, vita, ängsliga stjärnorna.

Jag har rättighet att skjuta, om någon vill strypa mig. Jag är oskyldig, och jag dödade *honom* endast i nödvärn. Hjälp! *Hjälp!!*

*   *   *

Värden fann honom på morgonen liggande framför kakelugnen. Blott två skott var skjutna ur revolvern. Det ena hade krossat spegeln, det andra hade gått genom hans tinning och stänkt rött på de stora kallornas vita kalkar.

43

Mary E. Wilkins-Freeman

Skuggorna på väggen

"Henry hade ordväxling med Edward i biblioteket natten innan Edward dog", sade Caroline Glynn.

Hon var till åren kommen, lång och mager, med hårt och färglöst ansikte. Hon talade inte bittert, utan med allvarlig stränghet.

Rebecca Ann Glynn – yngre, fylligare och med rödlätta kinder mellan de grå hårvalkarna – gapade, en mimik varmed hon uttryckte sitt instämmande. Hon satt iförd en yvig, svart sidenkjol i soffhörnet och lät sina förskräckta ögon fara från syster Caroline till den andra systern, fru Stephen Brigham, som hetat Emma Glynn och varit den enda skönheten i familjen.

Hon var vacker – en ståtlig, imposant och fullmogen skönhet. Hon fyllde den stora gungstolen med sin superba massa av kvinnlighet och vaggade långsamt fram och tillbaka, medan hennes svarta sidenkjol frasade och de svarta ryscherna svarade. Inte ens dödens tunga slag – hennes broder Edward låg nämligen kall och stel i huset – förmådde rubba det yttre lugnet i hennes uppträdande.

Hon var ledsen över förlusten av sin broder – han hade varit den yngste och hon hade hållit av honom, men aldrig hade Emma Brigham förlorat ur sikte sin egen betydenhet i denna världens oro och bedrövelse. Hon var alltid och allestädes medveten om sin egen stadighet och präktiga hållning i livets växlingar.

Men till och med hennes uttryck av mästerlig oberördhet skiftade inför syster Carolines meddelande och den flämtande förfäran, som utgjorde syster Rebecca Anns enda och stumma svar.

"Jag tycker att Henry borde ha lagt band på sitt lynne, då stackars Edward var så nära slutet", sade hon med en stränghet som lindrigt rubbade hennes vackra rosenröda läppars behagfulla linjer

"Han visste naturligtvis inte", mumlade Rebecca Ann i ett ivrigt tonfall, som var märkvärdigt litet i stil med hennes yttre personlighet. Man skulle oförvilligt ha betraktat henne på nytt för att övertyga sig om att detta spröda pip kommit ur detta svällande bröst.

"Han visste det naturligtvis inte", sade Caroline hastigt.

Hon vände sig mot systern med en underligt skarp blick av misstänksamhet.

"Hur skulle han kunna ha vetat det?" sade hon.

Därefter sjönk hon ihop, liksom vid tanken på den andras möjliga svar.

"Både du och jag visste naturligtvis, att han inte kunde det", sade hon slutligen, men hennes bleka ansikte var blekare än det varit förut.

Rebecca flämtade ånyo. Den gifta systern, fru Emma Brigham, satt nu rak och orörlig i sin stol. Hon hade slutat gunga och betraktade dem båda ihärdigt, varvid familjelikheten plötsligt gav sig tillkänna i hennes anletsdrag.

Så snart en gemensam och lika stark sinnesrörelse grep dem samtidigt framträdde liknande drag, och de tre systrarnas medlemskap av samma släkt blev uppenbar.

"Vad menar ni?" yttrade hon opartiskt åt dem båda.

Därefter tycktes även hon sjunka ihop inför ett möjligt svar. Hon skrattade med ett slags undvikande löje.

"Jag förmodar att ni menar ingenting alls", fortfor hon, men hennes ansikte bar alltjämt samma uttryck av skuggfasa.

"Ingen menar något", sade Caroline med fasthet.

Hon reste sig och gick mot dörren med bister beslutsamhet.

"Det är något som jag måste se till", och de andra förnam med ens av hennes tonfall att hon hade någon högtidlig och dyster plikt att göra i likrummet.

"O!" sade fru Brigham.

Då dörren stängts efter Caroline vände hon sig mot Rebecca.

"Bytte Henry många ord med honom?" frågade hon.

"De talade mycket högljutt", genmälde Rebecca undvikande, men på samma gång med en jakande glimt som svar på de andras nyfikenhet, i det hon hastigt lyfte sina milda blå ögon.

Fru Brigham såg på henne. Hon hade inte återtagit sitt gungande. Hon satt fortfarande rak med en lätt rynka av spänning på sin vackra panna, mellan de näpna vågorna av hennes kastanjebruna hår.

"Säg – hörde du något?" frågade hon sakta med en blick mot dörren.

"Jag gick just genom hallen in i södra salongen, och den där dörren stod öppen och den här på glänt", svarade Rebecca en lätt rodnad.

"Då måste du –"

"Jag kunde inte hjälpa det."

"Allt?"

"Det mesta."

"Vad var det?"

"Den gamla historien."

"Henry var antagligen utom sig, liksom han alltid var, därför att Edward alltjämt levde här gratis sedan han slösat bort alla de pengar pappa lämnade efter sig åt honom."

Rebecca nickade med en förskrämd blick mot dörren.

Då Emma återigen talade, var hennes röst ännu mera dämpad.

"Jag vet hur han kände sig", sade hon. "Han hade alltid själv varit så förståndig och arbetat hårt i sitt yrke, och där såg han Edward som aldrig gjort annat än kastat bort pengar, och det måste ha förefallit honom som om Edward levde på hans bekostnad, men det gjorde han inte."

"Nej, det gjorde han inte."

"Det var pappas mening med kvarlåtenskapen – att alla barnen skulle ha ett hem här – och han lämnade efter sig pengar tillräckligt till allt – om vi också kommit hit hela högen och stannat här till döddagar."

" Javisst."

"Och Edward hade sina rättigheter här föreskrivet i pappas testamente, och det borde Henry ha kommit ihåg."

"Ja, det borde han."

"Yttrade han hårda ord?"

"Rätt hårda, efter vad jag kunde höra."

"Nämligen?"

"Jag hörde honom säga åt Edvard, att han inte alls hade här att göra, och han ansåg att det vore bäst om han försvann."

"Vad svarade Edward på det?"

"Han sade att han skulle stanna här så länge han levde och till och med efteråt, om det föll honom in; att det skulle roa honom att se om Henry kunde köra iväg honom. Och sedan –"

"Vad då?"

"Sedan skrattade han."

"Vad sade Henry?"

"Jag hörde honom inte säga något, men –"

"Men? ... Vad –?"

"Jag såg honom, då han kom ut ur det här rummet."

"Såg han förryckt ut?"

"Du har sett honom då han haft den uppsynen."

Emma nickade. Uttrycket av fasa i hennes ansikte hade djupnat.

"Minns du den gången han dödade katten, för att den klöst honom?"

"Ja! Tala inte om det!"

Caroline återvände nu in i rummet. Hon gick bort till kaminen, där en barrvedsbrasa brann – det var en kall och kulen höstdag – och värmde sina händer, som var röda efter att nyss ha tvättats i kallt vatten.

Fru Brigham såg på henne och tvekade.

Hon tittade på dörren som alltjämt stod på glänt, emedan den inte var lätt att stänga igen, eftersom den fortfarande var uppsvälld av sommarens fuktiga väderlek. Hon reste sig och slog igen den med en skarp smäll, som skakade hela huset,

Rebecca spratt nervöst till med ett halvt utrop. Caroline såg ogillande på henne.

"Det är på tiden att du börjar behärska dina nerver, Rebecca."

"Jag kan inte hjälpa det", svarade Rebecca i kvidande tonfall. "Jag är nervös. Och Gud må veta, att det finns nog av anledningar för mig att bli det."

"Vad menar du med det?" frågade Caroline, i det hon anlade sin gamla min av skarp misstänksamhet blandad med trots och ängslan, för den händelse den skulle finnas befogad.

Rebecca sjönk ihop.

"Ingenting", sade hon.

"Då skulle jag inte hålla i med att prata på det här viset."

Emma, som nu kom tillbaka från den stängda dörren, sade myndigt att den borde lagas, eftersom den var så svår att få igen.

"Den krymper nog, se'n vi haft det eldat ett par dagar", genmälde Caroline.

"Om man gör någonting åt den blir den för liten, och det blir en springa vid tröskeln."

"Jag tycker att Henry borde blygas över sig själv, som talade så där till Edward", sade fru Brigham helt tvärt, men med nästan ohörbar röst.

"Sch!" inföll Caroline med en blick av oförställd fruktan på den stängda dörren.

"Ingen kan höra oss då dörren är stängd."

"Han måste ha hört den stängas, och –"

"Nåväl, jag kan säga vad jag vill säga innan han kommer ner, och jag är inte rädd för honom."

"Jag vet ingen som är rädd för honom! Vilken anledning har väl någon att vara rädd för Henry!" frågade Caroline.

Fru Brigham darrade inför systerns blick. Rebecca flämtade på nytt.

"Det finns naturligtvis ingen anledning – varför skulle det finnas någon?"

”I det fallet skulle jag inte tala så där. Någon kunde lyssna på dig och tycka att det var underligt. Du vet ju att Miranda Joy sitter i södra salongen och syr.”

”Jag trodde att hon gick en trappa upp för att brodera på maskinen.”

”Det gjorde hon, men hon kom ner igen.”

”Nå, i vilket fall som helst kan hon inte höra något. Jag säger ännu en gång min mening. – Henry borde blygas över sig själv. Jag tycker att han aldrig borde kunna överleva det – gräla med stackars Edward natten innan han dog! Edward hade nog med alla sina fel ett bättre sinnelag än Henry. Jag hade själv alltid mycket höga tankar om stackars Edward.”

Fru Brigham förde näsduken över ögonen. Rebecca snyftade ljudlöst.

”Rebecca!” sade Caroline försvarande i det hon höll sin mun styv, och beslutsamt svalde något.

”Jag hörde honom aldrig säga ett ovänligt ord såvida han inte talade ovänligt till Henry den där sista natten. Jag vet inte, men han lär ha gjort det den där sista natten, efter vad Rebecca hörde”, sade Emma.

”Inte så mycket ovänliga, som snarare milda och lena och förebrående”, sade Rebecca halvt tjutande.

”Han höjde aldrig rösten”, sade Caroline, ”men han fick sin vilja fram.”

”Det hade han rättighet till i det här fallet.”

”Ja, det hade han.”

”Han hade lika stora rättigheter här som Henry”, snyftade Rebecca, ”och nu är han borta och kommer aldrig tillbaka till det här huset, som stackars pappa lämnade åt honom och oss andra.”

”Vad tror du egentligen att det var som fattades Edward?” frågade Emma nästan viskande.

Hon såg inte på systern

Caroline satte sig i en fåtölj strax bredvid och knöt händerna så konvulsiviskt, att de magra fingerknogarna vitnade.

”Det har jag sagt dig”, svarade hon.

Rebecca höll näsduken för munnen och såg på dem med vettskrämda, gråtande ögon.

”Jag minns din uppgift att han hade förskräckliga magplågor och krampryckningar, men hur tror du att han fick dem?”

”Henry kallade det en gastrisk åkomma. Du vet att Edward alltid hade dålig matsmältning.”

Fru Brigham tvekade.

”Var det något tal om... om en undersökning?” sade hon.

Och nu vände sig Caroline ursinnigt mot henne.

”Nej!” sade hon med fruktansvärd röst. – ”Nej!”

De tre systrarnas själar tycktes genom ögonen mötas på ett gemensamt område av förfärande hemligt samförstånd. Det gammalmodiga dörrhandtaget hördes rassla, och en stöt utifrån skakade dörren utan verkan.

Rebecca snarare suckade än viskade:

”Det är Henry!”

Sedan fru Brigham ljudlöst glidit över golvet satte sig hon sig åter i sin gungstol och vaggade av och an med huvudet bekvämt bakåtlutat, då dörren äntligen gav med sig och Henry Glynn steg in.

Han kastade förstulet en skarp, mångtydig blick på fru Brigham, som satt där så utstuderat lugn: på Rebecca som stillsamt krupit ihop i soffhörnet med näsduken för ansiktet och endast ett litet rodnande öra, lystrande som en hunds, obetäckt och röjande hennes medvetenhet om hans närvaro: på Caroline som med ansträngd fattning satt i sin fåtölj vid kaminen.

Hon mötte hans ögon fullkomligt stadigt med en blick av outgrundlig fruktan och av utmaning både mot denna fruktan och honom själv.

Henry Flynn liknade mera denna syster än de andra. Båda hade samma hårda spinkighet i gestalt och anletsdrag. Båda var långa och nästan utmärglade. Båda hade sparsam gråblond hårväxt långt bakom den höga intelligenta pannan – bådas drag företedde något nästan ädelt, örnlikt.

De betraktade varandra med den hårda orörligheten hos två bildstoder i vilkas marmorlinjer sensationerna var fixerade för tid och evighet. Därefter smålog Henry Glynn, och leendet förvandlade hans ansikte. Han föreföll med ens många år yngre och en nästan pojkaktig vårdslöshet och obeslutsamhet kom till synes i hans anletsdrag. Han kastade sig i närmaste fåtölj med en gest som verkade förbryllande, emedan den på det hela taget var så föga i stil med hans yttre personlighet.

Han lutade huvudet bakåt, slog det ena benet över det andra och såg skrattande på fru Brigham.

”Jag försäkrar, Emma, att du blir yngre för varje år”, sade han.

Hon rodnade livligt och hennes fylliga läppar tänjdes vid mungiporna.

Hon var svag för smicker.

”Våra tankar idag borde ägnas en av oss, som aldrig blir äldre”, sade Caroline i hårt tonfall.

Henry såg på henne och smålog alltjämt.

”Naturligtvis är det ingen av oss som glömmer det”, genmälde han med sin djupa och vänliga röst, ”men vi måste tala till de levande, Caroline – jag har inte sett Emma på lång tid, och de levande är oss lika kära som de döda.”

”Inte mig”, sade Caroline.

Hon reste sig och gick ännu en gång brådstörtat ut ur rummet. Rebecca reste sig även och skyndade efter henne, ljudligt snyftande.

Henry såg långsamt efter dem.

”Caroline är fullständigt ur gängorna”, yttrade han.

Fru Brighum gungade. Hans hela sätt ingav henne en gryende förnimmelse av tillit. Och med denna tillit som utgångspunkt talade hon ledigt och naturligt.

”Hans död var mycket plötslig”, utlät hon sig. Henrys ögonlock darrade lindrigt, men blicken var stadig.

”Ja”, svarade han mycket plötslig. ”Den var mycket plötslig. Han var sjuk endast några timmar.”

”Vad var det du kallade det?”

”Gastrit.”

”Du tänkte inte på någon undersökning?”

”Det var inte nödvändigt. Jag är fullt på det klara med dödsorsaken.”

Plötsligt hade fru Brigham en förnimmelse av något livslevande rysligt som kröp omkring hennes själ. Det sved av en iskall kyla i alla hennes muskelfibrer. Hon reste sig vacklande och det skälvde i hennes knäveck.

”Vart går du?” frågade Henry med underlig, andlös röst.

Fru Brigham yttrade någon osammanhängande fras om någon sömnad som hon måste avsluta, något svart till begravningen, och så var hon försvunnen ur rummet. Hon gick upp till det rum åt fasaden som hon bebodde.

Caroline var där.

Hon gick intill henne och fattade hennes händer, och de båda systrarna betraktade varandra.

”Tala inte! ... Gör det inte! ... Jag vill inte!” sade Caroline slutligen i en hemsk viskning.

”Jag skall inte”, svarade Emma.

Denna eftermiddag befann sig de tre systrarna i biblioteket, det stora fasadrummet på nedre botten tvärs över kullen från södra salongen, då skymningen inbröt.

Fru Brigham fållade på något svart beklädnadsmaterial. Hon satt nära intill det åt väster befintliga fönstret för att tillgodogöra sig det avtagande dagsljuset. Slutligen lade hon arbetet i sitt sköte.

”Det tjänar ingenting till. Jag ser inte att sy ett stygn innan vi får ljus”, yttrade hon.

Caroline, som skrev en del bredvid bordet, vände sig mot Rebecca, som intog sin vanliga plats på soffan.

”Rebecca, det är bäst att du går efter en lampa”, sade hon.

Rebecca spratt till. Även nu i skumrasket röjde hennes ansikte att hon var i ett uppskakat tillstånd:

”Jag kan inte finna att vi behöver någon lampa ännu”, sade hon i ett ömkligt och bevekande tonfall, snarlikt ett barns.

”Jo, det behöver vi”, genmälde fru Brigham bestämt. ”Vi måste ha ljus. Jag måste ha det här färdigt i afton, annars kan jag inte vara med på begravningen och jag ser inte att sy ett enda stygn.”

”Caroline kan se att skriva brev, och hon är längre borta från fönstret än du”, sade Rebecca.

”Är det din mening att spara fotogen, eller är det bara du som är lat, Rebecca Glynn?” utbrast fru Brigham. ”Jag kunde ju själv gå och hämta lampan, men jag har allt det här arbetet i knät.”

Carolines penna upphörde att krafsa.

”Rebecca, vi måste ha lampan”, sade hon.

”Är det så nödvändigt att ta den hitin?” frågade Rebecca svagt.

”Naturligtvis! Varför inte?” ropade Caroline strängt.

”Det kan inte falla mig in att flytta min sömnad till andra rummet nu, då det är städat och gjort i ordning till morgondagen”, sade fru Brigham.

”Nå, aldrig har jag hört så mycket resonemang om att tända en lampa.”

Rebecca reste sig och lämnade rummet.

Strax därefter kom hon in med en lampa – en stor pjäs med vit porslinskupa. Hon ställde den på ett bord, ett gammalmodigt spelbord som stod invid väggen mittemot fönstret. Denna var inte belamrad med bokskåp och böcker, något som var fallet med de tre övriga. I denna mittemot fönstret befintliga vägg fanns tre dörrar och det enda lilla mellanrummet mellan dessa upptogs av bordet.

Över bordet på de gamla, i en glans av vita sidenblänkande papperstapeter med gröna tvärbårder, hängde tämligen högt upp ett miniatyrporträtt på elfenben, infattat i en svart förgylld ram, och gjort under familjemoderns flickdagar.

Då lampan ställdes på bordet därunder tycktes det lilla näpna på elfenben målade ansiktet titta fram med ett uttryck av levande intelligens.

”Varför har du ställt lampan där borta?” frågade fru Brigham med större otålighet än hennes röst vanligen förrådde. ”Varför ställde du den inte lika gärna i hallen, där den skulle gjort samma nytta! Varken jag eller Caroline kan se om den står där på bordet.”

”Jag trodde att ni kanske ville flytta er”, svarade Rebecca hest.

”Om jag flyttar mig kan vi inte båda sitta vid bordet. Caroline har sina papper kringströdda överallt. Varför ställer du inte lampan på arbetsbordet mitt i rummet, så att vi båda kan se?”

Rebecca tvekade. Hennes ansikte var mycket blekt. Hennes blick var så bönfallande, att den rent av uppfyllde syster Caroline med ångest.

”Varför gör du inte som hon säger och ställer lampan på det här bordet?” frågade Caroline nästan vilt. ”Varför gör du så där, Rebecca?”

”Jag kunde väl tänka mig att du skulle fråga henne om det”, sade fru Brigham. ”Hon är inte alls lik sig själv i vad hon gör.”

Utan att säga ett ord tog Rebecca lampan och ställde den på bordet mitt i rummet. Därefter vände hon hastigt ryggen mot den, satte sig på soffan, lade ena handen över ögonen liksom för att skugga dem, och förblev i denna ställning.

”Besväras dina ögon av ljuset, och var det därför du inte ville ta in lampan?” frågade fru Brigham vänligt.

”Jag tycker alltid om att sitta i mörkret”, svarade Rebecca med halvkvävd röst. Därefter ryckte hon upp näsduken ur fickan och började gråta.

Caroline fortfor med sin skrivning, fru Brigham med sin sömnad.

Plötsligt, och alltmedan hon sydde, råkade fru Brigham kasta en blick på väggen mittemot. Blicken övergick i ett oavvänt stirrande. Hon tittade ihärdigt och höll arbetet orörligt i sina händer.

Därefter vände hon åter bort blicken och tog ännu några stygn, varpå hon tittade ännu en gång för att sedan på nytt ägna sig åt sin sysselsättning.

Slutligen lät hon arbetet vila i sitt sköte och stirrade koncentrerat.

Hon blickade från väggen runt omkring taket, i det hon lade märke till varje särskilt föremål. Hon betraktade väggen länge och med spänd uppmärksamhet.

Och därefter vände hon sig mot systrarna.

”Vad är det?” sade hon.

”Vad?” frågade Caroline kärvt.

Hennes penna krafsade hörbart över papperet. Rebecca gav till en av sina konvulsiviska flämtningar.

"Den där randiga skuggan på väggen", svarade fru Brigham.

Rebecca satt med ansiktet dolt i näsduken. Caroline doppade sin penna i bläckhornet.

"Varför vänder ni er inte om och tittar?" frågade fru Brigham i undrande och nästan harmsen ton.

"Jag har bråttom med att få det här brevet färdigt, så att fru Wilson Ebbit skall bli underrättad i tid och kunna infinna sig till begravningen", svarade Caroline tvärsäkert.

Fru Brigham reste sig och lät sitt arbete glida till golvet.

Därefter gick hon runt omkring i rummet och flyttade undan den ena möbeln efter den andra, alltjämt med sina ögon riktade mot skuggan.

Och så skrek hon med ens;

"Titta på den där rysliga skuggan! ... Vad är det?! ... Caroline, titta, titta! ... Rebecca titta. Vad är det?"

Allt fru Brighams triumferande lugn var borta. Hennes vackra ansikte var askgrått av fasa. Hon stod där och pekade stolt mot skuggan.

"Titta!" sade hon och pekade med fingret på den. "Titta! Vad är det?"

Nu brast Rebecca i ett vilt jämmerskrik, sedan hon rysande kastat en blick på väggen.

"O, Caroline, där är det igen! ... Där är det, igen!"

"Caroline Glynn, titta, säger jag!" utbrast fru Brigham. "Titta! *Vad* är den där gräsliga skuggan?"

Caroline steg upp från stolen, vände sig och stod med ansiktet mot väggen.

"Hur skulle väl jag kunna veta det?" genmälde hon.

"Den har funnits där varje natt sedan han dog!" skrek Rebecca.

"Varje natt?"

"Ja. Han dog i torsdags, och nu är det lördag; det blir tre nätter", sade Caroline stelt.

Hon stod där som om hon försökt hålla sig lugnt i ett skruvstäd av koncentrerad viljekraft.

"Det är... det... det liknar –" stammade fru Brigham i ett tonfall av ytterlig skräck.

"Jag vet mycket väl vad det är likt", avbröt Caroline. "Jag har ögon att se med."

"Det liknar Edward!" utbrast Rebecca med ohejdad fasa.

"Ja, det gör det", instämde fru Brigham med en fasa som inte överträffades av systerns. "Men – o, det är hiskligt!"

"Vad är det, Caroline."

"Jag frågar ännu en gång; hur skulle jag kunna veta det?" genmälde Caroline. "Jag ser det där liksom ni själva. Hur skulle jag kunna veta mer om det än ni?"

"Det *måste* vara någonting i rummet", sade fru Brigham och stirrade vilt omkring.

"Vi flyttade alltsammans härinne första natten det visade sig", sade Rebecca. "Det är ingenting i rummet."

Caroline vände sig mot henne nästan med raseri.

"Naturligtvis är det ingenting i rummet", sade hon. "Så du beter dig! Vad menar du med att tala så där? Naturligtvis är det någonting i rummet."

"Ja, naturligtvis", instämde fru Brigham och såg misstänksam på Caroline. "Naturligtvis måste det förhålla sig så. Det är bara en egendomlig slump. Sådant inträffar ju ibland. Kanske det är vecket i fönsterdraperiet därborta som åstadkommer det. Det måste vara någonting i rummet."

"Det är ingenting i rummet!" upprepade Rebecca med envis fasa.

Dörren öppnades plötsligt och Henry Glynn steg in.

Han började tala, och därefter följde hans ögon riktningen av de andras. Han stod orörlig och stirrade mot skuggan på väggen.

Den var i livsstorlek och utsträckt över den vita rektangulära dörrspegeln samt till hälften över den väggyta där miniatyrporträttet hängde.

"Vad är det?" frågade han med underlig stämma.

"Det måste bero på något i rummet", sade fru Brigham svagt.

"Det beror inte på något i rummet", sade Rebecca med fasans gälla ihärdighet.

"Så du beter dig, Rebecca Glynn!" förebrådde henne Caroline.

Henry Glynn stod där och stirrade ännu ett ögonblick.

Hans anlete företedde en diatonisk skala av sinnesrörelser – skräck, förvissning och därefter ursinnig förnekelse. Plötsligt började han rusa fram och tillbaka i rummet. Han flyttade undan möblerna med våldsamma ryck, i det han alltjämt vände sig om för att se om det influerade skuggan på väggen.

Men inte en tiondels tumsbredd av dess hemska konturer rubbades.

"Det måste vara någonting i rummet!" förklarade han i ett tonfall som svepte omkring likt en pisksnärt.

Hans ansikte undergick en fullständig förvandling.

Den innersta hemligheten i hans natur tycktes blottas, ända tills man nästan förlorade hans ansiktslinjer ur synhåll.

Rebecca stod alldeles invid soffan och betraktade honom med sorgsna, förhäxade ögon.

Fru Brigham grep om Carolines hand. Båda stod borta i en vrå på långt avstånd från honom.

Några ögonblick rasade han kring rummet som en tiger i sin bur.

Han flyttade varje den obetydligaste möbel och småsak, och då förflyttningen inte inverkade på skuggan slungade han föremålet i golvet, allt under det systrarna betraktade honom med skräckslagen tystnad.

Därefter upphörde han plötsligt med dessa åtgärder. Han skrattade och började resa upp de möbler som han slagit omkull.

"Sådan galenskap!" sade han lättvindigt. "Så mycket väsen för en skugga!"

"Mycket riktigt", medgav fru Brigham i ett förskräckt tonfall, som hon bemödade sig om att göra naturligt.

Medan hon talade lyfte hon en stol som befann sig i närheten.

"Du har visst brutit sönder den stol som Edward tyckte så mycket om", sade Caroline.

Skräck och raseri kämpade om herraväldet i hennes ansikte. Hennes läppar var hopknipna, ögonen halvslutna.

Henry lyfte stolen med en min av ängslan.

"Å, den är lika bra som någonsin", utlät han sig godmodigt.

Han skrattade återigen och såg på sina systrar.

"Skrämde jag er?" sade han. "Jag trodde att ni känt mig så länge att ni hunnit vänja er vid mig. Ni vet hur angelägen jag är att tvärt gå till botten med ett mysterium, och den där skuggan – hm – ja, den ser konstig ut, och jag trodde att om det fanns någon utväg att förklara den, så skulle jag leta rätt på den utan dröjsmål."

"Det ser inte ut som om du lyckats", anmärke Caroline kärvt med ett flyktigt ögonkast mot väggen.

Henrys ögon följde riktningen av hennes, han darrade märkbart.

"Å, skuggor kan ingen förklara", utlät han sig och skrattade på nytt. "Den människa som söker förklara skuggor, är enfaldig."

Nu ringde det till kvällsvard och alla lämnade rummet, men Henry höll ryggen vänd mot väggen – ett exempel som för övrigt följdes av de andra.

Fru Brigham tryckte sig tätt intill Caroline medan hon passerade hallen.

"Han liknade en demon!" flåsade hon i hennes öra.

Henry gick i förväg med en hållning så ledig som en pojkes. Rebecca bildade eftertruppen. Hennes knän skälvde så att hon blott med största svårighet kunde gå.

"Jag kan inte sitta mer därinne i afton", viskade hon åt Caroline efter kvällsvarden.

"Nå, då sätter vi oss väl i rummet åt söder", svarade Caroline viskande.

"Vi flyttar oss väl till södra salongen?" fortfor hon högt. "Där fuktar inte så mycket som biblioteket, och jag är förkyld."

Följaktligen slog de sig alla ned i det nyss nämnda rummet med sin sömnad.

Henry läste en tidning och hade flyttat sig tätt intill bordet. Vid niotiden reste han sig brådskande och gick över hallen mot biblioteket.

De tre systrarna växlade blickar. Fru Brigham reste sig även hon, svepte sina frasande kjolar omkring sig så att de stramade och började på tåspetsarna gå mot dörren.

"Vad tänker du göra?" frågade den upprörda Rebecca.

"Jag ämnar se efter vad han tar sig för", svarade fru Brigham.

Medan hon talade pekade hon på biblioteksdörren vid andra ändan av hallen. Den stod på glänt. Henry hade försökt stänga igen den efter sig, men den hade på ett eller annat sätt svällt utöver sina vanliga dimensioner på märkvärdigt kort tid.

Lampan i hallen var inte tänd.

"Det är bäst att du stannar där du är", sade Caroline skarpt men halvhögt.

"Nej, jag är fast besluten att se efter", genmälde fru Brigham,

Därmed samlade hon kring sig kjolarna så tätt att hennes gestalts yppiga linjer tydligt tecknades inom sidenomhöljet, varefter hon långsamt trevade sig fram mot biblioteksdörren.

Där stannade hon med ögat mot den smala springan.

I södra salongen upphörde Rebecca att sy och satt avvaktande med vitt uppspärrade ögon. Caroline höll alltjämt på med sin sömnad.

Vad fru Brigham såg från sin plats vid springan var detta:

Henry Glynn, som påtagligen kommit till slutsatsen att upphovet till den förunderliga skuggan måste vara att söka mellan det bord där lampan stod och väggen, gjorde i systematiska stötar utfall över och genom hela det mellanliggande rummet med en gammal värja, som tillhört hans fader. Inte en tum förblev ogenomborrad. Han tycktes ha uppdelat området i matematiska sektioner. Han svängde värjan med ett slags raseri och lika kall beräkning. Klingan kastade ljusblixtar, men skuggan förblev orubbad.

Fru Brigham, som iakttog honom, stelnade av skräck.

Slutligen hejdade sig Henry. Han stod där med värjan i handen, färdig att slå till, och iakttog skuggan på väggen med hotfull uppsyn.

Fru Brigham tassade tillbaka över hallen till salongen och stängde igen dörren efter sig, innan hon redogjorde för vad hon sett.

"Han liknade en demon!" sade hon för andra gången. "Har du kvar något av den där gamla sherryn, Caroline? Jag känner på mig att jag inte förmår uthärda stort mera."

"Ja, det är ingen brist på", sade Caroline. "Du kan få en klunk då du går och lägger dig, kära Emma."

"Jag går och lägger mig ögonblickligen", sade Brigham. "Jag kan inte vara med på begravningen om jag inte gör det."

Snart nog förfogade sig de tre systrarna till var sitt rum, och södra salongen stod tom. Caroline ropade åt Henry som fortfarande var i biblioteket, bad honom släcka lampan innan han gick upp och lade sig.

De hade varit borta en timme ungefär, då han steg in i rummet och hade med sig lampan som stått i biblioteket. Han ställde den på bordet och väntade ett par minuter, medan han gick fram och tillbaka.

Hans ansikte var hemskt att skåda, hans ljusa hy askgrå, och hans ögon liknade mörka avgrunder av gräsliga betraktelser.

Därefter tog han lampan och återvände till biblioteket.

Han ställde lampan på mittbordet och skuggan framträdde ögonblickligen på väggen. Återigen synade han möblerna och flyttade på dem, dock i mogen överläggning och inte i samma frenetiska tillstånd som förra gången.

Så gick han tillbaka med lampan till södra salongen och dröjde där en stund. Därefter vände han åter tillbaka till biblioteket och ställde lampan på bordet med samma påföljd som förut – skuggan visade sig genast.

Det var midnatt innan han gick uppför trapporna. Fru Brigham och de båda andra, som inte kunde sova, hörde honom komma.

Nästa dag var begravningsdagen. På aftonen satt familjen i södra salongen. Några släktingar var även tillstädes.

Ingen steg in i biblioteket utom Henry, som gjorde det först sedan de andra gått till sängs. Han medförde en lampa. Återigen såg han den hemska skuggan uppenbara sig inför ljusskenet.

Nästa morgon vid frukosten meddelade Henry Glynn att han måste resa in till staden och bli kvar tre dagar. Systrarna stirrade på honom med överraskning. Han reste mycket sällan hemifrån, och just nu hade hans praktik försummats i anledning av Edwards död.

Henry Glynn var nämligen läkare.

"Hur kan du lämna dina patienter nu?" frågade fru Brigham undrande.

"Det kan inte hjälpas – det finns ingen annan utväg", svarade Henry vårdslöst. "Jag har fått ett telegram från doktor Mitford."

"Konsultation!" frågade fru Brigham.

"Det gäller affärer."

Doktor Mitford var en gammal klasskamrat till honom, som bodde i en närliggande stad och som ibland vände sig till honom i och för konsultation.

Sedan han rest påyrkade fru Brigham för Caroline att Henry inte medgivit att det var fråga om konsultation med doktor Mitford, och detta fann hon i högsta grad märkvärdigt.

"Allt i högsta grad märkvärdigt", sade Rebecca med en rysning.

"Vad menar du?" frågade Caroline skarpt.

"Ingenting", genmälde Rebecca.

Varken denna dag eller den följande eller den tredje steg någon av dem in i biblioteket. Denna tredje dag väntades Henry hem, men han kom inte ehuru sista tåget från staden anlänt.

"Det här kallar jag ytterst egendomligt", sade fru Brigham. "Kan man bara tänka sig! – En doktor som reser från sina patienter och är borta tre dagar i sträck! Och ändå vet jag att många av dem är mycket illa däran. Så sade han åtminstone själv. Jag kan inte finna någon mening i det. Alltsamman är mig fullkomligt obegripligt."

"Och jag begriper inte mera än du", sade Rebecca. De satt alla i södra salongen. Inget ljus var tänt i biblioteksrummet mittemot, och dörren stod på glänt.

Efter en stund reste sig fru Brigham – det skulle ha varit henne omöjligt att säga varför. Det var någon inre makt som drev henne – en vilja som inte var hennes egen. Hon gick ut ur rummet, varvid hon ännu en gång samlade ihop sina frasande kjolar för att ljudet av hennes steg inte skulle höras, och började skjuta på den uppsvällda dörren till biblioteksrummet.

"Hon tog ingen lampa med sig", yttrade Rebecca darrande.

Caroline som satt och skrev brev reste sig på nytt, tog en lampa och följde efter sin syster. Rebecca hade även rest sig, men stod darrande och vågade inte göra henne sällskap.

Det ringde på portklockan, men de andra hörde inte ljudet. Det var vid södra ingången på husets andra sida. Sedan Rebecca stått obeslutsam tills klockan ringt andra gången, gick hon till den ifrågavarande dörren. Hon erinrade sig nämligen att tjänstflickan inte var hemma.

Caroline och hennes syster Emma steg in i biblioteket.

Caroline ställde lampan på bordet.

Båda riktade sina ögon mot väggen,

"O, min Gud!" flämtade fru Brigham... "Där är – där är – två skuggor."

Systrarna stod där och klamrade sig fast vid varandra och stirrade på väggens rysligheter. Och nu vacklade Rebecca in med ett telegram i handen.

"Här är ett telegram", flämtade hon. "Henry är – död!"

Maurus Jokai

En droppe blod

En av de mest berömda läkarna i Pesth, doktor K..., såg sig en morgon tvungen att, så tidigt det än var, ta emot en patient som föregav sig ha mycket bråttom. Mannen, som väntade i förrummet, lät genom betjänten säga att varje dröjsmål för honom innebar en fara. Han ville genast bli emottagen.

Doktorn tog hastigt sin schlafrock på och lät föra in patienten.

Han befann sig öga mot öga med en man, som var honom fullkomligt obekant, men som att döma av hans hållning och klädsel tillhörde de allra finaste kretsarna. På det bleka anletet syntes spår av svårt fysiskt och moraliskt lidande. Han bar högra armen i band, och ehuru man såg att han sökte behärska sig, undslapp honom gång på gång en undertryckt klagan.

– Ni är doktor K...? frågade han med låg stämma.

– Ja, min herre.

– Som landsbo har jag inte äran att känna er annat än ryktesvis. Och dock kan jag inte säga att jag är förtjust över att göra er bekantskap, ty orsaken till mitt besök är ingalunda behaglig.

Läkaren såg att den sjuke vacklade och bjöd honom en stol.

– Jag är trött. På en vecka har jag inte sovit. Jag har fått någonting i min högra hand. Jag vet inte vad det är. Det är kanske kallbrand, kräfta? I början var smärtan lindrig, men nu är den en ihållande, gruvlig brand, som blir allt mer outhärdligt för varje dag. Jag håller inte ut längre. Jag kastade mig i min vagn och här har ni mig. Jag kommer för att be er operera det sjuka stället, ty en timme till av denna tortyr gör mig galen.

Läkaren sökte lugna honom och sade, att man kanske även utan kniv kunde övervinna det onda, genom något fördelande eller uppmjukande medel.

– Nej, nej, min herre, skrek den sjuke, inga salvor, inget fördelande medel kan lindra detta. Det är kniven jag behöver. Jag har kommit till er för att ni skall skära bort stället som gör mig en så olidlig smärta.

Läkaren bad att få se på handen och den sjuke räckte fram den, gnisslande med tänderna, så outhärdlig tycktes plågan vara; och med den största tänkbara försiktighet löste han bindlarna som omgav handen.

– Framför allt, herr doktor, ber jag er att inte fästa mycket avseende vid det ni kommer att få se. Mitt onda är besynnerligt och skall överraska er; men jag besvär er att inte låta det stanna därvid.

K... bad den främmande vara lugn. Som läkare var han van att se mycket, och ingenting var längre i stånd att förvåna honom.

Det han såg, då handen befriats från alla sina bindlar, gjorde honom emellertid häpen. Man såg där ingenting abnormalt, inget sår, ingen skada. Det var en hand som alla andra. Häpen lät han handen falla.

Främlingens rop av smärta, då han med vänstra handen lyfte upp den sjuka lemmen, visade doktorn att här inte var fråga om en mystifikation, utan att han verkligen led.

– Var är det känsliga stället?

– Här, min herre, svarade främlingen och visade på yttre sidan av handen en punkt, där två stora ådror korsade varandra, och han darrade i hela kroppen då läkaren med fingerändan lätt berörde stället.

– Det är här den brännande smärtan känns?

– Förfärlig!

– Känner ni något, då jag sätter mitt finger på det?

Mannen svarade inte men tårarna kom honom i ögonen, så häftig var smärtan.

– Det är förvånande. Jag märker ingenting på detta ställe.

– Inte jag heller, och dock är det där jag känner smärtan så förfärlig, att jag stundom får lust att krossa mitt huvud mot väggen.

Doktorn tog en lupp, undersökte ånyo handen och skakade på huvudet.

– Huden är fullkomligt frisk. Blodet cirkulerar regelbundet. Den är inte inflammerad, där syns ingen kräfta. Den är lika sund här som överallt annars.

– Emellertid tror jag, att den är litet rödare på detta ställe.

– Var? Främlingen tog en blyertspenna ur sin plånbok och ritade på sin hand en rund fläck, så stor som en liten slant, och sade:

– Se där stället.

Läkaren såg på det. Han började tro att hans patient led av sinnesrubbning.

– Dröj här, sade han, på några dagar skall jag kurera er.

– Jag kan inte vänta. Tro inte att jag är galen, lider av en fix idé. På det sättet kurerar ni mig inte. Den lilla fläcken här, som jag ritat upp för er, gör mig ohyggliga plågor och jag har kommit hit för att få den bortskuren av er.

– Det kommer jag inte att göra, svarade läkaren.

– Varför?

– Emedan någon patologisk störning inte syns i er hand. Den hand ni visar mig där, är inte sjukare än min egen.

– Ni tycks verkligen tro att jag har förlorat förståndet, eller att jag roar mig på er bekostnad, återtog den sjuke och tog ur sin plånbok fram en sedel på 1000 floriner, som han lade på bordet. Ni ser nu, min herre, att här inte är frågan om skämt, och att tjänsten jag begär av er, är lika viktig som brådskande. Jag ber er, befria mig från denna del av min hand.

– Min herre, jag upprepar att alla världens skatter inte kan få mig att betrakta en lem som sjuk när den är fullkomligt frisk, och ännu mindre kan jag använda mina kirurgiska instrument på den.

– Och varför inte?

– För att en dylik handling skulle förstöra mitt rykte och komma människor att tvivla på mina medicinska kunskaper. Hela världen skulle säga att ni är galen, och att jag varit nog ohederlig att dra fördel av er galenskap, eller nog okunnig att inte märka den.

– Det är bra. Då ber jag er endast om en obetydlig tjänst, jag är själv i stånd att skära bort fläcken. Med vänstra handen går det kanske inte så alldeles bra men, än sedan. Ni åtar er väl åtminstone att förbinda såret efter operationen.

Och med förvåning såg läkaren att den besynnerlige mannen talade varsamt. Han tog av sig överrocken, sköt upp skjortärmarna och tog en kniv i sin vänstra hand. En sekund, och stålet skar djupt in i köttet.

– Vänta, skrek läkaren som blev rädd att patienten av okunnighet skulle skada något viktigt organ. Eftersom ni anser operationen oundviklig, så låt gå.

Han tog kniven ifrån honom, och när han lade den sjukes högra hand i sin vänstra bad han honom vända bort huvudet, emedan många inte tål att se sitt eget blod.

– Onödigt! Tvärtom är det jag som kommer att säga hur ni behöver skära.

Och han såg verkligen på operationen ända till slutet. Med den största kallblodighet visade han hur långt det skulle skäras, och då det lilla runda stycket togs ur handen suckade han djupt, som då man erfar en ofantlig lättnad.

– Ingenting bränner längre?

– Allt har upphört, sade främlingen och smålog. Plågan är försvunnen, borta på samma gång som biten ni skar ut. Smärtan som såret åstadkommer är som en frisk vind efter helvetets eld jämförd med den förra smärtan. Det gör mig verkligen gott att se blodet sippra fram. Låt det flyta, det gör mig sannerligen ett utomordentligt nöje.

Främlingen såg med förtjusning blodet tränga fram ur såret. Läkaren måste förbinda det halvt mot hans vilja.

Redan under förbindningen förändrades patientens hela utseende. Det smärtfulla uttrycket försvann. Med en glad blick smålog han mot läkaren. Anletet sammandrogs inte längre av smärtan, ingen förtvivlan syntes däri. Levnadslusten hade återkommit, pannan ljusnade och kinderna återfick sin färg. Hela människan undergick en synbar förvandling.

Då handen åter låg i sitt band, tryckte han med sin fria vänstra hand läkarens och tackade honom hjärtligt.

– Ta emot min uppriktigaste tacksägelse. Helt säkert har ni nu botat mig. Den ersättning jag ger er nu är på inget sätt jämförlig med den tjänst ni gjort mig. Under hela mitt återstående liv förblir jag er gäldenär.

Läkaren betraktade inte saken på samma sätt och tvekade att mottaga sedeln på 1000 floriner som låg på bordet, men främlingen å sin sida nekade att återta den, och då han såg att läkaren höll på att bli ond, bad han honom skänka den till något hospital och gick.

K... besökte honom sedan några gånger på hotellet där han dröjde så länge såret läktes, vilket försiggick utan några anmärkningsvärda omständigheter. Under denna tid kunde läkaren förvissa sig om att han hade att göra med en högt bildad man, klok, med klara bestämda åsikter om livet. Förutom att han var rik innehade han en hög ställning i samhället. Sedan han befriats från sitt osynliga lidande, iakttogs hos honom inget spår av fysiskt eller moraliskt lidande.

Så snart såret fullkomligt läkts återvände mannen lugnt till sin vanliga vistelse på lantgodset.

* * *

Omkring tre veckor hade förgått, då betjänten åter en morgon på samma ovanliga timme som senast anmälde den besynnerlige främlingen.

Den främmande, som K... skyndade att ta emot, inträdde i salongen men armen i band och förstörda drag som vanställts av smärta. Utan att vänta att man bjöd honom plats, sjönk han ned i en länstol. Han var inte längre herre över plågan. Högt jämrande utan att säga ett ord, sträckte han fram handen mot läkaren.

– Vad har hänt? frågade denne bestört.

– Vi har inte skurit nog djupt, svarade han dragande efter andan. Smärtan har återkommit. Den bränner grymmare än förr. Jag är förstörd, armen är styv av värk. Jag ville inte besvära er en gång till. Jag har väntat, jag hoppades att den hemlighetsfulla inflammationen småningom skulle stiga upp till huvudet eller sprida sig till hjärtat och sålunda göra slut på min eländiga tillvaro, men den gör inte så. Den brännande smärtan håller sig inom sin bestämda gräns, men den är så outhärdlig, så obeskrivlig... Betrakta mig och ni kanske förstår den.

Mannen var blek som vax och kalla svettpärlor stod på hans panna. Läkaren vecklade upp bindlarna kring handen. Det opererade stället var fullkomligt läkt, ung hud hade bildats däröver, där syntes ingenting ovanligt. Den sjukes puls slog lugnt utan feber, medan den olycklige darrade i alla lemmar.

– Men detta är ju som förtrollat, utropade läkaren allt mer och mer förvånad. Jag har aldrig förrän nu sett en dylik casus.

– Det är ett under, ett fasansfullt under, herr doktor. Sök inte efter orsaken, befria mig blott från denna plåga. Tag en kniv och skär djupare och längre än sist. Det är min enda räddning.

Läkaren måste rätta sig efter den sjukes böner. Han gjorde om operationen och tryckte kniven djupare in. Och ånyo iakttog han på patientens ansikte samma förundransvärda lättnad, samma åtrå att se blodet rinna som förra gången visade sig där. Då handen var förbunden försvann också blekheten från den sjukes anlete; färgen återkom, men den sjuke smålog inte mera. Denna gång tackade han sorgsen läkaren.

– Jag tackar er doktor, sade främlingen, smärtan har ännu en gång försvunnit. Efter några dagar är såret läkt. Men ni bör inte förvåna er, om jag efter en månad återigen kommer hit.

– Ah, min herre, slå bort den tanken.

– Jag vet alldeles säkert att smärtan återkommer inom en månad, sade främlingen nedslagen. Men, må mitt öde fullbordas! – Vi återser varandra!

Läkaren omtalade detta märkvärdiga fall för flera av sina kolleger. Var och en hade sina skilda åsikter därom, men ingen kunde ge en tillfredsställande förklaring.

Mot slutet av månaden väntade K... med otålighet på den gåtfulle mannens besök. Men månaden förgick och han kom inte.

Ytterligare några veckor förflöt. Slutligen fick läkaren ett brev, daterat från sjuklingens lantgods.

Han öppnade det. Det var skrivet med sammanträngd stil och av namnteckningen såg han att patienten hade skrivit det med egen hand. Därav ansåg han sig kunna dra slutsatsen, att smärtan inte hade återvänt, ty då hade han väl haft svårt att hålla i pennan.

Se här brevets innehåll:

"Kära doktor! Varken er eller vetenskapen vill jag lämna i okunnighet om den hemliga orsaken till den förunderliga sjukdom, som snart för mig till graven – och ännu längre.

Jag skall här beskriva för er uppkomsten av denna förfärliga sjukdom. För åtta dagar sedan visade den sig tredje gången, och jag vill inte mer söka bekämpa den. I den stund som är, vore jag inte i stånd att underskriva dessa rader, om jag inte på det känsliga stället hade anbragt en bit brinnande fnöske som fördelande medel. Så länge fnösket brinner känner jag inte den andra plågan, och i bredd därmed är lågan en småsak.

För sex månader sedan var jag ännu en lycklig man. Jag levde utan alla bekymmer av inkomsten från mina egendomar. Jag stod i det bästa förhållande till hela världen och jag njöt allt, som har behag för en trettiofem års man. Jag hade gift mig för ett år tillbaka, gift mig av kärlek. Det var en vacker ung flicka med odlat förstånd, ett hjärta utan like, guvernant hos en grevinna, min granne. Hon saknade förmögenhet och hon höll av mig., inte endast av tacksamhet utan med ett barns hela kärlek. Sex månader förgick, och var dag som kom syntes mig ännu lyckligare än den som gått. Om jag någon gång var tvungen att fara till Pesth och lämna mitt hem för en dag, hade min hustru inte en minuts ro. Hon gick långa sträckor på vägen för att möta mig. Om jag dröjde, sov hon inte på hela natten, hon endast väntade, och om man någon gång efter många böner kunde förmå henne att besöka sin forna matmor, som allt fortfarande höll mycket av henne, kunde ingenting kvarhålla henne länge än en halv dag. Hon nästan störde den andras goda lynne genom sin längtan efter mig. Hennes ömhet för mig gick så långt att hon avstod från att dansa, blott för att inte behöva räcka handen åt främlingen, och ingenting gjorde henne så ledsen som de artigheter hon ofta nog fick höra. Med ett ord, min hustru var ett oskyldigt barn som ingen annan tanke hade än mig, och som biktade varje dröm som en oerhörd synd om det inte var om mig hon hade drömt.

Jag vet inte vilken djävul som viskade i mitt öra en dag, att allt det där inte var annat än förställning. Människan är sådan, att hon skapar sig sorger mitt under sin största lycka.

Min hustru hade ett arbetsbord vars låda hon alltid sorgfällt låste. Jag hade märkt det flera gånger. Hon glömde aldrig nyckeln och lämnade aldrig lådan öppen.

Den frågan lämnade mig inte. Vad kan hon gömma där? Jag hade blivit galen. Jag trodde inte mer på hennes anletes oskuld eller hennes blickars renhet, varken på hennes smekningar eller hennes kyssar. Och om allt det där endast var förställning?

En morgon kom grevinnan åter efter henne och efter många böner lyckades hon övertala henne att tillbringa dagen hos sig. Våra gods låg helt nära varandra, och jag lovade min hustru att komma efter henne.

Så snart vagnen farit ut från gården, samlade jag ihop alla nycklar i huset och prövade dem i låset till lådan. En av dem öppnade lådan. Jag liknade en man som begår sitt första brott. Jag var en tjuv, som stal en stackars kvinnas hemligheter. Mina händer darrade då jag skygg och skamfull plockade ut alla sakerna i lådan, varsamt, en och en, så att ingen oordning skulle skvallra om den främmande hand som rört dem. Mitt bröst var beklämt. Jag nästan kvävdes... och se, plötsligt, under en hög spetsar träffar min hand en packe brev. Som en blixt flög från huvudet till hjärtat: Oh, det är en sorts brev som man känner igen vid första blick! Det är kärleksbrev!

Paketet var ombundet med ett rosenrött, silverkantat band. Då jag rörde vid bandet föll tanken mig in: är detta tillständigt? Är detta ett beteende värdigt en hederlig karl? Stjäla sin hustrus hemligheter, hemligheter som kanske rör den tid, då hon var ung flicka! Kan jag begära räkenskap för hennes tankar innan hon tillhörde mig? Kan jag vara svartsjuk på den tid, då hon inte ens kände mig? Vem kunde tro henne om ont? Vem? Jag, jag var i stånd därtill. Djävulen viskade ännu i mitt öra: och om dessa brev är från den tid, då jag redan hade rätt till varje hennes tanke, då jag redan kunde vara svartsjuk till och med på hennes drömmar, då hon redan var min? Jag knöt upp bandet. Ingen såg mig. Där fanns inte ens en spegel som hade kunnat komma mig att rodna över mig själv. Jag öppnade ett brev, jag öppnade ett till, och jag läste dem ända till slut...

Oh, det var för mig en fruktansvärd stund!

Vad innehöll dessa brev? Det mest nedriga bedrägeri som en man någonsin varit offer för. Den som hade skrivit dem var en av mina närmaste vänner! Och vilken ton! Vilken lidelsefullhet! Vilken kärlek, viss om att vara besvarad! Hur han talade om att väl bevara deras hemligheter! Vilka råd han gav henne om konsten att bedra en äkta man! Och alla dessa brev var daterade från den tid jag redan var gift och så lycklig! Behöver jag säga vad jag kände? Föreställ er ett dödligt men berusande gift. Jag drack begärligt av detta gift. Jag läste varje brev, vartenda ett. Sedan vek jag åter ihop dem, knöt bandet om packen och lade dem tillbaka under högen av spetsar och låste lådan.

Jag visste att hon skulle återvända från sin visit hos grevinnan vid middagstiden, om hon inte därförinnan fick se mig komma dit. Så skedde också. Hon skyndade ned från vagnen och sprang emot mig, som väntade på trappan. Hon omfamnade mig med innerlig kärlek och syntes helt lycklig över att vara hos mig. Jag lät ingenting slutligen märka. Vi samtalade, vi superade tillsammans, och vardera drog sig slutligen tillbaka till sitt sovrum. Jag slöt inte mina ögon. Vaken låg jag och räknade timmarna. Då klockan slog en kvart över tolv på natten steg jag upp och gick in i hennes sängkammare. Där låg det sköna ljushåriga huvudet bland de vita dynorna. Det är så man målar änglarna bland ljusa skyar. Vilken gräslig naturens lögn, lasten i denna oskuldsfulla skepnad! Jag var beslutsam lik galningen som är besatt av en fix idé. Giftet hade genomträngt hela min själ.

Sakta lade jag min högra hand kring hennes hals, och plötsligt tryckte jag till. Ett ögonblick öppnade hon sina ögon, sina djupa mörkblå ögon, och betraktade mig förvånad, så slöt hon dem åter och var död. Hon dog utan att söka försvara sig mot mig, så lugnt som då man somnar in. Hon har aldrig satt sig upp mot mig, inte ens då jag dödade henne. En enda bloddroppe trängde fram över hennes läppar och föll på min hand. – Ni vet nog vart. – Jag gav inte akt därpå förrän dagen efter, då den redan hade torkat.

Vi begravde henne utan att någon anade det verkliga förhållandet. Vem skulle ha övervakat mina handlingar? Hon hade varken släkt eller vänner, som hade kunnat fråga efter henne, och med flit försenade jag avsändandet av notifikationsbreven, så att mina vänner skulle komma för sent till begravningen.

Då jag återvände från graven låg på mitt samvete inte den minsta tyngd. Jag hade varit grym, men hon hade förtjänat det. Jag hatade henne inte. Jag hade lyckats glömma henne. Jag knappast tänkte på henne. Ännu har en man aldrig begått ett mord med lugnare samvete än jag.

Den ofta omtalade grevinnan befann sig på slottet, då jag kom hem. Mina mått och steg var så väl beräknade, att också hon hade kommit för sent till begravningen. Då hon varseblev mig, visade hon en synbar oro. Fasa, sympati, smärta, vad vet jag, förvirrade henne, så att jag till en början alls inte begrep vad det var, hon anförde till min tröst.

Och jag hörde inte ens på henne! Hade jag behov av tröst? Slutligen tog hon förtroligt min hand och sade med låg stämma, att hon var tvungen att anförtro mig en hemlighet, och att hon väntade av min heder, att jag inte skulle missbruka den. Hon hade givit åt min hustru en packe brev att förvara, dem hon inte kunde gömma hemma hos sig, och hon bad att få dem tillbaka. Under det hon talade, kände jag två eller tre gånger en darrning fara genom hela min kropp från huvud till fot. Med skenbar köld frågade jag henne om innehållet i dessa brev. Vid denna fråga ryckte damen till och svarade häftigt:

– Min herre, er hustru var ädelmodigare än ni. Då hon tog emot dessa brev frågade hon inte vad de innehöll. Hon gav mig till och med sitt ord att aldrig kasta en blick i dem, och jag är övertygad om att hon aldrig ens tänkt därpå. Hon var en ädel kvinna, och hon hade blygts att i smyg bryta ett givet ord.

– Det är rätt, sade jag. Hur skall jag känna igen breven?

De var ombundna med ett rosenrött band med silverbårder.

– Jag skall söka efter dem.

Jag tog min hustrus nycklar och började söka efter paketet, ehuru jag redan alltför väl visste var det fanns. Efter mycket sökande låtsade jag finna det.

– Är det dessa? frågade jag grevinnan, i det jag räckte henne breven.

– Ja, ja. Se, knuten är ännu kvar som jag band dem. Hon har aldrig rört dem.

Jag vågade inte se upp. Jag var rädd att hon skulle läsa i mina ögon att jag hade knutit upp dem, dem och någonting därtill.

Kort och häftigt tog jag avsked av henne; hon hoppade upp i sin vagn och for. Stackars kvinna, hon hade nog rätt! Hennes man var rå och utsvävande. Om jag hade varit som han, skulle jag ha förtjänat en hustru som han. Oh, men min hade ett oskyldigt hjärta, en ängels själ. Hon älskade sin man ända in i det ögonblick, då han mördade henne.

Jag vet inte mer vad jag gjorde de första timmarna härefter. Då jag vaknade till medvetande om den gräsliga verkligheten, befann jag i gravvalvet vid hennes kista. Så förvirrad att jag trodde kunna återuppväcka henne var jag inte, men dock tillräckligt för att vilja tala med henne. Jag trodde att hon kunde höra mig.

– Så visst som du älskade mig i livet och som du älskar mig ännu efter döden, gör mig den ynnesten och hämnas på mig redan i detta livet. Skjut inte upp mitt straff till en annan värld. Låt mig lida genast, plåga mig, döda mig. Vänta inte på min död för att hämnas.

Vansinnig av ånger och sorg talade jag så till hennes kallnade aska. Plötsligt somnade jag eller snarare domnade bort; det enda jag vet är att jag drömde. Jag såg locket långsamt lyftas från kistan framför mig, och den döda sakta resa sig upp. Jag låg förstenad invid kistan med ena handen på dess kant och den andra under mitt huvud. Den dödas läppar var bleka, en röd bloddroppe hängde vid dem. Hon böjde sig långsamt mot mig, öppnade ögonen som då jag mördade henne, och kysste min högra hand. Bloddroppen stannade nu igen på min hand. Hon slöt åter ögonen, lade sig ned på den kalla kudden, och kistans lock slöt sig åter över henne.

Kort därefter vaknade jag hastigt av en stingande smärta, snarlik bettet av en skorpion, Jag skyndade ut i friska luften. Det var tidigt på morgonen. Ingen såg mig. Bloddroppen hade försvunnit, smärtan tillkännagav sig inte genom något yttre tecken, och dock sved det ställe där droppen legat, som bränt av ett frätande gift. Denna smärta tillväxte utan uppehåll, timme efter timme. Jag somnade emellanåt, men känslan av smärta minskades inte ens då. För ingen kunde jag beklaga mig däröver, och ingen hade heller trott på min historia. Ni har sett hur grymma mina plågor varit, och ni vet hur de båda operationerna lindrat dem. Men efterhand som såret tillfrisknar återkommer smärtan; nu angriper den mig tredje gången, och jag har inte längre kraft att kämpa emot den. Om en timma är jag död. En tanke tröstar mig; eftersom hon hämnats redan här nere, skall hon kanske förlåta mig däruppe. Jag tackar er för all omsorg. Måtte Gud belöna er därför."

Några dagar senare kunde man läsa i tidningarna att Sz., en av våra rikaste godsägare, hade skjutit sig. Några tillskrev självmordet sorgen över hans hustrus död; andra, bättre underrättade, ett obotligt sår. De bäst underkunniga sade: Han led av monomani, detta sår som inget kunde läka fanns inte till, annat än i hans inbillning.

Jean Richepin

Hans fiende

Namnet på hans visitkort uppväckte alls inga minnen hos mig. Men de få rader som var skrivna efter detta namn stämde mig genast oemotståndligt sympatisk gentemot den obekanta besökaren.

Dessa rader röjde i själva verket för den grafologiska granskaren, utan att minsta tvivel var möjligt, ett upphöjt sinnelag, en plågad och förtvivlad själ. Den man som skrivit dessa ord sade sanningen, då han försäkrade att han kom för att be om hjälp och råd i den yttersta själsnöd. Att avslå en dylik begäran, framställd på ett så gripande sätt, hade förefallit mig som ett brott mot mänskligheten. Till och med i det fall att mannen var en dåre, vilket hans handstil inte upplyste om, var det för mig en oavvislig plikt att emottaga honom.

Jag tog således emot honom, inte utan en förkänsla av någonting tragiskt, vari min ängsliga nyfikenhet likväl fann ett visst behag.

Hans handstil hade inte bedragit mig. Genast vid första ögonkastet styrktes mitt intryck av en ädel karaktär, ett plågat, lidande hjärta. I hans blickar lästes det till och med ännu tydligare än i stilen. De återspeglade en ande, som nått filosofins svåråtkomliga höjder, pejlat smärtans mörkaste djup och nu var ett rov för hopplös förtvivlan.

Min herre, sade mannen hastigt till mig, tro inte att jag är galen. Jag lider inte av förföljelsemani. När jag har berättat för er vad jag är utsatt för, blir ni tvungen att medge att jag verkligen är förföljd, och att min fiende är den mest avskyvärda man kan föreställa sig.

Oaktat denna energiska försäkran, och oaktat jag i hans stil inte kunnat upptäcka någonting som skulle tytt på svagsinnet, måste jag tillstå att jag genast drog slutsatsen att här förelåg ett fall av vansinne, och det just av det slag som han förnekade – förföljelsemani.

Hur vore det också tänkbart att en man som han skulle vara förföljd av en verklig fiende, från vilken han inte kunde befria sig?

Hans dräkt, hans juveler, hans ekipage som höll utanför min port, allt tydde på förmögenhetsvillkor som skulle ha tillåtit honom att göra sig kvitt alla förföljelser av ekonomisk art, och detta övertygade mig om att det åtminstone inte var sådana han var utsatt för. Hans käcka hållning och manliga drag, röstens bestämda tonfall, den stolta flamma som lyste i hans ögon oaktat deras dystra uttryck, angav ingalunda en feg stackare, utan tvärtom en rask och företagsam karaktär, ur stånd att tåla en förolämpning utan att utkräva en snar och säker hämnd. Dessutom fanns det hos honom ett visst något, som kom mig att instinktlikt ana en av dessa erövrarnaturer, vilka är förutbestämda till att oftare såra än såras; jag kunde därför inte tro att det var en kvinna som hade ödelagt hans liv.

Följaktligen måste fienden som han beklagade sig över finnas till endast i hans fantasi, och han måste höra till dessa olyckliga, vilka lider av förföljelsemani.

Dessa tankar som hastigt följt på varandra hade han tvivelsutan läst i mina ögon, ty han yttrade nu:

Nej, min herre, ni misstar er. Den fiende som bragt mig till förtvivlan är inte inbillad, utan han är verkligen en varelse av kött och blod, en man som ni och jag.

Men så säg mig då, utbrast jag, vad han egentligen gjort er?

Vad han gjort mig! utropade han. Ack, om ni visste det! Det är ohyggligt. Det är ett helvete, ett ständigt helvete, som följer mig alltid och överallt!

Han hade tagit sig med bägge händerna om huvudet och vaggade det av och an; sedan började han att snyfta. Det var tydligt att jag hade att göra med en dåre.

Seså, sade jag milt, jag ber er att ni nu lugnar er litet och försöker att tala tydligare. Jag vet ju inte ännu vilken hjälp det är som ni begär av mig; och om jag skall kunna vara er till någon nytta så måste jag åtminstone få höra vad saken gäller, och således allra först vad denne grymme fiende gjort er?

Mannen hade nu återvunnit fattningen och slutat upp att snyfta. Han skar tänderna och mumlade förbittrade ord.

Nåväl! Till exempel när jag skrivit vers, så sänder han dem till mig, och har understrukit alla fel mycket sorgfälligt med blyerts.

Dumheter! avbröt jag, sådant är väl inte så farligt; och om ni endast har dylika klagomål att anföra –

När jag älskar en kvinna, återtog han, och är älskad tillbaka, gör han henne förhatlig för mig och mig förhatlig för henne.

Hur då?

Det är hans hemlighet.

Vem är han?

Det vet jag inte. Allt vad jag vet är, att han alltid når sitt mål, den uslingen, och att mina renaste känslor tack vare honom ständigt blivit förvandlade till dypölar.

Åter började han att snyfta, men kvävde gråten samt började skära tänderna i vredesmod.

Men, fortfor han, om jag sade er allt vad han vågar göra mig, så skulle ni inte tro mig. Tänk er – och detta skall visa er hur långt han vågar gå i sin fräckhet – att jag inte får äta en rätt som smakar mig, utan att han spottar i den!

Han var en dåre, det var numera inget tvivel om den saken. Han förstod vad jag tänkte och sade sorgset:

Jag ser nog att ni tar mig för en vansinnig. Och därför är det lönlöst att be er om hjälp.

Jag svarade med illa dold otålighet:

Väl, min herre! Endera måste ni vara galen, och i så fall kan jag ingenting göra för er, ty jag är inte specialist på det området; eller också är ni vid era sinnens fulla bruk, och i det fallet – om er fiende inte är inbillad utan verkligen finns till – så är ni en feg usling som går in på –

Han lät mig inte fullborda meningen. En glädjeblixt lyste i hans dystra ögon, och han utbrast:

Ja, inte sant? Ja, just så, en feg usling! I mitt ställe skulle ni väl göra er av med denne fiende?

Naturligtvis! svarade jag.

Men på vad sätt? frågade han.

Hur som helst. Det finns ju så många utvägar. Genom duell eller domstol. Det beror på tycke och smak. I värsta fall finns det ju till och med mord –

Han gnuggade sina händer och tackade mig samt gick fram och tillbaka upprepande:

Ja visst, ja! Det är den enda lösningen! Jag dödar honom, jag dödar honom!

Och plötsligt med ett gällt skri:

Det är avgjort. Jag skall döda honom! Och som en virvelvind skyndade han ut.

Det var nog en dåre, tänkte jag, i det jag återtog mitt arbete; och snart hade jag glömt denna förlorade halvtimme. Vem skulle ha sagt att jag tvärtom under denna halvtimme kanske fått en inblick i den rätta visheten?

Samma kväll emottog jag följande rader, skrivna med denna handstil som kännetecknade en upphöjd, förtvivlad själ:

"Jag har dödat honom, jag har dödat 'fienden'. Jag ber Eder komma för att se och igenkänna honom."

Jag gick dit. Mannen hade begått självmord.

Edith Nesbit

Mörkrets makt

Det var en stor avskedstagning. Där var hälften av hennes eleverna från hennes ateljé och dubbelt så många från de andra ateljéerna. Under tre månader hade hon varit skönheten i konstnärernas kvarter. Nu skulle hon fara till sina föräldrar på rivieran, och alla hennes vänner kom till Lyonstationen för att bjuda henne farväl.

Hon höll rent av hov som en drottning, lutade sig genom kupéfönstret samt tog emot buketter, böcker, tidningar, många avskedsord och långa avskedsblickar.

Allas blickar var riktade mot henne, och hennes ögon – de underbara blå ögonen – var för alla tillbaka, liksom hennes smålöje. – Det vill säga för alla med undantag av en.

Ingen av hennes blickar gick i riktning mot Edward, och Edward – den långa, magra tunna gestalten med de stora ögonen, den raka näsan och den vackra men alltför lilla munnen – tycktes bli tunnare och magrare. Åtminstone ett par ögon såg blekheten bli ännu blekare och magerheten ännu tunnare.

Och den man som såg det gladde sig, ty han älskade henne liksom de andra – eller mera än de andra – och därför hatade han Edward, vilken han visste var hans medtävlare.

– Farväl och lev väl allesammans, sade hon. – Jag kommer att sakna er, ja, och att längta förskräckligt efter er!

Hon samlade sina vänners och beundrares ögon i en blick, som man samlar pärlor på ett snöre. Endast Edwards blick tycktes ha undgått henne.

Dörrarna slogs i lås och pipan ljöd, och då – just i det ögonblicket då tåget började röra sig – mötte hennes ögon Edwards.

Den andre mannen märkte detta möte och han förstod det, vilket var mera än Edward gjorde.

Den sörjande gruppen skingrades, den andre mannen – Vincent var hans namn – stack sin arm under Edwards och sade muntert:

– Nå – varthän, gamle vän?

– Hem! Jag tar sjutåget till Calais, sade Edward.

– Ah, ingen dragning här längre – vad?

– Nej, den starkaste dragningen är visserligen borta, förmådde Edward sig själv att yttra.

– Vad ämnar du företa dig till dess tåget går? sporde Vincent.

– Åh, äta en tidig middag på något kafé.

– Skall vi inte gå till Grévin-museet? sade Vincent.

De två var vänner från skol- och studietiden, och Vincent visste något om Edward som ingen av deras bekanta anade. Han visste att Edward var mörkrädd, och han kände tillika orsaken därtill. De hade tillbragt julferier tillsammans på en herrgård och hade fått sig sina sovrum anvisade i en gammal flygel av byggnaden

– Jag hoppas att spöket inte skall göra er något förtret, hade frun sagt till dem då de gick dit bort. Det är en gammal dam i svart siden. Hon kommer och blåser er sakta i nacken då ni rakar er; därpå ser ni henne i spegeln, och så skär ni halsen av er.

Hon skrattade och Edward, Vincent och de andra instämde. De var en sju, åtta stycken.

Men senare, då den sista ”godnatt” växlats och envar hade gått till sitt rum och alla ljus blivit släckta, famlade något vid Vincents dörr.

Edward kom in – en ömklig figur med kuddar och släpande täcken.

– Vad katten står på? frågade Vincent förvånad.

– Jag vill gärna ligga här på golvet om du inte har något däremot, sade Edward.

– Jag vet mycket väl att det är gruvligt snopet, men jag kan inte uthärda det. Det rum man givit mig är ett vindsrum och lika stort som en lada. I ena ändan är en stor dörr som leder ut till en förfärlig stor vind – usch nej, jag kan inte uthärda det.

– Nåja, det kan man ju inte göra något vid, gamle gosse, sade Vincent tröstande.

– Du kan inte förakta mig mera än jag föraktar mig själv, sade Edward; jag skäms som en hund, men det kan inte ändras. Det beror på att det var någon som av självsvåld gjorde mig rädd då jag var en sju, åtta år, och allt sedan dess är jag en stackare då det blir mörkt.

Vincent tröstade honom åter och delade sitt rum – och hans hemlighet – med honom, och det var därför han nu sade:

– Skall vi inte styra kosan till Grévin-museet.

Ty han påminde sig vilken behaglig rysning det hade vållat honom, och tänkte att det skulle utöva ännu större verkan på Edward.

– Jag hatar museer, sade Edward.

– Det är inget riktigt museum, utan ett vaxkabinett – ett panoptikon, sade Vincent, och så gick de.

Efter att ha passerat ett par tämligen ointressanta figurer kom de in i ett stort, mörkt rum, vari de genom olika glas såg in på mycket naturtrogna uppträden, bland annat: Ett kafé med bekanta skådespelare och general Kitchener vid Fashoda – det sistnämnda med ökenbakgrund och ett särdeles efterhärmat ökensolsken.

– Det är minsann ypperligt gjort! utbrast Edward.

– Ja, inte sant? sade Vincent och förde honom till en dörr, varpå stod: "Revolutionsgalleriet."

Här såg man – alldeles som om de vore levande – på en bädd av trasor den arma Marie Antoinette i fängelset med sin lille son, råttorna som åt från hans tallrik och bödeln Simon, som utanför fönstrets järnstänger ropade på honom. Man kunde nästan höra hans röst:

– Hallå, du lille Capet! Sover du?

Vidare såg de Marat som blev stucken ihjäl i badkaret, och den modiga Charlotte Corday med sin blodiga kniv.

Varje sceneri hade sitt eget rum, genom vars dörr man tittade in. Här såg man tydligt hela badrummets inredning och fönstret, varigenom julieftermidagens röda solljus strömmade in.

– Är det inte förträffligt? sade Vincent.

– Jo, svarade Edward; det är underbart.

De kom till ett annat rum. Här såg de Marie Antoinette svimma i sina hovdamers armar, medan den stackars Ludvig XVI satt vid fönstret och såg betryckt och förskräckligt olycklig ut.

– Vad fattas dem? sporde Edward.

– Se bort till fönstret, sade Vincent.

Det fanns ett fönster i rummet. Utanför var det solsken, och i detta solsken varseblev man ett nyligen avhugget, ungt, vackert kvinnohuvud upplyft på en stång. Det blonda håret lyste i solen, den röda munnen stod halvöppen, och hon tycktes titta in till dem genom fönstret.

– Hu! sade Edward, och det var som om ansiktet gungade för hans ögon.

– Det är madame de Lamballe, sade Vincent – är det inte utmärkt?

– Det är nästan allt för naturligt, svarade Edward. Nu tror jag att jag fått nog av detta.

– Nej, du måste även se katakomberna, sade Vincent. Det är inte så hemskt; det är endast de gamla kristna som bli vigda och döpta och allt sånt där.

Så steg de ned i källaren, där konstnären hade förvillande efterbildat Roms katakomber: de grovt uthuggna klippgångarna, de heliga inristade tecknen och de kristnas liv där nere.

– Det är mycket vackert, sade Edward och drog andan lättare, då han sluppit undan fasorna däruppe. Tablåerna hade varit klart belysta, men nu kom de in genom en trång gång, och mörkret i denna började verka på Edward. Han såg sig om.

– Kom, sade han – nu har jag fått nog.

– Ja, då går vi vidare, sade Vincent.

De vek om ett hörn, och ett bländande italienskt solsken skar dem i ögonen.

De stod i Colosseum. Rad efter rad av spända ansikten höjde sig upp mot Italiens himmel. De stod i linje med arenan. På arenan var kors resta och på dem hängde bloddrypande gestalter. I sanden låg lik och mellan dem sprang vilda rovdjur.

Allt detta såg de genom ett järngaller. Det skulle föreställa att de stod på den plats, där offren bidade att bli drivna in på arenan för att hämta martyrkronan.

Nära Edward syntes en grupp; en gubbe och en kvinna med två barn. Han kunde ha vidrört dem med handen. Mannen och kvinnan stirrade med fasa på en tiger som med gnisslande tänder stod på bakbenen strax utanför gallret och slet i stängerna för att slippa in till dem.

Strax utanför gallret låg ett lejon och förtärde en man, på vars blodfläckade ansikte dödsångesten ännu var tydligt präglad.

– O Gud! utropade Edward.

Vincent hade plötsligt gripit honom i armen, och han spratt till nästan med ett skri.

– Så nervös du är! sade Vincent, då de åter befann sig ute på gatan.

– Ja, svarade Edward. Men låt oss gå in och få en vermouth. Det var något fruktansvärt ohyggligt hos de där vaxbilderna. De förföll så levande att jag inte är säker på att de inte rör sig, när ljusen är släckta och de är ensamma där nere. Men du har visst aldrig varit rädd, Vincent?

– Jo, en gång, svarade denne; det var en natt då jag satt och höll vakt vid liket av en vän som hade drunknat. Jag satt och stirrade på honom och till hälften väntade att han skulle röra sig. Hade han gjort det, tror jag att jag hade blivit vansinnig.

– Ja! Alldeles så var det också med mig nyss, sade Edward.

– Men ett lik är dock något helt annat än vaxfigurer; jag kan inte fatta att någon kan bli rädd för dem, sade Vincent.

– Inte det? Det förakt som ljöd ur den andres ord gjorde Edward uppretad. – Nåväl, jag slår vad med dig att du inte vågar tillbringa en natt ensam därinne.

– Jag håller fem pund mot att jag vågar det.

– Topp, sade Edward.

– Men du skulle inte våga det, fortfor Vincent gäckande. Du kan aldrig lära dig att behärska din barnsliga fruktan.

– Åh, jag tycker att du gärna kan tiga nu.

– Bah, det är ju inte något att skämmas över. Somliga kvinnor är rädda för möss eller spindlar. Vet Rose av att du är en sillmjölke?

– Vincent!

– Det är ju ingen förnärmelse, gamle gosse; det är blott att kalla saken vid dess rätta namn. Du är ju nu en gång rädd för mörkret och för vaxfigurer!

– Tillåt mig fråga: vill du yppa gräl med dig?

– Nej, Gud bevars! Men jag vill slå vad med dig om att du inte kan tillbringa en natt i Grévin-museet utan att mista förståndet.

– Vad håller du?

– Vad du vill.

– Nåväl! Då säger vi att du aldrig talar med Rose mer, och ytterligare: att du aldrig hetter gör det med mig, sade Edward gnistrande av harm och välte en stol i det han sprang upp.

– Topp! sade Vincent. Men du kommer aldrig att göra det. Dessutom skall du ju resa hem nu.

– Jag kommer tillbaka om tio dagar, och då skall jag göra det, sade Edward och var utom dörren innan den andre hann svara.

Vincent förblev sittande vid sin tredje absint och tänkte på hur Rose, innan hon blivit bekant med Edward, hade smålett mot honom, Vincent, mera än mot någon annan.

Han tänkte på hennes tjusande ögon, de rosenröda kinderna och det doftande, lockliga håret – och djävulen for i honom.

Om tio dagar skulle Edward försöka vinna sitt vad och tillbringa natten i museet. Till dess kunde säkerligen något arrangeras, om man endast grundligt kände stället.

Varför hade Rose sänt den människan sin sista blick!

Man kunde fästa ett snöre vid en figurerna, så att man fick denna att röra på sig. ”Ja, men om han mister förståndet av skräck?” sade Vincents bättre jag. ”Prat – han tål nog en liten skakning”, sade djävulen. ”Varför är han en sådan sillmjölke!”

Sina fem pund kunde han emellertid lika gärna vinna i natt som en annan natt. Han ville ta en överrock på sig, lägga sig att sova därinne, och när så museets personal kom på morgonen för att städa, kunde den intyga att han varit där.

Han gick således åter dit in, blandade sig i svärmen och letade efter en plats där han kunde ligga.

I Marie Antoinettes fängelse var en dörr som ledde ut till vänster.

I ett ögonblick då inga besökande fanns där, svingade han sig över barriären in i fängelset och smög sig genom dörren.

En trång, mörk passage gick bakom fängelsets vägg; här dolde han sig, och då galleriet blivit alldeles tomt på besökande roade han sig med att se över till fönstret, utanför vilket fångvaktaren och vakthavande soldat stod, och han föreställde sig att soldaten kunde komma in till honom bakifrån genom passagen och klappa honom på axeln.

Kort därpå fick han lust att själv gå genom passagen och omkring väggen bort till fönstret, där de stod.

Han såg nu att figurerna var i naturlig storlek, ehuru man mycket väl kunnat nöjas med att framställa deras huvud och axlar, ty något annat syntes inte genom fönstret.

”Allt är komplett här”, tänkte han och gick tillbaka till sin dörr, men tanken på soldaten som kunde komma och klappa honom på axeln fortfor att plåga honom.

– Vilka besynnerliga inbillningar man kan pina sig själv med! sade han för sig själv. Antag nu att det vore en mörk gång hitin från Marats badrum, och att Marat i stället för soldaten kom gående från badet med sin blodbesudlade handduk och slog dig om öronen med den!

Då allt var släckt och mörkt kröp han ut; inte för han var nervös, sade han för sig själv, men därför att han kanske kunde bli det, och emedan det var ett sådant drag i passagen. Han ville gärna finna ett bättre ställe att sova.

Han gick in i katakomberna, och här var han ärlig mot sig själv.

– För tusan! Jag var ju nervös, sade han. Det är det nötet Edward som har smittat mig.

Genom gångarna i klipporna blickade han in över en begravningsscen – ett lik på en bår, omringad av sörjande släktingar. Han gick bakom dessa och gömde sig vid en pelare. Han blev glatt överraskad av att här finna en riktig, äkta rottingstol, uppenbarligen avsedd för uppsyningsmannen. Han satte sig på den och hämtade nytt mod genom att stryka ned utmed dess äkta, verkliga rygg och armar, varefter han beredde sig att sova.

Men det tycktes som om han alldeles glömt bort vad sömn var för något. Han fäste sina tankar vid roliga ämnen – försäljning av hans tavlor, dans med Rose, glada kvällar med kamraterna, men tankarna flög från honom som fjärilar i solsken han kunde inte fixera en enda av dem; och snart föreföll det honom som om han tänkt på allt det roliga han kände, och att han nu endast hade kvar det som man helst bör söka glömma. – Inom kort märkte han emellertid att han inte kunde tänka något mera.

Den draperade figur som stod bakom honom började liksom nyss soldaten att plåga honom. Han sökte jaga den bort ur sin idékrets, men kunde det inte. Antag nu att den sträckte ut handen och vidrörde honom? Ja, men den var ju av vax och kunde inte röra sig. Visserligen, men antag att den likväl gjorde det!

Han skrattade högt – ett kort, torrt skratt som gav eko i valven, men detta ljud blott ökade hans rädsla, och han försökte att inte skratta mera.

Det rådde djup stillhet, men en stillhet som var mättad med rasslanden, andetag och rörelser, som hans öron knappt kunde uppfånga ehuru de var spända till det yttersta.

Antag nu, som Edward hade sagt, att alla dessa väsen började röra sig sedan ljusen släckts och de blivit alldeles ensamma! Än kom Napoleon – gulblek från sitt dödsläger – rovdjuren från amfiteatern – de bloddrypande vidundren – soldaten däruppe – alla kom smygande fram emot honom i tystnaden! Dödsmaskerna av Robespierre och Mirabeau kunde måhända sväva ned till honom i mörkret och vidröra hans ansikte. Och madame de Lamballes huvud på stången kunde stickas bort till honom där bakifrån pelaren. Stillheten pulserade nu med ljud som nästan inte kunde höras.

– Din narr, sade han för sig själv, det är nog din middag som ligger dig för tungt i magen! Var nu inget dumhuvud! Allt detta är ju ingenting annat än en samling stora dockor!

Han fingrade efter sina tändstickor och tände sig en cigarett. Skenet från lågan föll på liket rakt framför honom. Men tändstickan brann endast ett ögonblick, och det var omöjligt att i dess sken granska varje vrå som han önskade undersöka. Den brände hans fingrar då den slocknade, och nu hade han blott tre kvar i asken.

Det var åter mörkt, och bilden på liket framför honom stod kvar i mörkret. Han tänkte på vakan vid sin väns lik och tänkte och tänkte, tills det slutligen föreföll honom som om skepnaden på båren inte var av vax. Mer än en gång räckte han ut handen och drog den ånyo tillbaka. Men omsider förmådde han dock sig själv att vidröra båren och lät i mörkret handen glida uppför en lång, mager och stelnad arm till vaxansiktet, som låg där alldeles stilla. Ah, precis likadant hade hans väns ansikte varit att känna på! Var det måhända ett verkligt lik som låg på båren!

Han satt stilla – så stilla att det värkte i varje muskel. Han satt så stilla för att bättre kunna höra även det svagaste ljud. Han tänkte på Edward och på det snöre som han ville binda vid en av figurerna.

– Det skall jag inte behöva, sade han till sig själv, och hans öron värkte av att lyssna – lyssna med sådan spänning efter det ljud som han trodde till sist måste komma ur stillheten. Han fick aldrig senare klarhet över hur länge han satt där.

Att röra sig, att gå bort och slå på dörren för att dra till sig uppmärksamhet och bli utsläppt – det kunde han ha gjort, om han bara haft en lykta eller åtminstone en full tändsticksask.

Men att i mörkret utan att känna vägen treva sig fram mellan dessa väsen, som var så livslevande och likväl inte levde – att kanske röra vid deras ansikten som inte var döda och dock såg ut som om de tillhörde lik. Hans hjärta bultade uppe i hans hals redan vid tanken därpå!

Nej, han måste sitta kvar till nästa morgon; det var inget annat att göra, om det än blev aldrig så hemskt.

Då – helt plötsligt avbröts stillheten. Det var något som rörde sig i mörkret, och i dödsstillheten ljöd det som ett starkt larm, och likväl var det endast ett helt svagt ljud, ungefär som fraset av en klänning eller som om någon vänt sig i sömnen. Och sedan hördes en suck – inte långt från honom.

Vincents muskler styvnade som starkt spända trådar. Han lyssnade; inget mera hördes – blott tystnaden, den djupa tystnaden.

Ljudet hade kommit från ett parti av valvet där han hade sett en grav anordnas åt en ung kvinnlig martyr, då han förut var därnere.

– Jag vill stiga upp och gå ut, sade Vincent. – Jag har tre tändstickor. Jag är alldeles förvirrad och blir till sist totalt från vettet, om jag inte snart kommer ut.

Han steg upp och strök en tändsticka, vände ögonen bort från liket vars ansikte han hade berört, och vacklade ut mellan massan av figurer.

I tändstickans osäkra sken tycktes de vika åt sidan för honom och vrida på huvudena för att se efter honom. Lågan brann till dess han nådde en krökning i klippgången.

Hans nästa tändsticka visade honom begravningsscenen. Den lilla, magra kvinnomartyren låg på stengolvet med palmkvisten i handen, och nära bredvid henne stod dödgrävaren och de sörjande av vilka även några knäböjde, medan en satt hopkrupen på marken.

Det var härifrån ljudet hade kommit – och sucken. Han hade trott att han avlägsnade sig därifrån. I stället hade han nu kommit just till den plats där han mest riskerade att rädslan skulle få makt över honom.

– Bah! utbrast han, och sade det högt. De dumma tingestarna är ju ingenting än vax; vem blir väl rädd för dem?

Hans röst klingade högt i den tystnad vari vaxmänniskor lever.

– Det är ju endast vax, sade han ånyo och sparkade med foten försiktigt till den hopkrupne skepnaden i kappan.

Men då han vidrörde den lyfte den sitt huvud och såg på honom med levande, blänkande ögon. Han vacklade tillbaka mot en annan figur och tappade tändstickan.

I det nya mörkret hörde han den hopkrupne skepnaden närma sig honom. Därefter var allt mörkt omkring honom och inom honom.

*   *   *

– Vad var det egentligen som gjorde den stackars Vincent vansinnig? Det har du aldrig omtalat för mig? sade Rose frågande.

Hon och Edward satt och blickade ut över pinjerna och tamariskerna mot det blå Medelhavet. De var mycket lyckliga, ty de var på bröllopsresa.

Han berättade henne om Grévin-museet och deras vad, men yppade inte vad de slagit vad om.

– Ja, men varför trodde han att du skulle bli rädd?

Han omtalade skälet för henne.

– Och vad skedde sedan?

– Åh, han ville förmodligen strax tjäna de fem punden, och därför gömde han sig bland vaxfigurerna. Men jag kom för sent till tåget, och även jag tyckte att jag borde vinna mitt vad genast. Jag fruktade att jag skulle bli alltför rädd om jag väntade, och därför gömde även jag mig där. Jag tog på mig min stora, svarta kappa och slog mig ned mitt i en vaxgrupp – ingen kunde se mig uppe från galleriet där folk går, och sedan ljuset släckts satte jag mig helt enkelt att sova. Men så vaknade jag plötsligt upp – jag såg ett ljus och hörde någon säga: "Det är ju endast vax", och det var Vincent. Han trodde att jag var en av vaxfigurerna till dess jag såg på honom, och jag förmodar att han även efteråt fortsatte att tro att jag var en av dem, stackars karl. Hans tändsticka slocknade, och medan jag letade efter min cykellampa, som jag tagit med mig dit, började han

81

skrika. Så kom nattvakten springande. Nu tror Vincent att alla på dårhuset är gjorda av vax och skriker så snart de närmar sig honom. Man måste lägga hans mat bredvid honom medan han sover. Det är förskräckligt. Jag kan inte låta bli att tänka på, att jag har min andel däri.

– Nej, det har du visst inte, sade Rose. Arme Vincent! Förresten kunde jag aldrig med honom.

Det blev en paus, därpå sade hon:

– Men hur kunde det vara att du inte blev rädd?

– Det blev jag, sade han. Förfärligt rädd, men jag måste ju försöka sansa mig. Därför gick jag omkring bland människorna i katakomberna, sådana som dog för – ja, det vet du ju nog – och på så gräsligt sätt. Se, de stod nu därinne så stilla och lugna och så fasta i sin tro. Så tänkte jag på vilka fasor de hade genomgått, och det gav mig en sådan frid och trygghet att jag omsider kände mig trött och sömnig, så underligt det än låter. Det förföll mig som om vaxfigurerna sade: ”Sov du blott; här är inget att vara rädd för.” Så tyckte jag att jag var liksom en av dem, att de allesammans var mina vänner och att de skulle väcka mig om det hände något, och därför lade jag mig att sova.

– Jag tror att jag förstår det, sade Rose, men det gjorde hon inte.

– Och det märkligaste, fortfor han, är att jag aldrig sedan dess varit mörkrädd. Det är kanske eftersom han kallade mig en sillmjölke.

– Det tror jag inte, sade hon, och hon hade rätt. Men varför och hur skulle hon aldrig kunnat förstå.

Fitz-James O'Brien

Spöket på 26:e gatan

Vid 26:e gatan i New York låg på 1880-talet ett stort och ståtligt hus, som inte skiljde sig nämnvärt till utseendet från flertalet byggnader i samma trakt. Det var omgivet av en tämligen vanvårdad gräsplan och mitt framför porten stod en uttorkad fontän och några ruggiga fruktträd, som tydde på att planen i forna dagar varit en frodig trädgård.

Huset byggdes i mitten av 1860-talet av en välkänd börsman, som femton år senare helt plötsligt avvek till Europa och lämnade praktiskt taget hela den amerikanska börsvärlden att med tårarna i halsen begrunda årtiondets mest häpnadsväckande fräcka förskingring. När man äntligen hunnit gå igenom hans affärer fann man att mot skulderna på miljontals dollar svarade en enda tillgång – nämligen huset på 26:e gatan. De talrika fordringsägarna kom slutligen överens om att försöka sälja det eller hyra ut det, men just i samma veva dog den före detta börsmatadoren i Europa – och samtidigt började det gå vilda rykten.

Dörrar öppnades plötsligt utan vidare och möblerna bytte plats varje natt. Osynliga fötter trampade upp och ned för trapporna mitt på dagen, det frasade i sidenklänningar, och om det ändå var någon som funderade på och att hyra huset, så brukade spökhänder som helt plötsligt stötte till spekulanten snart få honom på andra tankar.

Detta var förhistorien till det otroligaste och mest fasansfulla äventyr jag någonsin upplevt. Jag bodde på den tiden i ett pensionat nere vid Bleecker's Street. Min värdinna, fru Moffat, hade länge tänkt flytta till ett större hus, och när hon nu fick höra talas om spökhuset, som stått tomt i fyra år, kom hon på den djärva idén att hyra det. Hon räknade på att hon skulle få huset billigt, och hon var sådan att hon gärna skulle ta en dust med alla spökens stamfader själv, om hon bara kunde tjäna några dollar.

Men naturligtvis ville hon inte ta risken att bli utan inackorderingar och därför frågade hon alla oss som bodde hos henne just då, om vi ville följa henne till det nya huset. Spöken var så pass ovanliga i New York, att vi blev eld och lågor; och med undantag av en före detta sjöofficer med tapperhetsmedalj och en pensionerad järnvägare förklarade vi oss mer än villiga att bosätta oss bland spökena på 26:e gatan.

Vi flyttade dit i maj och blev genast hänryckta över vår nya bostad. Just den delen av gatan är fortfarande en av de trevligaste platserna i New York. På baksidan av husen når trädgårdarna ända ned till Hudsonfloden, som på sommaren ser ut som en veritabel vattenallé! Luften rensas av de friska flodvindarna, som för med sig doften av grönskande gräs från höjderna på andra sidan Hudson, och till och med den vanskötta trädgård, som hörde till vårt hus, var en härlig uppehållsplats, trots att fru Moffat ständigt envisades med att ha hela husets tvätt hängande där. På kvällarna brukade vi sitta och röka i skymningen och se eldflugornas svaga ljus glimma i det långa gräset.

Naturligtvis började vi leta efter spöken så snart vi slagit oss ned på platsen. Vår middagskonversation rörde sig uteslutande om övernaturliga ting och vi samlade i huset ett storståtligt bibliotek av spökhistorier. Så fort någon fått tag på någon ny spökbok samlade vi oss i den jättestora mörka hallen, och någon läste den högt vid skenet av ett flämtande ljus. Om det knakade till i en panel eller ett bord blev det genast en förhoppningsfull tystnad – och vi väntade med spänning på ett genomskinligt, suckande spöke med rasslande fotbojor!

Det var med den bittraste besvikelse vi efter två månaders intensiv spökjakt måste erkänna, att det faktiskt inte inträffat något som ens den allra vildaste fantasi kunnat förklara som övernaturligt.

Sådan var situationen på aftonen den 10:e juli. När middagen var över drog jag mig som vanligt tillbaka till trädgården med min vän dr Hammond för att njuta av min pipa och en grogg.

Just den kvällen var vi på något underligt sätt ovanligt missmodiga bägge två. Trots att vi gjorde vårt bästa för att muntra upp konversationen kom vi hela tiden in på dystra spekulationer om livets frånsidor. Och plötsligt sade Hammond till mig:

– Vad tycker du är det mest fasansfulla, som kan hända en människa?

Frågan satte myror i huvudet på mig. Visserligen visste jag att det fanns många hemska saker – men jag hade aldrig försökt fundera ut något som överglänste allt annat. Plötsligt fick jag en obestämd känsla av att det i alla fall fanns en fasornas kung, inför vilken allt annat måste verka som barnsligheter. Men vad kunde det vara?

– Jag har faktiskt aldrig ägnat saken en tanke förut, svarade jag. – Men jag känner på mig att det måste finnas någonting som är hemskare än allt annat, fast jag inte har den ringaste aning om vad det är.

– Jag har precis samma känsla, svarade Hammond allvarligt och ryste till. Jag känner det faktiskt som om jag vilket ögonblick som helst skulle kunna uppleva en skräck, som aldrig någon människa kunnat föreställa sig. Han skakade dystert på huvudet. – Något så fasansfullt att hela ens sinne och kropp snördes samman.

– Nej hör nu, din olycksprofet, sade jag så muntert jag förmådde – låt oss nu för allt i världen prata om något annat – kapplöpningar till exempel!

– Jag vet faktiskt inte vad det är för fel på mig i kväll, svarade han – men mina tankar vill bara röra sig om rysliga och övernaturliga saker. Jag tror jag går och lägger mig.

Jag satt bara kvar några minuter efter det han gått, sedan stod jag inte ut längre utan gick upp på mitt rum. Jag klädde hastigt av mig, gick till sängs och tänkte läsa en smula som vanligt, men genast jag tog en bok från nattduksbordet slängde jag den ifrån mig så att den hamnade i andra änden av rummet. En enda blick hade räckt för att övertyga mig om att den inte var någon lämplig lektyr i min dystra sinnesstämning. Det var nämligen *Monstrens historia* av Goudon – en kuslig fransk bok, som jag nyligen hade köpt.

Jag beslöt mig i stället för att försöka sova och skruvade ned gasen, så att bara en liten blå glimmande punkt återstod av lågan. Rummet låg nu i fullständigt mörker. Den lilla blå lågan lyste inte upp mer än ett par centimeter kring brännaren.

Jag kunde inte somna trots att jag höll armarna för ögonen och försökte låta bli att tänka. Det där Hammond hade talat om i trädgården irriterade mig, och jag kunde inte bli fri från det. Jag låg alldeles stilla och hoppades att min fysiska orörlighet skulle inverka på min hjärna, så att jag domnade av – då något fruktansvärt inträffade.

Helt plötsligt var det någonting tungt som föll ned på mitt bröst och pressade andan ur mig, och nästa sekund kände jag hur två beniga händer grep tag om min strupe!

Jag har aldrig varit någon pultron och var på den tiden ovanligt kraftig, så i stället för att förlama mig retade mig det plötsliga anfallet till ursinne. Innan jag ännu hann ägna en tanke åt ögonblickets fasa, hade min kropp handlat automatiskt. Med blixtlik hastighet slingrade jag mina armar om angriparen och tryckte honom med förtvivlans styrka mot mitt bröst. Efter ett ögonblick lossnade de beniga händernas grepp om min strupe och jag kunde andas igen. Nu först började striden på allvar.

Vi vacklade fram och tillbaka på sängen i kolmörkret och slogs med fruktansvärd intensitet. Jag hade inte en aning om vem det var som så plötsligt anfallit mig, men jag kände hur jag varje ögonblick måste ta nytt grepp och det verkade faktiskt som om min motståndare var alldeles naken och flottig! Jag visste bara med säkerhet att min motståndare hade fruktansvärt vassa tänder som sargade mina skuldror, min nacke och mitt bröst varje ögonblick, medan jag hela tiden måste skydda min strupe med uppbjudande av mina yttersta krafter mot de seniga, snabba händerna, som jag på inga villkor kunde få grepp om.

Efter en tyst, dödligt utmattande kamp lyckades jag slutligen få min angripare under mig genom en otrolig muskelansträngning. När jag hade honom fastnaglad under mig med mitt knä på hans bröst, förstod jag att jag besegrat honom. Jag vilade en stund i den ställningen för att andas och hörde hur varelsen under mig flämtade efter luft i mörkret, och jag kände hur hans hjärta bultade mot mitt knä. Min motståndare var tydligen lika utmattad som jag själv, och det var alltid en tröst.

Just då kom jag ihåg att jag vanligen brukade stoppa in en stor silkesnäsduk under min kudde, innan jag gick och lade mig. Jag trevade efter den och fann den. På ett par ögonblick fjättrade jag min motståndares armar och började känna mig tämligen säker.

Nu hade jag bara att tända gasen och ta mig en titt på min lömske angripare och sedan väcka upp huset, så att skurken kunde bli inburad. Under den hetsiga striden hade jag märkvärdigt nog inte ett ögonblick funderat på att försöka väcka de andra...

Utan att släppa taget för en sekund gled jag ned på golvet och drog min fånge med mig. Det var bara ett par steg till gasen och jag tog dem ytterst försiktigt med min fånge som i ett skruvstäd mellan mina armar. Slutligen kom jag inom räckhåll för den lilla blå ljuskulan och kvickt som blixten lossade jag min ena hand från min motståndares strupe och skruvade upp lågan för fullt. Sedan vände jag mig för att se på min fånge.

Jag tänker inte ens försöka beskriva mina känslor ögonblicket efter det jag tänt gasen. Jag förmodar att jag måste ha givit ifrån mig ett fasansfullt skri av skräck, för inom mindre än en minut skulle mitt rum vara fyllt av husets invånare. Jag ryser ännu, när jag tänker på det ögonblicket.

Jag såg nämligen ingenting!

Fastän jag hade ena armen fast slingrad omkring en flämtande kropp, medan min andra hand med all sin styrka grep om en strupe, som var lika varm och verklig som min egen, såg jag ingenting! Inte ens en kontur eller någon dimma – ingenting!

Det förvånar mig än idag att jag inte svimmade eller blev galen. Det måste ha varit någon underbar instinkt som höll mig uppe, för i stället för att släppa mitt tag om vidundret försökte jag med all min styrka pressa det samman, och skräcken ökade mina krafter så att jag kände hur varelsen skälvde av smärta.

Just då rusade Hammond in över min tröskel i spetsen för de andra gästerna. Så snart han fick syn på mitt förvridna ansikte sprang han mot mig och ropade:

– Men vad i himmelens namn har hänt, Harry?

– Hammond, Hammond! skrek jag – kom hit! Jag har slagits med något som jag håller fast, men jag kan inte se det – *jag kan inte se det!*

Hammond tog ett par tvekande steg framåt, utan tvivel förfärad över det oförställda uttrycket av fasa i mitt ansikte, men de andra började fnittra högt. Detta skratt gjorde mig utom mig.

Nu kan jag mycket väl förstå varför det var så löjligt att se en man kämpa vilt med tomma luften och ropa på hjälp dessutom, men då var jag så rasande att jag skulle ha dödat dem, om jag bara kunnat.

– Hammond! skrek jag igen förtvivlat – kom för Guds skull. Jag kan inte hålla det längre! Hjälp! Hjälp!

– Harry, viskade Hammond och närmade sig mig. – Har du druckit?

– Jag svär att det inte är inbillning, svarade jag med tillkämpat lugn. – Om du inte tror mig kan du ju känna efter själv!

Hammond tog ett steg framåt och lade sin hand bredvid min. Han öppnade munnen för ett vilt skräckslaget skrik. Han hade känt det också!

Inom ett ögonblick hade han hittat en repstump någonstans i rummet och började linda det om den osynliga kroppen, som jag höll i mina armar.

– Harry, viskade han hest och upprört – du kan släppa honom nu, om du är trött. Han kan inte röra sig nu.

Jag var ytterst utmattad och släppte tacksamt taget. Hammond stod framför mig och höll ena änden på repet, som slingrade sig omkring den osynlige, medan vi såg repet och andra änden hänga fritt i luften omkring ett tomt utrymme. Jag har aldrig sett någon så fruktansvärt skräckslagen som Hammond. Men hans tänder var fast sammanbitna.

Verkan på de andra kan inte beskrivas. Det blev en trängsel utan like vid dörren, när de fegaste försökte fly och det fåtal som stannade kvar stod tryckta mot varandra vid dörren, och ingen vågade ta ett steg in i rummet. Men trots allt var deras misstrogenhet lika stor som deras fruktan. De tvivlade, men de hade inte mod nog att övertyga sig.

Min vrede mot deras misstrogenhet övervann min fruktan. Jag gav ett tecken åt Hammond och vi undertryckte vår motvilja mot odjuret och lyfte upp det i luften, ombundet som det var, och bar det till sängen. Det var faktiskt inte tyngre än en femtonårs pojke.

– Se nu på noga, sade jag, när vi höll varelsen utsträckt över sängen. – Jag tänker ge er ett fullt övertygande bevis på att det verkligen är en fast kropp, vilken ni trots allt inte kan se! Titta på sängen – nu!

Hopens ögon fästes ögonblickligen på sängen och i samma ögonblick släppte vi kroppen. Det knakade till i sängfjädrarna, när den sjönk ned på de mjuka sängkläderna. Det blev tydliga märken efter den på kudden och på sängen! Innan vi hann vända oss om i vår triumf hörde vi ett hjärtskärande skri från dörren och allesammans rusade ut i vildaste panik. Hammond och jag var ensamma med ett mysterium.

Vi stod tysta en stund och lyssnade till den osynliges oregelbundna andning och såg hur sängkläderna skakade, när han försökte göra sig fri från repet. Det var Hammond som bröt tystnaden.

– Det var hemskt, sade han.

Jag höll med honom.

– Men inte alls oförklarligt, fortsatte han.

– Vad! Inte oförklarligt? Men något liknande har väl aldrig inträffat? Och jag är alldeles säker på att jag inte är tokig.

– Låt oss nu vara lite förståndiga, Harry. Vi har en fast kropp som vi kan röra på men inte se. Det är så ovanligt att vi blir utom oss av rädsla. Men för sjutton, ett glasstycke är ju också osynligt – det vill säga, det är praktiskt taget osynligt. Vi ser ju inte heller luften fast vi kan känna den.

– Det stämmer nog, men det är en sak, som du inte tänkt på. Varken glas eller luft andas! Men den har tingesten har ett hjärta som klappar, en vilja som bestämmer dess handlingar, och lungor som kan suga in och stöta ut luft!

– Ja, men tänk på de där fenomenen, som vi hört så mycket om på sista tiden, svarade Hammond allvarligt. Vid spiritistmötena har ju osynliga händer fattat tag om händerna på dem som suttit kring bordet – varma köttiga händer som pulserat av liv.

– Vad! Menar du att...?

– Jag menar ingenting, svarade Hammond med en blick på sängen – men jag tänker göra mitt bästa för att ta reda på vad det är för ett odjur.

Vi satt sedan hela natten tysta med våra pipor i munnen vid sängen och såg hur den osynlige kastade sig fram och tillbaka, ända tills han tydligen somnade in av ren trötthet.

Nästa morgon var hela huset i uppror. Gästerna var församlade utanför min dörr, och Hammond och jag betraktades som övernaturliga hjältar. Vi svarade på otaliga frågor om hur vår fånge såg ut eller uppförde sig, för det var ingen annan som vågade gå in i mitt rum.

Vår fånge var vaken igen. Det syntes på sängkläderna, som rörde sig krampaktigt under hans försök att undkomma. Det låg någonting verkligen fasansfullt i att se dessa indirekta bevis på en ångestfylld kamp för friheten, medan den kämpande själv var osynlig.

Under vår långa nattliga vaka vid sängen hade Hammond och jag rådbråkat våra hjärnor för att finna en möjlighet att få reda på hur den osynliga varelsen såg ut. Vi kunde känna att den hade ungefär samma konturer som en människa genom att stryka över den med handen. Den hade en mun, ett runt, mjukt och kalt huvud, en mycket liten näsa som knappt höjde sig över kinderna och händer och fötter som på en pojke. Först tänkte vi placera den osynlige på golvet och rita upp kroppens konturer med krita, men det skulle ändå inte givit oss den ringaste aning om dess byggnad, så vi övergav idén.

Plötsligt kom jag på en idé. Varför inte ta en gipsavgjutning av figuren? Men hur skulle vi kunna förmå honom att ligga stilla, medan han bäddades in i lera. Det var Hammond som kom på nästa goda idé. Varför inte ge honom kloroform helt enkelt? Varelsen hade ju tydligen lungor!

Vi sände efter en doktor från 10:e gatan, och så snart han hade hämtat sig från sin skräck, gav han vår fånge en dosis klorform. Ett par minuter senare kunde vi ta bort repet från varelsens kropp och en skulptör, som vi sänt efter, täckte den med lera. Fem minuter senare hade vi en gjutform färdig och fram mot kvällen stod gipsavgjutningen färdig.

Det var en man, vanskapt, naken och fasansfull – men det var i alla fall en man! Han var inte mer än 1,25 meter lång men hans lemmar hade muskler av en storlek jag aldrig sett varken förr eller senare. Ansiktet överträffade i gräslighet allting vi hade sett. Det går knappast att beskriva hur det såg ut med sin obetydliga näsa, rynkade hud, grymt uppdragna överläpp som blottade de skarpa tänderna. Det var helt enkelt otroligt fult och skräckinjagande.

När vi hade tillfredställt vår nyfikenhet, stod vi inför ett ännu större problem. Vad skulle vi göra av vårt monster? Vi hade lyckats tysta ned saken och förmå alla i huset till tystnad, men rätt som det var kunde ryktet sippra ut, och vad skulle då ske?

Vi kunde inte behålla en sådan fasansfull varelse i huset, men vi kunde ännu mindre släppa ut den. Jag medger gärna att jag röstade för att den på något sätt skulle dödas. Men vem ville ta ansvaret? Ingen ville det och dag efter dag blev situationen allt mer ohållbar. Alla gästerna lämnade pensionatet, och fru Moffat var utom sig av förtvivlan. Hon till och med hotade att stämma mig och Hammond, om vi inte flyttade bort vidundret, men hon fick svar på tal.

Vi skulle för all del gärna flytta om hon ville det, blev svaret, men om hon inbillade sig att vi skulle ta med oss något monster så tog hon grundligt fel. Det var hennes hus och följaktligen hennes monster, och om vi blev tvungna att lämna huset, skulle vi med förtjusning testamentera henne vakten av den osynlige!

Inför dessa hotelser hade fru Moffat ingenting att svara. För alla pengar i världen kunde hon inte finna någon annan som var villig att ens gå in i samma rum som monstret.

Det underligaste i hela saken var att vi aldrig fick en aning om vad den osynlige egentligen levde av. Vi skaffade all föda vi kunde tänka oss och placerade framför honom, men han nekade att röra den. Det var hemskt att stå bredvid dag efter dag och se sängkläderna röra sig och samtidigt veta varelsen höll på att svälta ihjäl.

Efter fjorton dagar levde han fortfarande, men hjärtat slog svagare och svagare och det var bara en tidsfråga när han skulle dö. Det var tydligt att den osynlige höll på att stryka med av svält.

På den femtonde dagens morgon dog han slutligen. Hammond och jag fann kroppen kall och stilla i sängen. Hjärtat slog inte längre och lungorna hade slutat att andas. Vi begravde honom i trädgården sent på kvällen. Men gipsavgjutningen av det osynliga monstret vars gåta vi aldrig kunde lösa, står fortfarande hemma hos doktorn på 10:e gatan. Själv hade jag för otäcka minnen av min nattliga strid med det osynliga vidundret för att kunna behålla den gräsliga statyn.

Robert W. Chambers

Passeur!

Han hade just slutat sin pipa och knackade den nu mot härden, så att askan lade sig som ett tunt, grått lager över det sotiga vedträdet, som låg och rykte i ett hörn. Därpå sjönk han tillbaka i stolen och lät sina fingrar mekaniskt glida över det heta piphuvudet, tills det blev så svalt att han kunde stoppa ned pipan i sin ficka.

Två gånger såg han upp på den lilla klockan som pickade på hyllan. Han hade ännu en halvtimme att vänta.

De tre talgljusen som upplyste rummet var i stort behov av att snoppas. En ljussax låg på bordet, han steg upp för att ta den. Medan han försjunken i tankar långsamt öppnade saxen och slöt den ånyo, lät han sina blickar irra omkring i rummet. Borta i hörnet stod ett staffli och bakom detta en hög dammiga tavlor. Bakom tavlorna lägrade sig skuggan, den gråa, hotfulla skuggan som aldrig rörde sig.

Då han hade putsat ljusen, torkade han den rökiga saxen på en målartrasa och lade den därefter tillbaka på bordet. Klockan visade nu på tio. Han hade varit sysselsatt precis tre minuter.

Bordet var överhöljt med halsdukar, pipor, kammar, borstar, tändstickor och skjortknappar. Bland andra föremål stod där även en liten sykorg. Han samlade ihop halsdukarna, hängde upp dem på ett snöre framför spegeln och lade in kammarna, borstarna och knapparna i en låda. Ett par gånger sträckte han ut handen efter sykorgen, men armen sjönk åter ned. Han gick fram till spiseln och började stirra ut i den slocknande elden.

Utanför det frusna fönstret hördes en lucka entonigt slå mot väggen. Han öppnade fönstret för att fastgöra den. Den mjuka, våta snön, som hade blåst upp mot fönsterposten, var nu frusen, och han måste genombryta isskorpan innan han kunde komma åt de rostiga hakarna. Han lutade sig ut ett ögonblick och stödde sina frusna händer mot den snöhöljda karmen, medan ljudet av den växande snöstormen brusade för hans öron. Bortom den ödsliga trädgården med sina nakna träd såg han den lugna, mörka floden utbreda sig.

Ett ljus fladdrade till bakom honom och ett papper flög utåt golvet.

Han stängde fönstret och gick inåt rummet med händerna i fickorna. En liten blek låga flammade upp från den rykande träkubben på härden med ett sjungande ljud. Efter en stund hade elden fattat tag i vedträets yttersta ända. Hela knippen av blåa lågor slog upp, och inom ett ögonblick bredde sig en tunn, gulaktig flamma kring hela det kolade vedträet.

I detsamma började skuggorna sin dans – inte skuggan bakom staffliet, den var orörlig som alltid – men andra små gråa, tunna, oroliga skuggor, som avspeglade sina magra linjer på golvet runt omkring honom, alltjämt darrande och fladdrande.

Han vågade inte stiga upp av fruktan att trampa på dem, så levande föreföll de honom. De slingrade sig utefter marken runt om hans fötter, de snodde sig om hans knän och snärjde hans bröst liksom med osynliga järnbojor.

Ibland under nattens tystnad, då vinden och floden slumrade, kunde han överfallas av fruktan för att dessa skuggor skulle krypa ännu högre upp, fatta om hans hals och strypa honom.

När han åter såg upp hade klockan släpat sig fram tio minuter. En kall vindpust steg upp från de stora golvspringorna. Han lutade sig ned, drog fram sina träskor ur spisvrån och satte dem utanpå sina skor. Då han åter reste sig upp, vandrade hans blickar mekaniskt till spiselhyllan, där ett annat par träskor var uppställda, överhöljda av damm, ett par små fina träskor av rödbok.

Ett års damm betäckte deras yta, ett års rost fördunklade silverbandet kring deras vrister. Ett år? Ja, om några minuter var detta år till ända.

Hans egna träskor från Mort-Dieu, de var breda i tårna och försedda med stålband, men det fanns en tid, då han inte hade ansett några träskor i Mort-Dieu nog fina att bäras av den vackra rodderskan där. Därför hade han skickat bud till Lighthouse, och därifrån hade de vänt sig till Lorient, där kvinnorna är fåfänga, går med obetäckt hår och bär nätta små träskor. Och i denna stad, där behagsjukan frodas och där flickorna pryder sina mössor och kragar med allsköns grannlåt, hade man lyckats finna ett par små söta träskor gjorda av rödbok och försedda med silverband. – Nu stod de uppe på spiselhyllan, fulla av damm och rost!

Från fönstret hördes ett sakta ljud, det var snön som slog mot rutan. Stormen pep mellan takbjälkarna. Snart skulle det börja viska ur spiselvrån. Han satte händerna för ögonen, alltjämt stirrande på klockan.

I den lilla byn Mort-Dieu viskar granarna dagarna igenom om havets hemligheter, men om natten sitter de gråa fåglarna flockvis i deras grenar och sjunger om flydda dagars solsken. Han kunde höra denna sång där han satt, och han borrade fingrarna in i sina öron, men de gråa fåglarna förenade sina röster med vindens sång i skorstenen, och han hörde allt som han var rädd att höra, och tänkte alla tankar som han var rädd att tänka, tills en ström av heta tårar rann ned för hans kinder.

I Mort-Dieu är nätterna längre än på något annat ställe, så hade de varit under detta sista år – förut var det helt annorlunda. Det var så mycket som var olika nu mot då. Då flög dagar och nätter likt minuter, granarna viskade aldrig om havets hemligheter och de gråa fåglarna hade ännu inte kommit till Mort-Dieu. Men där fanns Jeanne, rodderskan vid Cannes.

När han såg henne första gången stod hon i sin breda och flatbottnade lilla färja, som hon stakade fram mellan Cannes och Mort-Dieu. Hon hade en röd duk bunden om sitt mjuka svarta hår, och ett rött förkläde fladdrade omkring henne. Nästa gång han såg henne ropade han över den lugna floden: *"Ohé – Ohé Passeur!"*[1] Och hon kom tvärs över floden i sin flata båt, hennes djupa blåa ögon var fästade på honom med ett tankfullt uttryck, och hennes röda förkläde fladdrade för aprilvinden. Sedan följde den ena dagen på den andra. Det välljudande ropet: *"Passeur!"* blev allt klarare och glättigare, och det avlägsna svaret: *"V'la M'sieur!"*[2] porlade över vattnet likt ett silverklingande skratt. Och så kom våren, och i vårens fotspår kärleken, som ständigt följde med som fripassagerare på färjan mellan Cannes och Mort-Dieu.

Lågan över det kolade vedträdet pep och fladdrade, steg upp med röken och flammade till igen. Klockan pickade ännu hårdare och granarna fyllde rummet med sin sång. Men i mannens trötta öga avspeglade sig ett sommarlandskap med seglande vita skyar och porlande vitt skum framför den tvära bogen av en liten färja. Och han pressade sina stelfrusna händer tätare mot öronen för att tysta ned detta enda ord: Passeur! Passeur!

Men nu upphörde klockan för ett ögonblick med sitt pickande. Det var tid att gå. Och han gick. Han hade gått ut i natten med sin lykta varje kväll ända sedan den första underliga vinterkvällen, då en främmande röst hade svarat honom tvärs över floden: den nya rodderskans röst. Och så gick han långsamt ned för de branta trätrapporna med den tända lyktan i sin hand, ut i stormen. Genom djupa drivor, genom högar av fruset sjögräs gick han framåt, svängande sin lykta till höger och vänster, ända

1 Färja, hitåt!
2 Kommer strax!

tills dess återsken i vattnet varnade honom. Då ropade han ut i natten: – Passeur! Det kalla vågstänket slog emot hans ansikte, han hörde det avlägsna dånet av bränningarna och stormens brus bland klipporna ute vid havet.

– Passeur! Över den breda floden, svart som ett hav av beck glänste ett svagt ljus. Än en gång ropade han: – Passeur!

– V'la M'sieur!

Han blev vit som döden, ty det var hennes röst! Han sprang ned ända till midjan i det isiga vattnet och ropade än en gång: – Passeur! Men hans röst upplöste sig i en syftning.

Långsamt närmade sig den flata båten genom snö och is. Men nu såg han tydligt att det inte var hon som stod vid åran, utan en lång mager skepnad, inhöljd ända till öronen i en vaxdukskappa. Han hoppade ned i båten och bad färjkarlen skynda.

Då han kommit ut på halva floden, reste han sig och ropade: – Jeanne! ehuru hans röst drunknade i stormens brus och de frusna vågornas dån. Men han hörde åter hennes stämma, som ropade honom vid namn.

Då färjan slutligen landade vid den osynliga stranden, höjde han sin lykta med darrande hand, trevade sig fram i mörkret och ropade hennes namn, som om han trott sig kunna överrösta den mäktiga stämma som hade talat just denna natt för ett år sedan. Men förgäves. Han sjönk på knä och stirrade ut i mörkret, där oceanen rullade sina vågor mellan två världar. Hans stela läppar rörde sig och han viskade än en gång hennes namn.

Då lade färjkarlen helt sakta sin hand på hans huvud. Han lyfte sina ögon mot den gamle, och i ett nu anade han främlingens namn.

Det var döden.

Charles Dickens

En vansinnigs manuskript

”Ja! – En vansinnig! Hur skulle inte detta ord för många år sedan ha genomborrat mitt hjärta! Hur skulle det inte ha uppväckt den fasa, som stundom brukade smyga sig över mig och jaga blodet sjudande och stickande genom mina ådror, till dess fruktans kalla dagg stod i stora droppar på min hud, och mina knän slog tillsammans av förskräckelse! Men nu tycker jag om det. Det är ett vackert namn. Visa mig den monark, vars i vrede rynkade panna någonsin fruktades så som elden i en vansinnigs öga – vars rep och bila var säkrare än en vansinnigs grepp. Ha! Ha! Det är någonting stort att vara galen! Att bli betraktat som ett vilt lejon mellan järnstängerna – att skära tänder och tjuta under den långa, tysta natten till en tung kedjas muntra rassel – och att rulla och vältra sig i halmen av förtjusning över en så präktig musik. Hurra för dårhuset! Det är ett härligt ställe!

Jag kommer ihåg den tid då jag var *rädd* för att sedan bli galen; då jag brukade störta upp ur min sömn och falla på mina knän och be att jag måtte bli förskonad från min släkts förbannelse; då jag rusade bort från åsynen av munterhet eller glädje för att dölja mig på något ensligt ställe och tillbringa de långsamma timmarna med att iaktta verkningarna av den feber, som skulle förtära min hjärna. Jag visste att vansinnet var sammanblandat med själva mitt blod, med märgen i mina ben; att en generation hade levt utan att denna pest hade visat sig ibland den, och att jag var den förste hos vilken den skulle leva upp igen. Jag visste att det *måste* gå så, och då jag kröp ihop i någon mörk vrå av ett med människor uppfyllt rum och såg folk viska till varandra och peka och vända sina ögon bort till mig, då visste jag att de berättade varandra om den till vansinne dömde, och jag smög mig bort för att grubbla i enslighet.

Så gick det i flera år, och långa, mycket långa var dessa år. Nätterna här är stundom långa – mycket långa; men de är ett intet i jämförelse med de sömnlösa nätter och förfärliga drömmar jag då hade. Jag ryser då jag tänker tillbaka på dem. Stora, mörka gestalter med listiga, gäckande ansikten lurade i hörnen av rummet och lutade sig om natten över min säng för att narra mig till vanvett. De berättade mig med dämpad viskning, att golvet i det gamla hus där min farfar dog, var fläckat av hans eget blod, som hans egen hand under rasande vansinne hade utgjutit. Jag stack fingrarna i öronen, men de skrek in i mitt huvud så rummet skallrade därvid, att i en släktled före honom hade vanvettet slumrat, att hans farfar hade levt i många år med händerna fastlåsta vid golvet för att han inte skulle sönderslita sig själv. Jag visste att det de sade var sant – jag visste det endast alltför väl. Jag hade lurat ut det för flera år sedan, ehuru man hade sökt att dölja det för mig. Ha! Ha! Jag var dem för slug, trots att de ansåg mig för en galning.

Slutligen kom det över mig, och jag undrade hur jag någonsin hade kunnat frukta det. Nu kunde jag vistas ute i världen och skratta och skrika som trots någon. Jag visste att jag var vansinnig, men de inte ens misstänkte det. Hur njöt jag inte av det fina puts jag spelade dem, sedan de så länge hade gäckat och pekat finger åt mig medan jag inte var galen, men fruktade att en gång bli det! Och hur jag brukade skratta av glädje, då jag var ensam och tänkte på hur väl jag bevarade min hemlighet, och hur hastigt mina goda vänner skulle ha övergivit mig om de hade känt till sanningen. Jag kunde ha skrikit av förtjusning, då jag spisade ensam med någon uppsluppen kamrat och tänkte på hur blek han skulle ha blivit och hur hastigt han skulle ha sprungit sin väg, om han hade vetat att den goda vän, som satt strax bredvid honom och slipade en blänkande kniv, var en vansinnig med hela kraften och halva viljan till att stöta den i hans hjärta. Åh, det var ett muntert liv!

Ägodelar tillföll mig, rikedom strömmade in på mig, och jag överlämnade mig åt njutningar som blev tusen gånger större genom medvetandet av min väl bevarade hemlighet. Jag fick ett stort arv. Lagen, själva lagen med sina falkögon hade blivit förd bakom ljuset och hade överlämnat omtvistade tusental i en vansinnigs händer. Var var nu de förnuftiga, skarpsinniga människornas vett och förstånd? Var var nu skickligheten hos dessa lagkarlar, som spejar så ivrigt efter en enda brist? Den vansinniges slughet hade överlistat dem alla.

Jag hade pengar. Hur man fjäsade för mig! Jag slösade rikligt med dem. Hur jag blev prisad! Hur de där tre stolta, högmodiga bröderna ödmjukade sig för mig! Även den gamle vithårige fadern – – vilken undfallenhet – vilken aktning – vilken innerlig vänskap – hur han dyrkade mig! Den gamle mannen hade en dotter, och de unga männen hade en syster, och alla var de fattiga. Jag var rik, och då jag gifte mig med flickan såg jag ett triumferande leende spela på hennes torftiga släktingars läppar, som om de tänkte på sin väl anlagda plan och sitt präktiga byte. Det var jag som hade skäl att le. Att le! Nej, att gapskratta och slita i mitt hår och rulla mig på marken med skrik av förtjusning. De tänkte föga att de hade gift bort henne med en vansinnig.

Men vänta, om de hade vetat det, hade de då räddat henne? En systers lycka mot hennes mans penningar! Den lättaste fjäder som jag blåser ut i luften, mot den muntra kedja som pryder min kropp!

I en sak bedrogs jag likväl, trots all min slughet. Om jag inte hade varit vansinnig – ty ehuru vi galna är sluga nog, blir vi dock stundom förda bakom ljuset – skulle jag ha vetat, att flickan hellre hade låtit sig läggas kall och stel i en mörk blykista än att bli förd som en avundad brud till mitt rika, lysande hus. Jag borde ha vetat, att hennes hjärta var hos den svartögde yngling – vars namn jag en gång hade hört henne viska i sin oroliga sömn – och att hon hade blivit uppoffrad åt mig för att lindra den gamle vithårige mannens och de stolta brödernas fattigdom.

Jag kan nu inte längre erinra mig gestalter eller ansikten; men jag vet att flickan var vacker. Jag vet att hon var det; ty under de kalla, månljusa nätterna då jag far upp ur min sömn och allt är tyst omkring mig, ser jag en mager och avtärd gestalt med långt, svart hår som böljar ned utför hennes rygg och inte rörs av någon jordisk vind, och med ögon som fäster sina stela blickar på mig utan att någonsin blinka eller sluta sig, stå stilla och orörlig i en vrå av denna cell. Tyst! Blodet stelnar i mitt hjärta, i det jag nedskriver detta – denna gestalt är hennes; ansiktet är mycket blekt, och ögonen är klara som glas; men jag känner dem väl. Denna gestalt rör sig aldrig; den hotar eller gäckar aldrig, såsom de andra gör vilka stundom fyller detta ställe; men den är vida mera förfärlig för mig än själva de andar som frestade mig för många år sedan; den kommer direkt från graven och är så dödslik.

Under nära ett år såg jag detta ansikte bli allt blekare; under nära ett år såg jag tårarna smyga sig utför de sorgsna kinderna, utan att jag någonsin visste orsaken. Slutligen kom jag likväl underfund med den. De kunde inte länge dölja den för mig. Hon hade aldrig tyckt om mig; jag hade heller aldrig trott att hon gjorde det; hon föraktade mina penningar och hatade den glans i vilken hon levde – detta hade jag inte väntat. Hon älskade en annan. Det hade jag aldrig tänkt på. Sällsamma känslor kom över mig, och tankar som blev mig påtvungna av någon hemlig makt, virvlade runt omkring i min hjärna. Jag hatade inte henne, ehuru jag hatade den pojke hon ännu alltjämt begrät. Jag beklagade, ja, jag beklagade det olyckliga liv, vartill hennes kalla, egennyttiga släktingar hade dömt henne. Jag visste att hon inte kunde leva länge; men tanken på att hon före sin död möjligen kunde ge liv åt någon olycklig varelse, som skulle fortplanta vansinnet på sin avkomma, bestämde mig. Jag beslöt att döda henne.

Under många veckor tänkte jag på gift, sedan på dränkning och så på eld. En präktig syn att se det stora huset i lågor och den vansinniges maka fallande samman i aska. Och så att tänka sig det lustiga uti att en stor belöning skulle bli utsatt och att kanske en klok man kom att dingla i galgen för en gärning som han inte hade begått, och allt detta genom en vansinnigs list! Jag tänkte ofta därpå, men övergav det slutligen. O, vilket nöje att stryka rakkniven dag efter dag och känna på dess skarpa egg och tänka sig det gapande sår, som ett raskt snitt med dess tunna, blanka klinga skulle åstadkomma!

Slutligen viskade i mitt öra de andar, som förr så ofta hade besökt mig, att tiden var inne, och satte rakkniven i min hand. Jag grep fast om den, smög mig sakta upp ur min säng och lutade mig över min sovande hustru. Hennes ansikte doldes av hennes händer. Jag drog dem sakta åt sidan, och de sjönk ljudlöst ned på hennes bröst. Hon hade gråtit, ty spåren efter tårarna var ännu våta på hennes kinder. Hennes ansikte var lugnt och milt, och mitt under det jag betraktade det livade ett fridens leende hennes bleka drag. Jag lade sakta min hand på hennes axel. Hon ryckte till – det var endast en flyktig dröm. Jag lutade mig åter fram över henne. Hon skrek till och vaknade.

En rörelse med min hand, och hon skulle aldrig mera ha gett ifrån sig något skrik eller något ljud. Men jag blev förskräckt och drog mig tillbaka. Hennes ögon fäste sig på mina. Jag vet inte hur det kom sig, men de skrämde och förskräckte mig, och jag kuvades av dem. Hon steg upp ur sängen, ännu alltjämt blickande fast och oavvänt på mig. Jag skälvde; rakkniven var i min hand, men jag kunde inte röra mig. Hon närmade sig dörren. Då hon hade kommit strax intill den, vände hon sig om och tog sina ögon ifrån mig. Förtrollningen var bruten.

Jag störtade fram och grep henne i armen. Uppgivande skrik på skrik sjönk hon till golvet.

Jag kunde nu ha dödat henne utan strid; men huset hade blivit uppväckt och jag hörde steg i trappan. Jag gömde åter rakkniven i dess vanliga låda, öppnade dörren och ropade högt på hjälp.

Man kom, lyfte upp henne och lade henne i sängen. Där låg hon flera timmar utan medvetande; men då livet, synen och talförmågan kom åter hade hon förlorat förståndet, yrade vilt och ursinnigt.

Man kallade läkare – stora män som rullade fram till min port i bekväma vagnar, med vackra hästar och granna betjänter. De besökte hennes sjukbädd under flera veckor. De höll ett stort möte och rådplägade med dämpade och högtidliga röster i ett annat rum. Den skickligaste och ryktbaraste av dem tog mig avsides, bad mig förbereda mig på det värsta och sade till mig – mig, den vansinnige! – att min hustru var galen! Han stod tätt invid mig vid ett öppet fönster, med sina ögon fästa på mitt ansikte och med sin hand på min arm. Med en enda ansträngning hade jag kunnat slunga honom ned på gatan där utanför. Det skulle ha varit ett lustigt skämt att göra det; men min hemlighet stod på spel och jag lät honom gå. Några dagar därefter sade de mig, att jag måste hålla henne under en viss tvångsuppsikt och låta bevaka henne. Jag! – Jag begav mig ut på öppna fältet, där ingen kunde höra mig, och skrattade till dess luften genljöd av mitt hojtande.

Hon dog den följande dagen. Den vithårige, gamle mannen följde henne till graven, och de stolta bröderna fällde en tår över det känslolösa liket av henne, vars lidanden de under hennes livstid hade åsett med muskler av järn. Allt detta utgjorde en näring för min hemliga förlustelse, och jag skrattade bakom den vita näsduk, som jag höll för mitt ansikte medan vi for hem, så att tårarna kom mig i ögonen.

Men ehuru jag hade uppnått min avsikt att döda henne, var jag likväl orolig och förvirrad och märkte att min hemlighet snart skulle bli känd. Jag kunde inte dölja den vilda fröjd och munterhet, som kokade inom mig och kom mig, då jag var ensam hemma, att hoppa upp och slå ihop händerna och dansa runt omkring och tjuta högt. Då jag gick ut och såg de brådskande skarorna skynda framåt gatorna eller till teatrarna, då jag hörde musik eller såg folk dansa, kände jag en så vild ysterhet, att jag kunde ha rusat in mitt ibland dem och slitit sönder dem lem för lem och tjutit av förtjusning. Men jag skar tänderna, stampade i marken och tryckte mina skarpa naglar in i mina händer. Jag bevarade min hemlighet och ännu visste ingen att jag var galen.

Jag kommer ihåg – ehuru det är ett av de sista dragen som jag *kan* komma ihåg; ty nu hopblandar jag verkligheter med mina drömmar, och som jag alltid har så mycket att göra och ständigt har så bråttom här, har jag inte tid att skilja dem från varandra i den sällsamma förvirring, varuti de blivit invecklade – jag kommer ihåg hur jag omsider släppte ut min hemlighet. Ha! Ha! Jag tycker mig ännu se deras förskräckta blickar och känner hur lätt jag stötte dem ifrån mig och dängde mina knutna nävar i deras bleka ansikten och sedan flög av som en stormvind, lämnande dem ropande och skrikande långt bakom mig. Jag får jättekrafter då jag tänker därpå. Se bara hur denna järnstång böjer sig under mitt ursinniga tag! Jag skulle kunna bryta av den som en kvist – men det finns långa gångar här med många dörrar; jag tror inte att jag kunde hitta ut ur dem, och även om jag kunde det, så är det järnportar nedanför, vilka hålls stängda och tillbommade. De vet vilken slug galning jag varit och är stolta över att ha mig här för att visa mig.

Låt mig se; – ja, jag hade varit ute. Det var sent på kvällen, då jag kom hem och fann den stoltaste av de tre bröderna väntande på mig – angelägna affärer, hade han sagt; jag erinrar mig det mycket väl. Jag hatade denne man med hela en vansinnigs hat. Mången gång hade mina fingrar längtat efter att få slita sönder honom. Man sade mig att han var däruppe, och jag skyndade hastigt uppför trappan. Han hade någonting att säga mig mellan fyra ögon. Jag lät betjänten gå. Det var sent, och vi var allena tillsammans – *för första gången.*

Till en början höll jag noga mina ögon ifrån honom; ty jag visste vad han föga anade – och jag var stolt över denna kunskap – att vanvettets sken glimmade ur dem likt eld. Vi satt några minuter utan att yttra ett ord. Slutligen talade han. Mitt vilda liv på den sista tiden och de besynnerliga anmärkningar, som jag hade fällt så kort efter hans systers död, var en förnärmelse mot hennes minne. Då han sammanställde flera omständigheter, vilka i början hade undgått hans uppmärksamhet, kom han till den slutsats att jag hade behandlat henne illa. Han önskade få veta, om han hade rätt uti att anta att jag ville sätta en fläck på hennes minne och skymfa hennes familj. Han var skyldig den uniform han bar att begära denna förklaring.

Denne man beklädde en officersplats i armén – en plats som var köpt för mina penningar och hans systers olycka. Det var denne man som hade varit den främste i komplotten att locka mig i snaran och bemäktiga sig min förmögenhet. Det var denne man som hade varit det egentliga redskapet till att tvinga henne att gifta sig med mig, ehuru han ganska väl visste att hon hade skänkt sitt hjärta åt den där gråtmilda pojken. Skyldig! Skyldig *sin* uniform! Sin förnedrings livré. Jag vände mina ögon emot honom – jag kunde inte hjälpa det – men jag sade inte ett ord.

Jag såg den plötsliga förändring som kom över honom, då jag sålunda såg på honom. Han var en modig man, men färgen bleknade bort från hans kind, och han drog sin stol tillbaka. Jag drog mig närmare honom, och då jag skrattade – jag var mycket, mycket munter då – såg jag att han ryste. Jag kände hur vansinnet steg inom mig. Han var rädd för mig.

’Ni höll mycket av er syster medan hon levde’, sade jag – ’mycket!’

Han såg sig oroligt omkring, och jag såg hans hand gripa fatt i stolskarmen, men han sade ingenting.

'Skurk', sade jag, 'jag lurade ut dig; jag upptäckte dina djävulska ränker emot mig; jag vet att hennes hjärta tillhörde en annan, innan du tvang henne att gifta sig med mig. Jag vet det – jag vet det.'

Han sprang plötsligt upp från sin stol, svängde den i luften och bad mig hålla mig från livet på honom – ty jag lagade att jag kom honom allt närmare, medan jag talade.

Jag skrek snarare än talade, ty jag kände stormande passioner sjuda i mina ådror och hur de gamla andarna viskade och frestade mig att riva ut hans hjärta.

'Förbannelse över dig!' skrek jag, i det jag sprang upp och rusade på honom. 'Jag dödade henne. Jag är vansinnig. Ned med dig. Blod! Blod! Jag vill se blod!'

Med ett slag avvärjde jag stolen, som han i sin förskräckelse slungade emot mig, och grep fatt i honom; och med ett tungt brak rullade vi båda på golvet.

Det var en vacker strid denna; ty han var en högväxt, stark karl som kämpade för sitt liv, och jag en kraftfull galning som törstade efter att förgöra honom. Jag visste att inga krafter kunde mäta sig med mina, och jag hade rätt, rätt igen, fastän jag var en galning! Hans motstånd blev allt svagare. Jag lade mig på knä på hans bröst och klämde båda mina händer hårt om hans seniga hals. Hans ansikte blev purpurrött: hans ögon trädde ut ur huvudet, och han tycktes håna mig med sin framräckta tunga. Jag klämde hårdare.

Dörren slogs plötsligt upp med ett högljutt buller, och en hop folk rusade in, skrikande högt åt varandra att gripa den vansinnige.

Min hemlighet hade kommit i dagen, och jag hade nu endast att kämpa för min frihet. Jag var uppe på fötterna innan en hand ännu hade vidrört mig, kastade mig in bland mina angripare, banade mig väg med min starka arm som om jag hade haft en yxa i min hand, och slog ned dem framför mig. Jag kom fram till dörren, hoppade över trappbalustraden och var inom ett ögonblick nere på gatan.

Jag skyndade hastigt framåt, utan att någon vågade hejda mig. Jag hörde bullret av fötter bakom mig och fördubblade mina steg. Det blev allt svagare och svagare i fjärran, och slutligen dog det alldeles bort; men jag ilade framåt genom träsk och moras, över diken och häckar, med ett vilt tjut som upprepades av de sällsamma varelser, som skockade sig omkring mig på alla sidor och förstärkte ljudet, så att det skallade genom luften.

Jag bars på armarna av demoner som ilade framåt på vindens vingar, bortsopande häckar och diken framför sig och snurrade mig omkring med ett rassel och en fart, som kom mitt huvud att svindla, till dess de slutligen kastade mig ifrån sig med en våldsam stöt, och jag föll tungt till marken. Då jag vaknade fann jag mig här – här i denna glada cell, dit solljuset sällan kommer och månen smyger sig in med strålar, som endast tjänar till att visa mig de mörka skuggorna omkring mig och den där tysta gestalten i dess gamla vrå. Då jag ligger vaken kan jag stundom höra underliga rop och skrik från avlägsna delar av denna stora byggnad. Vad de är, vet jag inte; men varken kommer de från den där bleka gestalten, inte heller frågar den efter dem. Ty från skymningens första skuggor till morgonens första gryning står den orörlig på samma ställe, lyssnande till min järnbojas musik och betraktande mina krumsprång på mitt halmläger."

Vid slutet av manuskriptet hade en annan hand skrivit följande anmärkning:

"Den olycklige man, vars fantasier är meddelade här ovanför, var ett sorgligt exempel på de fördärvliga följderna av missbrukad ungdomskraft och av utsvävningar, vilka fortsatte till dess att deras följder inte längre stod att avhjälpa. Hans yngre dagars tanklösa utsvävningar avlade feber och delirium. Den första verkan av den sistnämnda var den sällsamma inbillning, vilken bekämpas lika starkt av några, som den försvaras av andra – den, att ett ärftligt vanvett rådde inom hans familj. Detta avlade åter en dyster tungsinthet, som med tiden övergick till sinnessvaghet och slutade med fullständigt vanvett. Det är allt skäl att antaga, att de av honom skildrade händelserna verkligen inträffat, ehuru de i beskrivningen blivit förvrängda av hans sjuka fantasi. De, vilka har känt hans lastbara ungdomsliv, undrar endast över att hans ej längre av förnuftet tyglade passioner inte bragte honom att begå ännu ohyggligare dåd."

Jules Lermina

Barabi-bibari

Jag har lyckats, vilket för övrigt var högst enkelt. Mitt mål var att begå ett brott, njuta av frukterna därav och förbli ostraffad. Ett mycket tydligt och klart program, som jag till alla delar utfört. Jag måste berätta er det där. Utan falsk blygsamhet tror jag mig ha visat ett slags fintlighet i saken.

Först till brottet. Så här lyder det. Jag gifte mig med en ung, fattig flicka och var tjänsteman med tvåtusentvåhundra francs om året. Man kunde inte flyga över skaklarna därmed, men jag nöjde mig rätt väl med den lilla lönen, då jag alltid haft enkla vanor. Min hustru var fader- och moderlös och hade endast en syster. Marie och Blanche – två vackra namn. Jag gifte mig med Marie. Blanche bodde hos oss. Allt gick väl. Först en gosse, sedan en flicka.

Man ökade lönen till tretusen francs. Jag hade inget skäl att vara missnöjd med min lott. En dag erhöll jag ett brev av en notarie. Jag blev mycket förundrad däröver, ty endast undantagsvis hade jag att göra med dessa herrar. Min förvåning tilltog, då den värdige notarien meddelade mig att en viss negociant i Calcutta, en farbror till min hustru och hennes syster eller med andra ord en onkel till dem båda lämnat dem i arv en miljon, vilket vill säga femhundratusen åt varje barabi... bibari... Hm! Varför skriver jag sådär... bara... biba en halv miljon åt min hustru.

* * *

Arvet utbetalades rätt snart, och jag hade mina tjugofemtusen francs i räntor. Jag lämnade in mitt avsked och ställde mitt liv på en ny fot. Femhundratusen är en rätt vacker summa. Min svägerska hade lika mycket. Jag hyrde en fin våning, domestiker och vagn. Då jag alltid älskat konsten inköpte jag några värdefulla tavlor. Det behagade mig även att för första gången i mitt liv vända mig till en skräddare på modet. Oh, jag såg rätt fin ut, det kan jag försäkra er. Jag hade små händer och fötter samt vackert hår. Jag var det man kallar en ståtlig karl... barabi... bibari... men efter en helt kort tid kände jag mig ytterst förgrymmad över att min hustrus syster hade snutit bort den halva miljonen från oss. Jag skulle ha erfarit en verklig tillfredsställelse att äga den hel och hållen... så mycket mer, som jag hade betydligt större utgifter... hustru och barn, och den där gamla flickan behövde blott tänka på sig själv. Det var då som tanken uppstod hos mig att döda henne. Min hustru var hennes arvtagerska. Så snart hon var försvunnen, skulle miljonen hel och hållen återvända till oss, och jag skulle nog förstå att göra ett gott bruk av den. Så tänkte jag för mig själv en afton, då jag pratade med de båda systrarna. Jag fattade då beslutet att mörda Blanche. Men då jag råkar ha huvudet på rätta stället och inte är någon dumbom, försökte jag finna ett medel att begå brottet utan någon fara för mig själv. Jag genomläste alla celebra brottmål och kom mycket hastigt till övertygelsen, att mördarna alltid har avslöjats just genom den stora möda de gjort sig att förställa sina brottsliga avsikter. Barabi... bibari... så besynnerligt... dessa stavelser återkommer alltid i mitt huvud och på mina läppar, utan att jag vet varför.

*　*　*

Jag har alltid haft en viss svaghet för vetenskapliga böcker, i synnerhet för medicinska verk. Med största nöje har jag genomläst Briere de Boismonts *Hallucinationer*, Morers *Vansinnet* och hela Mandsleys *Brottet och vansinnet*. I detta sista arbete fann jag utkastet till den högst skarpsinniga plan som sedermera blev mig så nyttig. Nu skall ni få höra vad jag gjorde:

En vacker morgon infann jag mig hos doktor Lanssedat, nutidens berömdaste läkare för sinnessjukdomar. Han emottog mig mycket förekommande, varpå jag sade till honom:

– Doktor! Jag har kommit för att göra en förfärlig bekännelse... jag är rik, lycklig, tillber min hustru och mina barn, har inget skäl till vrede eller hat emot vem än vara må och likväl befinner jag mig stundom i en fasansfull belägenhet.

Jag uttalade dessa ord med avbruten röst och något stirrande ögon. Mina läppar skälvde ibland av krampaktiga ryckningar. Doktorn betraktade mig uppmärksamt och bad mig fortsätta. Jag sänkte huvudet och återtog med dov stämma:

– Det händer ofta, när jag sitter bland de mina, att jag plötsligt känner mig gripen av en vild önskan att döda någon. En fruktansvärd strid uppstår inom mig. Jag känner att min hand, nästan oövervinnligt, förs emot kniven som ligger bredvid mig på bordet... och... vem jag vill döda, det vet jag inte. Min hustru, mina barn eller min svägerska. Under intryck av denna gräsliga mara tänker jag inte på något val. Jag söker att motstå den förfärliga önskan så mycket jag kan och fruktar att man i mina ögon skall läsa den ohyggliga hemligheten. Jag knyter ihop mina händer och spär-

104

rar in naglarna i köttet för att vakna. De första gångerna var ett fysiskt intryck tillräckligt för att skingra hallucinationen. Utan svårighet reste jag mig upp och gick till mitt rum. En baddning med kallt vatten på pannan återgav mig lugnet. Spöket försvann, och jag återvände småleende till de mina.

Sedan någon tid har dessa anfall upprepats allt oftare. Jag känner att min viljekraft och mitt förstånd slappas av... jag börjar frukta att jag någon dag kastar mig över en av dem som jag älskar, och stöter en kniv djupt i bröstet... Doktor! Jag har kommit hit för att göra min bekännelse... jag är rädd för mig själv... kan ni rädda mig?

Mr Lanssedat hörde på mig med den största uppmärksamhet:

– Säg mig, yttrade han, har ni inte märkt några symtom som förebådar dessa anfall?

– Javisst, svarade jag. Först känner jag en svår tyngd i huvudet, som om min hjärna hade blivit för tung och rullade fram och åter i mitt kraniums beniga omhölje... sedan erfar jag en sammandragning i sidorna och därefter åtskilliga...

– Gott, återtog mr Lanssedat. Jag kan säga er, att detta fall ganska lätt kan botas. Följ noga alla de ordinationer jag nu vill föreskriva er, och jag svarar för att ni skall bli frisk...

Han skrev ett långt recept, som jag tog med mig efter att ha framfört mina livligaste tacksägelser. Bibari... barabi... bi... ba... ri. Den där refrängen börjar slutligen att tråka ut mig.

Jag följde punktligt... det vill säga endast skenbart... doktorns ordinationer. Mitt arbetsrum fylldes med flaskor, och min hustru begynte oroa sig. Jag försökte lugna henne så gott jag kunde. Ibland stirrade jag på henne med hemska blickar. Hon gjorde mig åtskilliga frågor på vilka jag undvek att ge några tydligare svar. Så lät jag tre månader förgå. När denna tid var till ända återvände jag till doktorn.

– Nå, sade han till mig så snart jag kommit in i rummet, jag hoppas att ni har jagat bort de där svarta fjärilarna?

Jag brast ut i tårar.

Jag var ett offer för ödet. Långt ifrån att vara återställd var jag i stället ett rov för allt oftare upprepade anfall... jag var tvungen att fly bort från mitt hem, att göra långa promenader kring staden... ibland gav mig tröttheten något lugn. Men floden steg och steg... jag kände på mina läppar liksom en smak av blod.

– Min herre, sade jag honom slutligen, jag har kommit för att be er göra mig en stor tjänst.

– Jag står helt och hållet till ert förfogande, yttrade han med en ton, i vilken en smula medlidande hördes.

– Jag bönfaller, att ni måtte innesluta mig i ett dårhus. Han tycktes inte vara överhövan förvånad vid denna min begäran.

– Varför så?

– Jag känner, återtog jag, jag känner att jag inom kort skall undergå en fruktansvärd kris. De symtom jag uppräknat för er är häftigare än någonsin... och endera dagen, i morgon kanhända, vet jag med mig själv att jag skall förorsaka någon olycka... låt spärra in mig!

Man skall då behandla mig såsom en dåre, med dusch eller tvångströja men jag skall bli frisk, utropade jag syftande... Hjälp mig, rädda mig!

Den framstående läkaren var rörd. Han intresserade sig tydligen för detta egendomliga fall. Jag fortsatte:

– För att inte oroa min familj önskar jag att den hålls okunnig om den förfärliga nödvändighet, som jag måste underkasta mig. Jag skall förege en affärsresa, som bör räcka två eller tre månader... jag kommer att försvinna under denna tid och skriva till dem så ofta jag är nog redig att göra det. När sedan behandlingen, som jag hoppas blir så kraftig som möjligt, lyckats avlägsna mitt sjukliga tillstånd, vill jag återvända hem och inta min plats vid den husliga härden... och då kommer jag att vara säker om att inte behöva besudla dem med blod.

Mr Lanssedat knackade, lyssnade på och studerade alla mina organs verksamhet, varefter han slutade med att förklara, att jag nog kunde ha rätt. Jag hade ingen skada, påstod han... åkomman var endast en nervsjukdom, som ovillkorligen skulle bli botad, vilket han än en gång upprepade. Han samtyckte till mitt förslag och skulle kort därpå föra mig till en anstalt för sinnessjuka, som stod under hans omedelbara ledning. Förövrigt ansåg han, att några veckors vård fullkomligt skulle bringa i jämvikt mina upprörda nerver...

Jag återvände till mitt hem och hade ingen möda att övertyga min hustru om nödvändigheten av en resa. Hon hade observerat hos mig en viss oro, vissa omständigheter och var säker på, att ombyte av luft skulle göra mig gott. Dagen därpå inträdde jag i vårdanstalten för sinnessjuka... barabi... bibari! ... Den var ytterst prydlig och komfortabel. Den kostade mig också vackra pengar... barabi... fördömda refräng! Den kan göra mig alldeles utom mig! ... Och varför? Säg varför?

*   *   *

Jag kvarstannade två månader i anstalten. När jag varit där fjorton dagar, låtsade jag få ett mycket häftigt anfall. Jag störtade mig på en av sjukvaktarna och försökte att strypa honom... undergick straffduschen och vred mig som en konvulsionär. Sedan lugnade jag mig och småningom blev jag återigen som förr. Under sex veckor observerade man mig. Mr Lanssedat underlät inte en enda dag att besöka mig och konstaterade snart, att en betydlig förbättring inträffat. Jag skrattade i smyg. Jag kände nog till att han var mycket smickrad, ty detta fall utgjorde ett tydligt bevis på de teorier som han flera gånger framställt om dårars återställande genom deras egen vilja. Han lyckönskade mig för min energi och uppmuntrade mig. Jag visade ett exemplariskt saktmod och gav honom omsorgsfullt del om alla de symtom, som bevisade mitt snara och fullständiga tillfrisknade, såsom frånvaron av all huvudvärk, den lediga andhämtningen och återställandet av alla normala funktioner.

En dag sade han till mig att jag nu var definitivt botad och bjöd mig att återvända till min familj. Jag anhöll då att ännu få kvarstanna en månad under sträng uppsikt. Han samtyckte och tillade att det var ett försiktighetsmått, som enligt hans tanke var onödigt.

Slutligen återfick jag min frihet och skyndade hem till mig. Min hustru, min svägerska, barn och vänner visste inte hur de skulle uttrycka sin glädje. Jag sade dem sanningen till hälften, yttrande att jag undergått en behandling för en bröstsjukdom och att jag inte velat tala därom för att inte i onödan oroa dem, men sade mig nu vara fullkomligt frisk. Förhållandet var att jag även såg helt präktig ut... den där vilan hade gjort mig ovanligt gott.

Nå... vad talade jag om nyss? Barabi... bi... bi... ba... bibari! Ett, två tre! ... Jag har ont i huvudet.

*   *   *

Fyra månader efter det jag återtagit min plats vid familjens middagsbord, stötte jag kniven djupt in i hjärtat på min svägerska, som satt på vänstra sidan om mig... därefter utstötte jag fasansfulla skrän... rullade mig på golvet och bar mig åt som den värsta vanvetting. Anfallet fortsatte – det vill säga tycktes fortsätta – högst fem minuter, då jag låtsades återkomma till mig själv och började gråta...

Man arresterade mig. Ingen förutom mr Lanssedat kunde ana orsaken till mitt brott.

Ögonblicket för katastrofen – jag hade sorgfälligt valt dagen därför – inträffade just då Lanssedat var frånvarande, varför undersökningen hade sin gilla gång.

På rannsakningsdomarens frågor svarade jag, att jag handlat utan att vilja det, under inflytelsen av en kraft som jag inte förmått övervinna. Naturligtvis gav man mig till svar att jag blott förställde mig, på det man skulle tro mig vara vansinnig...

Då, liksom överväldigad av skam, talade jag om mr Lanssedat. Man skyndade att kalla honom till Paris.

Med en redbarhet som jag naturligtvis hade räknat med, berättade han allt vad som passerat, talade om den uppriktighet på vilken jag givit så många prov, omnämnde de övermänskliga ansträngningar jag gjort i ändamål att bota mitt onda, samt slutade med att omtala min vistelse i anstalten för sinnesrubbade.

Den mest förutfattade mening kunde inte neka, att jag led av mordmani. De berömda läkarna för sinnessvaga, Esquiros, Pinel med flera hade i sina verk skildrat fullkomligt likartade fall, vilket jag mycket väl kände till, emedan just dessa observationer tjänat som grund för min plan.

En brottmålsprocess började kort därpå. Jag blev enhälligt frikänd, varvid domstolen beslöt att jag skulle inneslutas i ett dårhus under en tid, vars längd läkarna för anstalten skulle bestämma; detta för att iaktta all nödvändig försiktighet.

Under tiden hade min hustru ärvt sin syster. Miljonen tillhörde oss. Ingen hade tänkt på denna detalj... men jag hade tänkt därpå, jag!

Mr Lanssedat hade förklarat för domstolen, att den kris som slutligen hade brutit ut innebar hoppet om och utsikten till ett fullständigt tillfrisknande.

På så sätt kom jag hit till dårhuset...

Nu är jag här... så lustigt... man skall hålla mig kvar omkring ett år. Ett år för femhundratusen francs kan vara bra nog. Barabi... bibari... ri... ri... hur jag lurat dem alla, hi hi! Barabi... men varför detta Barabi... bibari... vad betyder bi... vad betyder ba... biba... bari... Jag är törstig! ... Hm! Hm! ... En groda! Doktorn har svalt ner min historia, han... barabi... Medges måste att den var fiffigt uttänkt... Hé, hé, hé... biba babi... jag har narrat galenskapen något... man måste... biba... ha kurage... ribiba... men om galenskapen skulle hämnas mig? Ba... ba... ba nej, det skall man inte vara rädd för jag har ju hela, hela, hela mitt förstånd... bibari... barabi... bi bi... jag är inte galen! Det var jag nog... tja, nog blev de lurade... Hon, hon, hon... do mi do fa... jag är kejsare! ... bibari babari... fågeln fly...y... y...y...ger... barabi... bibari... jag är nöjd... ga... ga! Hon! Barabi... bibari! ... bi... bonjour, madame... biba... duschen! Nej, nej! Jag vill inte... hjälp! Barabi... bibari... ri... ri... ri... jag råkar vara en fiffigkus, jag!

Georges Rodenbach

Speglarnas vän

Galenskapen är stundom endast utbrottet av en känsla, vilken till en början tagit en fin och rent artistisk gestalt. Jag hade en vän som var innesluten i ett dårhus, där han dog en dramatisk död, vilken jag snart skall beskriva. Hans onda började på ett ofarligt sätt och med kännetecken som endast tydde på ett poetiskt temperament.

I *början* hade han smak för speglar. Det var alltsammans.

Han älskade dem. Han kände sig dragen mot deras klara gåtfullhet. Han betraktade dem såsom fönster vilka öppnar sig åt oändligheten. Men han fruktade dem också. En afton då han återvänt från en resa, en av hans långa vanliga utflykter, fann jag honom hemma under tecken till djup ångest.

– Jag reser åter i natt, sade han

– Men vi tänkte ju tillbringa vintern här den här gången?

– Ja, men jag reser igen. Denna våning är alltför fientlig. Ställena lämnar oss mer än vi lämnar dem. Jag känner mig som en främling mitt ibland dessa rum, bland mina egna möbler, eftersom de inte längre känner igen mig. Jag kan omöjligen stanna. Här råder en tystnad som oroar mig. Allt är mig fientligt. Nyss då jag gick förbi en spegel blev jag rädd. Det var som ett vatten, som öppnade sig och slöt sig över mig.

Jag förvånade mig inte över detta, då jag hade reda på min väns ömtålighet och för övrigt kände till det intryck, som man erfar vid återvändandet till stängda rum, bland damm, instängd luft, oordning och det vemod som vilar över saker, vilka har förlorat en del av sin glans under ens frånvaro. Det är dysterheten hos dagen efter en fest. Det tycks oss, då vi återvänder efter en resa, som om alla våra gamla sorger har stannat hemma och nu tar emot oss...

Jag förstod alltså den känsla som min vän erfor vid återkomsten, och som alla mer eller mindre är underkastade då de finner sig ställda inför plikten att återta sitt alltför vardagliga liv. Eftersom han var fri och rik var det naturligt att han lät det ögonblickliga intrycket inverka på sig.

Men han reste i alla fall inte. Några dagar därefter mötte jag honom. Han var sjuk, sade han.

– Ni ser dock blomstrande ut.

– Ni säger det för att lugna mig. Men jag har sett efter i speglarna i butiksfönstren. Ni kan inte fatta hur nervös jag är, hur jag lider. Jag går ut; jag tror mig vara fullt återställd. Men speglarna lurar på mig. Det finns sådana överallt nu för tiden, hos sömmerskor, perukmakare, kryddkrämare, ja till och med hos vinhandlare. Åh, dessa fördömda speglar. De lever av reflexer. De står på lur på de förbigående. Man går, och man märker ingenting. Och plötsligt får man se sig själv med blek hy, avmagrad, med läppar och ögon som vissnande blommor. Det är kanske speglarna som tar ifrån oss vår friska färg. Det är för att de ska se friska ut som vi är bleka... Den hälsa vi äger förloras i dem som en vacker målning i vattnet.

Jag hade lyssnat till min väns ord med föreställningen, att han roade sig ännu en gång med en av dessa skämtsamma spetsfundigheter vari han excellerade. Han var en oöverträfflig, ordrik, fastän tillgjord kåsör. Han såg hemlighetsfulla samband, underbara likheter mellan idéer och saker... Hans tal pryddes med granna fraser vilka ofta slutade i det okända intet. Men denna gång tycktes han inte ha givit vika för något av dessa hugskott eller överlämnat sig åt en sysslolös visionärs dilettantism. Han tycktes verkligen orolig, fruktande för de sjukdomstecken som butikfönstrens speglar visade honom

Jag sade till honom: – Alla människor ser sjukliga ut i de där speglarna. Man ser sig vanställd, blek eller blåaktig, med blodlösa eller violblå läppar. Man ser att man är kobent eller istermagad, att man är allt för lång eller för bred alldeles som i de konkava eller konvexa speglarna på marknaderna. Man är alltid ful i dem. Men de ljuger. Och vi är endast fula genom deras fulhet och bleka endast på grund av deras sjukdom...

– Kanske, svarade min vän, som blivit tankfull och tycktes något lugnare. – Det är sämre speglar, tarvliga speglar. Det är sålunda därför som vi ser dåliga ut i dem.

Utan att vilja det, hade mitt samtal ett avgörande inflytande på min väns tillvaro och idéer. Övertygad om att butikfönstrens speglar inte var sanningsenliga, ville han ha endast uppriktiga speglar hemma hos sig, det vill säga fullkomliga speglar av oförvitligt glas, som var i stånd att uttrycka hans ansikte oförfalskat ända till den minsta nyans. Och emedan vittnesbörden från en enda inte var tillräckligt, inte bevisade någonting, ville han ha flera, många flera, i vilka han oupphörligt speglade sig, gjorde jämförelser, kontrollerade. En växande smak för dyrbara speglar kom över honom av hat mot dessa tarvliga speglar i butiksfönstren, dessa trolösa, sjuka speglar, vilka hade kommit honom själv att tro sig vara sjuk. Han påbörjade, utan att själv tänka därpå, en spegelsamling. Speglar i gamla ramar, i Ludvig XV:s och Ludvig XVI:s stil, vilkas urblekta guldramar omslöt spegeln som en krans av höstlöv omsluter karet till en brunn, en spegel med ram av venetianskt glas, speglar omgivna av snäckskal, av ciselerad metall, av inläggningar i form av girlanger, stora väggspeglar, alla sorters speglar, sällsynta, antika eller sådana, som var utmärkta av någon särskild egendomlighet. Några hade genom tidens inverkan blivit en smula grönaktiga. Man såg sin bild däri som om man betraktat sig i vattnet av en damm. Men min vän led inte längre, olikt då han såg sig i butikfönstrens speglar. Han var varnad nu. Han tog saken i beräkning och såg sig nu i spegeln, som om det varit en annan än han själv som avbildades i en annan tid än den nuvarande, under en resa i det förflutna. Han såg sig i ett avlägset sken, sådan han skulle bli senare, sådan han sedan borde förefalla sina vänner, mer obestämd och förbleknad genom avståndet – ty han hade nu stängt sig inne hemma.

Speglarna i butiksfönstren retade honom för mycket, berövade honom varje förhoppning om sundhet. Nu såg han sig välmående i sina egna, nya och likformiga speglar, med klar hy, med röda läppar.

– Jag är botad, sade han en dag, då jag kom på besök till honom. – Se hur väl jag mår i mina speglar. Det var gatuspeglarna som gjorde mig sjuk... Inte heller går jag ut mera.

– Aldrig?

– Nej, man vänjer sig ifrån det.

Min vän talade lugnt, som om hans sinne verkligen vore intaget av hemsjuka. Jag trodde återigen det var ett av dessa fina och ironiska skämt, vilka hans egendomliga lynne stundom brukade inge honom. I annat fall var det tydligt att min vän var på väg att bli tokig. För att få klarhet i detta försökte jag återföra honom till den mest prosaiska verklighet.

– I denna fullkomliga instängdhet ser ni ju inga kvinnor, ni som beundrade dem så mycket!

Min vän antog en hemlighetsfull min och betraktade den ena efter den andra av sina speglar, både de gamla och de nya.

– Var och en är som en gata, sade han. – Alla dessa speglar står i förbindelse med varandra alldeles som gator... Det är en stor, ljus stad. Och jag sammanträffar här fortfarande med kvinnor, med kvinnor som en gång speglat sig däri och som stannar där för alltid... kvinnor från det flydda seklet som finns i mina gamla speglar, pudrade kvinnor vilka har sett

Marie Antoinette... Ja, jag kan beundra skönheter. Men de går mycket fort, de skyndar undan från spegel till spegel, alldeles som om de gick på gatorna och hade bråttom.

Snart visade min vän avgjorda tecken till sinnesrubbning. Han förlorade medvetandet om vem han var. Då han gick framför sina speglar kände han inte längre igen sig och hälsade mycket artigt på sig själv. Han förlorade också medvetandet om speglarnas egenskaper. Han älskade dem visserligen alltjämt, ökade till och med sin samling, hängde upp sådana överallt och mitt emot varandra, så att väggarna i hans bostad flyttades långt tillbaka och bildade oändliga, skimrande rum. Men min vän förstod inte mer reflexerna. Han betraktade inte blott återspeglingen av sin egen person som en främmande sak; istället för att vara en bild tycktes den honom erbjuda en fysisk verklighet, närvaron av en medmänsklig varelse. Och på grund av alla dessa speglar som hängde bredvid och mitt emot varandra, befann det sig att denna enda person mångfaldigades i oändlighet, kastades tillbaka överallt, oupphörligt alstrande en ny person, antog proportionerna av en oräknelig människomassa, så mycket mer oroande som alla tycktes vara tvillingar kopierade efter den förste, vilken blev åtskild från dem genom man visste inte vilket tomrum.

Vid denna tid mötte jag min vän hemma för sista gången. Han tycktes lycklig och sade mig, i det han visade mig alla sina dyrbara och sällsynta speglar, de djupa trymåer i vilka hans bild återkastades som rösten i en grotta med tusen ekon: – Se! Jag är inte längre ensam. Jag levde alltför ensam förut. Det besynnerliga är att vännerna är så olika folk i allmänhet. Nu lever jag i sällskap med en hel mängd människor – och allihop är lika mig.

En kort tid därefter måste man stänga in honom på grund av en del excentriciteter, som hade förorsakat folksamling vid hans fönster. Han visade sig lydig, mycket stillsam och var endast förtvivlad över att ha den enda spegel som förekommer i sjukrummen, istället för sin spegelsamling. Men han fogade sig snart däri. Han överflyttade de vänliga känslor han hyst mot de andra på denna enda. Han såg sig i den och hälsade på sin spegelbild. Han påstod sig se underbara saker däri. Då sjukdomen förvärrades och han ganska ofta befann sig feberaktig, sade han: – Jag är så gruvligt het. En minut därefter hette det: – Jag fryser. Och han hackade tänderna. En dag tillade han: – Det måste vara härligt i spegeln. Jag får väl lov att gå in där en dag.

De som bevakade honom hade ingenting hört. De var vana vid hans gåtfulla prat för sig själv. Man hyste för övrigt ingen misstro till denne saktmodige och lydige patient vars enda galenskap bestod i att han hade alltför vackra drömmar.

En morgon fann man honom blodig med sargat huvud och i dödsrosslingar framför kakelugnen... Under natten hade han rusat mot spegeln för att komma in i den och närma sig de underbara ting han såg däri och för att blanda sig i en människomassa, av vilken var och en liknade honom själv.

Paul Busson

Natt!

Här sitter jag nu inspärrad! – Och vem har ställt om det, tror ni? – Jo, mina egna systrar! – De sade att vi skulle resa till en badort, och jag var så helt upptagen av tanken på det stora verk jag skulle utföra att jag inte gav akt på varthän det bar.

Huset är fullt av galningar. Å, sådana dumma idéer de har! Här finns till exempel ett par kypare som inbillar sig att de är regerande furstar. Ha, ha, ha! Runt kring den stora, fula trädgården med de fyrkantiga gräsplanerna och de glesa almarna löper en låg mur, men ett stycke bakom denna ligger en annan mur som når nästan till skyarna. Ah – de hundarna!

Jag har inte haft tillgång till varken bläck, pennor eller papper sedan jag kastade bläckhornet i huvudet på en av de där lymlarna till väktare, men nyss gav mig majoren – han som uppfunnit fickkanonen – en blyertspenna och en bit papper. Jag låtsade, förstås, som om jag ansåg hans uppfinning vara något alldeles utmärkt. – Han är för resten en riktigt hygglig karl.

Om natten, då allt är tyst och lugnt, håller jag fest som vanligt. Å, vad de skulle bli förvånade om de finge se mig, där jag med den av ädelstenar skimrande turbanen på mitt mörka hår och den mattglänsande damascenersabeln i handen, ligger utsträckt på svällande sidenkuddar! Ah – då är det jag och ingen annan som befaller! En enda vink blott – och under dämpade pukslag och ett svagt klingande av bjällror kommer slavinnorna intågande och bär skarpslipade arabiska svärd i sina små, bruna händer. Och då jag gör ett tecken åt dem börjar de dansa, vällustigt böjande sig hit och dit. – Så fort dansen är slut låter jag halshugga de skönaste – – – Uppe vid taklisten sitter ett öga, stort som en jättes, och det vänder blicken mot mig, vart jag går. Ibland försöker jag sticka ut det med min sabel, men jag lyckas aldrig – det sitter för högt upp.

Ja, nätterna är härliga! Blott då jag blir tvingad att ta in av den otäcka medicinen är de ledsamma, ty då har jag inte annat än en madrass att ligga på, slavinnorna kommer inte, och det är så becksvart omkring mig. Vad en sådan natt är lång!

Varje dag får jag besök av underläkaren. – Han har ett pussigt, rödbrusigt ansikte – han dricker bestämt, den uslingen – och han gör mig alltid en mängd näsvisa frågor. Vanligen infinner han sig strax efter frukosten, och han luktar då för det mesta av öl och biffstekssås. Varför skall han plåga mig med att fråga efter saker som inte angå honom? En gång spottade jag honom mitt i synen!

Det riktigt kväljer mig när jag tänker på honom. Att våga behandla mig som om jag vore en halvgalen människa! Bara han inte tvingade i mig den där medicinen – den berövar mig ju alla mina härskarrättigheter.

När jag vill kan jag se hans hångrinande ansikte med de utstående grodögonen. Han vet mycket väl hur fördärvbringande hans gemena giftdryck är för mig, och det gläder honom naturligtvis. Om hans onda anslag kröntes med fullständig framgång, skulle mina systrar nog ge honom en storartad belöning. Men – så långt har vi ännu inte hunnit. – Tålamod! – Tålamod bara! Skrattar bäst som skrattar sist.

I förmiddags fann jag ett gammalt, förrostat järnbeslag ute i diket vid muren, och nu är den nidingens liv inte mycket värt. Majoren tyckte det vara säkrast att skjuta ned honom med det nyuppfunna mordvapnet och ville anhålla hos direktören om att återfå den konfiskerade fickkanonen. En sådan dumbom! Endast med möda fick jag honom att avstå från utförandet av sin avsikt.

Ack, vad dessa galningar ändå är enfaldiga! Jag skall skriva en bok härom. Men först måste underläkaren röjas ur vägen – han genomsöker ju allt i rummet – till och med min madrass. Jag är för resten övertygad om att han är rätt långfingrad – jag har blivit av med en hel del sedan jag kom hit. Nå – tålamod – tålamod – – –

Jag har slipat järnbeslaget på en stenbänk ute i trädgården, och det är nu spetsigt som en syl. Imorgon bittida säger jag att jag har ont i bröstet, och då han lutar sig ned för att undersöka mig, stöter jag järnet i hans tjocka hals.

Ja – tålamod – tålamod bara!

Jean Richepin

Mördarens mästerstycke

Oscar var hans förnamn, men med hans familjenamn var det inte mycket bevänt; det var ett av dessa generande, som man har svårt för att nämna; han var fattig, utan talang, och han trodde sig vara ett geni.

Då han uppnådde mogen ålder, var det första han gjorde att anta en pseudonym, det nästa att anta ett annat sådant och så vidare, så att han på tio år använde alla de fantastiska namn han kunde finna på, för att som en jakthund uppdriva sina samtidas uppmärksamhet.

Men denna uppmärksamhet, som han låtsade sig frukta men vilken han i själva verket kände en glödande längtan efter, gjorde sig inget besvär med att genomtränga hans tillvaros täta mörker. Under alla sina lånade etiketter, antingen han kallade sig Jacques de la Mole, Antoine Guirland, Tildy Rob, Gregorius Hanpska, antingen han styrde ut sig med adliga, borgerliga, utländska, romantiska eller moderna namnändelser, förblev han likväl den obekantaste av alla med en penna i handen, den mest förbisedda av alla misskända genier, den fattigaste av alla litteratörer. Berömmet ville inte ha med honom att göra.

”Eppure si muore! Jag har dock något härinne!” sade han till sig själv med full övertygelse och bultade med sitt finger på sin beniga skalle, vilken han trodde vara så djup därför att den ljöd så håltomt.

Det är otroligt till vilka galenskaper den litterära fåfängan kan driva en människa. Den har kastat personer med verklig talang ut i obegripliga narraktigheter, ja, den har förlett dem att begå skamliga eller motbjudande handlingar. Hur skall det då gå när den plågar en otvivelaktig obetydlighet? Då tålamodet är uttömt, då fåfängan är upphetsad, då vanmakten har visat sig, och ett helt liv är bortslösat med ett onyttigt och ihärdigt hopp, behövs inte så mycket för att komma på tanken att göra slut på alltsammans genom ett självmord eller genom ett brott.

Oscar var inte nog modig för att välja döden. Dessutom fann hans inbillning om hans andliga överlägsenhet näring i beslutet om att begå ett brott. Han sade till sig själv, att hans geni hittills hade befunnit sig på villovägar, då det ägnat sig åt artistiska drömmar; nej, det var bestämt för våldsamma handlingar. Brottet skulle dessutom skaffa honom en förmögenhet, och rikedomen skulle slutligen sätta hans högt flygande ande, som nu förtärdes i fattigdom, i full dager. Det misskända geniet övertygade sig själv om att det ovillkorligen måste begå ett brott, både artistiskt och moraliskt talat.

Han begick det. Och liksom verkligheten ville ge honom rätt, gjorde han för första gången i sitt liv ett mästerstycke.

II.

Omkring tio år före den dag då Oscar beträdde brottets bana, hade han bott sex trappor upp i ett hus vid Rue Saint-Denis, där han levde obemärkt bland halvtannat tjog hyresgäster och endast var känd under en av sina talrika pseudonymer. Samtidigt underhöll han en kärleksförbindelse med en gammal pratsjuk piga, som berättade alla sina små angelägenheter för honom. Hon hade tjänat hos en mycket gammal, sjuk och utomordentligt rik änka. För övrigt hade hon knappast bott mer än en månad i detta hus.

En afton, då han skulle gå från en av sina vänner som låg på hospitalet la Pitié, och passerade ett av rummen för att lämna hospitalet, träffade han pigan, som låg för döden. Hon berättade för honom, att hon för endast tre veckor sedan hade flyttat från änkan, att en husjungfru kommit i hennes ställe, att hennes fru var allt för svag för att komma hit och se om henne, och att hennes belägenhet var odräglig.

"Ja, det kan jag nog förstå", sade Oscar. "Och ni skulle gärna vilja se henne, inte sant?"

"Ah, det är inte därför. Nej, det är därför att jag fruktar att frun skall läsa alla de brev som jag lämnat kvar hemma hos henne, om jag dör här, och på grund av dem förakta mig efter min död."

"Varför skulle hon göra det?"

"Hör på, nu skall jag berätta alltsammans för er. Ni har visserligen varit min älskare, men det är nu så länge sedan att jag gärna kan omtala för er att jag har haft andra? – Ni vet ju nog att jag inte var en flicka som passade för er. Ni är ju en konstnär och en fin man. Ni tog mig endast så där i förbigående, utan att mena allvar. Men där hemma i huset har jag en vän, som står på samma ståndpunkt som jag. Han är kusk, men om frun fick veta det så vore det förbi med mig. Och jag har begått många dumma saker för hans skull. Åh, den skojaren! Jag var alldeles förryckt i honom. Han är far till ett barn som jag har, och därför har han kunnat behandla mig hur som helst. Han lovade alltid att erkänna barnet och att gifta sig med mig. Nu ser jag mycket väl att det endast var en komedi. Men det är detsamma. Min lilla gosse skall inte bli fattig med det som jag lämnar efter mig, och frun är så god att hon nog även gör något för honom, ty jag har skrivit till henne och sagt att jag har ett barn. Brevet ligger där under min huvudkudde och jag vill, att ni skall lämna henne det då jag är död, men inte förrän mina papper blivit uppbrända. Ty annars skulle jag hellre äta upp brevet. Jag vill inte att frun skall få veta allt vad jag har gjort. Hon skulle alldeles inte ha medlidande med gossen, såvida hon visste att han var son av ett lättsinnigt och oärligt fruntimmer."

"Låt oss se, min vän", sade Oscar hastigt. "Förklara något närmare er ställning. Ni talar alltför fort och blandar allt tillsammans, men jag måste känna till saken fullkomligt, såvida ni vill att jag skall göra er en tjänst. Om det är möjligt, skall inget vara mig kärare, men jag måste känna till allt."

I detta ögonblick tänkte Oscar ... alldeles inte på något brott. Han drevs endast av ett litterärt intresse; han sökte efter en roman och "gjorde studier".

"Ja, ja", sade pigan, "nu skall jag säga er allt, och skall försöka att tala tydligt."

"Jag blev plötsligt sjuk av ett apoplexi-slag på gatan, och fördes genast till hospitalet. Frun lät mig bli här, emedan jag inte kunde flyttas härifrån. Jag skrev till henne och hon svarade mig. Därpå skickade hon hushållerskan hit till mig. Men jag kunde inte säga något till frun eller till hushållerskan om det som pinar mig. Jag har en packe brev från kusken, ni vet, fadern till barnet. Dessa brev innehåller många fula saker: stölder som han råder mig att begå, och tacksägelser för stölder som jag begått. Ty jag har stulit, jag stal åt honom, och jag stal från frun. Jag skulle ha bränt upp dem, dessa förbannade brev. Men de innehöll även så många kärleksförsäkringar och äktenskapslöften, och därför gömde jag dem. En dag hotade den odågan mig med att ta dem från mig. Jag nekade honom penningar, och då lät han mig förstå, att när han väl hade breven, så kunde han göra med mig vad han ville. Jag blev rysligt rädd; men jag har dock inte velat skiljas från breven. För att ha dem i gott förvar bad jag frun att få anförtro åt henne några familjepapper som hade stort värde för mig, och så lade jag breven i hennes chiffonjé. Frun gav mig en egen låda och nyckeln till den. Jag vet nog att jag endast behövde låta henne veta att jag nu behöver mina papper, men hushållerskan skulle bära dem till mig och jag litar inte på henne. Jag tror att hon också står i ömt förhållande till kusken. Han är en så inpiskad skälm, skall jag säga er. Och om han slår sig ut för henne, så är det för att se breven, ty hon vet var de ligger. Nu kan ni väl förstå i vilken knipa jag sitter. Om ni nu ville vara så god...! Jag förtjänar det visserligen inte, men det skulle vara så godhetsfullt av er om ni ville göra mig den tjänsten."

"Vilken tjänst?"

"Att skaffa mig mina brev."

"Men hur vill ni att jag skall få fatt i dem?"

"Det är mycket enkelt, ser ni. Om aftonen omkring klockan tio har frun tagit sin kloral för att sova, och då sover hon mycket tungt. Vid den tiden är hushållerskan inte där, ty hon går klockan sju då de har ätit middag. Ni kan nog föreställa er att frun inte har talat om för henne att hon tar kloral, ty hon fruktar för att hon skall stjäla. Det har hon sagt till mig, vilken hon trodde så väl om, stackars kräk! Nå, ni skall smyga er in; hon kan inte höra det, och så kan ni gå ut och ta breven till mig. Ingen kan se er. Ni vet att två ingångar finns till huset. Om ni går uppför kökstrappan, så skall portvakten inte upptäcka något. Gör det så är ni god. Vad!"

"Men ni är ju tokig! Chiffonjén – hur skall jag kunna öppna den? Och dörren till våningen – hur skall jag komma in?"

"Jag har en nyckel till chiffonjén. Jag har, skam att säga, låtit göra den för att stjäla från frun. Där är den, och här är nyckeln till min låda. Se här har ni en nyckel till köksdörren. Jag vet inte hur det kan vara, men jag har så stort förtroende till er; jag är övertygad om att ni skall göra det, så att jag kan dö lugn."

Oscar ... tog nycklarna. Hans ögon stirrade rakt ut. En plötslig blekhet betäckte hans ansikte. Nervösa ryckningar kom hans tunna läppar att skälva. Brottets möjlighet hade plötsligt gått upp för honom. Om blott denna kvinna vore död, så kunde brottet utföras.

"O, jag kvävs, jag kvävs", sade den sjuka, vilken blivit utmattad av sin långa bikt. "Ack, ge mig något att dricka – något att dricka."

Sovrummet var halvmörkt, dunkelt upplyst av en nattlampa. Alla i de närmaste sängarna sov. Oscar upplyfte den sjukas huvud, drog undan huvudkudden och lade den på hennes mun, där han höll den fast i fulla tio minuter. Han hade det förfärliga modet att vänta med klockan i handen.

Då han blottade ansiktet var den sjuka kvävd. Hon hade inte kunnat göra en rörelse eller utstöta ett anskri. Hon såg ut som hon dött av blodpropp. Han lade kudden tillbaka under hennes huvud och ordnade täcket. Hon tycktes sova.

Pigans säng stod tämligen nära dörren, och mördaren smög sig ljudlöst ut genom patienternas korridor, gick genom en lång dörr som ledde ut till Rue de Pitié, och kom obemärkt ut på gatan.

Utan att förlora ett ögonblick, brinnande av iver att utföra sin plan, skyndade skurken till Rue Saint-Denis. Han kom in i huset före klockan tio.

På vägen hade han moget övervägt sin plan.

Först gick han in i stallet, där kuskens saker borde vara. Han tog där en näsduk, rev ett stycke av den och stoppade det i sin ficka.

Därpå gick han uppför kökstrappan och tog fyra steg åt gången. Han kom upp obemärkt, öppnade dörren, gick ljudlöst in, uppnådde sängkammaren och kvävde genast den gamla frun som sov. Även där var han så kallblodig, att han höll henne om strupen en god fjärdedels timme.

Därpå öppnade han chiffonjén. I den stora mellersta lådan låg aktier och obligationer, i lådan till vänster banknoter, i den högra rullar av louisdorer. Han tog de papper som var ställda på innehavaren och lät de andra ligga. Värdepapper, sedlar och guld utgjorde inalles en summa av hundra fyrtiotusen francs, som han stoppade i sina fickor.

Därefter tog han breven, vilka låg i en liten låda såsom pigan sagt.

Han brände upp dem i kaminen, men lät de stycken ligga som var mest komprometterande för pigan och kusken, och av dem kunde man lätt förstå hela historien med barnet, uppmaningen att stjäla och de begångna stölderna. Han lade dem på ett iögonenfallande ställe i närheten av kamingallret, för att man skulle tro att mördaren brutit upp dem i största hast och gått, innan de var riktigt förtärda.

Han hopkramade stycket av kuskens näsduk, rev den sönder och satte den i den dödas slutna hand.

Därpå gick han och började promenera med en drömmares tankspridda och lugna gång.

Säkert är att Oscar ... inte hade misstagit sig, då han ansåg sig vara en genialisk man. Han var ett geni såsom brottsling betraktad, och hade utfört ett mästerstycke.

III.

Ett brott är endast ett verkligt mästerstycke om dess upphovsman blir ostraffad. Å andra sidan är strafflösheten endast fullständig, om domstolen dömer en oskyldig som skyldig. Oscar ... uppnådde den fullständiga strafflösheten.

Domstolen upptäckte genast mördaren. Det var ju synbarligen kusken. Fragmenten av breven var ofelbara bevis. Vilken annan än kusken, pigans älskare, kunde känna de för brottet gynnsamma omständigheterna så väl? Vilken annan kunde ha nycklarna? Hade han inte redan förut bestulit änkan i förening med pigan? Dessutom talade ju den anklagades näsduksstycke tillräckligt. Var det inte logiskt att anta, att han hade tagit steget från stöld till mord? Kusken hade dessutom dåliga antecedentier, och till råga på allt kunde han inte bevisa var han hade varit i det ödesdigra ögonblicket. Det tjänade till inget att han nekade och påstod sig vara oskyldig.

Han blev dömd till döden och avrättad. Domare, juryn, advokaten, tidningarna och publiken var eniga om att domen var rättvis. I hela saken fanns endast en dunkel punkt, nämligen penningarna, vilka inte kunde finnas. Man trodde att skurken hade gömt dem på ett säkert ställe, men alla var övertygade om att han hade stulit dem.

Kort sagt, om någonsin en brottsling befunnits vara skyldig, så var det denne kusk.

IV.

Man säger att medvetandet om en god handling skänker ett djupt lugn; men få människor är nog djärva att säga, att strafflösheten för en dålig handling även skänker lycka.

Oscar ... kunde i rikt mått glädja sig över det dubbla mordet och lugnt njuta av dess frukter. Han kände varken samvetsagg eller oro. Det enda som plågade honom och som tillväxte allt mer och mer, var hans omätliga fåfänga.

Det var i synnerhet hans artistfåfänga. Vad som kom honom att glömma varje moralisk eftertanke var just hans verks fullkomlighet, och känslan att han hade visat sig verkligt felfri. Endast häri fann hans törst efter att bli något framstående ett ämne att frossa uti, tills han blev berusad.

I allt annat förblev han en medelmåttig, översedd, fullkomligt obekant person. Det hjälpte inte att han använde sin nya förmögenhet till att spränga dörrarna till tidningar och tidskrifter; det hjälpte inte att han hade tillställningar för herrar kritiker; han kunde inte skaffa sig publikens öra. Hans poesi, hans prosa, hans teaterpjäser bar prägeln av brist på talang. Fackmän kände något till Anatole Desroses, den litterära dilettanten som hade större inkomster än talang, men läsarna bekymrade sig inte om vad han hadeatt leva av, och alla var eniga om att han inte var det ringaste begåvad. Hans oförmåga som författare var konstaterad.

Och likväl! sade han stundom till sig själv med en blixt i ögonen: Om jag endast ville! Om jag berättade mitt mästerstycke! Ty jag har gjort ett mästerstycke. Därom är inget tvivel. Anatole Desroses är kanske en idiot, gott! Men Oscar ... är ett geni. Det är dock dystert att tänka sig att en sak som är så väl anlagd, så storartat uppfunnen, så kraftigt utförd och så fullständigt lyckad, evigt skall bli okänd. Den dagen var jag riktigt inspirerad, det var den sanna inspirationen som driver människan till riktigt utmärkta arbeten. Gud bevars! Abbé Prevost smorde ju ihop över hundra eländiga romaner, och har endast skrivit en *Manon Lescaut*. Av Bernardin de S:t Pierres arbeten skall endast *Paul och Virginie* leva. Det finns många av dessa besynnerliga genier som endast åstadkommer ett verk, men det blir också ett mästerstycke. Det står som ett monument i litteraturen. Jag tillhör dessa andars antal. Jag har endast gjort en storartad dikt. Varför har jag upplevt den i stället för att skriva den! Om jag hade skrivit den så skulle jag ha varit berömd. Jag skulle inte ha mer än en berättelse att uppvisa, men den skulle alla människor läsa, den skulle vara ensam i sitt slag. Jag har gjort ”mördarens mästerstycke”. – Efterhand blev han som besatt av denna idé. I tio år kämpade han med den. Han förtärdes först av harm över att inte ha diktat mordet i stället för att ha begått det, och sedan av längtan efter att skildra den handling han begått, som en dikt; han ville ovillkorligen förvärva sig ett namn, han ville skörda beröm.

Såsom en spetsfundig rådgivare som gendriver alla invändningar och som rycker fram med de listigaste argument, förföljde hans fixa idé honom med tusentals resonemang: ”Varför skulle du inte skriva hela sanningen? Vad fruktar du? Anatole Desroses är trygg för lagligt åtal. Brottet är för gammalt. Alla har glömt det, gärningsmannen är känd, han är död och begraven med huvudet mellan benen. Det skall se ut som om du hade artistiskt bearbetat en gammal kriminalhistoria. Du kan däri sätta alla dina hemliga tankar, all den inbundna förbittring som drev dig till mordet, alla de sluga planer som du måste uppgöra för att begå det, alla de lyckliga omständigheter med vilka den underbara uppfinnaren, som kallas slumpen, har gynnat dig. Du är den ende som är inne i arbetets hemlighet, och ingen skall ana att du tagit det direkt ur verkligheten. Ingen skall i din berättelse se något annat än ett foster av en utomordentlig fantasi. Då blir du den man du vill vara; den store författaren som uppträder kort, men med ett mästerstycke. Du skall av ditt brott ha den glädje som aldrig någon brottsling har haft av sitt. Du har av det skördat inte blott penningar, utan även lagrar. Och vem vet? Efter denna första framgång, då du en gång fått ett namn, skall man nog även läsa dina andra arbeten, och man skall otvivelaktigt överge den orättvisa tanke man har haft om dig. På berömmets väg är det endast det första steget som kostar mod! Återfinn ännu en gång något av den förvånande djärvhet som du har haft en dag i ditt liv. Se, hur denna djärvhet har blivit krönt med framgång; den måste ovillkorligen ånyo ha lycka med sig. En gång har den förstått att gripa det gynnsamma tillfället i flykten. Idag har du det åter i din hand. Vill du låta det flyga bort? Du vet ju att det är ett utmärkt arbete – inte sant? Nåväl, så berätta det utan fruktan, utan omsvep, stolt i hela dess majestätiska fasa. Och om du vill följa mitt råd, så låt din stolthet ta steget ut, var oförskämt fräck, ge upp pseudonymen som ser ut som om den är ditt riktiga namn, och underteckna med ditt eget namn, som kommer att se ut som en pseudonym. Det är inte Jacques de la Mole, Antoine Guirland, inte en gång Anatole Desroses, det är inte denna flock talanglösa obekanta som kommer att göras berömda, det är du ensam, du Oscar ...”

Och en vacker afton satte Oscar ... sig ned vid skrivbordet med ett ark papper framför sig, het i huvudet, med feberaktigt darrande hand som en stor författare, vilken känner sig nära sin nedkomst med ett storverk, och skrev sitt brotts historia.

Han skildrade Oscar ...s första ömkliga uppträdande som litteratör, hans zigenarliv, hans många motgångar, hans erkända medelmåtta, hans gränslösa förbittring, hans självmordsplaner, hela det uppror som äger rum i ett sinne, vilket blivit gäckat av fantasin och som vill hämnas på verkligheten, en hel roman med djupgående psykologi, hans egen natur i anatomisk detalj. Därpå beskrev han med en fruktansvärd tydlighet scener på hospitalet, scener vid Rue Saint-Denis, den falskeligen anklagades död, den verklige mördarens triumf. Så analyserade han med en nyfiken och satanisk skarphet i detaljerna de orsaker som hade förmått författaren att offentliggöra sitt brott, och han slutade med att apoteosera Oscar ..., vilken satte sitt namn under denna bekännelse.

V.

Mördarens mästerstycke blev tryckt i *Revue des Deux-Mondes* och gjorde stormande lycka. Man kan göra sig en föreställning därom av följande utdrag ur de kritiska anmälningar som hälsade berättelsens offentliggörande:

”Alla vet, att under pseudonymen Oscar ... (kanske dock ett alltför egendomligt fantasinamn) döljer sig en författare som finner ett nöje i dylika förklädningar, nämligen hr Anatole Desroses. Efter att länge ha bortslösat sin talang i de mindre tidningarna har hr Anatole Desroses nu presterat den verkliga måttstocken för dem. Novellen hämtar sin sujet från ett kriminellt drama, vars handling försiggick för tio år sedan vid *Rue Saint-Denis*. Men novellförfattarens fantasi har förstått att omskapa ett simpelt mord till ett förvånande poetiskt verk. Inte en gång den skicklige Gaboriau skulle ha kunnat finna på en så invecklad komposition som hr Anatole Desroses har presterat. Vi skola återge *Mördarens mästerstycke* i vårt nästa dubbla söndagsnummer." (Philippe Gille. – *Figaro*.)

"I analysen av stämningarna hos hjälten i denna berättelse finns en filosofisk skärpa, som enligt min åsikt till en del förstör berättelsens rika fantasi. Men finns väl en felfri bok? Själva det bisarra i dessa fina detaljer är som en retande ragout. Grimod de la Reyniere och Restif de la Bretonne har på sin tid presterat dylika pikanta dunkla saker. Hr Anatole Desroses tillhör detta slags författare. Liksom de har han skrivit en mängd obetydliga saker, bland vilka femtio sidor är verkligt mästerliga. Han skall bli den mest berömde av vår tids 'förglömda' och 'förbisedda'." (Charles Mouselet. – *Evènement*.)

"Denna novells författare är inte en lyriker, såsom vi uppfatta detta begrepp, men han är inte heller en realist. Hans fantastiska genius har ödets vingar. Dock måste ni medge att Anatole Desroses snarare är en fosterson av Eumeniderna, av 'de blodiga hundar' som skäller i Orestes' fotspår, då han har mördat den stora Klytemnestra, än en fosterson av Kariterna. Men vad betyder jordmånen, då man ser att den fostrar en lager?" (Theodore de Bauville. – *National*.)

"Inga samvetsagg! Ja, det är en ateists brott. Om en stråle av den kristna tron genombröt detta mörker, skulle hr Anatole Desroses kunna gå och gälla för det moderna helvetets Dante. Han är endast dess Disdéri. Men det är ett fotografi med färger. Han är en mästare i konsten att föra penseln. Han kan skriva. Han kan till och med analysera. Kanske skall han sticka sonden i sin samtids hjärtan och njurar, vilka är så sjuka." (Louis Veuillot. – *Univers*.)

"Ja, *Mördarens mästerstycke* är verkligen ett mästerstycke. Ty denna penna har en blixt som en värjspets och riktar fruktansvärda stötar mot brottets lugna njutning, och den sönderdelar det anatomiskt, ehuru den omger det med en strålkrans av lågande eldshjul. Man ser endast så mycket klarare in i det. Det är för övrigt det svavelgula ljus, som utslungas ur djävulens öga; det är slutligen även djävulens finger som spelar, då hr Anatole Desroses' finger upplyfter brottets kjortel och visar oss människohjärtat utan fikonlöv. Jag tycker om denna hr Anatole Desroses, men han borde inte ha tagit sig namn efter rosen, utan efter törnet eller nässlan; han behagar mig som en last." (J. Barbey d'Autrevilly. – *Constitutionnel*.)

Sarcey höll ett föredrag över *Mördarens mästerstycke* på Boulevard des Capucines. Han uppställde jämförelser med Hoffmann och Edgar Poe, talade något om den dramatiska konsten i anledning av de psykologiska förberedelser som ledde till mordscenerna, gjorde en digression till vaudeviller som diktart, en annan till normalskolan, i en tredje behandlade han själva digressionens väsen, och slutligen kallade han författaren ett fjärdedels geni och klappade honom vänligt på magen.

Kort sagt: det var ett enhälligt lovtal, om man undantar de avundsjukas, de dummas, filistrarnas och de små andra tidningarnas oundvikliga skrål.

VI.

Och dock fanns i alla artiklar, till och med i de mest smickrande, två saker som i hög grad retade Oscar ...

Den första var, att man talade för mycket om hans fantasi och inte tillräckligt framhöll det sannolika i hans berättelse.

Dessa två *desiderata* plågade honom till den grad, att han för deras skull glömde hela glädjen över sin gryende storhets lycka. Konstnärerna är nu en gång sådana; även då kritiken lägger dem på en bädd av rosor är de olyckliga, om det finns det minsta veck på ett eller annat blad.

Därför utslungade den store mannen en vacker dag följande svar till en viss herre, som lyckönskade honom och av alla krafter svingade rökelsekärlet under hans näsa:

"Åh, ni skulle kanske lyckönska mig på helt annat sätt, om ni kände riktigt till saken. Min novell är inte en dikt utan en verklig händelse. Brottet har förövats just så som jag har skildrat det. Och det är jag som har begått det. Jag heter Oscar ..., det är mitt verkliga namn."

Detta sade han kallt med den fulla övertygelsens uttryck, i det han talade långsamt såsom en person som vill bli trodd.

"Nej, det är utmärkt, det är makalöst!" utropade den person som han talade med. "Det var ett riktigt hemskt skämt, det där!"

Dagen därpå omtalade alla tidningarna anekdoten. Man fann det präktigt, detta mystifikationsförsök, enligt vilket Anatole Desroses ville inbilla folk att han var en mördare. Ja, han var absolut en originell figur och var värdig att sysselsätta hela Paris.

Oscar ... blev ursinnig. På sätt och vis hade han rent mekaniskt avlagt nämnda förfärliga bekännelse. Nu erfor han ett verkligt behov av att bli trodd av en och annan.

Han upprepade sin bekännelse för alla vänner som han mötte på boulevarden. Första dagen tyckte alla att det var roligt. Andra dagen fann man kvickheten vara något enformig; tredje dagen förklarades den vara ledsam. I slutet av veckan ansågs han slutligen vara en fullständig idiot.

Han kunde inte hålla sig uppe såsom en stor man. Hans varmaste anhängare drev med honom.

Detta fall utför ärans trappa gjorde honom alldeles ursinnig.

"Nej, det är bara för tokigt", sade han till de misstrogna på kaféet. "Ingen vill alltså tro på vad som är den bokstavliga sanningen, ingen vill erkänna att jag inte blott har skrivit utan även utfört *Mördarens mästerstycke*. Gott, så skall jag nog övertyga er. I morgon skall hela Paris få veta vem Oscar ... är."

VII.

Han begav sig till den rannsakningsdomare som haft att göra med mordet vid Rue Saint-Denis.

"Jag anmäler mig som arrestant", sade han till denna. "Jag är Oscar ..."

"Ni behöver inte säga mera", svarade domaren på det mest förekommande sätt. "Jag har läst er novell och jag får verkligen gratulera er. Jag känner även till det excentriska infall som ni har roat er med under de sista åtta dagarna. En annan än jag skulle kanske ha blivit ond över att ni kommer med detta ert infall till en representant för den dömande myndigheten; men jag är en vän av litteraturen och kan inte bli ond över att ni försöker er kvickhet även på mig, emedan det bereder mig nöje att göra er personliga bekantskap."

"Min herre", sade Oscar otåligt, "det är nu inte fråga om skämt. Jag bedyrar att jag är Oscar ... och att jag har begått brottet; jag skall bevisa det."

"Hör på... ja, nu skall ni få se hur godmodig jag verkligen är", sade domaren. "Av intresse för faktum skall jag gå in på ert skämt. Nu lyssnar jag till vad ni har att säga, och jag tillstår att jag på förhand gläder mig över att få se hur en så skarpsinnig man som ni skall bete sig, för att bevisa det absurda."

"Det absurda! Men det som jag har berättat är den absoluta sanning-
en. Kusken var oskyldig. Det är jag som har anlagt..."

"Jag tror mig ha sagt er, min herre, att jag har läst er novell. Om ni vill
ha den godheten att själv berätta den, så skall det glädja mig oändligt;
men det skall alldeles inte i mina ögon bevisa något annat än vad som re-
dan är bevisat, nämligen att ni har en underbart rik och originell fantasi."

"Jag har endast haft fantasi till att begå ett brott."

"Inte till att begå det, men till att skildra det. Men hör på. Låt mig säga
er min uppriktiga tanke i anledning härav. Ni har haft något för mycket
fantasi, ni har överskridit de gränser som är utstakade för diktarens upp-
finning; ni har diktat vissa omständigheter som syndar mot sannolikhe-
ten."

"Men när jag nu säger er..."

"Tillåt! Ni måste ursäkta att jag anser mig äga någon kompetens, då
det är fråga om ett brott. Nåväl! Jag försäkrar er, jag skall tala uppriktigt,
att ert brott inte hänger riktigt ihop. Mötet med pigan på hospitalet är
alltför mycket slumpens verk. Kloralen – ja, ursäkta – är svår att smälta.
På samma sätt är det med många andra småsaker. Såsom konstverk är
er novell förträfflig, originell, ypperligt uppfunnen, just vad man kallar
spännande, och jag medger att ni såsom författare har haft fullkomlig
rätt att sålunda omskapa verkligheten. Men i och för sig är ert berömda
brott en omöjlighet. Ja, min bäste herr Desroses, det gör mig ont att jag
behöver säga er en obehaglighet; men hur mycket jag än beundrar er som
författare, så kan jag inte anse er för en brottsling."

"Det skall du få se", tjöt Oscar ... och rusade på domaren.

Fradgan stod omkring hans läppar, hans ögon var blodsprängda, hela
hans kropp skälvde av raseri. Han skulle ha kvävt domaren om folk inte
rusat in vid dennes rop.

Den vansinniga människan blev övermannad, beundrad och inspär-
rad.

Fem dagar därefter fördes han till Charento – som vansinnig.

"Dit kan litteraturen föra!" sade dagen därpå en följetongist. "Anato-
le Desroses har en gång genom en ren tillfällighet skrivit ett gott arbe-
te. Han har därav blivit så yr i huvudet, att han till slut har trott på sin
dröms verklighet. Det är den gamla sagan om Pygmalion som förälskade
sig i en bildstod. Den hedersmannen Murger sade en gång till mig..."
o.s.v. ... o.s.v. ... o.s.v. ...

Och det förfärligaste var, att Oscar ... inte var vansinnig. Han var vid
sitt fulla förnuft och led till följd därav så mycket mera.

”Alltså”, tänkte han, ”är nu min olyckas mått rågat. Man vill inte tro varken på mitt namn eller mitt brott. Då jag är död skall jag helt enkelt vara Anatole Desroses, vilken haft bondturen att skriva en god berättelse, och denne Oscar ..., den varelse som är jag, den kallblodige, den energiska handlingens man, denne grymhetens heros, denna levande negation av samvetet, honom kommer de att ta för en romanfigur. Give Gud att de ville guillotinera mig, men erkänna sanningen! Om det så vore blott en minut innan jag lade min hals i falsen; om det vore blott en sekund innan yxan föll, endast så lång tid som blixten varar – men jag vill ha visshet om mitt beröm, jag vill se min odödlighet med egna ögon.”

Detta upphetsade tillstånd behandlades med kall dusch. Slutligen blev han, genom att leva i sin fixa idé och tillsammans med galningar, själv galen. Just då blev han utskriven och förklarad som frisk.

Oscar ... trodde till slut att han verkligen var Anatole Desroses och att han aldrig hade begått något mord. Han dog med övertygelsen att han hade diktat och inte ”begått” sitt verk.

Arthur Conan Doyle

Mannen i hissen

Flygkapten Sangate borde ha varit en lycklig man. Han hade klarat sig igenom kriget utan någon skada och med ett hedrat namn inom den tjänstebransch, som kräver det största hjältemodet. Han hade just fyllt tretti år och tycktes ha en glänsande bana framför sig. Till råga på allt vandrade den vackra Mary MacLean vid hans sida, och han hade hennes löfte att hon ämnade förbli där hela sitt liv. Vad kunde en ung man mera begära? Och dock vilade en svår tyngd på hans hjärta.

Han kunde inte själv göra sig reda därför och försökte bortresonera det. Över sig hade han den blå himlen, framför sig det blå havet och de härliga parkerna med sitt vimmel av glada och nöjeslystna människor. Och till på köpet vändes ett vackert ansikte emot honom med ömt frågande uttryck. Varför kunde han inte rycka upp sig i denna glada omgivning? Han gjorde den ena ansträngningen efter den andra, men de var inte övertygande nog för att kunna bedra en älskandes kvinnas instinkt.

– Vad är det, Tom? frågade hon ängsligt. Jag ser att det är något som trycker dig. Säg mig det ifall jag kan hjälpa dig.

Han skrattade lite skamset.

– Det är verkligen synd att fördärva vår lilla utflykt, sade han. Var inte orolig, älskling, jag vet att molnet skall lätta. Jag är nog en nervös människa; flygtjänsten anses antingen vara ägnad att knäcka en eller stabilisera en för livet.

– Är det ingenting särskilt, då?

– Nej, ingenting särskilt. Det är det värsta. I så fall skulle man lättare kunna kämpa emot. Det är bara en djup tyngd här i bröstet på mig och över pannan. Men förlåt mig, min kära flicka. Jag är en skurk som fördystrar dagen för dig så här.

– Nej, Tom, du ser verkligen dålig ut. Säg mig, har du ofta känt dig så här? Sätt dig i skuggan, älskade, och tala om det för mig.

De slog sig ned i skuggan av det stora tornet med sina gallerfönster, som reste sig sex hundra fot högt bredvid dem.

– Det är konstig sak med mig, sade han. Jag vet inte om jag någonsin omtalat det för någon förut. När en överhängande fara hotar mig, har jag de här underliga förkänningarna. Det är naturligtvis löjligt idag i den här fridfulla omgivningen. Det visar bara hur underligt de där instinkterna arbetar. Men det är första gången de bedragit mig.

– När har du haft det förr?

– När jag var gosse kände jag det en morgon. Samma eftermiddag var jag nära att drunkna. Jag kände det när den där inbrottstjuven kom till Morton Hall och jag fick en kula genom kavajen. Och två gånger i kriget, när jag kom undan som genom ett mirakel, hade jag den där besynnerliga känslan innan jag någonsin steg i maskinen. Så försvinner den plötsligt som dimma i solsken. Å, den håller på att försvinna nu. Se på mig? Kan du inte se att det är så?

Hon kunde det verkligen. På en minut hade han förvandlats från en härjad man till en glad pojke. Hon skrattade med av ren sympati. En våg av upprymdhet och energi hade sopat bort hans underliga aningar och fyllt hela hans själ med ungdomens dansande glättighet.

– Gud ske lov, utropade han. Jag tror det var dina kära ögon som gjorde det. Jag kunde inte stå ut med den där längtande blicken i dem. En sådan enfaldig nattmara det var. Nu är det slut med min tro på aningar. Min kära flicka, nu tar vi oss en ordentlig promenad före lunchen. Sedan blir det här så mycket folk, att vi inte kan ta oss för någonting. Skall vi fara i rutschbanan eller på karusellen eller flygbåten eller vad?

– Än tornet då? frågade hon med en blick uppåt. Du skulle bestämt bli alldeles lik dig uppe i den där härliga luften och med utsikten framför dig.

– Men hissen ser inte ut att vara i gång. Hur är det, konduktören?

Mannen skakade på huvudet och sedan mot en liten skara folk, som stod vid ingången.

– Den har fastnat, men de håller på att reparera den. Om ni ställer er i kön, så lovar jag att det inte skall dröja så länge.

I detsamma rullade hissens järnansikte åt sidan, hopen vandrande in genom öppningen och blev stående i väntan, på en plattform av trä. Alla stod med uppåtvända ansikten och betraktade med livligt intresse en man som var i färd med att kliva ned för gallerverket. Det föreföll att vara ett våghalsigt företag, men han fortskaffade sig lika snabbt som en vanlig dödlig i en trappa.

– Jim har minsann fått ligga i nu på morgonen, sade konduktören.

– Vem är det? frågade kapten Stangate.

– Det är Jim Barnes, sir, den bäste arbetaren som någonsin klivit i en byggnadsställning. Han rent av lever där uppe. Varenda nit och skruv är under hans uppsikt. Han är ett under, det är han.

– Men disputera inte om religion med honom, sade någon i hopen. Konduktören skrattade.

– Å, jaså, ni känner honom? sade han. Nej, det är som sagt inte värt.

– Varför det? frågade officeren.

– Jo, då tar han mycket illa vid sig. Han är det klart skinande ljuset i sin sekt.

– Det är inte så svårt att bli, sade den väl underrättade. Jag har hört sägas att det bara är sex människor i den. Han hör till de där, som föreställer sig himlen precis lika stor som deras bönsal vid bakgatan, medan alla andra får stanna utanför.

– Det är bäst att inte säga det, medan han har den där hammaren i handen, viskade konduktören hastigt. Hallå, Jim, hur står det till idag?

Mannen gled hastigt ned den återstående biten och stod sedan och balanserade på en tvärbjälke, medan han betraktade den lilla gruppen i hissen, Där han stod, iklädd en läderdräkt med tänger och andra verktyg hängande vid det bruna bältet, var han ägnad att starkt tjusa en konstnärs öga. Han var mycket hög och lång och mager, med stora, gängliga lemmar och till syntes jättestark. Hans dystra ansikte var intressant, med ädla men dystra drag, mörka ögon och hår, en starkt utskjutande, krökt näsa och ett skägg, som flöt ned över bröstet på honom. Han stödde sig med den ena knutna handen, medan den andra höll en järnhammare dinglande nere vid knäskålen.

– Allt är klart där uppe, sade han. Jag far med upp, om jag får. – Och han sprang ned till de andra i hissen.

– Ni vakar väl alltid över det här? frågade den unga damen.

– Det är det jag är anställd för, fröken. Från morgon till kväll och ofta från kväll till morgon är jag där uppe. Ibland känner jag mig som om jag inte vore en människa utan en fågel i luften. De flyger omkring mig medan jag ligger ute på bjälkarna, och de ropar till mig tills jag ropar tillbaka till de stackars oskäliga kräken.

– Det är ett stort ansvar, sade officeren och kastade en blick uppåt det underbara spetsverket av stål, som avtecknade sig mot den djupblå himlen.

– Ja, sir, och det finns inte en spik eller skruv som jag inte svarar för. Här har jag hammaren för att slå fast dem med och mejseln för att vrida till dem ordentligt. Som Herren över Jorden så råder jag – till och med jag – över tornet, med makt över liv och makt över död, ja, död och liv.

Maskineriet hade börjat arbeta, och långsamt steg hissen uppåt medan det underbara panoramat av kusten och viken utvecklade sig för passagerarnas blickar. Så makalös var utsikten, att de knappast märkte att hissen stannade på omkring femhundra fots höjd. Barnes mumlade att det måtte vara något på tok, sprang som en katt över det mellanrum som skiljde dem från gallerverket av metall och klättrade upp och utom synhåll. Det lilla sällskapet förlorade något av sin engelska blyghet i denna ovanliga situation och började samtala. Ett ungt par, som tilltalade varandra med Billy och Dolly, upplyste de övriga om att de var de förnämsta stjärnorna på Hippodromens affisch och höll de närmast stående i konstant munterhet med sina något påtagliga kvickheter. En fyllig mamma med sin brådmogna gosse och två äkta par ute på resa utgjorde det tacksamma auditoriet.

– Nu vore det på tiden att vi kom i väg, sade en av sällskapet, en kolerisk handelsresande med rött ansikte. Det är skamligt så vi blir uppehållna. Jag skall skriva till bolaget.

– Var finns ringklockan? undrade Billy. Jag vill ringa.

– På vem då? På kyparn? frågade damen.

– På konduktören, på chauffören, vem det vara månde som för den här gamla tingesten. Är det slut med bensinen eller har någon fjäder gått av, eller vad är det?

– Vacker utsikt har vi åtminstone, sade kaptenen.

– Ja, den har jag haft, anmärkte Billy. Den är jag nöjd med, och nu vill jag vidare.

– Jag blir nervös, utropade den feta mamman. Jag hoppas verkligen att det inte är något fel på hissen.

– Håll fast i rockskörten på mig, Dolly! Jag tänker titta ned ett tag. Å, Herre Gud, jag bli sjösjuk. Det går en häst där nere, och den är inte större än en råtta. Jag ser inte någon som tittar efter oss. Vart tog gamle profeten Esaias vägen, som åkte upp med oss?

– Han smet med väldig fart så snart han trodde det gick galet.

– Hör nu, sade Dolly och såg mycket bekymrad ut, det här är just trevligt. Här sitter vi fast femhundra fot uppe i luften, och jag som skall uppträda på matinén. Jag klagar hos bolaget om de inte får ned mig i tid. Jag står på affischerna över hela staden med en ny visa.

– Vilken då, Dolly?

– En riktig schlager, skall jag säga dig. Jag skall sjunga den i en hatt som är fyra fot bred.

– Vi repeterar den ett tag, medan vi väntar.

– Orden är skrivna till hatten, jag kan knappt sjunga den utan hatten. Den har en väldigt bra refräng:

Vill ni ha en liten mascot
när ni är på väg till Ascot
ta då damen här med vagnhjulshatt.

Hon hade en melodisk röst och en rytmisk uppfattning, som gjorde att alla nickade i takt. – Vi försöker den alla på en gång, ropade hon, och det egendomliga lilla sällskapet sjöng refrängen för fulla lungor.

– Det där borde väl väcka upp någon där nere, sade Billy. Vi försöker en gång till allesammans.

Det var en ståtlig prestation, men inget svar kom. Det var klart att ledningen där nere antingen var alldeles okunnig eller också ur stånd att göra något. Inget ljud hördes.

Passagerarna blev oroliga. Handelsresanden var inte fullt så röd i ansiktet längre. Billy försökte alltjämt skämta, men hans försök upptogs illa. Officeren i sin blåa uniform intog med ens platsen som den självfallne ledaren i en kritisk situation. Alla vände sig till honom.

– Vad tycker ni? Ni tror väl inte det är någon fara för att den faller ner?

– Nej, inte alls. Men det är i alla fall förargligt att sitta fast så här.

Tre sidor av hissen var inneslutna av träväggar med fönster för utsiktens skull. Den fjärde mot havet vettande sidan var öppen. Stangate lutade sig ut så långt han kunde och såg uppåt. I detsamma hördes ovanför honom ett egendomligt, fylligt metalliskt ljud, som om man vidrört en väldig harpsträng. Ett stycke högre upp kunde han se en lång, brun, senig arm, som i ursinnig fart arbetade bland repverket ovanför. Den övriga kroppen var utom synhåll, men han fascinerades av denna bara, seniga arm som drog och slet och sågade och högg.

– Det är all right, sade han, och det hördes en suck av lättnad från det övriga sällskapet. Det är någon där uppe som ordnar med det.

– Det är gamle Esaias, sade Billy och sträckte halsen utanför hissen. Jag slår vad om att det där är hans arm. Vad är det han har i handen? Det ser ut som en mejsel eller något sådant. Nej för tusan, det är en fil!

Medan han talade hördes ett nytt metalliskt ljud där uppifrån. Kaptenen såg bekymrad ut.

– Det där låter sannerligen precis som när vår stålkätting sprang, kardel efter kardel, vid Dixmude. Vad tusan har karlen för sig? Hallå där, vad gör ni för slag?

Mannen hade slutat sitt arbete och kom nu långsamt ned för galler-
verket.

– Så där ja, nu kommer han, sade Stangate till sina skrämda följesla-
gare. Det är all right, Mary. Var inte rädda, någon. Det är ju löjligt att
tänka sig att han skulle försvaga repen som håller oss.

Ett par höga stövlar visade sig upptill. Därtill kom läderbyxorna, bäl-
tet med de vid detsamma hängande verktygen, den muskulösa kroppen
och slutligen mannens vilda, mörka örnfysionomi. Han hade tagit av sig
rocken och hans skjorta var öppen över det håriga bröstet. När han visa-
de sig hördes ånyo en skarp, smällande vibration uppifrån. Mannen tog
sig ned lätt och ledigt, ställde sig att balansera på en tvärbjälke, lutade sig
mot ställningen med korslagda armar och betraktade under dystert ryn-
kande ögonbryn de sammanskockade passagerarna.

– Hallå! sade Stangate. Vad står på?

Mannen stod orörlig och tyst med något obeskrivligt hotande i sin
stela blick.

Kaptenen blev ond.

– Är ni döv? skrek han. Hur länge tänker ni låta oss sitta här?

Mannen stod tyst. Det låg något djävulskt i hans yttre.

– Jag tänker klaga på er, min vän, sade Billy med skälvande röst. Det
här blir inte slutet, det lovar jag er.

– Hör på? skrek officeren. Det är damer här bland oss, och de blir
uppskrämda. Varför sitter vi här? Är det något på tok på maskineriet?

– Ni sitter här, sade mannen, därför att jag har satt en kil mot kätting-
en ovanför oss.

– Hur understår ni er att göra något sådant? Vad har ni för rättighet att
skrämma upp damerna och ställa sådant obehag för oss alla? Ta ut kilen
på ögonblicket, annars blir det värst för er själv.

Mannen teg.

– Hör ni vad jag säger! Varför svarar ni inte, för tusan? Är det här ett
skämt, eller vad är det? Vi har fått nog av det, säger jag er!

Mary MacLean hade i ett plötsligt anfall av rädsla gripit sin trolovade
i armen.

– O, Tom! utropade hon. Se på honom – se på hans förfärliga ögon!
Mannen är galen!

Plötsligt kom det liv i den dystre mannen. Hans mörka ansikte för-
vreds av lidelse och de vilda ögonen glödde som kol, medan han skakade
den ena långa armen ut i luften.

– Se! ropade han. De, som denna världens barn anser galna, de är i själva verket Herrens utvalda och dväljs i det inre templet. Se, jag är beredd att till det yttersta bevisa detta, ty sannerligen har den dagen nu kommit då de ödmjuka och de syndfulla avklipps mitt i sina synder.

– Mamma, mamma! skrek den lille gossen förskräckt.

– Så ja, så ja, Jack, sade den fylliga kvinnan, och tillade därpå i ett utbrott av kvinnlig vrede: – Varför skall ni ha pojken att gråta för? Ni är just en snygg herre!

– Bättre att han gråter nu än i det yttersta mörkret. Må han söka sin frid medan det ännu är tid.

Kaptenen mätte avståndet med erfaren blick. Det var drygt åtta fot dit över, och mannen skulle slå omkull honom innan han fått fotfäste. Det skulle vara en riskabel sak. Han försökte än en gång med lugnande röst.

– Hör på, min vän, ni har drivit det här skämtet lite för långt. Varför vill ni skada oss? Raska på upp och ta ut kilen, så ska vi inte tala vidare om saken.

Åter hördes ett vinande ljud där uppifrån.

– Det är kättingen som går av, utropade Stangate. Se upp där! Stig åt sidan! Jag vill se hur det ser ut!

Mannen hade tagit fram hammaren ur bältet och svängde den ursinnigt.

– Stig tillbaka, unge man! Stig tillbaka! Eller kom hit – om ni vill påskynda ert eget slut!

– Tom, Tom, för Guds skull, hoppa inte! Hjälp! Hjälp!

Passagerarna instämde alla i nödropet. Mannen smålog elakt medan han betraktade dem.

– Det finns ingen som kan hjälpa. De kan inte komma, även om de ville. Det vore bättre om ni tänkte på era själar, så att de inte kastas i elden. Se, bit för bit springer kättingen som håller er uppe. Om fem minuter ligger hela evigheten framför er.

Ett stönande av fasa hördes från passagerarna i hissen. Stangate kände kallsvetten bryta fram på sin panna medan han lade armen om livet på flickan, som segnat ner. Om denne hämndlystne djävul blott för ett ögonblick kunde lockas bort, skulle han springa fram och ta risken av en kamp öga mot öga.

– Vi ger upp, min vän! ropade han. Vi kan ingenting göra. Gå upp och skär av kättingen, om ni så vill. Gå – gör det nu, så är det över.

– Så att ni oskadda skall komma undan? När jag satt min hand till verket vill jag inte dra mig tillbaka.

Den unge officeren greps av raseri.

– Din djävul! skrek han. Vad står du där och grinar för? Jag skall ge dig något att grina åt. Ge mig en käpp, någon av er!

Mannen svängde hammaren.

– Kom an då! Kom till doms! skrek han.

– Han mördar dig, Tom. Å, för Guds skull, gör det inte. Om vi måste dö, så låt oss dö tillsammans.

– Jag skulle inte göra det, sir, skrek Billy. Han slår ner er innan ni får fotfäste. Låt bli det där, snälla Dolly. Det hjälper inte med att svimma. Tala ni med honom, fröken. Kanske han lyssnar till er.

– Varför vill ni skada oss? frågade Mary. Vad har vi någonsin gjort er för ont? Ni blir säkert ledsen efteråt om vi blir skadade. Var nu snäll och förståndig och hjälp oss att komma ned.

Ett ögonblick mildrades mannens vilda ögon medan han såg på det oskyldiga ansiktet, som vändes mot honom. Därpå återkom det illvilliga uttrycket i hans ögon.

– Min hand har satts till verket, kvinna. Det tillkommer inte tjänaren att blicka bort från sin syssla.

– Men varför är detta er syssla?

– Därför ett en röst i mitt inre säger mig det. Jag har hört den om dagen och om natten med, när jag legat på bjälkarna och sett de ogudaktiga på gatorna nedanför mig, var och en ivrig i sitt onda uppsåt. John Barnes, John Barnes, sade rösten. Du är här för att ge det syndfulla släktet ett tecken som visar att Herren lever, och att fördömmelse kommer efter synden. Vem är jag, att jag inte skulle hörsamma Herrens röst?

– Djävulens röst, sade Stangate. Vad har denna dam eller alla vi andra syndat, så att ni vill ta våra liv?

– Ni är som de andra, varken bättre eller sämre. Varje dag går de förbi mig med dåraktiga rop och tomma sånger och fåfänga röster. Deras tankar är riktade på det som tillhör köttet. Alltför länge har jag stått avsides och bidat. Men nu är vredens dag inne och offret redo. Tro inte att en kvinnas tunga kan vända mig från mitt värv.

– Det är hopplöst, ropade Mary. Jag läser döden i hans ögon.

Ännu ett rep hade brustit.

– Ångra er! Ångra er! ropade galningen. Ännu ett, så är det slut!

Kapten Stangate kände som om det var en besynnerlig dröm, en hemsk nattmara. Kunde det vara möjligt att han, som så många gånger undgått döden mitt i brinnande krig, nu mitt i hjärtat av det fredliga England skulle vara i en kriminaldåres våld och att hans älskade flicka, som han ville skydda för alla faror, skulle vara hjälplös inför denne förfärlige man? All hans manlighet och allt hans mod reste sig till en sista ansträngning.

– Vi blir inte dödade som får i sina fållor, ropade han och kastade sig mot träväggen, sparkande av alla sina krafter. Kom an, gossar! Sparka! Slå! Det är bara tunna plankor, de ger vika. Krossa det! Så där ja! En gång till! Där gick det! Nu tar vi sidan. Utmärkt!

Två sidor i den lilla buren hade krossats, och spillrorna föll ned i avgrunden. Barnes dansade på bjälken med hammaren i vädret.

– Försök inte! skrek han. Dagen är sannerligen inne!

– Det är bara två fot till den andra sidobjälken, ropade kaptenen. Spring över! Fort! Fort! Allesammans! Jag skall hålla den djävulen på avstånd. – Han hade ryckt till sig en ståtlig käpp från handelsresanden och stod vänd mot galningen, trotsande honom att hoppa över.

– Nu är det din tur, min käre vän, väste han. Kom an bara, hammare och allt! Jag är färdig.

Ovanför sig hörde han en ny smäll, och den tunna plattformen började vackla. Vid en blick bakom sig såg han att alla hans följeslagare var i trygghet på sidobjälken. De tedde sig som en underlig rad av förskrämda utstötta, där de klängde sig fast vid stålgalleriet. Men deras fötter stod på järnet. Med ett par steg och ett språng befann han sig bredvid dem. I samma ögonblick hoppade mördaren med hammaren i handen ned i hissen. De såg en skymt av honom där – en skymt som kommer att förfölja dem i deras drömmar – det förvridna ansiktet, de flammande ögonen, det fladdrande korpsvarta skägget. Ett ögonblick balanserade han på den sviktande plattformen. Nästa ögonblick var han och plattformen försvunna i en brakande skräll. Det blev en lång tystnad och därpå hördes långt där nerifrån ljudet av ett tungt fall.

Med vita ansikten klängde sig de övergivna fast vid det kalla stålräcket och stirrade ned i den fruktansvärda avgrunden. Kaptenen bröt tystnaden.

– Nu kommer de upp och hämtar oss, sade han och torkade sig i pannan. Men det var på ett hår när.

Barry Pain

Det gröna skenet

Mannen blickade ned på den på soffan liggande kvinnans gestalt. Den lilla silverklockan på kaminkransen började slå; han kunde inte stå ut med ljudet därav. Han rusade lik en galning på klockan, kastade den i golvet och trampade på den. Sedan drog han ned rullgardinen och öppnade dörren och lyssnade; det fanns ingen i trappan. Tystnaden föreföll honom nu lika outhärdlig som bullret nyss hade varit. Han försökte vissla, men hans läppar var för torra och framkallade endast ett löjligt, väsande ljud. Han stängde dörren efter sig, skyndade utför trappan och ut på gatan. Kvinnan på soffan varken rörde sig eller talade. Det var sent på eftermiddagen; den lågt stående solens sken trängde igenom den gröna rullgardinen och tog en hemsk skiftning ifrån den, vilken tycktes färga den på soffan liggande kvinnans ansikte. Flugor kom fram ifrån rummets mörka vrår samt kröp bestyrsamt omkring och surrade. En helt liten fluga kröp av och an på kvinnans vita, ringbeprydda hand; den rörde sig snabbt; en svart fläck.

Ute på gatan steg mannen från trottoaren ut på körbanan; en åkare skrek och svor åt honom och någon grep honom i armen och drog honom tillbaka och sade barskt att han skulle se sig för vart han tog vägen. Han stannade ett ögonblick och gned sig i pannan. Detta dög inte. Det kritiska ögonblicket var inne, det ögonblick då det framför allt var nödvändigt att hans nerver skulle vara stadiga och hans tankar klara; men då han nu försökte tänka kom en bild före tanken och tog hela hans sinne fånget – bilden av det bleka ansiktet, belyst av det gröna skenet. Och hans hjärta klappade för häftigt och nästan hörbart, som han tyckte. Han kände på sin puls och räknade dess slag högt, där han stod på trottoaren; sedan märkte han att ett par, tre pojkar och dagdrivare stod i en liten grupp och gav akt på honom och skrattade åt honom. En av karlarna räckte honom hans hatt; den hade fallit av honom då han steg tillbaka upp på trottoaren och han hade inte observerat det. Han tog emot hatten och sökte efter litet småmynt att ge karlen. Han hittade en shilling och en halv penny; han höll dem i sin hand och stirrade på dem och glömde vad han hade behövt dem till. Sedan kom han plötsligt ihåg det och gav dem. Det hördes en gäll skrattsalva; pojkarna och dagdrivarna sprang sin väg och han hörde en av dem ropa:

– De har släppt ut den gamle göken litet för tidigt, har de inte?

Och en annan replikerade:

– Kors, ja, det är klart att det inte står rätt till i vindskammaren hos honom.

Och han sade sig åter att detta inte dög. Han fick inte tänka på det förflutna – det fasansfulla förflutna. Han fick inte tänka på framtiden – på de planer till flykt han uppgjort. Han måste koncentrera sina tankar på det närvarande ögonblicket, tills han kom till något ställe där han fick vara ensam. Ja, Regents Park var lämplig och den låg i närheten. Han borstade sin hatt med rockärmen, satte den på sig och gick framåt. Han tänkte på sina fötters rörelse och på bästa sättet att komma över gatan och hur han skulle undvika att stöta ihop med folk och hur han skulle försöka bete sig liksom andra människor betedde sig på gatan. Allt det som man vanligtvis gör omedvetet och automatiskt, fordrade nu en uppenbar andlig ansträngning av honom.

Medan han gick framåt var det som om hans sinne klarnat en smula. Han kom fram till ett ställe i Regents Park där han, osedd, kunde sträcka ut sig i gräset och där det inte fanns någon i närheten.

– Nu behöver jag inte längre koncentrera mina tankar, sade han till sig själv – jag kan ge dem fritt lopp.

Inom en sekund hade han gått igenom det förflutna – den svartsjuka som förtärt honom och det sätt på vilket han tillfredsställt den och gjort upp sin plan och långsamt utarbetat den. Den hade blivit verkställd idag på eftermiddagen, då han förlorat herraväldet över sig själv och –

En solstråle silade sig med ett grönaktigt sken ned igenom det genomskinliga lövverket på de närmaste träden. Han ryste och vände sig bort så att han inte kunde se det.

Ja, han skulle fly – han hade vidtagit alla anordningar i den vägen. Han tog fram ur fickan en bunt med sedlar och räknade dem och tecknade upp summorna i sin anteckningsbok. Han hade på morgonen växlat en check på femtio pund i banken. Polisen skulle nog få reda på det och försöka följa hans spår genom att undersöka var sedlarna med dessa nummer blev växlade. Detta var ett av medlen att underlätta hans flykt. Han skulle dra nytta av att ingen av dessa sedlar blev växlad av honom själv och inte heller i någon stad där han varit, eller dit han möjligen skulle komma. Han ämnade uppoffra dessa tio sedlar för att föra polisen på villospår. För sitt eget behov hade han tillräckligt med kontanta peng-

ar i guld – guld, vars spår man inte kunde följa. Han småskrattade för sig
själv. Den var briljant, denna plan att åstadkomma ett falskt spår och att
just göra detektivernas slughet och noggrannhet till en fälla för dem; och
det skulle inte vara någon svårighet att få sedlarna växlade; den mänskli-
ga oärligheten skulle gå honom tillhanda därvidlag.

Hans sinnesstämning hade nu slagit om till övermod. Han sade gång
på gång till sig själv att han gjort rätt. Lagen skulle döma honom men
moraliskt hade han rätt, och han hade endast straffat kvinnan såsom
hon förtjänade att bli straffad. Men han måste sätta sig i säkerhet. Och,
ja – han fick inte glömma.

Han såg sig omkring. Det fanns ännu ingen i närheten; men han var
likväl inte riktigt nöjd med sin plats. Ingen människa skulle få se vad han
nu ämnade göra. Han gick vidare och fick reda på ett ställe nära kanalen,
där han tyckte sig vara alldeles utom synhåll och mera säker för att inte
bli avbruten. Sedan tog han fram en liten spegel och en sax ur fickan.
Han klippte mycket omsorgsfullt bort sitt skägg och sina mustascher,
som dolde den lilla, svagt formade hakan och den stora munnen med de
tunna läpparna. Han klippte så nära han kunde och när det var gjort såg
han ut som en person, vilken försummat att raka sig på ett par dagar. Nu
skulle en barberare utan minsta misstanke raka honom. Han var belåten
med operationen. Spegeln visade honom ett ansikte så förändrat, att han
blev helt häpen då han såg det. Han såg på klockan – det var tid att bege
sig till stationen, där hans bagage väntade sedan dagen förut, ifall han
ännu ville bli rakad på vägen.

Han gick ett litet stycke och satte sig sedan åter. ”Hur väl allt är ut-
tänkt”, sade han till sig själv. Allt skulle lyckas. Med ett nytt namn och
i ett nytt land samt utan den drickande, trolösa, vackra kvinnan skulle
han åter bli lycklig. Han hade endast ämnat slå sig ned för en eller par
minuter, men han kunde inte styra sina tankar utan de blev osamman-
hängande; och plötsligt föll han i en djup sömn. Hans krafter hade blivit
tagna allt för mycket i anspråk.

En timme förflöt. Det tåg med vilket han ämnat avresa ångade ut från
stationen, och han sov fortfarande. Det blev skumt och han sov fort-
farande. Då parkvakten rörde vid hans axel vaknade han till och talade
alldeles förvirrat. Men sedan återfick han medvetandet och då gick det
småningom upp för honom vad som hänt.

Då han uppfriskad av sömnen långsamt lämnade parken, gick någon-
ting annat också upp för honom. I det förfärliga ögonblicket, då han
lämnat den döda kvinnan, hade han alldeles tappat huvudet och glömt

allting. Påsen med guldmynten låg kvar på bordet i rummet med den gröna rullgardinen. Han måste gå tillbaka och ta den. Det skulle bli förskräckligt att åter komma in i detta rum, men det kunde inte hjälpas. Han vågade inte själv växla sedlarna och denna summa skulle i alla fall inte vara tillräcklig för hans behov. Han måste ha guldet.

Han tänkte på, att det i någon mån ökade faran för upptäckt – i någon, men blott i ringa mån. Alla hans tjänare hade varit borta och skulle inte återkomma förrän klockan nio. Ingen annan kunde ha kommit in i huset. Han skulle finna allting som han lämnat det – guldet på bordet och kvinnan på soffan. Han skulle öppna dörren med sin nyckel. Ingen förbigående kunde fästa sig vid någonting så vanligt. Nu hade han ingen anledning att skynda och han vek in i första barberarebutik han träffade på. Han var nu lika klar och redig till sinnes som då han först gjorde upp sin plan

– Ta er vassaste rakkniv, sade han, mitt hull är mycket ömtåligt; jag har faktiskt inte varit i stånd att raka mig på två, tre dagar.

Han talade med barberaren om kapplöpningar och sade att han själv hade ett par hästar som tränades. Sedan frågade han efter vägen till Piccadilly, eftersom han påstod sig vara en främling i London och låtsades uppmärksamt höra på barberarens anvisningar.

Han gick med snabba steg från butiken i riktning åt sitt eget hus till. En rödblommig kvinna med ett trevligt utseende kom emot honom. En stråle av grönt ljus från ett apoteksfönster föll direkt på hennes ansikte då hon gick förbi, och fasan ansatte honom ånyo. Han kunde blott med största svårighet återhålla ett högt anskri. Han skyndade framåt, men det där förfärliga skenet tycktes sitta kvar i hans ögon och förfölja honom.

– Håll dig lugn, sade han oupphörligt till sig själv. Sansa dig, var ingen narr.

Det fanns en italiensk restaurang i närheten och han gick in där och drack ett par glas konjak. Först sedan kunde han gå vidare.

Då han vek om det hörn där hans hus blev synligt, såg han upp. Hela huset var mörkt utom ett stort, grönt öga i mitten, som såg på honom. Det var ljus i det där rummet.

Han stannade tätt invid en lyktstolpe och stödde sig lätt emot den för att kunna bibehålla jämvikten. Han sade helt högt för sig själv:

– Det är grönt... Det är grönt... någon är där!

En arbetare gick förbi honom, hörde honom mumla, betraktade honom nyfiket och gick vidare.

Det stora, gröna ögat stirrade på honom och förtrollade honom. Sedan lyste andra ljus till, röda ljus och vita ljus. Någon måste gå upp och utför trappan och korridorerna. Hade hon rest sig från soffan? Gick den döda kvinnan omkring? Vad hans huvud bultade. Där var två nerver som tycktes låta likt två på varandra följande toner på ett piano, som turvis anslogs och sedan påskyndades till ett snabbt tremulando! – Nu anslogs de båda tonerna på en gång, en upprepad dissonans, som trummades på – slammer! Slammer! Nej, ljudet frambringades här ute på gatan och det var ljudet av springande människor. Där var pojkar med uppspärrade ögon och bleka ansikten, rödblommiga, skrattande kvinnor och en gammal man med ett ansikte likt en vessla och vilken hostade medan han sprang. En polispipa visslade.

En svart massa, som hastigt blev allt större och större, samlades utanför huset. Det var en människohop som svajade fram och tillbaka och som hölls i styr av polisen.

Polisen! Han var således upptäckt. Han måste genast skynda bort, inte dröja ett ögonblick längre. Men det gröna skenet stirrade på honom.

– Släck det där ljuset! ropade han,

Ingen tog någon notis om honom. Det gröna skenet lyste fortfarande och drog honom närmare. Han måste gå dit. Han befann sig nu i människomassans yttersta krets.

Varför kunde människorna inte låta honom passera? Kunde det inte höras att det kallades på honom? Han banade sig väg, kämpande, stötande folk åt sidan. Vredgade röster hördes, ett sorl som blev allt starkare och starkare. Han grep en kvinna i nacken och kastade henne åt sidan. Hon skrek till.

Någon slog honom i ansiktet och han försökte slå tillbaka. Ned! Han var nere på marken. Luften var kvävande och illaluktande där. Han försökte resa sig upp, men tvingades ned igen. Ah! Nu var han uppe igen med rocken sliten i trasor, smutsig, blödande, kämpande, spottande; tjutande som en galning.

– Fan må ta er! Fan må ta er allesamman!

Massan var i ett uppror omkring honom, kastande honom av och an. Han blev slagen om och om igen. Blodet strömmade över hans ansikte; och genom blodet och blandat med det såg han det gröna skenet.

Det blev en plötslig tystnad. Ett par poliskonstaplar stod bredvid honom och frågade honom vad han gjorde. Han började gråta och snyftade som ett barn.

– För mig dit upp, sade han flämtande, där det gröna skenet är, den döda kvinnan kallar på mig!

Poliskonstapel stod ett ögonblick tvekande. Folkmassan var ett ögonblick tyst och orörlig. Sedan ryggade en av de bleklagda gossarna längre tillbaka och viskade:

– Det är mannen!

Vilhelm Bergsøe

De amputerade armarna

Det var julafton. – Ute på landet låg snön tjockt och tätt i mjuka våg-
linjer över marken; den hängde som en silverduk över de svarta törn-
buskarna, från vilka då och då en fågel flög upp, skrämd i sin nattro av
bjällerklangen från en släde som i rask fart närmade sig prästgården, vars
upplysta fönster syntes vid slutet av vägen.

I prästgården gick man i stilla väntan. Ungdomen var samlad i stora
salen; man hade dansat kring julgranen, man hade plundrat och släckt
den, man hade beundrat kusin Jakobs sinnrika idé att anbringa en kvist
av furu i taket i stället för en misteln, och man skulle redan för länge se-
dan ha gått till bords, om inte det märkliga men alldeles obestridliga fak-
tum inträffat, att doktor Simsen ännu inte var kommen. Detta var mer
än en märkvärdighet, det var nästan ett *omen*, som kusin Jakob uttryckte
sig, ty i prästgården hörde doktor Simsen lika mycket till julafton som
julgranen, pepparnötterna, äpplena och punschen. Otaliga var därför de
gissningar som gjordes om anledningen till hans uteblivande, och kusin
Jakob var redan i färd med en längre utläggning, då man ute på gården
fick höra samma klara bjällerklang som skrämt upp fåglarna på vägen.

Det var ett underligt åkdon som i detta ögonblick svängde in på går-
den och körde upp till prästgårdens ärevördiga gamla stentrappa.

Först en gul norrbagge, som missbelåtet skakade på huvudet, utrustad
med bjällror och röd tofs i pannan; så något som liknade en högkarmad
gammaldags länstol med en Wiener-sufflett ovanpå och en oerhörd fot-
säck nedtill, alltsammans uppsatt på ett par kälkar, som dessutom ytterli-
gare uppbar någonting liknande en kontorsstol och som syntes vara äm-
nad till säte åt en kusk, när en sådan behövdes.

För prästgårdens invånare syntes emellertid detta åkdon inte vara nå-
gonting nytt eller ovanligt. Prästen knäppte själv upp fotsäcken, sköt till-
baka suffletten och hjälpte under hjärtliga välkomsthälsningar en liten
man ut ur den högkarmade länstolen, medan ungdomen på stentrappan
med hög röst stämde in i omkvädet på den gamla visan: ”Hurra, hurra,
jetzt ist der Doktor da!”

Det var verkligen doktor Simsen, den länge väntade gästen, som nu uppenbarade sig för sällskapet såsom en liten fryntlig, rödblommig man, med ett klokt ansikte och en ärevördig svart kalott, väl att märka sedan han i förstugan befriat sig från varjehanda omhöljen av sälskinns-mössa, päls och pälsstövlar, vilket allt vid första ögonkastet givit honom utseendet av en eskimå eller nordpolsfarare. Det var lätt att se, att doktor Simsen var en gammal vän i huset; och då han åtminstone denna afton kommit varken för sjukdoms eller döds skull, så jublade ungdomen omkring honom medan de i triumf drog honom in i matsalen, där man under vältaliga ord från kusin Jakobs läppar fick honom att sätta sig uppe vid bordsändan bredvid prästen.

Måltiden var slut, kusin Jakob hade flera gånger fått tillfälle att orda om sin vistelse i England samt förklara betydelsen av furukvisten. Doktor Simsen hade praktiskt bevisat att denna också verkligen kunde användas som den bästa misteln, då prästen med ens frågade: ”Nå, Simsen, vad får vi nu på denna välsignade julafton? Har du historien färdig?”

”Ja historien, historien, bäste doktor Simsen!” ropade ungdomen om varandra. ”Ni får äntligen lov att berätta oss en historia.”

”Historien?” svarade Simsen med den mest förundrade min, som om denna begäran varit honom något fullkomligt nytt.

”Ja, gör dig nu inte så rar”, sade prästen. ”Du har nu de sista femton åren varje julafton berättat oss en historia, och då skulle det, skam till sägandes, sitta underligt till, om du inte hade en även i afton.”

”Man säger att ni diktar dem medan ni åker på era ämbetsresor”, anmärkte kusin Jakob, ”Ni är ju traktens störste historieberättare. Ni måste äntligen låta oss få höra en. När jag var i England...”

”Nå, låt gå!” sade doktor Simsen med ett fint ironiskt smålöje, som kusin Jakob inte märkte. ”Vad vill ni då höra?”

”En riktig julhistoria”, inföll kusin Jakob, ”någonting romantiskt, något fantastiskt à la Dickens.”

”Ja en spökhistoria”, ropade den äldste av prästens gossar. ”Så släcker vi ut ljusen och skruvar ned lampan, och så skriker Carolina när spöket kommer.”

”Vad du är odräglig, Paul!” utbrast Carolina och blev röd som blod. ”Det har jag blott gjort en gång och det är över fem år sedan. Nu är det just en spökhistoria jag helst vill höra.”

”Ack nej, låt det vara, bäste doktor Simsen!” utropade en av väninnorna från staden. ”Berätta oss hellre någonting roligt från er ungdom, något om studenterna, ni vet nog, det är så trevligt.”

”Låt det bli en bit moral på slutet”, anmärkte prästen, som sysslat med att stoppa en pipa åt sin gamle vän och att laga till ett glas punsch, som han satte på det lilla bordet vid sidan av länstolen.

"Nåväl", sade doktorn med ett skälmskt leende, "jag skall försöka tillfredsställa alla parternas önskningar, ehuruväl det tör bli vanskligt nog. På hitvägen var jag inne hos Peder Nielsen; han blev igår överkörd av en vagn och fick högra armen avbruten. Detta påminde mig om en liten händelse från min studenttid, och på vägen hit drog jag mig den närmare till minnes. Vill ni höra den?"

Prästen nickade, ungdomen hade redan tagit plats omkring den joviliske doktorn, som efter att ha smuttat på sin punsch och fått pipan tänd började på följande sätt;

"Det var i mina unga dagar, det vill säga", tillade doktor Simsen med ett leende, "jag var så där en arton, nitton år, då jag hade Sölling till dissektionskamrat. Det var en präktig pojke, denne Sölling, alltid full med skämt och kvicka infall, och lika glad och munter vare sig han satt vid dissektionsbordet eller vid en bål i gamla Akademicum.

Han hade blott ett fel, om man för resten kunde kalla det så, och det var hans överdrivna fordran på punktlighet. Kom man blott några minuter for sent, strax bannade Sölling och blev inte god igen den aftonen; själv hade han aldrig kommit för sent, åtminstone inte vid våra samkväm.

En onsdags afton skulle sällskapet som vanligt samlas hos mig på Regensen precis klockan sju. Jag hade med anledning härav vidtagit de sedvanliga, storartade förberedelserna. Jag hade lånat tre stolar – själv ägde jag en – jag hade stoppat alla mina pipor och lyckats förmå Hans att flytta brickan med morgontéet från soffan, där han alltid regelbundet plägade sätta den i stället för att bära ned den till portvakten. Så småningom samlades sällskapet, klockan slog sju, men till vår stora förvåning varken såg eller hörde vi något av Sölling. Klockan blev en, två, ja ända till fem minuter över sju, innan vi hörde honom komma uppför trapporna och klappa sina sedvanliga två korta slag på dörren. Då han inträdde såg han så på en gång förargad och förstörd ut, att jag ovillkorligen utbrast: "Vad har du råkat ut för, Sölling? Man har väl inte bestulit dig?"

"Jo, vid Gud har man så, ordentligt bestulit mig!" svarade Sölling förargad. "Det har inte varit någon vanlig tjuv det", tillade han, i det han hängde upp sin överrock vid dörren.

"Vad har du förlorat?" sporde min kontubernal, Hansen.

"Bägge armarna på mitt nya skelett, som jag just nyss hade fått från museet", sade Sölling med en min, som om man tagit hans sista öre. "Det är en ren vandalism!"

Vi brast ut i skratt över detta besynnerliga svar, men Sölling fortfor:
"Kan nu någon förstå detta? Bägge armarna borta, avskurna just i axel-
leden, och vad som är det märkvärdigaste, detsamma var händelsen med
mitt gamla nerrökta skelett, som stod inne i min garderob – inte mera
armar än här på min flata hand."

"Det var förargligt", inföll jag; "vi skulle just i afton genomgå armens
anatomi."

"Osteologi!" rättade Sölling allvarsamt. "Tag fram ditt skelett, lille
Simsen; det är inte så bra som mitt, men vi kan alltid reda oss med det i
afton."

Jag gick bort till fönstersmygen, där jag bakom ett grönt shirtingsför-
hänge gömde mina anatomiska skatter, "Museet", som Sölling kallade
det. Men vem kan skildra min överraskning, då jag väl fann mitt skelett
på dess gamla plats och som vanligt prytt med studentuniformen, cha-
cot, sabel och patronkök, men utan armar.

"Kors för pocker", utropade Sölling, "det är samma en som varit hos
mig; armarna är lossade i axelleden på alldeles samma sätt. Det har du
gjort, lille Simsen?"

Jag bedyrade min fullkomliga oskuld, under det jag samtidigt förarga-
de mig över misshandlandet av mitt vackra skelett; men Hansen ropade:
"Vänta ett ögonblick, så skall jag hämta mitt härinne i rummet bredvid;
det har inte varit en själ inne i mitt rum sedan i morse, det kan jag tryggt
svära på. Vänta ett ögonblick, så skall jag strax vara här igen."

Med dessa ord sprang han in i sitt rum, men kom nästan i samma
ögonblick märkbart snopen tillbaka. Skelettet hade stått på sin plats men
armarna var borta, stulna, och skulderbanden avskurna på alldeles sam-
ma sätt som på mitt. Saken, som i och för sig var mystisk, började nu att
bli allvarsam. Förgäves bråkade vi våra hjärnor med allehanda gissningar;
vi kom inte längre därmed och slutade omsider med att skicka bud mitt
emot, på andra sidan korridoren, där jag visste att den unge studenten
Ravn just nyss fått ett skelett från portvakten på museet. Här möter oss
emellertid en ny svårighet. Ravn hade gått ut och tagit nyckeln med sig.
Hans kunde inte få upp dörren, ehuru detta annars brukade gå ledigt
nog, och ett bud, som vi skickade bort till isländarnas korridor, kom till-
baka med det besked att Björulf Skafteson hade så *behandlat* sin kontu-
bernal Einar Skallefanger med deras enda skelett, att därav nu blott ett
par avbrutna lårben fanns kvar. Här var goda råd dyra. Ingen av oss kun-
de begripa saken, Sölling svor och bannade om vartannat, och sällskapet
stod just i begrepp att upplösas, då vi plötsligt hörde någon komma bul-

lersamt uppför trappan. Strax efter rycktes dörren upp, och in trädde en lång, mager gestalt; det var Niels Daae, en gammal student, som vi den tiden allesammans väl kände.

Han var en underlig fyr, denne Niels Daae, en äkta typ för en ras som nu nästan är försvunnen, men som inte var så sällsynt på min tid. Genom en besynnerlig lek av omständigheter, såsom han själv kallade det, hade han genomgått nästan alla fakulteter, och kunde skaffa intyg på att han varit nära att ta inte en utan hela tre examina.

Han hade börjat som teolog, men utläggningen av arvsförhållandet mellan Jakob och Esau' hade fört honom in på juridiken. Som jurist hade han med anledning av ett intressant giftblandarmål kommit till insikt om att det medicinska studiet vore ett högst nödvändigt bifack som ingalunda kunde försummas, och han hade därför med sådan iver kastat sig över detta att han alldeles glömt juridiken och nu antagligen kunde hoppas att ta examen vid fyrtio och få praktik vid den mogna åldern av femtio år.

Niels Daae tog den sak vi diskuterade över mycket allvarsamt. "Varje kruka", sade han, "har två grepar, varje gryta två öron, varje sak två sidor, med undantag av denna, som har tre. (Bifall.) Från juridisk synpunkt sett, kan det inte vara något tvivel om att den hör under kategorien stöld, eller snarare inbrott, eller kanske rättast inbrottsstöld. Saken kan likvid framkalla en kollision av begrepp och därigenom åstadkomma en begreppsförvirring, som för tanken över till den medicinska sidan av saken, vilken tydligt ådagalägger att tjuven handlat i mentalt otillräkneligt tillstånd, enär han blott tagit armar, då han lika lätt kunnat taga hela skelett. Om han alltså från juridisk synpunkt kan dömas för stöld, eller åtminstone för olovligt umgänge med hittegods, så måste jag likväl från medicinsk synpunkt frikänna honom såsom varande ej tillräknelig. Här kommer alltså två fakulteter, rent fackmässigt betraktat, i strid med varandra, och rätten är oviss. Men nu", fortfor Niels Daae, "och ur teologisk synpunkt hänskjuter jag saken upp till en högre enhet, som pekar mot det universella.

Försynen har nämligen i form av en gynnare i Jylland, hos vars barn jag inympat vetandets frukter, sänt mig två feta gäss och två verkliga änder, som i afton skall serveras hos Lars Mathiesen, dit jag härmedelst inbjuder det ärade sällskapet, alldenstund jag i armarnas försvinnande blott kan se försynens allvisa styrelse, vilken i sin obegripliga vishet sätter sig upp mot den visdom, som annars skulle flödat från min ärevördige vän Söllings läppar."

Detta något invecklade tal mottogs med skratt och bifallsrop; endast

Sölling försökte några svaga invändningar, vilka dock snart förkvävdes i den flod av munterhet och skämtsamma infall, som Daaes plötsliga ankomst föranlett.

Jag har ofta haft tillfälle göra den iakttagelsen, att improviserade samkväm är de som lyckas bäst, och så gick det även denna afton. Niels Daae kom med änderna och sina bästa infall, Sölling sjöng sina bästa visor, den jovialiske Lars Mathiesen berättade sina bästa historier, och festen var i full gång, dit vi ute från vägen hörde rop av åtskilliga röster, därpå ett dovt brak i förening med klingandet av rutor och blandat med ett genomträngande skrik.

"Nu skedde det en olycka", sade Sölling, som i ögonblicket var utom dörren, och så var det verkligen. Då vi uppnått "Alleegade" såg vi att ett par skenande hästar slagit en vagn i spillror emot ett av träden i allén, och att kusken härvid kommit under hjulen, som krossat hans högra överarm tätt uppe vid axelleden. I ett nu var vår glada festsal förvandlad till lasarett. Glas och tallrikar måste lämna plats för bindlar, bandage och bindtygens glänsande instrument, och vår muntra sång avlöstes av den olycklige patientens högljudda veklagan under förbindningen. Den glada stämningen var bruten och ville inte mer återkomma. Sölling skakade på huvudet och gjorde en mycket betecknande åtbörd då den olycklige kusken kördes till sjukhuset. Hans dom lydde på, att armen måste amputeras eller rättare uttagas i axelleden, alldeles som det skett på skelett en därhemma – "ett förbannat underligt sammanträffande", som han yttrade till mig.

Tysta och förstämda vandrade vi hemåt utmed gamla Kungsvägen, och för första gången såg den ärevördiga Regensen sina söner återvända från ett festligt lag, just som brandvakten på Kannikesträde stämde upp sin bekanta, av studenterna mycket omtyckta variant:

Må Herren oss bevara,
De stora sluka de små!
Hans heliga änglars skara
Kring dem som skyddsvakt stå.

"Elva", utbrast Sölling. "Det är för tidigt att gå och lägga sig, och för sent att gå bort någonstans. Låt oss gå upp till dig, lille Simsen, och försöka bli färdiga med vårt parti ännu i afton. Du har ju *Loders Tavlor*, med dem får vi hjälpa oss, det kan sitta hårt åt att hinna med till jul. Det var då också mer än fördömt att armarna skulle vara borta just i afton."

"Doktorn kan annars få både armar och ben, mycket fler än doktorn behöver", grinade Hans, som i detsamma trädde fram ur Regensens port, där han uppfångat Söllings sista ord.

"På vad sätt då, Hans?" frågade Sölling förundrad.

"Åh jo", sade Hans; "det kan då doktorn få så bekvämt. De ha' ju rivit ner staketet uppe vid Trinitatis kyrkogård och grävt nere i marken för att sätta upp ett nytt. Det såg jag själv idag, när jag gick över kyrkgården. Jessus så'n massa människoben de ha' grävt opp där. Där finns både armar och ben och huvu'n med, mycket fler än doktorn behöver."

"Ja det hjälper inte stort, Hans", svarade Sölling. "Kyrkogårdsporten stängs ju klockan sju, och nu är hon snart halv tolv."

"Ja det är nog sant", grinade Hans på nytt, "men det finns också andra sätt att komma dit än just den vägen. Om doktorn bara går in genom porslinsfabrikens port, så kan doktorn gå genom gården och kvarnen rakt upp till den, som de kallar för 'fjärde gården' och som ligger utåt 'Springgade'. Där är det som de tagit ner staketet, och därifrån kan doktorn mycket bekvämt komma in på kyrkogården."

"Ja, Hans är ett geni", utropade Sölling förnöjd, "det har jag alltid sagt. Hör du, lille Simsen, du känner ju till fabriken både ut- och invändigt; du går så ofta till Outzen därinne. Spring in till honom och låna nyckeln till kvarnen. Du kan nog hitta en eller annan arm, som malen inte farit alltför illa med. Var nu rapp och skynda dig bra! Under tiden väntar vi andra på dig däruppe."

Jag får ärligt bekänna, att jag i detta ögonblick inte hade någon synnerlig lust att gå in på det förslag Sölling framställt. Jag var ännu i den ålder då pieteten för döden och graven inte hunnit helt och hållet utplånas, och den oförklarliga händelsen med de bortstulna armarna spökade ännu i mitt huvud.

Emellertid fruktade jag för Söllings ironiska min och kamraternas hånande skratt nästa lika mycket, och efter ett ögonblicks besinnande gick jag med en uppsyn som om jag blott skulle hämta en bunt cigarrer i handelsboden. Sent omsider lyckades jag ringa upp den gamle portvakten ur hans ljuva slummer, i det jag föregav att jag hade ett viktigt ärende till Outzen, och därpå styrde jag i väg upp till denne själv, vars fönster vette åt kyrkogården. Outzen var teolog och en strängt etisk karaktär; det visste jag mycket väl, och var därför tämligen förberedd på att han skulle neka mig den nyckel som kunde bereda mig tillträde till "fjärde gården" och därifrån till kyrkogården.

Outzen tog också saken mycket allvarsamt. Han sköt ifrån sig den he-

breiska bibel vari han läst vid mitt inträde, skruvade upp lampan och
såg förundrad på mig, under det jag framförde mitt ärende.

"Det är en syndig handling, du förehar, käre Simsen", sade han allvar-
samt, "och du gör bäst i att avstå därifrån. Av mig får du inte nyckeln
till detta ändamål. Gravens frid är helig och okränkbar; den bör ingen
störa."

"Vad säger du då om dödgrävaren? Han lägger ju varje dag nya döda
till de gamla, och lever lika väl."

"Han gör blott sin plikt", svarade Outzen lugnt, "och ingen lär
klandra honom för det. Men den som i uppsluppet lynne och med
punschångorna ännu i huvudet stör gravens frid, med honom är det en
annan sak; han skall inte gå ostraffad."

Jag nekar inte att Outzens ord retade mig. Att höra att man står i be-
grepp att företa en dristig handling, blott på den grund att man är druck-
en och uppspelt, det är något som man inte fäster avseende vid, särdeles
inte om man blott har ett par tiotal av år på nacken.

Utan att svara ett ord på hans invändningar snappade jag därför den
stora, välbekanta nyckeln från dörrposten och var med ett par språng ut-
för trappan, i det jag svor på att jag skulle skaffa en arm till vad pris som
helst, och därigenom klarligen visa både Outzen, Sölling och alla de an-
dra att jag var en rask pojke och riktigt en karl för min hatt.

Med klappande hjärta smög jag mig genom den långa, mörka gång,
som leder förbi ruinerna av S:t Claras kloster, in i den så kallade tredje
gården. Här tog jag en lykta i kuskens rum, tände den och styrde med
lyktan i handen kosan mot den för mig så välbekanta kvarnen, där kvart-
sen renas och mals. Vad den såg underlig ut i lyktskenets osäkra belys-
ning, med sina många kugghjul, drev och valsar, med sina ältmaskiner
och stampar, under vilka stenarna krossas.

Redan här begynte modet svika mig då jag inandades den unkna,
fuktiga luften, men jag tog mod till mig, putsade danken i lyktan och
öppnade dörren till "fjärde gården" med nyckeln, som jag därefter åter
stoppade på mig. Med ett par steg var jag mitt på gården och stod ett
ögonblick därefter vid rågången. Det höga svarta planket var helt och
hållet nedrivet.

Bjälkar, plank och sparrar låg kastade om varandra, och man hade
grävt djupt ned i jorden för att lägga grund till en ny skiljemur mellan liv
och död. Ställets ohyggliga öde tomhet grep mig, och ovillkorligen blev
jag stående liksom för att härda mig mot situationen. Det var en isande
kall, stormig afton. Skyarna drog raskt och i splittrade små massor förbi

månen, så att kyrkogården med dess vita kors och gravstenar låg än i full, än i dämpad belysning. Då och då drog stormen med ett bullersamt, vinande dån hän över gravarna, susade i de avlövade lindarna, pinade sig fram med ett suckande ljud genom buskar och stängsel, klämdes in vid kyrkan, drog så bort över kyrktaket och svängde den rostiga flöjeln runt omkring med ett gnisslande, som skar i öronen. Jag såg åt vänster – där kom några underliga vita skepnader, som det tycktes, böljande i månskenet. "Lakan", sade jag för mig själv. "Ingenting annat än vita lakan! Förbannat oskick att torka kläder på kyrkogården; man borde skriva en artikel härom i *Politivennen*." Jag såg åt höger, där låg en hop med knotor, inte två steg ifrån mig. Jag närmade mig dem med lyktan i vänstra handen, famlande utsträckte jag den högra emot dem – då rasslade det i högen och något varmt och mjukt snuddade vid min hand. "Råttor", sade jag för mig själv – "kyrkogårdsråttor – inget annat än feta gamla kyrkogårdsråttor, O min Gud! Jag är så rädd; men nej, jag vill inte vara rädd. Det är ju löjligt – bornerat – var tusan är då armen? Det finns ju inte en enda som är hel."

Med feberaktig iver och darrande knän undersökte jag den ena benhögen efter den andra. Ljuslågan i lyktan flämtade och fladdrade för vinden; plötsligt slocknade den, och då den heta, osande lukten av ljusbranden slog emot mig, hade jag en förnimmelse av att jag höll på att bli sjuk. Med ansträngning samlade jag mina krafter, ilade några steg framåt och varseblev vid ändan av kyrkogården en kista, som ännu nästan hel blivit upptagen ur jorden och ställd under en hängask. Jag närmade mig och såg att den var av gammaldags form, hoptimrad av tämligen tjocka men redan halvt förmultnade plankor, och att den på locket hade en metallplåt med en nästan utplånad inskrift. I ena hörnet hade tidens tand så illa tilltygat de murkna bräderna, att jag med tillhjälp av ett bräckjärn med lätthet skulle kunna öppna den. Jag såg mig omkring – en hacka låg kastad på marken och därbredvid ett par spadar. Jag grep en av de senare, kilade in järnet mellan bräderna, och med ett dov knakande ljud brast kistan sönder i fogarna. Med bortvänt ansikte stack jag in handen genom den gjorda öppningen, famlade och fick tag i skelettets ena arm, som jag med ett kraftigt ryck skilde från den övriga kroppen. Härvid lossnade huvudet och rullade i nästa ögonblick nästan rakt för mina fötter. Jag grep det och ville lägga det tillbaka i kistan – då såg jag dess tomma ögonhålor lysa med ett grönaktigt, fosforaktigt skimmer, som ömsom kom och försvann. En feberrysning, en nästan vanvettig förskräckelse grep mig i detta ögonblick. Jag tvingade mig att se uppåt, och min blick föll på ett ensamt upplyst fönster i husraden mitt emot. Där satt en halvnaken, sminkad kvinna och nickade sömnigt vid skenet av en nästan utbrunnen talgdank. Jag såg nedåt – de tomma ögonhålorna lyste ännu, men med starkare glans än förut. Jag ville ha visshet, jag måste ha en naturlig förklaring på detta fenomen, om jag inte skulle bli vanvettig av förskräckelse – det kände jag. Ånyo grep jag efter huvudet, men aldrig har jag fått ett så överväldigande intryck av förgänglighetens lag som i detta ögonblick. Hundratals av dessa vämjeliga insekter, som man kallar gråsuggor, krälade ut ur varje öppning, varje fog på huvudskålen, och ett par av de lysande ormlika tusenfotingar, som naturforskarna benämner Geophiler, slingrade sig ut genom ögonhålorna. Ovillkorligen drog jag mig till minnes Heines ord, och nästan mot min vilja måste jag upprepa dessa hemska rader:

Ich seh' die Todten!
Sie liegen unten in den schmalen Särgen,
Die Händ' gefaltet und die Angen offen,
Weiss dass Gewandt und weiss das Angesicht,
Und durch die Lippen kriechen gelbe Wurmes.[1]

Knappt hade jag framsagt dessa ord, förrän de slog mig med förfäran. Jag kastade dödskallen tillbaka i kistan, satte av med ett par språng över de närmaste benhoparna utan att ge mig tid att medtaga lyktan, flög som jagad av demoner genom den mörka kvarnen, vars drivverk och hjul jag tyckte mig höra, och stannade först på fabrikens stora gård, där jag vid pumpen tvättade den medförda armen och avhjälpte något oordningen i min dräkt. Därpå stoppade jag mitt byte innanför rocken, nickade åt den gamle portvakten som under misslynt brummande släppte mig ut, och inträdde kort därefter i mitt rum med en min, som jag sökte göra så lugn och obekymrad som möjligt.

"Vad tusan har du haft för äventyr, lille Simsen?" utropade Sölling då han fick se mig inträda. "Du har väl inte sett spöken, eller kanske kopparslagarna redan börjat värka? Det var då också en fördömt lång stund du varit borta! Klockan är ju strax tolv."

---

1 Jag ser de döda!
  De ligga där i sina trånga kistor
  Med knäppta händer och med öppna ögon,
  I snövit dräkt, med bleka anleten,
  Och maskar kräla mellan deras läppar.

"Simsen mår visst inte bra!" yttrade Nansen. "Ge honom ett glas vatten så att han inte dånar."

"Men häll inte i för fullt", ropade en annan. "Simsen tål inte mycket i afton."

Nu var det min tur att triumfera. Raskt slog jag upp rocken och lade mitt byte mitt på bordet utan att säga ett ord.

"Död och pina", ropade Sölling i anatomisk hänförelse. "Vad är det för en arm du har fått fatt i? Jo Simsen vet nog vad han gör, han. Se bara på vilken vacker fruntimmersarm han lagt sig till med. Se blott på handen! Så fin och liten, och så väl konserverad. Jag är säker på att sexnummershandskar skulle vara lagom. Jag kan just undra, vem som en gång kysst och smekt den?"

Armen gick runt omkring, ur hand i hand, under allmän beundran, och med varje ord, varje yttrande som fälldes, ökades min avsky och vämjelse för mig själv. En kvinnoarm! Hurdan hade denna kvinna varit? Ung och vacker antagligen, sina bröders stolthet och sina föräldrars glädje. Tidigt hade hon vissnat bort, kärleksfulla händer hade vårdat henne, ömma omsorger och förtröstansfullt hopp hade vårdat vid hennes sjukläger. Lugnt och stilla hade hon slumrat bort, och den frid som följt henne i livet hade man strävat att ge henne även i döden; därför var kistan hoptimrad av de tunga tjocka ekplankorna. Och nu, denna hand som vinkat så milt till avsked och farväl, som varit så eftersträvad och så saknad – den låg nu på ett anatomibord, omhöljd av tobaksmoln, beskådad av nyfikna blickar och gjord till föremål för grovt skämt. O min Gud, hur avskyvärt.

"Hör", sade Sölling då den allmänna hänförelse saktat sig, "den här armen vill jag sannerligen ha. När den blir blekt med klorkalk och litet uppiffad med kopalfernissa, bör den bli utmärkt. Den tar jag med mig!"

"Nej", utbrast jag, "det får du inte göra. Det var orätt av mig att ta den från kyrkogården. Jag går genast och lägger den tillbaka."

"Nej, hör på bara!" ropade Sölling under de övrigas ohejdade skratt. "Nu blir ju Simsen rakt av kadaverlyrisk i ordets egentliga förstånd. Jag vill ha armen till vilket pris som helst."

"Nej", sade Niels Daae, "det har du alldeles ingen rätt till. Den är jordfäst och begraven, ett verkligt jordfynd, och vi andra har lika stor rätt till den som du."

"Ja, vi kan ju ta en bit var", skrek en av sällskapet.

"Nej, det tillåter jag aldrig", påstod Sölling. "Det skulle vara en skändlig vandalism att dela den här armen. Vad Gud har förenat skall människan inte åtskilja!" tillade han patetiskt.

"Bjud ut den på auktion!" ropade Daae, för vilken den juridiska synpunkten plötsligt dök upp. "Stilla, mina herrar, 'il ne faut pas rire de la morte', som Napoleon sade när han reste från Moskva. Jag är auktionsförrättare, och kyrkogårdsnyckeln får tills vidare tjänstgöra som klubba."

En ny skrattsalva följde, när Daae med gravitetisk värdighet tog plats vid bordsändan och med snörvlande röst och entonig stämma rabblade upp:

"Härmed göres för alla veterligt, att den tjugofemte november, precis klockan tolv midnatt, i rummet N:o 5 på Regensen, kommer, utan att flera auktioner äga rum, till försäljning offentligen utbjudas en fin och fager frökenarm med tillhörande inventarium av handlovsknotor, mellanhandsben samt fingrar i helt och oskadat tillstånd. Det erinras, att det inropade bör avhämtas omedelbart efter auktionen, i samma skick som det vid klubbslaget befinnes, och lämnas vederhäftige köpare sex veckors kredit. – En dansk skilling är bjuden!"

"En mark!" ropade Sölling hånande.

"Två!" skrek en av sällskapet.

"Fyra!" bjöd Sölling. "Det är den ärligt värd. Bjud med du Simsen! Du ser ju ut som om du satt i en tvättbalja med levande fisk i."

Jag bjöd tvunget en mark till. Sölling höjde det till en daler. Ingen gick högre, kyrkogårdsnyckeln föll och armen var Söllings.

"Håll till godo", sade denne i det han räckte mig ett markstycke, "det har du ärligt gjort rätt för. Det är dina handpengar som gravplundrare. Resten får du nästa gång, om du inte föredrar att stoppa dem i Grisen."

Med dessa ord lindade Sölling in armen i ett tidningsblad. Alla reste sig, och kort därefter bullrade det muntra sällskapet i väg utför trapporna. Regensens port slogs igen, stojet tystnade småningom på gatan, och allt blev stilla som i graven.

Det var en underlig övergång. Alldeles vimmelkantig stod jag och betraktade det erhållna markstycket, som jag slutligen mekaniskt stoppade i västfickan. Mina tankar var ännu för mycket sysselsatta, mitt sinne alltför upprört, för att jag skulle kunna sova. Jag skruvade upp lampan så högt som möjligt och tog mitt kollegium i anatomi för att genom läsningen vinna lugn; men det ville inte lyckas – oron i mitt sinne var därtill alltför stor. Plötsligt hörde jag ett ljud som av en svängande perpendikel. Jag lyfte upp huvudet och lyssnade med spänd uppmärksamhet – varken i mitt rum eller rummet bredvid fanns något ur – men ljudet fortfor. I det samma började lampan osa, den saknade uppenbarligen olja.

Just som jag skulle resa mig för att ånyo fylla på den, föll min blick på dörrposten mitt emot mig; och helt sakta men i säker takt såg jag kyrkogårdsnyckeln, som jag hängt på dörrposten, röra sig fram och tillbaka i avmätta svängningar. Gång efter annan syntes dessa nära att stanna, men då erhöll nyckeln ett slag liksom av en osynlig hand, och svängningarna blev då så starka att den syntes nära att svänga runt omkring. Ett ögonblick blev jag stående med öppen mun och stelt stirrande ögon; men nyckeln fortfor att svänga lika mekaniskt som pendeln i ett ur. Jag förnam en isande känsla längs efter ryggen, så att jag nästan kröktes bakåt, och ångestsvetten pärlade på min panna. Slutligen kunde jag inte längre uthärda det. Jag sprang till dörren, grep nyckeln med bägge händer, lade den på mitt skrivbord och uppstaplade därovanpå *Loders Tavlor* samt ett par andra folianter. Först då detta var gjort kunde jag andas fritt.

Lampan höll just på att slockna, och jag hade ingen olja mer. Då och då flammade lågan upp och kastade ett osäkert, fladdrande sken över rummet. Skuggorna blev än långa, än korta – det såg ut som om de förlängde sig och i otydliga former drog bort genom rummet. Med feberaktig fart klädde jag av mig, släckte lampan och sprang i sängen för att slippa dessa syner.

Men här tycktes de först riktigt vakna till liv. Än tyckte jag mig stå på kyrkogården och hörde väderflöjelns vinande i luften. Än var jag i kvarnen; jag såg dess många drev och kugghjul vända sig om varandra och hade största möda i världen att undgå dem. Än åter var jag i en ohyggligt låg, lång och beckmörk gång, där någonting obestämt, formlöst förföljde mig, och i vildaste förskräckelse störtade jag framåt tills jag tyckte mig störta ned i en bottenlös avgrund med en oerhörd tyngd över mig. Jag for upp ur min halvslummer, lyssnade och spejade och försjönk åter i en orolig sömn. Plötsligt hörde jag något, som från taket föll ned på min huvudgärd. ”Surr, surr, snurr!” ljöd det över mitt huvud. Det var en stor spyfluga som haft vinterkvarter i mitt rum, och som vaknat av den starka hettan från kakelugnen. Nu for hon i vida kretsar omkring i rummet. Än var hon nära mitt öra, än hörde jag henne på avstånd, så kom hon tillbaka igen, for surrande bort över mitt ansikte, snurrade mot taket, törnade mot kakelugnen och föll ned på golvet, där hon snodde runt omkring, kom åter till mig – surr, surr, snurr – det var olidligt, omöjligt att uthärda. Äntligen hörde jag henne krypa in i en pappersstrut med pudersocker, som Hans låtit ligga kvar på fönsterposten; jag sprang upp och vek ihop struten, men hon surrade därinne nästan värre än förut. Åter gick jag till sängs och försökte sova, men det ville inte lyckas. Jag började räkna, först till hundra, sedan till tusen och omsider märkte jag denna domnande känsla som föregår den egentliga sömnen. Jag var i en vacker trädgård. Guldregnet lyste, syrenerna doftade och äppelblommornas fina rosenröda blad fladdrade som fjärilar genom luften, när den milda vårvindsfläkten rörde dem. Vid min sida gick en ung och skön flicka, jag kände henne så väl, och dock var det mig omöjligt att erinra mig hennes namn eller blott nämna anledningen till att vi kommit att här promenera med varandra. Litet emellan stannade hon för att beundra en tidigt utsprucken blomknopp eller en brokig skalbagge på ett blad. Så vandrade vi tryggt framåt på de grusade gångarna mellan blommande vinbärs- och krusbärsbuskar, under det jag tydligt kunde höra binas surrande där de svärmade omkring bland blomklasarna. Plötsligt svepte en kall vind genom trädgården; den unga flickan skälvde och hennes kinder bleknade.

"Fryser du inte?" sade hon till mig. "Jag fryser! Märker du inte det? Det är döden som kommer."

Jag ville svara, men i det samma drog en ny, starkare isande fläkt genom trädgården. Bladen vissnade på träden, blommorna sänkte sina kalkar och bina sjönk döda till marken från vinbärsblommornas klasar.

"Han kommer!" viskade hon skälvande. Jag ville trycka henne intill mig, men det var som om hennes gestalt bleknat, upplöst sig och i obestämd form hägrat i luften. Då jagade en tredje ännu starkare vindpust genom trädgården. Lövet flög gult och vissnat i stora hopar till marken, och virvlade åter vilt upp i vädret. De blommande buskarna blev svarta och nakna, kors och gravvårdar sköt fram under de avlövade träden – jag var åter på kyrkogården och den rostiga flöjeln skar med hest vinande genom luften. Bredvid mig stod en tung, järnbeslagen ekkista med en metallplåt på locket. Jag böjde mig ned för att läsa inskriften – då föll plötsligt locket tungt åt sidan och upp ur kistan reste sig samma unga flicka som jag sett i trädgården. Jag ville ila henne till hjälp och sluta henne i mina armar; då, o fasa! såg jag på de glasartade ögonen, att det var denna fallna kvinna som jag sett nickande vid talgdanken i fönstret. Jag kunde inte andas, ropade högt på hjälp och – vaknade i det samma.

Rummet föreföll mig ovanligt upplyst, men jag erinrade mig att det var månljust och tänkte inte vidare härpå. För övrigt syntes många saker i drömmen få sin naturliga förklaring i de föremål som omgivit mig under min sömn. Flugan surrade ännu i struten som en hel bisvärm; en av de översta fönsterrutorna hade gått upp, och den kalla nattvinden trängde in i rummet. Jag sprang upp för att tillsluta den, och först nu såg jag att det starka vita ljus som fyllde mitt rum inte kom från månen, utan liksom strålade ut från kyrkan mitt emot. I det samma hörde jag klockorna ringa, först med dämpat ljud och liksom på långt avstånd, sedan allt starkare och starkare tills de slutligen, blandade med orgelns brus, som en väldig tonström böljade fram mot mina fönster. Jag stirrade ut och ville knappast tro mina ögon. Husen i "Landemärket" var allesammans små envåningshus med frontespiser och takrännor av trä, vilka slutade med utskurna drakhuvud. De flesta hade altaner med utskuret gallerverk, och ingången till dem alla bildades av höga stentrappor med ledstänger av mässing, vilkas blankpolerade kulor glänste i ljusskenet. Men vad som mest förvånade mig var kyrkan. Hon låg inte som annars. "Rundetaarn" vette utåt "Kjöbmagergade", och kyrkans fasad med dess strävpelare och spetsbågsfönster var vänd åt Regensen. Kyrkan var strålande upplyst, och först nu fick jag klart för mig att det starka ljusskenet i mitt rum härrörde därifrån. Mållös blev jag stående. Klockornas klang och orgelns brus tonade genom luften, och uppför kyrkans mittengång såg jag ett stort bröllopståg långsamt röra sig fram emot altaret. Så småningom började jag kunna urskilja de enskilda skepnaderna. Alla var de i gammaldags dräkter. Damerna i brokad och atlas och med pärlsnören i sitt högt uppfästade, starkt pudrade hår; herrarna till största delen i uniform med knäbyxor, värja och chapeaubas under armen. Dock var det i synnerhet bruden som tilldrog sig min uppmärksamhet. Hon var klädd i vit atlas, och mellan de pudrade lockarna, som till hälften doldes av den nedfallande slöjan, slingrade sig en vissnad myrtenkrans. Vid hennes sida gick brudgummen i röd uniform och med stjärna på bröstet. Långsamt närmade de sig altaret, där en gammal man i svart ornat och vit allongeperuk väntade dem. De trädde fram till honom, och jag kunde tydligt se hur han uppläste ritualen ur sin handbok, vars förgyllda pärmar och guldsnitt blänkte i ljusskenet.

En av brudföljet trädde fram och spände av brudgummen värjan, varpå denne räckte sin högra hand mot bruden. Hon ville räcka honom sin, men i samma ögonblick sjönk hon vanmäktig ned. Hela följet trängde sig fram och skockades omkring bruden, som låg vanmäktig vid altarets fot – då släcktes plötsligt ljusen, orgelklangen förstummades och de dunkla skepnaderna flöt likt dimbilder tillhopa i varandra.

På platsen utanför tilltog emellertid ljusskenet, och plötsligt sprang kyrkans portar upp åt bägge sidor, och det sällsamma bröllopståget rörde sig framåt över planen. Jag ville fly, men det var mig omöjligt att röra en lem. Stel och orörlig stirrade jag på de bleka, spöklika skepnader som ryckte mig närmare och närmare. Först kom prästen, så brudgummen med sin brud, och i det samma denna sistnämnda riktade sina ögon uppåt och fäste blicken på mig, igenkände jag i henne den unga flickan från trädgården. Det låg i denna blick något så smärtsamt, vemodigt och bönfallande, att jag knappast kunde uthärda den; och aldrig kan jag beskriva den rysning som genomfor mig, när jag plötsligt uppdagade att högra armen på hennes vita atlasklänning hängde tom och slapp ned.

En isande skräck fattade mig. Jag kände att skaran hade ett värv att utföra. Jag visste att de skulle komma och kräva mig till räkenskap, trots Regensens famntjocka murar, som låg mellan dem och mig. Skälvande blev jag stående till dess sista paret försvunnit från platsen, då hörde jag Regensens klocka ringa – inte som vanligt med en glad och munter klang utan med ett underligt hest, dov och sprucket ljud, och litet därefter gnisslade porten på sina gångjärn. Jag vände mig mot dörren. Jag visste att den var stängd, och visste likväl att detta inte skulle hjälpa, att de skulle tränga sig igenom, om det än vore en järnmur mellan dem och mig. Förunderligt glittrade och susade det i luften, än ljöd det såsom ett frasande mot trappstegen av silke och atlas, än såsom vinterstormens brusande genom den torra rasslande säven. Närmare och närmare kom de förfärliga skepnaderna. Dörren gick inte upp, men det var som om murarna för dessa hotfulla andegestalter varit blott lätta dimmor, som om för dem ingenting fast, ingenting ogenomträngligt funnes. I allt tätare hopar skockade de sig omkring mig, mindre och mindre blev platsen som skilde oss åt, mer och mer trängdes jag in i min vrå, tills jag hade dem nästan som en börda på mitt bröst och förnam en tryckande känsla på varje del av min kropp. Slutligen tycktes inte flera få plats i rummet. Atlas- och silkesdräkterna glittrade och frasade inte mera omkring mig; det blev en dödstystnad, varunder jag såg den gamle prästen träda fram mot mig med sin mässbok i handen.

”Vad vill du?” hörde jag en röst i mitt inre säga. Jag kände att jag rörde läpparna; men det var mig inte möjligt att få något ljud över dem. Den gamle tycktes dock kunna höra mina tankar, ty han höjde sin hand och sade med en underbart djup och likväl klanglös stämma: ”Graven är helig och okränkbar! De dödas frid får ingen röra.”

”Helig och okränkbar”, tonade det genom skaran, liksom då ett bortdöende eko förlorar sig mellan trädens stammar.

Jag var förfärad i mitt innersta. Jag kände en oemotståndlig drift, det mest trängande behov att falla på knä och tigga om nåd och tillgift; men det var som om en demon styrt min tunga och tvungit mig att svara: ”Då råkar väl dödgrävaren illa ut! Han lägger varje dag nya döda till de gamla och lever lika väl för det."

"Han gör blott sin plikt", svarade anden, "och ingen lär tadla honom därför, men den som i lättsinnligt övermod kränker gravens frid, han skall inte gå ostraffad."

"Han skall inte gå ostraffad", ljöd det åter från skaran av röster, som liknade höstvindens tjut då den jagar de gulnade bladen hän över marken.

"Vad vill, vad fordrar ni?" ropade jag i dödsångestens högsta förtvivlan.

"Giv graven tillbaka, vad gravens är!" ljöd åter samma djupa röst.

"Giv graven tillbaka, vad gravens är!" klang det åter från skaran, som ånyo hotfullt skockade sig omkring mig.

"Det är omöjligt! Det kan jag inte, jag har sålt den, sålt den på auktion!" ropade jag förtvivlad. "Den var jordfästad och begraven. Fem mark och åtta skilling! Inget högre bud? Armen är Söllings!"

Det gick ett skri, ett genomträngande hämndens och förtvivlans skri genom skaran. Som fuktiga dimmor strömmade de in på mig och pressade mig med sådan kraft, att jag trodde mig kvävas. Det gnistrade och skimrade för mina ögon, och jag hörde ett tungt dovt brakande medan jag brottades med dessa skepnader, som inte erbjöd något fäste för mina händer. Alldeles utom mig stötte jag upp fönstret och ropade i förtvivlans ångest: "Hjälp, mord! Man mördar mig!"

Genljudet av min egen stämma som ännu tonade i rummet, kom mig att vakna. Jag satt nästan oklädd i fönstret med ena benet till hälften utanför och höll mig med bägge händer krampaktigt fast i fönsterposten. Nere på gatan stod brandvakten i sina träskor, med sax och karpus, och stirrade förbluffad på mig under det lätta molnskyar, nattens fruktansvärda gestalter, likt en vitaktig rök drog bort genom fönstret. Därute låg novemberdimman, grå och fuktig, och allt eftersom den friska morgonluften avkylde mina kinder vände också besinningen åter. Jag såg på brandvakten. Gud välsigne honom! Det var en riktig handgriplig, handfast, materiell brandvakt, inte en nattens bedrägliga gyckelbild. Jag såg på "Rundetaarn". Vad det tog sig massivt, ärevördigt och oflyttbart ut, som det stod där, grått i grått, i morgondimman! Jag såg bort utåt "Landemärket". Där lyste det i bagarboden, och en bonde stod utanför och band foderpåsarna på sina hästar. Jag kastade en till hälften ängslig blick in i mitt rum; men allt där var i sin gamla ordning. Min högkarmade länstol, min vindögda rakspegel, min rankiga gamla soffa, allt stod på sin plats; ja till och med struten med pudersockret låg ännu i fönstret och flugan surrade däri. Jag kände på mig att jag var vaken, och att dagen bröt fram.

Raskt hoppade jag ned ur fönstret och ville åter gå till sängs, då min fot stötte mot någonting skarpt och hårt. Jag böjde mig ned för att ta upp det, och fick fatt i en lång, torr och halvmöglig arm, som mellan sina stela fingrar höll ett hoprullat papper. Jag famlade ånyo och fick fatt på ett par andra dylika, som också hade hoprullade papper instuckna mellan fingrarna. Nu började jag tvivla på mitt förstånd. Jag visste att det jag sett härrörde från min upphetsade fantasi, var en dröm som slutligen antagit karaktären av sinnesförvirring. Jag visste att jag var vaken, att alltsammans varit en dröm, och dock hade jag här framför mig fasta och oemotsägliga bevis på motsatsen. Jag fruktade verkligen att jag var på väg att bli galen, och med feberaktig iver uppvecklade jag den första pappersrullen. Där stod blott "*Sölling*".

Jag grep den nästa och rev upp den; där stod "*Nansen*".

Ännu hade jag nog krafter att fatta och öppna den tredje; där stod "*Simsen*". I samma ögonblick störtade jag medvetslös till golvet.

Då jag återkom till mig själv stod Niels Daae vid min sida med en tom vattenkanna, vars innehåll ännu droppade ned från soffan på vilken han lagt mig.

"Se där, drick", sade han i övertalande ton, "så kryar du nog till dig igen! Det är en ypperlig Charentekonjak; jag tog mig själv en klunk först."

Förvirrad stirrade jag omkring mig och ryckte till mig glaset, vars kraftiga innehåll hastigt satte mina livsandar i förnyad verksamhet.

"Vad har hänt?" frågade jag med matt stämma.

"Åh, egentligen ingenting av vikt", svarade Niels Daae. "Du har bara varit på väg att ta livet av dig genom ett lätt os från kolen. Det är då också ena fördömda spjäll på de gamla kakelugnarna här på Regensen. Stormen i natt måtte ha slagit igen det, såframt du inte själv varit så snillrik och stängt till det innan du gick till sängs. Hade du inte fått upp fönstret, lille Simsen, så hade du nu varit så långt på väg till himmelriket, att en gammal konjak inte kunnat kalla dig tillbaka. Ta dig nu en liten till."

"Hur har du kommit hit upp", frågade jag i det jag reste på mig.

"Genom dörren, på det allra enklaste och naturligaste sätt i världen", svarade Niels Daae. "Jag hade tjänstgöring i natt på sjukhuset, men till följd av att jag druckit något för mycket punsch hos Lars Mathiesen sov jag mer än jag vakade, och fann därför lämpligt att loma av bortåt morgonkvisten. När jag då var på vägen hem till "Krystalgade" gick jag förbi Regensen, och såg då din älskvärda person sitta i bara skjortan gränsle över fönsterkarmen och uppmuntra brandvakten med att ropa brand och mord eller dylikt. Det lyckades mig till slut att bulta upp Jensen härnere, och genom hans fönster kom jag in på Regensen. Det är då också ett sätt att lägga sig i blotta skjortan mitt på golvet!"

"Var kommer då de här armarna ifrån?" frågade jag, ännu något förvirrad.

"Jaså armarna, för fan i våld med dem!" ropade Niels Daae. "Laga blott att du kommer på benen. De där armarna? Det är ju inga andra än dem jag själv skurit av. Det var ett utmärkt fiffigt infall. Du vet ju hur förargad Sölling blir, när man vill förmå honom att uppskjuta en lektion. Nu hade jag fått de här gässen där bortifrån och ville gärna ha er med hos Lars Mathiesen. Jag visste att ni skulle läsa över armens osteologi, och därför gick jag upp till Sölling, låste upp dörren med hans egen nyckel och tog armarna av hans skelett. Det samma gjorde jag här på Regensen, och dina knep jag medan du var nere på föreläsningen. Är det du som gjort det snilledraget att ta ned dem från bokhyllan och riva bort etiketterna. Jag hade märkt dem prydligt med små pappersremsor, så att var och en skulle få tillbaka sina."

Utan att säga ett ord fullbordade jag min klädsel och gick snart med Daae under armen ut i den friska, kyliga morgonluften.

I "Krystalgade" skildes vi, och jag gick oförtövat upp till Vestervold, där jag visste att Sölling bodde. Utan att akta på hans gamla värdinnas invändningar gick jag in i rummet där han ännu låg och sov den rättfärdiges sömn. Här tog jag armen, som ännu låg på hans skrivbord inlindad i papper, lade dit markstycket i stället och ilade så hastigt jag kunde tillbaka till kyrkogården.

Hur förunderligt var inte allt förändrat, då jag ånyo beträdde dess mark? Nattdimman hade skingrat sig och hängde som glänsande rimfrost i trädens grenar, vari sparvarna kvittrade. Allt var så tyst och stilla denna morgon. Jag vandrade bort till den stora hängasken och stod åter vid den tunga ekkistan. Försiktigt lät jag mitt rövade byte glida ned i den och spikade omsorgsfullt till de rostade spikarna, just som den bleka novembersolens första strålar kastade sitt skimmer över kyrkogården – först då andades jag åter fritt.

∗　∗　∗

Doktor Simsen tystnade och såg sig omkring i sällskapet med en frågande blick. Därutanför hördes bjällerklangen från den lilla isabellafärgade, istadiga norrbaggen, och kort därefter försvann den muntre doktorn i julnattens dimmor, medan ungdomen under tystnad blickade efter honom från prästgårdens gamla, ärevördiga stentrappa.

Jules Lermina

En spökhistoria

Herr Mathias var död. Underrättelsen härom försatte den lilla staden i förvåning. Han var blott 40 år, hade aldrig varit sjuk och var så rak som ett I. För tre år sedan hade han gift sig med en ung flicka på tjugo år och avgudade sin hustru.

I livet hade han varit rik och girig. Man sade att han var ockrare och att han tillagade giftiga piller, som han prövade på hundar. Man sade också att hans giftermålshistoria hade några mörka sidor, som helst borde förtigas. Men det var då, nu var han död, och alla döda har varit förträffliga människor. Frid över hans stoft.

Det hade för övrigt varit på tok med honom under den sista tiden. Han hade uppenbarligen haft en aning om döden, eftersom han lät en murarmästare från huvudstaden förbättra det gamla familjekapellet. Han snodde omkring i eget hus som om han ständigt var rädd för tjuvar, stängde in sin hustru och arbetade till långt in på natten i sitt laboratorium. Då doktorn talade om honom, pekade han på sin panna och skakade på huvudet. Men att han skulle dö hade man dock inte tänkt sig.

Nu var han begravd. Hela staden följde kistan, och det var till och med en gammal kvinna som blev rörd, då likkistan av ekträ sattes in i det murade gravrummet Det var så stort och rymligt att det kunde ha gjort tjänst som tepaviljong, om det inte händelsevis hade varit ett kapell.

* * *

Två timmar efter begravningen knakade det i likkistan, locket gick upp och herr Mathias satte sig upp.

Sömndrogen hade precis gjort den beräknade verkan, men så hade han ju också själv tillagat den. Förnöjd gnuggade han sig i ögonen och såg sig omkring.

Ett fönster i taket upplyste rummet. I fondväggen fanns ett lönnskåp med kläder, matvaror, vinflaskor och en korkskruv. När man hade gått omkring rummet ett tillräckligt antal gånger, så fanns inget hinder att spatsera en hel mil. Vad kunde man då önska mer?

Man blir alltid hungrig då man varit på begravning, till och med om det är på sin egen. Herr Mathias tog sig en solid frukost i skåpet, slog ett glas vin och utbringade en skål för sig själv.

Envar måste medge att han burit sig slugt åt. Då han fyllde sitt fyrtionde år och med skäl kunde kallas rik, sedan han uppfunnit de undergörande pillren mot kramp, tandvärk och magkatarr, blev han häftigt kär i tullkontrollörens dotter. Han friade och fick korgen. Det kränkte honom, men förökade blott hans kärlek.

Då han av naturen var durkdriven, lyckades han uppköpa samtliga fordringar annat folk hade hos den älskades fader, och han pinade honom så länge att den olycklige tullkontrollören måste söka tröst i statskassan. Men inte ens statskassan är outtömlig, och ämbetsmannen hade därför till slut inget annat val än att övertala sin dotter att bli fru Mathias. Det är nämligen ojämförligt mycket angenämare att ha en försörjd dotter än att begå självmord, till och med om dottern redan är förlovad med sin barndoms älskade. Bruden grät då hon stod framför altaret och sände förtvivlade ögonkast till den unge fullmäktige, som stod där borta bakom en pelare och såg ännu mer bedrövad ut. Men herr Mathias triumferade.

Smekmånadsdagarna förflöt, och frun fortsatte att gråta. Då blev herr Mathias illa till mods.

Det var tjugo års skillnad i deras ålder, och hon älskade en annan; följaktligen kunde han inte inse hur han skulle kunna undgå att bli bedragen. Allt eftersom åren gick blev denna övertygelse en fix idé. Fru Mathias gick aldrig ut, och hon mottog ingen; han kunde alltså inte upptäcka något. Men det var naturligtvis blott eftersom han bar sig dumt åt. Han beslöt därför att företa en resa och plötsligt vända tillbaka hem; då var han säker om att gripa henne på bar gärning. Men han ville inte nöja sig med att resa till det sachsiska Schweiz eller till Rhen; den listen måste hon ju tydligen känna från komedierna. Nej, han skulle resa direkt in i dödens rike och så vända tillbaka som spöke. Det var en både slug och originell plan, som omöjligt kunde slå fel.

Herr Mathias hade varit begravd tre dagar och mådde förträffligt. På natten skulle den stora planen sättas i verket.

Klockan slog halv tolv. Månen kastade sitt skimmer över gravarna, då herr Mathias försiktigt öppnade gallerporten till kapellet och smög sig ut med sitt liklakan över armen. Hans hus låg alldeles vid sidan av kyrkogården; han behövde därför blott klättra över muren, så var han hemma.

I den långa allén försökte han utveckla liklakanet och kasta det över sig med de för spöken reglementerade vecken. Men det var tungt, och därför stönade han under arbetet.

"Får jag ge er en liten handräckning?" frågade i detsamma en röst bakom honom. Har ni någonsin varit begravd och försökt att drapera er med ett liklakan i en kyrkogårdsallé, så kan ni förstå att herr Mathias blev en smula förargad över det störande avbrottet.

Det var dödgrävaren som nyss kommit hem från det närmaste värdshuset, och som därför kände behov av att visa sig välvillig.

"Vad ser jag? Är det ni, herr Mathias?" utbrast han. "Vill ni redan ut?"

"Jag kommer från graven", svarade herr Mathias med ihålig röst.

"Ja, varifrån skulle ni väl annars komma?" svarade dödgrävaren. "Men det var fasligt vad ni har bråttom. De andra brukar ligga en månad eller två."

"Vik hädan", dundrade herr Mathias och begynte ta långa steg, men dödgrävaren följde honom trofast.

Som försiktig karl hade herr Mathias försett sig med fickpengar. Han stack ett par guldstycken i handen på dödgrävaren och viskade: "Ge mig nyckeln till kyrkogårdsporten."

"Nej, stopp", svarade dödgrävaren grinande. "Här slipper ingen ut. På det sättet spökar vi inte; en vålnad måste vackert kvarstanna på kyrkogården. Det gör även de andra."

"Vilka andra?"

"De döda."

"Ja, men jag är ju livslevande."

"Kom nu inte med något prat; vad säger ni om ett glas öl." Kort därefter stod herr Mathias i dödgrävarebostaden och klingade med dödgrävaren.

"Låt mig nu slippa ut, hör ni", sade herr Mathias. "Jag har låtit begrava mig med flit och måste absolut hem till min hustru."

"Ni glömmer nog med vem ni talar?" sade dödgrävaren skrattande och fyllde på nytt glasen. "Men sådant säger de för övrigt alla. Jag skall säga er att jag är en hygglig karl. Då de saliga avlidna tar sig lite motion, kommer de alltid in och får sig en bägare av mig, och det sker varenda natt. Men att slippa ut kan det inte bli fråga om. Man känner väl sin ämbetsplikt."

En iskall kåre löpte utför ryggraden på herr Mathias. Dödgrävaren var en liten undersätsig karl med väldiga muskler. Han var kall och lugn, men vansinnet lyste ur hans ögon. Nattvakterna på kyrkogården i förening med värdshusvärdens brännvin hade angripit hans hjärna. Han trodde fullt och fast att de döda stod upp ur sina gravar och att han varje natt samtalade med dem.

Herr Mathias försäkrade, lovade och bönföll – lika litet hjälpte det. "Nu begynner ni vrövla", brummade dödgrävaren. "Det är bäst att ni förfogar er in igen."

"Vart in?"

"I kistan naturligtvis. Tredje avdelningen, andra gången till höger."

"Aldrig i livet", skrek herr Mathias. "Jag skall ut, jag skall..."

"Du skall lyda. Här är det jag som regerar. In med er." Herr Mathias blev iskall av ångest. Han försökte störta sig ut genom dörren, men med ett hest vrål grep dödgrävaren honom i strupen. Herr Mathias försökte slita sig lös, men dödgrävarens fingrar klämde till allt fastare; till slut utstötte herr Mathias en ohygglig suck, rosslade och sjönk ned.

Dödgrävaren tog den döde mannen på skuldrorna och bar honom in i kapellet, där han på nytt lade honom till rätta i likkistan. "Kan du nu se att du måste lyda?" frågade han och slog gallerporten i lås efter sig. "Då du i morgon natt kommer igen, har du nog blivit förnuftigare. Man måtte väl känna sin ämbetsplikt."

*　*　*

Så gick det till, att fru Mathias efter ett års förlopp kunde gifta sig med sin fullmäktige.

Louisa May Alcott

På villospår i pyramiderna

"Vilka dyrbarheter förvarar du här, Paul?" frågade Evelina nyfiket, i det hon bemödade sig att öppna locket på en besynnerligt formad, av ålder nött gulddosa som hon nyss funnit bland de övriga inventarierna i det "museum", vilket hon som bäst reviderade.

Detta "museum", egentligen ett litet kabinett i vilket hennes fästman Paul Forsyth hade hopat alla de antikvitets-, natur-, och konstföremål som han lyckats överkomma på sina resor, gav nästan fullt skäl för den benämning som den unga flickan givit åt det, ty samlingen var inte obetydlig och inneslöt delvis saker av stort intresse.

Vid Evelinas fråga jagade en plötslig skugga över Pauls mörka ansikte. Den ifrågavarande gulddosan var en klenod, som han av vissa skäl ännu aldrig uppenbarat för något främmande öga. Tyst och nästan försagd blickade han också nu ned på de små scharlakansröda frökärnor som dosan inneslutit och vilka omedelbart därefter vilade i fästmöns vita hand.

"Du svarar inte, Paul", anmärkte hon, under det hon med begärlighet inandades den ljuva, balsamiska vällukt som spred sig från dem.

"Jag gör kanske bäst i att inte svara", yttrade Forsyth med ett frånvarande uttryck, vilket i hög grad stegrade flickans nyfikenhet.

"Och varför det?" frågade hon med en ofrivillig beklämning. "Du vill väl inte ha några hemligheter för mig?"

"Visst inte, min älskade, men du skulle kanske finna något olycksbådande i den berättelse jag då skulle nödgas meddela dig, och detta kunde måhända oroa, ja, till och med skrämma dig. Vill du inte därför avstå från att höra den?"

"För ingen del", utropade Evelina livligt. "Jag tycker om spännande historier och har ingenting emot att rysa något litet ibland. Du berättar dessutom alltid så väl; så fram nu med det där olycksbådande och sannolikt *rysligt intressanta!*"

Evelina såg härvid upp med en så förtjusande blandning av bön och befallning i sin blick, att allt vidare motstånd skulle varit fruktlöst.

"Nåväl, jag skall foga mig efter din önskan", genmälde Forsyth, ännu rynkande sina ögonbryn, "men jag har på förhand varnat dig. Måtte vi blott inte få skäl att ångra oss", tillade han därpå aningsfullt, "ty olycka är förutspådd åt innehavaren av dessa hemlighetsfulla frön." Härvid betraktade han med ett ömt men sorgblandat leende den blomstrande varelsen vid sin sida.

"Vilken dyster hemlighet kan då dessa små atomer innesluta? De ser minsann inte alls fruktansvärda ut!" yttrade Evelina med en lätt skälvning i rösten. Hennes fästmans sorgbundna uppsyn och avvärjande ord inverkade för ett ögonblick på hennes egen modiga sinnesstämning och kom henne nästan att dagtinga med sig själv, huruvida hon inte skulle avstå från sin förut så bestämt uttalade önskan; men detta lilla missmod försvann lika fort som det kommit, och med en utmanande blick gav hon tillkänna att hon nu var beredd att höra berättelsen.

Forsyth hade emellertid stigit upp och började nu vandra av och an i rummet. Hans blick syntes liksom irrande i det förflutna. Evelina följde honom en stund med spänd uppmärksamhet; därpå började hon åter att revidera bland samlingarna. Detta arbete, eller snarare denna lek, tycktes just vara en passande sysselsättning för denna lilla varelse, vilken man varken kunde kalla barn eller betrakta såsom kvinna.

"Dessa tre kärnor är frön av någon okänd egyptisk planta", började Forsyth långsamt. "Medan jag vistades i detta land, gick jag en dag åtföljd av min vägvisare och professor Niles, att undersöka Cheops pyramid. Niles var en ursinnig antikvitetssamlare och hans svärmeri för fornsaker gick så långt att han glömde bort tid, fara och trötthet för sin forskningsiver. Vi vandrade upp och ned i de smala gångarna, halvkvävda av damm och instängd luft, studerande inskriptioner på murarna och staplande över sönderslagna mumiekistor. Stundom befann vi oss ansikte mot ansikte med någon ihoptorkad mumie, uppspetad likt ett spöke på någon av de små hyllor dit de döda för århundraden sedan blivit uppradade. Efter några timmars vandring kände jag mig förtvivlat trött och bad professorn att vi skulle återvända. Men han var alltför ivrig i sina undersökningar och ville på inga villkor ännu avstå därifrån. Som vi hade endast en vägvisare, måste jag finna mig vid att också stanna kvar. Då Jumal, vår vägvisare, märkte hur trött jag var, föreslog han oss att vila i en av de större passagerna, medan han gick att skaffa en annan vägvisare för Niles. Vi samtyckte båda härtill, tryggande oss vid Jumals försäkran att han mycket snart skulle återvända. Professorn satte sig ned för att anteckna sina observationer och jag sträckte mig ut på den mjuka sanden och somnade in.

Om en stund väcktes jag av denna obeskrivliga skakning som instinktmässigt varnar oss för fara, och när jag sprang upp märkte jag till min förfäran att jag var allena. En ensam fackla, instucken i muren, kastade en matt belysning över stället, men Niles och den andra facklan var borta. En pinsam känsla av ensamhet bemäktigade mig för ett ögonblick: men snart kom jag åter till mig själv och märkte i det jag noga såg mig omkring, att en liten papperslapp blivit fästad vid min hatt, och på vilken professorn skrivit följande ord:

'Jag har gått tillbaka ett litet stycke för att uppfriska mitt minne rörande vissa punkter. Bli kvar här, till dess Jumal kommer. Jag hittar nog vägen tillbaka, ty jag har en ledtråd. Sov gott, och dröm härliga drömmar om faraonerna.

N. Niles.'

Jag skrattade först åt den gamle entusiasten, därefter kände jag mig ängslig, och slutligen beslöt jag att uppsöka honom. Samtidigt föll min blick på en stark lina som var fästad vid en nedfallen sten, och jag förstod då att denna var den omnämnda ledtråden. Jag nedskrev nu en rad för Jumal, tog min fackla och återvände i mina spår, följande linan längs de krokiga gångarna. Jag upphävde även några rop men erhöll inget svar. I hopp att snart få se den gamle vetenskapsmannen, sysslande med någon föråldrad, mystisk relik, fortfor jag att gå framåt. Men helt oförmodat tog linan slut, och när jag med facklan lyste på sanden såg jag på professorns spår att han fortsatt att sträva längre framåt.

'Dumdristiga människa, han går helt säkert vilse!' utbrast jag med verklig förskräckelse.

När jag stannade hörde jag ett avlägset rop, vilket jag besvarade; det upprepades ännu en gång men hördes så matt, att det snarare liknade ett bortdöende eko. Skenbarligen fortfor Niles alltjämt att gå framåt, vilseledd av det mångfaldigt upprepade ekot i de många gångarna. Ingen tid var att förlora; förglömmande mig själv stötte jag facklan i den djupa sanden för att kunna återfinna vägen till stället där linan slutade, varefter jag av alla krafter började att springa framåt gången, skrikande som en galning under det jag sprang. Min mening var att inte förlora elden ur sikte, men i ivern att återfinna Niles avvek jag från huvudgången, skyndande framåt vägledd av hans röst. Till min glädje varsnade jag snart skenet av hans fackla och kort därefter även honom själv, men hans darrande gestalt utvisade tillräckligt vilken ångest han utstått.

'Låt oss genast skynda ut från denna fasansfulla ruin', utbrast han avtorkande stora droppar av kallsvett från sin panna.

'Kom, kom, vi är inte långt borta ifrån linan, vi skall genast vara där, och sedan är vi säkra', svarade jag; men under det jag talade gick en rysning över mig, ty en fullständig labyrint av smala gångar låg framför oss.

Genom iakttagandet av vissa märken, vilka inte undgått mig under mitt hastiga lopp, hoppades jag återfinna samma väg jag kommit. Jag följde spåren i sanden och trodde mig vara helt nära min fackla. Ingen eld syntes emellertid och när jag böjde mig ned för att undersöka fotspåren i sanden märkte jag till min förskräckelse, att jag hela tiden följt oriktiga spår, ty ibland märken av högklackade stövlar fanns även spår efter bara fötter; vi hade inte haft någon vägvisare här, och Jumal bar sandaler.

När jag ställde mig upp såg jag med förtvivlan på Niles, utstötande det enda ordet: 'Förvillade!' varvid jag pekade från den förrädiska sanden på den slocknande facklan.

Jag trodde mig få se professor alldeles förintad, men till min förvåning förblev han alldeles lugn, betänkte sig ett ögonblick och sade blott under det han gick framåt:

'Andra har gått här före oss, vi följer deras spår. Bedrar jag mig inte, så kommer de att leda oss till de stora gångarna där man lätt kan hitta på rätta vägen.' Härefter gick professorn modigt framåt, till dess ett olyckligt felsteg våldsamt kastade honom till marken med ett avbrutet ben, varvid han nära nog alldeles släckte facklan.

Detta var ett fasansfullt läge och jag började nästan förlora hoppet att mera få återse den yttre världen, då jag satte mig ned bredvid den stackars mannen, som utmattad och lidande utsträckte sig på marken, och att lämna honom i detta läge var omöjligt.

'Paul', sade han helt oväntat, 'om du inte ensam vill fortsätta din väg, så finns ännu en utväg vilken vi prövar. Jag minns mig ha hört om ett sällskap, som förvillat liksom vi räddade sig genom att göra upp eld. Röken trängde sig längre fram än både ljuset och ljudet, och vägvisarna begrep genast meningen med detta ovanliga fenomen i pyramiden; de vägledde sig efter röken och sällskapet blev räddat. Tänd upp en brasa, och låt oss förlita på Jumal.' – 'Eld utan ved', började jag, men han pekade på en hylla på väggen bakom mig vilken i halvmörkret hade undfallit mig; på densamma såg jag en mumiekista. Jag förstod då vad han menade, ty dessa torra lådor vilka i hundratal ligger kringspridda i pyramiderna begagnas ofta till bränsle. Sträckande mig upp neddrog jag kistan i tanke att den var torr, men när den föll till marken brast den sönder och avvecklade en mumie. Fastän sådana föremål inte var mig obekanta blev jag dock något bestört, ty vår belägenhet hade försvagat mina nerver. Jag

lade det lilla bruna lindebarnet på sanden, sönderslog kistan och antände
de små brädbitarna med facklan. Snart uppsteg en lätt rök, som letade
sig efter ett utlopp i de tre gångarna som utgrenade sig från den cellarta-
de platsen där vi befann oss. Medan jag sysslade med elden hade Niles,
förglömmande sina plågor och vår fara, dragit mumien närmare till sig.
Han undersökte den med ett intresse som fullt ådagalade den passion
han eldades av och som syntes lika stark trots det tillstånd av dödsfara
vari han svävade.

'Kom och hjälp mig att klä av denna docka. Jag har alltid önskat att få
vara den första vid undersökningen av de sällsyntheter som brukar ligga
gömda inom vecken av dessa trolska liksvepningar. Denna mumie är en
kvinna och vi kan måhända här finna någon beundransvärd och dyrbar
skatt!' Med dessa ord började han att upplinda de yttre omhöljena från
mumien, varvid en egendomlig, aromatisk doft började sprida sig.

Med motvilja lydde jag honom, ty för mig var dessa lämningar av en
okänd kvinna heliga. För att förströ den stackars mannen hjälpte jag ho-
nom emellertid med hans undersökningar, undrande för mig själv om
detta svarta vidriga föremål en gång hade kunnat vara en skön egyptisk
flicka. Från de mångdubbla vecken av omgivande tyger nedföll dyrb a-
ra kryddor och hartser – vilkas starka lukt nästan berusade oss – samt
några gamla mynt och ett par dyrbara juveler, vilkas halt och värde Ni-
les med iver undersökte. Till slut var alla banden avskurna, så när som
på det sista; ett litet huvud blev nu synligt, vid vilket ännu kvarhängde
tjocka flätor av ett hår, som sannolikt en gång hade varit sällsynt skönt.
De ihoptorkade händerna låg korsade på bröstet och de förtorkade fing-
rarna omslöt denna gulddosa."

"Hu!" utropade Evelina med en rysning, och fällde dosan från sin
vackra hand.

"Nej; bortkasta inte den stackars lilla mumiens skatt. Jag har ännu
inte fullt förlåtit mig själv för att jag bortstal denna dosa och uppbrände
mumien", sade Forsyth.

"Uppbrände henne! Ack Paul, vad menar du?" frågade flickan blek-
nande.

"Du får höra. Sysselsatta med 'Madame la Momie' glömde vi vår eld,
och när jag såg upp hade den alldeles nedbrunnit. Ett svagt, avlägset rop
hördes nu, och Niles utbrast 'Öka på veden, Jumal söker oss, låt för Guds
skull inte röken ta slut, ty då är vi förlorade!'

'Veden är slut; kistan var mycket liten och är nu bränd', svarade jag
avslitande alla de mest brännbara delarna av mina kläder, dem jag kasta-

de på elden. Niles följde mitt exempel; de lätta tygen var snart förvandlade till aska, men gav ingen rök.

'Bränn denna!' befallde professor i det han pekade på mumien.

Jag tvekade; men nu hördes ekot av ett avlägset valthorn. Livet för mig var kärt. Några förtorkade ben skulle kunna rädda oss. Utan att stärka oss, och utan att säga ett ord, lydde jag honom. En dunkel låga uppsteg genast, en tjock, tung och välluktande rök spred sig från den brinnande mumien, trängde sig i täta massor genom de låga gångarna och hotade att kväva oss. Min hjärna förvirrades, elden dansade för mina ögon, förskräckliga spöken tycktes befolka luften, och med en fråga till Niles varför han var så blek och darrande, föll jag avsvimmad till jorden."

Evelina suckade djupt och bortlade de välluktande småsakerna från sitt förkläde, liksom om deras doft skulle plågat henne. Forsyths ansikte glödde vid hågkomsten av detta äventyr, och hans svarta ögon blixtrade ännu när han med ett lätt skratt tillade: "Detta är allt; Jumal fann och förde oss ut, men såväl den lärde professorn som jag gjorde ett heligt löfte att aldrig mera besöka någon pyramid."

"Men hur kom du att behålla denna dosa?" frågade Evelina, ännu darrande av sinnesrörelse och räddhågset betraktande den i solskenet glänsande klenoden.

"Den tog jag med mig som en souvenir, och Niles behöll de andra fynden."

"Men du sade att olycka blivit förutspådd åt innehavaren av dessa scharlakansröda frön", envisades flickan, vars fantasi blivit retad av Pauls berättelse, i det hon även misstänkte att han ville dölja något för henne.

"Bland de saker Niles medförde från pyramiden fanns ett stycke pergament, vars innehåll underrättade oss om att mumien, vilken vi så obarmhärtigt uppbrände, hade varit en mycket mäktig och beryktad sierska, och att hon vid sin död testamenterat sin förbannelse åt den eller dem som störde hennes vila. Ehuru jag inte fruktar för denna förbannelse, är det inte desto mindre en sanning att Niles allt sedan den dagen inte lyckats i något av sina företag. Själv säger han att orsaken därtill är att han inte återhämtat sig från sin svåra förskräckelse, efter det olyckliga fallet i pyramiden. Ibland fruktar jag även för mig själv – ty jag är litet vidskeplig av mig – och den hemska mumien förföljer mig ofta i mina drömmar."

En lång tystnad följde på dessa Pauls ord. Evelina betraktade honom med ett tankfullt uttryck. Mörka tankar var dock lika främmande för hennes natur, som mörkret är för middagssolen; snart smålog hon och sade glatt, i det hon återtog dosan: "Varför sår du inte dessa frön, så att du själv får se de underbara plantorna som uppväxer ur dem."

"Jag tvivlar på att de numera skulle kunna gro, efter att i århundraden ha legat gömda hos en mumie", svarade Paul.

"Låt mig göra det. Du vet att vetekorn, tagna från mumiekistor, har grott och växt, och varför skulle inte dessa små frön göra detsamma. Säg, Paul, får jag försöka?"

"Nej, gör det inte min älskade! Jag fruktar dem och vill inte att du, min vän, skall befatta dig med dessa frön. Kanske är de tagna från någon förfärlig giftört, eller har de möjligen någon annan fruktansvärd makt, ty synbarligen fäste häxan en mycket stor vikt vid dem, då hon tog dem med sig i graven."

"Nu är du löjligt vidskeplig, och jag kan inte annat än skratta åt dig. Var ädelmodig och ge mig ett enda frö, bara på det jag får se om det gror. Här! Jag betalar för det." Och Evelina, som nu sträckte sig upp på tåspetsarna, kysste honom bönfallande på pannan på det mest förtjusande sätt. Forsyth motstod likväl både smekningar och böner; än smålog han och omfamnade henne med en älskares hela värme, men plötsligt höjde han sin hand och slungade de omtvistade frökärnorna i eldstaden.

"Min älskling!" sade han därefter, återgivande dosan åt Evelina. "Jag skall fylla den med diamanter eller bonbons, men jag vågar inte tillåta dig att leka med trollets egendom. Lova mig nu att du vill glömma de där små tingestarna och följ mig hellre ut i parken".

Missnöjd rynkade Evelina sina vackra ögonbryn, men snart smålog hon dock igen, och snart var de älskande ute i den varma milda vårluften, drömmande och talande om en lycklig och ljus framtid, inom kort glömmande allt annat för sin lycka.

*　*　*

"Jag har berett dig en liten överraskning, min älskade", yttrade Forsyth när han tre månader senare, på morgonen av deras bröllopsdag, hälsade sin brud.

"Och jag en för dig", svarade hon med ett matt småleende. "Men vad du blivit blek och medtagen Evelina, detta bröllopsstök har angripit dig för mycket", inföll Paul ömt bekymrad, när han såg den ovanliga blekheten i hennes ansikte och tryckte hennes avmagrade lilla hand i sin.

"Jag är blott trött", svarade hon, lutande sitt huvud mot sin fästmans bröst. "Varken sömn, föda eller frisk luft kan ge mig styrka, och en besynnerlig dimma tycks ibland fördunkla mitt förstånd. Mamma säger

173

att det är för värmens skull, men ibland darrar jag av köld i det varmaste solsken och om nätterna lider jag av en brännande feber. Min Paul, jag känner mig så glad vid tanken på det lugna och lyckliga hemliv jag hoppas få dela med dig, jag fruktar dock att det inte kan bli långvarigt.”

”Min inbilska lilla brud, du är trött och nervös av allt detta virrvarv, men några veckors lantligt lugn skall nog åter göra dig blomstrande, min Evy! Men säg nu, är du inte alls nyfiken att få veta min hemlighet”, frågade Paul, för att skingra hennes svårmod.

Det frånvarande uttrycket i flickans ansikte försvann för en minut och hon visade sig intresserad; men under det hon lyssnade på sin fästmans ord, bemödade hon sig synbart att fasthålla sina tankar.

”Nåväl, minns du den dagen då vi stökade i det gamla kabinettet?

”Ja”, svarade hon i det en hastig eld lyste i hennes blick och ett smålöje för ett ögonblick lekte på hennes läppar.

”Och hur enträget du ville så de där besynnerliga, röda frökornen som jag stal ifrån mumien.”

”Jag minns det.” Och hennes ögon blixtrade ånyo.

”Nåväl, jag trodde att jag kastade dem i elden innan jag återgav dig dosan, men efteråt hittade jag ett av dem på mattan framför kaminen, och för att tillfredsställa din nyck sände jag fröet till Niles och bad honom försöka uppdriva det och underrätta mig om resultatet. Idag inkom för första gången underrättelse ifrån honom; han tillkännager att fröet grott och att plantan tillvuxit ovanligt hastigt, att den nu har knopp och att han tänker förevisa den första blomman vid ett naturforskarmöte som snart kommer att sammanträda, varefter han säger sig vilja sända växten med utsatt namn till mig. Enligt hans utsago måste den vara lika egendomlig som sällsynt, och jag är rätt otålig att få se den.”

”Du skall inte behöva vänta länge; jag kan visa dig växten nu genast, stadd i full blomning.” Härvid åter tog det forna skälmska småleendet sin plats på Evelinas läppar och hon gav honom ett tecken att följa henne.

Med häpnad följde Forsyth Evelina till en liten boudoir, där han fann växten stående i solskenet invid fönstret. Den var yppig och rik, de livligt gröna bladen på sina purpurfärgade stjälkar bildade en tät krona, från vars mitt reste sig en sällsynt skön, men bländande vit blomma, till formen liknande huvudet av en ringlande orm, och vars scharlakansröda ståndare likt kluvna tungor framstack ur dess gadd; på blombladen glittrade droppar av en kristallklar vätska.

”En hiskelig och besynnerlig blomma; har den någon doft?” frågade

Paul, som i sin iver att granska densamma glömde att göra sig underrättad om, hur den hade kommit dit.

"Nej, den saknar all lukt, vilket är ledsamt eftersom jag så mycket älskar aromer", svarade flickan, smeksamt bestrykande de gröna bladen med sin hand. Vid denna beröring såg det ut som om purpurfärgen på de röda stjälkarna hade erhållit en starkare glöd och som om växten darrat i sitt innersta.

"Varifrån fick du den?" frågade Paul äntligen, efter att länge i tysthet ha betraktat blomman.

"Även jag fann ett av fröna som fallit på mattan framför eldstaden. Jag nedsatte det under ett glas i den kraftigaste jord jag kunde erhålla, jag vattnade det flitigt och belönades snart av att se den lilla plantan sticka upp ur jorden. Den tillväxte nu förvånande hastigt och har redan länge burit knopp, men först idag har den slagit ut, vilket jag tagit såsom ett lyckligt förebud. Och som den är helt vit, tänker jag bära den idag som brud."

"Jag skulle inte vilja se dig bära den, ty oaktat sin oskyldiga färg har den ett så otäckt utseende med sina långa huggormstungor och sin onaturliga dagg. Vänta till dess Niles klassificerat den; sedan, min älskling, må du pryda dig med den, om den är oskyldig. Kanske den gamla trollpackan betraktade den som en symbol av oförgänglig skönhet – ty de gamla egyptierna var fantasirika. Du var ganska listig som narrade mig på detta sätt, men jag måste väl förlåta dig, ty inom några timmar har jag ju för alltid bundit denna vackra hand. Men så kall den är, min älskling! Följ mig ut i parken, så får du nog färg för aftonen."

På aftonen kunde heller ingen säga att bruden var blek, hennes ansikte strålade likt en granatblomma, ögonen var fulla av eld, läpparna glödde likt rosor och all hennes forna livlighet tycktes ha återkommit. En mera förtjusande brud hade ännu aldrig rodnat under sin slöja. Denna överjordiska skönhet väckte även brudgummens häpnad, ty nästan genom ett trollslag syntes den bleka, avtynade varelsen han sett på morgonen, ha förvandlats till en av skönhet strålande kvinna.

En särskild tillåtelse hade erhållits för att vigseln skulle kunna försiggå i brudens hem; och om kärlek, många välsignelser, gåvor och lyckönskningar kan göra någon lycklig, så borde detta unga par i sanning varit lyckligt. Men även på höjden av ögonblickets hänryckning kunde Paul märka, hur iskall den lilla handen var som han höll i sin, hur feberaktig den djupa rodnaden var på den unga hustruns sammetslena kind, och hur främmande och besynnerlig den brinnande elden i Evelinas ögon var, då hon tankfullt betraktade honom under vigseln.

Glad och skön som en ande var den småleende bruden hela aftonen, och när gästerna äntligen började avlägsna sig märkte den älskande som ömt betraktade henne, hur hans brud började blekna, men han tänkte att det kom sig av trötthet och den sena timmen.

Sedan den sista gästen tagit avsked, möttes Forsyth av en betjänt vilken gav honom ett brev, med de i rött bläck tecknade orden "Högst angeläget". Öppnande brevet läste han följande rader från en av professorns vänner:

"Min herre! Den arme Niles dog plötsligt för två dagar sedan. För tillfället befann han sig i en sammankomst med några av sina lärda kolleger och hans sista ord till oss var: 'Säg Paul Forsyth, att han skall akta sig för mumiens förbannelse; denna olycksaliga blomma har dödat mig.' Omständigheterna vid hans död var av en så besynnerlig art, att jag anser mig böra underrätta Er därom. Han berättade oss tidigare på dagen, att han under tre månaders tid skött en okänd planta. Denna afton hade han ämnat visa den nyss utspruckna blomman för oss, men som andra intressanta ämnen länge upptog vår tid blev blomman lyckligtvis alldeles glömd. Professorn bar den hela tiden i knapphålet på sin frack – en sällsam, vit, ormhövdad blomma med bleka glittrande fläckar, vilka långsamt förbyttes till purpurröda, till dess att blombladen såg ut som om de varit blodbestänkta. Alla varsnade att professorn, i stället för den blekhet och förslappning som varit rådande hos honom den senaste tiden, befann sig i en onaturligt livlig och glad sinnesstämning under den ifrågavarande aftonen. Mot slutet av sammankomsten, mitt under en livlig diskussion, störtade han liksom slagrörd till golvet. Han hemfördes utan medvetande, och efter allenast ett enda ljust ögonblick, under vilket han anmodade mig att varna Eder, dog han i de rysligaste plågor, yrande om mumier, pyramider, ormar och om en dödlig förbannelse, vilken drabbat honom.

Efter hans död märkte vi scharlakansröda fläckar, liknande dem på blombladen, på hans kropp, vilken under dödskampen darrade som ett vissnat löv. På min enträgna begäran undersöktes den mystiska plantan; och resultatet blev att den förklarades innehålla ett av tropikernas mest dödande gifter, känt endast av de egyptiska trollkvinnorna. Plantan absorberar livskraften av den olyckliga som sköter henne, och blomman förorsakar antingen en obotlig galenskap eller döden hos den som bär den under en tid av två eller tre timmar."

Paul läste inte vidare – brevet föll från hand – han störtade in till sin unga maka. Liksom uttröttad hade hon kastat sig ned på en soffa och låg där nu orörlig, med ansiktet betäckt av vecken av den lätta brudslöjan.

"Evelina, min maka! Vakna och svara mig! Bar du den sällsamma blomman idag?" viskade Forsyth, upplyftande den lätta slöjan.

Hon behövde inte svara, ty där på hennes bröst, spöklikt skimrande, låg den dystra blomman med sina vita blad, nu fulla av purpurröda fläckar, klara som nyss utgjutet blod. Den olycklige mannen såg den knappast, ty det ansikte som nu stirrade emot honom ingav honom den största förfäran. Avtärt och matt, som efter ett långvarigt lidande, låg framför hans ögon det unga, ännu för några minuter sedan älskliga anletet, nu förstört av den olycksbringande blommans inflytande.

Inget tecken på igenkännande låg i hennes blick, inget ord svävade på hennes läppar, handen var slapp utan rörelse; endast en svag andedräkt, en darrande puls och ett par vidöppna ögon tillkännagav att hon ännu levde.

Ack, den beklagansvärda unga kvinnan! Hennes makes vidskepliga fruktan, vilken hon hade gjort narr av, hade nu blivit en sanning. Förbannelsen som vilat i århundraden hade till slut gått i fullbordan, och hennes egen hand förstörde hennes sällhet för alltid.

Levande död var hennes dom, och fåfängt hängav sig Paul åt öm omvårdnad av den bleka vålnaden, år efter år; och aldrig såg han det minsta tecken som tydde på att hon var medveten om hans kärlek, som överlevde ett öde värre än döden.

N.N.

En mumie

Efter avslutad kurs i M. begav jag mig till huvudstaden för att göra min lycka. Över skilsmässan från min fader tröstade jag mig snart, men gamle onkel och kusin Dorothea kunde jag inte glömma. Vad hon var vacker! Ständigt stod hon för min inbillning sorglös och lekfull, i sin enkla men smakfulla jakonettklänning, koketterande med sina många adoratörer

Dag och natt var hon i mina tankar, dock hindrade mig kärleken inte att söka och erhålla plats på ett kontor. Lönen var inte stor, men betäckte ändå mina utgifter, så att jag inte till en början var tvungen att röra den lilla summa min far givit mig vid avskedet. Framtiden bekymrade mig det oaktat och jag funderade på hur mitt lilla kapital förmånligast kunde placeras.

Vid genomläsandet av en journal fann jag en morgon en notis, som intresserade mig. En lärd, som gjort en viktig upptäckt och var i behov av pengar, erbjöd åt den person som ville förskjuta honom en obetydlig summa till experimentens slutförande, att dela rikedomen som upptäckten ovillkorligt skulle medföra. Jag visste att många inte hyser förtroende till dylika tidningsnotiser, men orsaken till detta misstroende har jag aldrig förstått.

Jag beslöt att ofördröjligen sätta mig i förbindelse med uppfinnaren, och efter slutat kaffe begav jag mig att uppsöka honom enligt uppgiven adress.

Stor blev min förvåning, när jag efter mycket sökande fann n:r 26 vid F.-gatan; i stället för ett hus fanns endast en mindre inhägnad plats med några dåliga baracker för akrobater, och emellan dem en mycket stor urspänd lastvagn, på vilken husnumren stod målat. Jag ämnade redan avlägsna mig, då en liten torr gubbe i svart frack, igenknäppt ända till hakan, kröp fram ur vagnen och småleende trädde fram till mig.

– Ni söker kanhända mig? frågade han.

Fogligt lät jag den gamle förstå att jag inte önskade komma i affärsförbindelse med akrobater.

– Hur? Tar ni mig för en sådan som visar vilda djur och vaxfigurer?

Gubben uttalade dessa ord med ett sådant förakt, att jag nästan skämdes för min misstanke. Han fortsatte:

– Jag är medlem av flera akademier i Tyskland och av tre vetenskapliga sällskap i Norge. Jag har ägnat mitt liv åt lösningen av stora vetenskapliga problem och är inte van att bli förolämpad. Emellertid – tillade han upptinande – medger jag att mitt yttre är emot mig och skall därför förklara för er, hur saken förhåller sig. Arbetet som tar mina krafter i anspråk fordrar stora utgifter, varför jag var tvungen att förtjäna pengar på något vis och har en liten samling sällsyntheter, som jag förevisar emot en ringa betalning. Med denna samling reser jag från stad till stad, och är tvungen att göra så tills någon varmhjärtad människa lånar mig en liten summa som kan göra mig namnkunnig och rik, vilket också min kompanjon och välgörare då kommer att bli.

Efter denna förklaring bad jag den gamle hjärtligt om ursäkt och sade mig vara villig att ta del i hans företag.

– Förlåt min misstrogenhet, bad gubben. Man har upprepade gånger narrat mig med dylika propositioner. Är det ert fulla allvar?

Jag förde handen till fickan i akt och mening att ta fram min plånbok, men han hejdade mig:

– Gott, jag tror er, följ mig.

Han förde mig till den gröna vagnen, öppnade dörren, fällde ned fotsteget och vi befann oss i fullkomligt mörker.

– Ni kommer att få se besynnerliga saker, sade den gamle.

Vid dessa ord upplystes rummet av ett klart men hemskt, blodigt sken. Det kostade mig möda att inte skrika till, så fasaväckande var det jag såg; en kvinna skulle svimmat och ett barn hade säkert dött av en sådan syn.

Stödda mot väggarna stod hela rader av lik, gula, hemska, vanställda. Några gapskrattade, andra vred sig i dödsryckningar; några var alldeles nakna, andra – i rika dräkter. Somliga var även huvudlösa. Halvklädda häxor red på bockskelett; fasliga gnomer hakade sig fast i väggarna med klorna, och över deras huvudskallar skakade en förskräcklig vampyr sina fantastiska vingar. Och hela denna vidunderliga värld syntes leva och röra sig; dessa gräsliga skuggbilder såg ut att vilja skrika och flyga och var ändå döda och orörliga. Det var som om jag stod bland en hop djävlar, förlorade och förstenade i samma minut. Uti varje av dessa tandlösa munnar och tomma ögongropar brann och lyste något såväl ut- som invändigt; det såg ut som om ett bål var tänt i varje spökes inre, som om en blodflamma rann i ådrorna. Det hela företedde något helvetiskt skräckinjagande. Jag skakade tänder av förskräckelse och trodde jag skulle dö.

– Nog! skrek jag. Nog, för Guds skull!

Plötsligt släcktes allt och vi blev i mörker. – Allt detta är en oskyldig fantasmagori, sade min värd; nu vill jag visa er, hur allt ser ut i sitt riktigt tillstånd.

Han tände en lampa och då såg jag 30 à 40 mumier, utmärkt väl bibehållna.

– Som ni ser, min herre, är allt högst enkelt, det är tillräckligt att antända några fosforbitar i likens ögon och munnar för att åstadkomma en fantastisk effekt. De på vänstra sidan befintliga kropparna är naturliga mumier, det vill säga sådana som bibehållit sig utan någon människohjälp. Köld och hetta befordrar likens bibehållande. Om till exempel en vandrare dör i en sandöken, så utsuger solens strålar all fukt ur hans kropp och förvandlar den till en mycket lätt mumie. Betrakta detta hoptorkade spöke med bibehållet skägg och vidöppen mun. Med fara att förlora livet erövrade jag det i en öken. Med ett andetag blåser man det omkull.

I allmänhet beror kropparnas bevarande av jordmånens beskaffenhet och av temperaturen. I femtonde seklet stred i Mexiko spanjorer med mexikaner på en stenartad slätt och ännu finner man där på slagfältet förstenade mumier. Därifrån har jag dessa bägge mustascherade spanjorer med den stolta hållningen. Ni har kanhända sett grottan i S:t Bernard – den har två öppningar; mumier är lutade mot klippan och tack vare det ständiga draget förflyktar alla förruttnade miasmer. Vandrande omkring i Norge med ränsel på ryggen har jag påträffat en myckenhet mumier i glaciärer; här ser ni de mest intressanta av dem. Egentligen bibehålls de bättre av hetta än av köld, dessutom fördärvas aldrig de av hetta förstenade vart man än skulle transportera dem. De naturliga mumierna inger fasa och förskräckelse, därför har jag studerat olika metoder att balsamera lik, men finner dem alla ofullständiga och skulle nu önska uppfinna en ny, alldeles förbättrad balsamering.

Den gåtfulle gubben tystnade för ett ögonblick, samlande sina tankar.

– Och vartill tjäna alla dessa metoder? fortsatte han. Jo, de fördröjer kropparnas förintelse endast under några sekel, men min dröm vore att uppfinna en balsameringsmetod som skulle bibehålla dem för evigt. Hittills har ännu ingen ernått ett sådant resultat. Beskåda dessa mumier, sade han, pekande på de å högra sidan uppställda: – De är utan ögon, hår och naglar. Att bevara en mumie i evig oföränderlig skönhet – se där mitt problem och – jag har löst det.

Den lille mannen gick beställsamt av och an gnuggande sina händer.

– Kom med mig! bad han.

Vi inträdde i ett litet halvmörkt rum, beklätt med gul sits. På en säng under en ballonfärgad sidenbaldakin låg den döda kroppen av en kvinna, klädd på österländskt vis. Kjorteln och livet var översållade med guldpaljetter. Ansiktet var betäckt med en duk.

– Åtta månader är redan förgångna, begynte gubben, sedan jag försökte min metod på denna kropp, som fullkomligt bibehållit alla sina former. Huden är böjlig som hos en levande. Kryddor har jag inte begagnat och likväl känner man ingen liklukt. Till och med en viss värme finns ännu i lemmarna. Säkerligen har jag funnit problemets lösning!

Jag var överraskad. Denna mumie företedde verkligen något underbart och ovanligt. Endast bröstets orörlighet samt en viss stelhet i fingrarna och i kroppens ställning utvisade att det var ett lik. Med värdens tillåtelse rörde jag av nyfikenhet vid mumiens axel, och fann därvid att gubben överdrivit vad värmen beträffade: det fläktade tvärtom emot mig en riktig iskyla.

– Ni har i sanning gjort en underbar upptäckt, sade jag, varför ger ni inte denna mumie åt de lärde till vidare forskning?

– O ve! svarade den gamle. Här finns ännu en brist som måste avhjälpas: märker ni inte att huden ser gulaktig ut, och denna gulhet tilltar med varje dag; men min nästa mumie skall bli fullkomlig. Och till detta sista experiment behöver jag just den omtalade summan.

Jag föll i tankar. Otvivelaktigt kunde man dra stor fördel av gubbens uppfinning, om den blev godkänd av akademien. Den gamle betraktade mig med en besynnerligt glänsande blick.

– Ännu i afton får ni se en ny mumie, men utan den nyss påpekade bristen, och då skall jag även för er yppa hemligheten av min uppfinning.

Och efter en stunds tystnad tillade han:

– Hur blir det, vill ni ge mig summan?

– Ja, var mitt svar.

Jag överlämnade åt gubben 400 francs jämte min adress, men ville se den dödas ansikte innan jag avlägsnade mig. Han avtog duken, jag böjde mig ned och – – det stockade sig i halsen på mig, jag kunde varken skrika eller tala, det var en ofattlig dröm: Den döda var min vackra kusin Dorothea. Jag var alldeles slagen. Gubben tydde min förlägenhet som tystnad till hans fördel, och frågade:

– Är det inte överraskande?

– Ja, svarade jag mekaniskt och fortsatte med darrande röst: Var har ni fått detta lik?

– Jag har funnit det vid flodens strand. Antagligen har vågorna stött upp denna unga kvinnans kropp på stranden.

– Var? Nära M.?

– Just så, nära M.

Vid detta svar stannade min puls ett ögonblick, det svartnade för mina ögon. Gubben förde mig till dörren, sägande: – I afton klockan 10 kommer jag således och meddelar er min hemlighet.

Nickande åt gubben sprang jag ur vagnen och skyndade bort allt vad benen förmådde. De förbigående betraktade mig med misstrogna blickar, tog mig väl för en galen människa, och jag trodde det nästan själv. Tusen olika tankar uppstod i min hjärna. Jag bara sprang utan att se mig om, och hur länge jag skulle ha sprungit vet jag inte, om jag inte slutligen hade stött på en bänk; smärtan tvang mig att sitta ned och jag brast i gråt.

Jag såg Dorothea i sin bajadörkostym på sidenbädden, och vid hennes sida den hemlighetsfulle gubben, viskande ord av kärlek i hennes öra. Vem vet, kanhända hade den gamle häxmästaren förtrollat henne, och måhända existerar det nu dem emellan något oförklarligt helvetiskt band. Svartsjuka och hat kokade inom mig. Även som mumie var Dorothea förtjusande. Häxmästaren var inte så gammal och vissnad som det först syntes mig. Jag uppfångade ju en gång en så glänsande, besynnerlig blick av honom! Han var förälskad i sin vackra mumie och behöll henne för sig själv; se där orsaken varför han inte förevisade henne.

Därefter framstod i min fantasi allt det gräsliga jag nyligen sett. Häxorna hoppade upp på mina axlar och kvävde mig med sina eldkyssar. Vampyren slog mig med vingarna. Spanjorerna och mexikanarna stred förtvivlat och indrog mig i striden.

Länge, länge låg jag på bänken som död. Jag tyckte år, hela sekler förgick, och trodde mig till slut vara en mumie. En rovfågel slog sig ned på bröstet på mig, men lyckades inte få lös en enda bit av mitt förstenade kött. Slutligen kom den gamle till mig, betraktade mig länge, luktade på mig, nöp, knuffade och rullade mig; och uttalande domen ”Färdig!” kastade han mig på sina axlar, och så bar det av till den gröna vagnen.

Jag vet inte hur länge denna mara räckte, men när jag kom till sans var det redan mörkt och gaslyktorna var tända.

Aldrig förr hade jag varit vad man kallar ”förälskad” i kusin Dorothea, och om jag på vanligt sätt fått höra om hennes död, skulle det inte ha upprört mig så. Nu var det annorlunda. Hennes döda kropp i denna fantastiska omgivning gjorde mig nästan vansinnig; det kändes som om jag förlorat det käraste i livet. Jag beslöt att förströ mig med något och vek in i första teatern som kom i min väg.

Man gav en sagopjäs. Teatern var fullbesatt. Allt dansade för mina ögon. Jag minns endast att pjäsen var effektfull och dekorationerna superba. Efter första akten begynte jag småningom återkomma till mig själv. Med en blick på klockan fann jag att jag ännu hade tid att se några tablåer, innan mötestimmen med trollkarlen var inne. Detta möte var för mig av stor vikt; därav berodde ju mitt framtida välstånd. Jag betraktade redan med andra ögon Dorotheas död. Vore hon vid liv kunde den gamle inte ha balsamerat henne och övertygat mig om sin metods utmärkthet.

I sjunde tablån förekom en ovanligt pittoresk balett. Flora, blommornas gudinna, önskar erbjuda den vackraste blomman åt Miranda – världens skönaste flicka. Rosen, violen och liljan strider om skönhetspriset och dansar turvis för gudinnan. Flora är i stort bryderi och vet inte vem hon skall föredra. Hon intrasslar slutligen de tre rivalerna i girlanger av murgröna, och denna graciösa levande bukett bugar sig i förtjusande ödmjukhet inför den triumferande skönheten; därefter svävar ballerinor in på scenen från alla håll, föreställande alla upptänkliga blommor i de mest olikartade kostymer.

Plötsligt uppgav jag ett rop. Bland dansöserna hade jag igenkänt kusin Dorothea, föreställande immortellen – dödens bleka blomma. Jag hastade ur teatern och begynte nu på allvar frukta för mitt förstånd; skyndade in till ett kafé, drack tre glas vatten och försökte lugna mig. Detta var säkert en synvilla. Jag påskyndade stegen och var inom en kvart hemma.

– Nyckeln? ropade jag åt portvakten.

– Någon väntar er redan, svarade han brummande.

Jag har försummat mig, tänkte jag springande uppför trappan. En oförvillig fasa överföll mig då jag stod utanför dörren; jag knackade hårt och flera gånger innan jag trädde in.

– Stig på, hördes en stämma svara.

Vid mitt inträde kastade sig Dorothea om min hals med orden: – God afton, min älskade kusin!

Det var hon, livslevande i balettkostym, sådan jag sett henne på teatern. Jag var stum av såväl förvåning som förskräckelse. Hon förklarade allt för mig. Gubben hade begagnat sig av min lättrogenhet för att erhålla pengar. Vad henne själv beträffade, hade hon redan för ett år sedan flytt ur föräldrahemmet med en kavallerist, vilken dock snart övergav henne. Kämpande med en ytterlig fattigdom hade hon försökt alla möjliga födkrokar: varit anställd vid billiga teatrar, tjänat som modell för målare, spelat rollen av sömngångerska hos en charlatan, och hade slutligen föreställt en mumie hos ägaren till den gröna vagnen.

– Då du där betraktade mig, berättade hon, kände jag inte igen din röst och kunde inte se dig, jag var ju tvungen att hålla ögonen slutna. När du avlägsnat dig hörde jag ditt namn och adress, men måste då skynda mig till teatern. Efter balettens slut gav jag mig inte tid att ta av teaterkostymen, utan flög till din bostad för att trösta dig över min förmenta död.

För att säga sanningen skämdes jag grundligt över att ha blivit så grovt lurad; förlusten av mina pengar grämde mig ännu mer.

– Lugna dig! utropade Dorothea. Glöm allt ledsamt; jag har numera en liten besparing, och – låt mig viska något i ditt öra: Min kusin, jag älskar dig.

Gustav Nicolai

Dödgrävaren

Det var en ohygglig natt. Stormen rasade våldsamt; himlen var betäckt av kolsvarta moln.

Långt utom staden låg den stora kyrkogården. Här bodde Veit, den gamle dödgrävaren, med sin sköna, unga dotter.

Den gamle mannen kände sig sedan flera dagar så sjuk att han inte kunde lämna sängen; Hanna vårdade honom. Han hade varit soldat; alltid kall, knarrig och sträng; dottern älskade honom, men fruktade honom ännu mera. En ung köpman från staden hade sett henne vid en begravning och så länge lagt ut sina snaror för henne, att det slutligen lyckats honom att vinna hennes tycke. Gubben hade fått nys om saken och gjorde ett plötsligt slut på romansen. Han gick till ynglingens fader, och Wilhelm syntes inte mera till. Men för dottern förklarade han hårt och rått, att han skulle krossa skallen på henne om hon inte avstod från sina kärlekstankar.

Veit låg feberhet på sitt läger. Hanna smög omkring, sedan flera dagar själv sjuk. Hon hade nu inte sett sin Wilhelm på hela fyra månader. Han hade av sin fader blivit skickad ut på resor. Lampan spred ett dystert sken; den gamle tycktes sova. Plötsligt sprang Hanna upp. "Jesus, vad fattas mig! – Han är sjuk och sover; vi är långt från staden, så hjälplösa! O Gud, förbarma dig över mig; nu, nu – jag är förlorad!"

Hon såg ännu en gång på den oroligt slumrande fadern och släpade sig därpå in i den angränsande kammaren. Här kastade hon sig ned på knä, bad, grät och sjönk slutligen ned på sin bädd.

Utanför fortfor stormen att tjuta. Vinden väsnades med de tillslutna fönsterluckorna. Hanna gick ut att tillskruva dem bättre, på det fadern inte skulle bli störd. Hon trädde fram till honom och torkade svetten ur hans panna. "Ge mig att dricka", stammade han, glödande av hetta. Hon räckte honom muggen. "Gå och lägg dig", sade han därpå så milt som det var möjligt för hans sträva stämma, "du har redan vakat flera nätter."

Hon kysste honom darrande av fruktan, lade hans huvudkudde tillrätta och smög tillbaka till sin kammare, där hon påtände en annan lampa. "Gud vare lov", tänkte hon, "han har själv sagt det. Ack, kanske är det möjligt – kanske – att det går över!"

I det yttre rummet, där den gamles säng stod, var allt tyst. Veit hade åter försjunkit i en orolig slummer. I den lilla kammaren hördes jämmer och snyftningar. Men stormen ven över gravarna och tjöt i trädens gulnade kronor.

Då bultade det utifrån på den tätt bredvid stugan belägna kyrkogårdsporten. Veit for förskräckt upp och stirrade omkring sig med stel blick. Bultandet ljöd ånyo.

"Vem kan det vara?" tänkte den sjuke. "Så sent på natten har ingen ännu kommit till mig. "

Med fruktansvärt raseri följde nu smattrande slag på den höga porten. Veit sprang ur sängen. "Jag vill inte väcka flickan", sade han för sig själv, "hon har inte fått sova på så länge." Han kastade hastigt på sig de nödvändigaste plaggen, insvepte sig i sin päls och skyndade ut. I detsamma dånade åter våldsamma slag på porten.

"Nå, nå, sakta", skrek han förargad, "behagar man på det sättet störa de döda i deras sömn?" – Han öppnade. En vindstöt sönderslet molnen och månen upplyste scenen. Utanför höll en likprocession.

En svartklädd, mager, blek man med orörliga, stela drag trädde emot honom och tecknade tigande åt honom att öppna båda portgavlarna.

Veit korsade sig. "Det finns ingen grav grävd", sade han inte utan ängslan.

Den bleke mannen pekade bakom sig. Veit märkte då sex svartklädda karlar, som bar spadar i händerna. Han skakade förundrad på huvudet och öppnade. Långsamt och tyst rörde sig då likprocessionen framåt genom porten.

Först gick dödgrävarna. Efter dessa följde en lång rad augustinermunkar, var och en med uppslaget breviarium och ivrigt bedjande, dock utan att ett ljud hördes; bakom dem den svartbehängda likbåren buren av beslöjade personer. På båren stod en rikt prydd likkista vars beslag glänste i månskenet. Svartklädda marskalker bar stavar med krusflor, som likt spöklika skuggor fladdrade för vinden. Bärarna tycktes vid de häftiga vindstötarna ha möda att hindra likkistan från att störta ned. Bakom båren följde åter munkar och den svarta skaran av sörjande, alla tigande och stirrande rätt ned framför sig.

Tåget skred framåt den stora, breda mittengången, som delade kyrkogården i två hälfter. Därpå rörde det sig åt den sida av viloplatsen som ännu inte innehöll några gravar. Båren nedsattes, och en vid krets slöts omkring densamma. Karlarna med spadarna började skyndsamt att gräva en grav.

Veit hade med stigande förvåning åtföljt tåget. Detta ingrepp i hans ämbetsutövning trodde han sig inte under tystnad behöva tåla. Han trängde sig in i kretsen.

"Törs man fråga, mina herrar", höjde han barskt sin röst, "vad denna begravning skall betyda? – Vem har givit er rättighet att gräva grav här utan mig? – Har ni någon särskild tillåtelse från vederbörande att uppvisa?"

Ingen svarade. Dödgrävarna lät inte störa sig i sitt arbete. Stormen fortfor att tjuta, Himlen hade nu blivit molnfri, och månen belyste scenen med hemsk klarhet.

"Heliga Anna", fortfor gubben, i det han insvepte sig tätare i sin päls, skakad av frossa. "När var det gamle Veit upphörde att vara herre på sin kyrkogård! – Tänker ni svara, mina herrar, eller skall jag springa till staden och rapportera ert tilltag?"

Samma tystnad. Graven fördjupade sig med nästan underbar hastighet under arbetarnas händer.

Veit korsade sig ånyo. Han kände sig hemsk till mods. Dock bemannade han sig snart. "Nåväl", sade han, "jag skyndar till staden; det vore lustigt att få veta om sådant här är tillåtet." Han ville lämna kretsen, men blev hindrad därifrån. Man stötte honom utan att säga ett ord med oemotståndlig kraft tillbaka.

"Heliga Anna", suckade han sakta, "be för mig! Det är ett gräsligt spökeri! Gud vare mig nådig."

Graven var färdig. Kretsen slöt sig tätare om båren. Bärarna öppnade likkistan. Veit såg en död i sin svepning. En munk trädde fram och läste välsignelsen över liket. Därpå erhöll den döde fridskyssen av alla. Det dröjde länge innan var och en av de församlade hade vidrört den bleka pannan. Slutligen vinkade man även åt Veit. Han vägrade, men blev tvungen att närma sig kistan. Man tecknade åt honom att han skulle kyssa liket.

"Nå", tänkte han, "en gammal soldat får inte vara rädd för fan själv; en dödgrävare inte för ett lik. Jag kysser honom."

Han böjde sig ned över den döde och for förskräckt tillbaka. Wilhelm, hans dotters älskare låg i kistan. Han kunde inte tvivla; han igenkände i det klara månskenet ynglingens nu bleka och insjunkna drag.

Han såg ängsligt omkring sig. Ljudlöst, men med ovilliga blickar, befallde man honom ännu en gång att kyssa liket. Han böjde sig ned, men knappt hade han med läpparna vidrört likets panna förrän den förmente döde drog honom till sig med jättekraft och fast omslöt honom med båda armarna. "Dö, grymme mördare!" ropade fantomen med rullande ögon och vrålande stämma. Veit sökte att slita sig lös ur dess armar, men skräckgestalten anföll honom nu med tänderna och sargade den arme mannens haka och kinder, så att han tjöt högt av smärta. Under våldsamma ansträngningar lyckades det Veit att befria sig. Allt hans mod hade försvunnit; gubben sprang så snabbt som möjligt mot sin boning. Skärande hånskratt skallade efter honom. Men snart märkte han att fantomen var bakom honom. Han fördubblade sina steg; men snart hade det uppnått honom och grep honom bakifrån i håret. Han vände sig om till strid.

"Nedrige", skrek hans gräslige motståndare, "du har skiljt mig från din dotter, du har mördat mig, du skall också mörda ditt barn. Dö, skändlige gamle skurk, dö! Du undslipper mig inte!"

Veit kände hur hans gråa lockar slet av honom. Blodet strömmade ned över hans ansikte. Hans krafter vek. Hans fiende omslingrade honom nu med båda armarna och tryckte honom plötsligt med så fruktansvärd kraft intill sig, att den gamle mannen miste andan.

"Förbarmande!" skrek han med oartikulerad röst, "för – barmande!"

Då vaknade han ur sin vilda feberdröm. Svetten rann utför hans panna. Han låg i sin säng, lampan brann ännu och stormen fortfor att tjuta utanför. Han flög i alla lemmar. Tungan klibbade fast vid hans gom. Han trodde att han skulle dö. Han försökte att be, men hans inre var för upprört för att han skulle kunna samla sina tankar. I sin hjälplöshet stammade han slutligen sin dotters namn.

Hon svarade inte.

Han fattade själv muggen och fuktade sina läppar.

Småningom återfick han medvetandet. Men han kände sig så eländig; han längtade efter sin milt vårdande dotter. Med ansträngning ropade han hennes namn, men allt förblev tyst i hennes kammare.

"*Hon* sover", tänkte han, "men *jag* dör. Jesus Maria, hon skall inte tilltrycka mina ögon!"

Då märkte han att kammardörren stod halvöppen, och att lampan därinne hade slocknat. Han fördubblade sin ansträngning och ropade dotterns namn så högt, att hon nödvändigt måste höra honom. Men även nu följde inget svar. Då han kände hennes lätta sömn, så trodde han att hon gått ut. "Ack", suckade han, "just nu! Vart har hon tagit vägen? Vad kan hon vilja ute i denna förskräckliga natt? Hon klagade själv över illamående. Heliga Anna, jag är en arm, olycklig man! Vad har skett?" –

Och för fjärde gången ropade han dotterns namn, nu skrikande av sinnesrörelse, och då endast vindens tjut och fönsterluckornas knakande svarade honom, greps han plötsligt av en så oerhörd ångest, att han kvidande och stönande med feberkraft reste sig ur sängen. Han insvepte sig i den på bädden liggande pälsen, tog lampan och vacklade darrande in i kammaren.

Hanna var försvunnen. Förgäves upprepade han ännu en gång sin dotters namn. Då framträdde han till hennes säng. Barmhärtige Gud, den var fläckad med blod! – Även på golvet syntes många röda fläckar, som han vid undersökning fann vara blod. Hans knän sviktade; han satte sig några ögonblick på bädden. Men den våldsamma skakningen i hans inre stålsatte snart åter hans sjunkande krafter. "Hon är mördad", sade han entonigt. "Bädden är ännu varm. Det kan inte ha skett för lång stund sedan! Mördaren har släpat ut hennes kropp! – Ack", fortfor han djupt stönande," och jag är så sjuk, så svag, nära döden! Jag kan ingenting uträtta! Ge mig kraft, heliga Anna; varför måste jag gamle man uppleva denna förskräckliga natt! – Nu till köket! Säkert ligger det arma barnet i köket. – Blodspåret för utåt. Store Gud, och mig har mördaren gått förbi!" –

Han steg upp och följde blodspåret genom det yttre rummet ända till stugans yttre dörr. Köket var tomt och utvisade ingenting misstänkt. Ytterdörren, som stängdes inifrån, var öppen.

"Det blir min död", stammade han, "men jag måste ut." Hans tänder skramlade mot varandra. Han påtog så skyndsamt som möjligt sina skodon, kastade en gammal kapprock över pälsen, satte en skinnmössa på sitt gråa huvud, påtände en lykta och lämnade huset. Ute var kolsvart natt. Blodspåren förmådde han inte mera upptäcka. Hans rop "Hanna!" förklingade spårlöst i stormens tjut. Med tårar i ögonen sökte han runt omkring stugan efter dotterns lik. Men han fann det inte; kyrkogårdsporten var säkert tillreglad. Han vred händerna, ty han kände att hans svaghet tilltog.

Långsamt smög han längs kyrkogårdsmuren till ett öppet gravvalv, i tanken att här finna sitt förlorade barn. Plötsligt hörde han helt nära sig ett sakta kvidande. Han stannade. Hade vinden gäckat honom? – Nej, kvidandet hördes ånyo. Det kom från en undangömd vrå av kyrkogården. Han trädde närmare.

Där låg hans olyckliga dotter vid en liten nyss uppgrävd grav. Hon hade ännu spaden i handen och bredvid henne låg det blodiga liket av ett nyfött barn! – Hon tycktes nyss ha uppvaknat ur en djup vanmakt och stirrade på honom med glanslösa ögon, medan hon litet emellan lät höra ett jämrande läte.

Avslöjad var nu den förskräckliga hemligheten för gubbens ögon. Hans frossa förbyttes i glödande feber och ursinnig fattade han flickan i ena armen, för att rycka upp henne. ”Synderska”, skrek han, ”vad har du gjort? Bekänn! Det är ditt barn!”

”Ja, far, det är mitt barn”, svarade hon entonigt. ”Nu är det gjort!”

”Synderska”, fortfor den uppskakade fadern, ”vad har du gjort! Bekänn, eller jag mördar dig med egna händer!”

”Far, jag har mördat det, du ser det ju, och där ville jag begrava det”, svarade dottern som förut.

Då virvlade vansinnet genom den gamle mannens feberglödande hjärna. ”Ha! Förbannade!” skrek han med yrande vildhet, slet järnspaden ur hennes band och krossade hennes huvud. Inte en ryckning – hon var ögonblickligt död! Klockan i staden slog två! –

Morgonen därpå fann man gamle Veit liggande död i det vissna gräset, knappt tio steg från Hannas och hennes barns lik. Han hade inte uppnått sin stuga.

Samma natt, på fyrtio mils avstånd från skådeplatsen för denna tilldragelse, firades en stor fest.

Det var ett ungt, rikt och skönt brudpars bröllopsfest. Damerna avundades bruden den älskvärde yngling som blivit henne beskärd, ynglingarna brudgummen den tjusande bruden. Allt andades glädje, lycka och njutning.

Det var redan sent, när de nygifta inträdde i brudgemaket. Ynglingen tryckte den retande, unga frun till sitt hjärta. Hon besvarade innerligt hans ömhet.

”Är jag då din första och enda kärlek, min älskade?” frågade hon med den ljuvaste röst. ”Svara mig detta med helig sanning; jag ber dig på det enträgnaste.”

”Ja visst, du sköna”, svarade ynglingen i det han bedyrande lade handen på hjärtat.

”Svär mig det!”

”Jag svär.”

I detsamma slog det nära tornet högt och skrällande två.

Den som svor var – Wilhelm.

Gustav Nicolai

Cecilia Morrison

Den lilla familjen satt i skymningen framför brasan. Död, odödlighet och återseendet däruppe utgjorde föremålen för samtalet. En allvarlig gammal herre, husets läkare, vilken nyss hade talat, stirrade småleende framför sig, men husmodern sade rysande: "Sluta, käre doktor, påminnelsen om vår dödlighet är mig pinsam. Betänk att jag är änka, och att jag vid min mans hädanfärd har erfarit dödens hela fasa."

"Min mor talar inte gärna om döden", anmärkte här den unga, älskliga Cecilia, "hon hänger med alltför stor kärlek fast vid livet. Det kan jag för min del alls inte begripa. Tillvaron gör mig stor glädje, och jag underlåter aldrig att tacka den allgode därför; men redan denna dag skulle jag med glädje dö."

"Cecilia!" sade fru Morrison med förebrående ton. "Hur kan du så försynda dig, hur kan du vara så kärlekslös emot mig?"

"Och mot mig", tillade Walter, Cecilias fästman.

"Jag vill så gärna stanna kvar hos er", svarade den fromma, älskvärda flickan, "men min mening är endast att det inte finns någon grund att frukta för döden."

"Just däri kan jag inte begripa min dotter", fortfor fru Morrison. "Det må vara aldrig så skönt i himmelen, så är det dock även skönt på jorden, och fastän jag är fattig, så vill jag gärna ännu länge vistas härnere, om Gud så behagar. Vad jag här har, det vet jag; vad jag kan få däruppe vet jag inte."

"Vore oss inte fru Morrison bekant såsom ett förträffligt fruntimmer och såsom en förebild av kristliga dygder", inföll här doktorn i det han vände sig till den unge mannen, "så skulle vi förledas att tvivla på henne."

Frun suckade djupt. "Ack", sade hon slutligen, "jag vet med mig själv, att jag med kärlek i mig upptagit alla kristendomens läror; men på läran om själens odödlighet är jag inte i stånd att tro; och så mycket jag än kämpar med mig själv, är och blir det förgäves. Ännu har ingen kommit tillbaka och givit oss någon underrättelse om livet efter detta."

"Det är också inte möjligt", invände doktorn, "ty anden som avkastat det jordiska omhöljet, som lämnat den jordiska sfären, kan inte återvända till jordiska förhållanden, och om han även kunde det, så skulle vi dock i vårt jordiska tillstånd inte vara i stånd att förnimma hans närvaro och att förstå honom."

"Det kan väl ock hända", sade Cecilia milt, "att en avliden inte känner någon lust att från salighetens boningar återvända till oss."

"Allt detta tillfredsställer mig inte", svarade fru Morrison. "Jag har verkligen redan haft ganska underliga tankar, rörande möjligheten av en avlidens återkomst; men för en blivande och en verklig doktor vågar en så obetydlig person som jag inte uttala vad hon tänker. Ni skulle bara skratta åt mig."

"Åh, låt höra bästa fru Morrison", sade Walter, som var medicine studiosus, och lika så litet trodde på själens odödlighet som hans blivande svärmoder.

Fru Morrison tvekade. Även doktorn och Cecilia bad henne emellertid att uttala sig.

"Det ges dock tillstånd", började hon, "som är av den beskaffenhet, att man måste anta att personer som däri befunnit sig, skulle kunna ge oss åtminstone någon underrättelse om ett tillkommande liv, ifall det ges något sådant. Jag vill till exempel anföra drunknade eller kvävda människor, vilka åter kallats till liv. – Ni skrattar, kära doktor, och även ni Walter; men ni måste dock medge att själen ännu inte kan ha flytt helt och hållet så länge det ännu är en möjlighet att återuppliva en livlös kropp, utan att hon befinner sig i övergångsperioden till ett tillkommande liv och endast till en del tillhör kroppen, men till större delen redan detta kommande liv. Blir hon nu helt och hållet återkallad till kroppen, så bör hon äga ett minne, om än aldrig så otydligt, av det tillstånd vari hon till en del ingått."

Här avbröts fru Morrison av ett högt skratt från doktorns sida, och även Walter kunde inte avhålla sig från att le. Rodnande och litet förtretad fortfor hon: "Ni skrattar. Jag är ingen lärd, det må vara, och jag har kanske uttryckt mig orätt; men jag känner dock att det ligger någon sanning i vad jag sagt."

"Visst inte, fru Morrison", svarade husläkaren. "Ni skulle kunna påstå detsamma om varje vanmakt i allmänhet. Men själen finns hos en vanmäktig ännu verkligen kvar i kroppen. Vanmakten är antingen förbunden med medvetande eller inte. Det förra äger rum med skendöda, då den sjuke hör och vet allt, som företas med honom. Är själen en gång verkligen skild från kroppen, kan ingen jordisk makt kalla den tillbaka."

"Men ett ögonblick måste inträda", invände fru Morrison försagd, "då själen börjar att försvinna och således till en del ingått i det andra livet."

"Ni vill väl dock inte mäta själen med måttstock?" skrattade doktorn.

Walter, som uppmärksamt hört på, tog nu fru Morrisons parti. "Dör inte många kroppar sakteliga", sade han till doktor Effingham, "viker inte livets princip tumvis? Visserligen kan ni svara mig, att själen drar sig tillbaka till sätet för medvetandet och flyr med detta senare. Men av vikt för vårt ämne syns mig det bekanta i Tyskland gjorda försöket att genom galvanismen återkalla liv i ett redan avhugget huvud. Man måste dock anta att själen inträtt i en annan värld, i samma ögonblick som huvudet avslogs förbrytaren; en väldig naturkraft kallade den på några ögonblick tillbaka i det jordiska omhöljet, det avhuggna huvudet visade medvetande och svarade genom ögon- och munrörelser på några till detsamma ställda frågor; skulle man följaktligen inte genom galvanismen kunna komma därhän att av döda omedelbart efter deras hädanfärd utforska något spår av ett tillkommande, ifall det funnes något sådant?"

"Med all säkerhet inte", svarade doktorn. "Ty antaget, att själen verkligen flög över till en annan värld ögonblickligen och liksom skjuten ur en kanon, och att hon verkligen genom något slags kraft skulle kunna därifrån återkallas till kroppen, så skulle hon dock även blott ha jordiska minnen, så länge hon åter befunne sig i det jordiska höljets fjättrar, och således inte kunna berätta något om tillståndet efter döden. Såsom blivande läkare vet ni även mycket väl, min unge vän, att vid det anförda galvaniska försöket och vid senare av samma slag – till exempel med hängda – har det aldrig varit fråga om något återkallande av själen, utan endast om ett konstgjort och hastigt övergående uppretande av de döende musklerna och nerverna till ett fortsatt förrättande av de funktioner som naturen anvisat dem, således om en skenbar livsverksamhet, framkallad genom yttre inverkan."

"Ack, var god och sluta", bad fru Morrison.

"Varför det, kära mamma?" frågade Cecilia. "Jag hör gärna talas om dylika saker. Du är otillfredsställd med att ingen ger oss kunskap om livet efter detta; men jag tror att just däri uppenbarar sig Guds godhet. Ty visste vi hur skönt det är i himmelen, så skulle vi känna oss mycket olyckliga härnere, ingen skulle då mera kunna uthärda här. Jag är lycklig i tron och grubblar inte."

"Ni är ett älskligt barn", sade doktorn i det han med faderlig vänlighet log mot Cecilia. Men fru Morrison skakade med sorgsen min på huvudet. Walter tryckte den fromma flickans hand.

"Jag vet bestämt att jag skall återse min dyre far", fortfor Cecilia i det hon lyfte den strålande blicken mot höjden, "att vi alla en gång skall återse varandra."

"Amen, amen!" sade läkaren och reste sig upp. När han avlägsnat sig kvarstannade Walter ännu länge hos fruntimren. Man tände ljus. Fru Morrison, som var mycket uppskakad, bad ynglingen att läsa något muntert för dem och hämtade ur det lilla handbiblioteket en passande bok. Snart härskade en behaglig sinnesstämning hos det lilla sällskapet. Walter hade uppslagit ett kapitel ur *Tom Jones*; läsare och åhörarinnor skrattade i kapp. Cecilia var så älskligt skalkaktig, så uppsluppen, att moder och fästman njöt av att endast betrakta den hulda flickan. Berusad av tanken att en gång få kalla den tjusande varelsen sin, lämnade Walter vid tiotiden huset och begav sig hem. "O hur lycklig jag är", viskade han, tacksamt höjande sina blickar upp till den stjärnströdda himlen. "Varmed har jag förtjänat så mycken lycka, o allgode! Hon är din skapelses skönaste blomma, ett ideal av skönhet och dygd, ditt frommaste barn, o Gud!" – Tankfull och småleende avklädde han sig och begav sig till vila. Snart drog en ljuvlig dröm med sina gycklande bilder förbi hans öga. Arm i arm med den älskade, vars täcka, ungdomsfriska former omslöts av en genomskinlig, fladdrande dräkt, svävade han fram över blomstrande ängar. Så kom de till en sjö, ur vars himmelsblå vatten hennes tjusande bild log mot den lycklige. Och ju längre de blickade ned i den klara böljan, ju längre deras spegelbilder därnere log emot dem, desto tydligare blev det för dem att de befann sig i himmelen. "Äntligen är livet över", sade Cecilia, "det ligger bakom oss, nu är vi döda och saliga." Då trädde modern i sorgdräkt emellan dem. "Ni irrar er, ni älskade, ni är inte i himmelen, det som ni ser är ju blott varandras bild i vattnet."

"Ack, kära mamma", svarade Cecilia vänligt och utan att vredgas, "låt oss behålla vår tro; vi trodde oss vara i själva himmelen." – "Och blickar jag inte in i den?" frågade ynglingen med lidelsefull ömhet, i det han skådade ömsom i Cecilias ögon, ömsom på hennes av en blå sky omgivna bild i vattnet.

De älskande besteg en liten jolle som låg vid stranden, och flöt fram över den kristallklara vågen. Och medan de vaggade framåt gick den ena bilden av livet efter den andra förbi dem på stranden. Sålunda gungade de fram oändligt länge; de var allena och modern hade försvunnit; men de kände ingen längtan, varken efter henne eller till stranden; de stod fast vid att de var i himmelen, ty allt var blått som i himmelen, över dem luften, under dem sjön, och deras själar strålade emot varandra ur deras blåa ögon. Och det förekom dem som om de i århundraden varit på detta sätt förenade; känslan av en salig ro härskade i deras bröst, de hade inga önskningar mera, ty de hade sig själva.

Ett häftigt bultande på dörren uppväckte mitt i natten den fattige och dock så rike studenten ur hans ljuva slummer. Yrvaken och oangenämt störd i sina visioner sprang han upp. Drömmen kämpade inom honom med verkligheten. Ett sakta suckande och stönande utanför dörren gjorde honom snart fullkomligt vaken. Ännu en gång och häftigare klappade det. ”Vad är å färde?” frågade han nu förskräckt. ”Ack, Gud förbarme sig”, svarade en välbekant röst. Det var gumman White som tjänade i Morrisonska huset. ”Miss håller på att dö, ack, den kära goda miss!” – ”Vem?” frågade Walter med fasa, i det hans armar nedsjönk liksom förlamade. ”Ack”, jämrade sig gumman, ”hon fick kramp för två timmar sedan. Ser ni, hon förkylde sig visst i förrgår, när frun och hon for över Themsen i stormen; miss var så tunnklädd. Kom genast, doktor Effingham har längesedan kommit till oss.” Gråtande avlägsnade sig gamla White.

Walter satt ett ögonblick orörlig på sängen. ”O min Gud”, suckade han, ”ack, vilken prövning!” Darrande i alla lemmar försökte han att klä sig, men han tumlade omkring liksom medvetslös. Med möda lyckades det honom att tända ljus, och med sviktande knän fullbordade han sin klädsel. Sedan han återvunnit någon fattning ilade han till det välbekanta huset. Under vägen hörde han ett tornur förkunna morgonens andra timme.

Han kom för sent. Cecilia var redan död. Moderns jämmer låter inte beskriva sig. Doktor Effingham bemödade sig att lugna henne och hällde droppar i hennes mun. Den blomstrande, artonåriga dottern, ännu för några timmar sedan en bild av livet och glädjen, låg blek och stel på sin säng; hennes vita arm vilade på täcket; den försökta åderlåtningen hade blivit utan resultat; den olycklige ur himmelen i helvetet nedslungade Walter sjönk högt snyftande ned över den hädangångna, och betäckte den älskades ännu varma händer med tårar och kyssar. Den gamla, mångåriga tjänarinnan knäböjde på andra sidan. Även doktor Effingham kunde inte återhålla sina tårar. Han insåg att smärtans första häftighet måste rasa ut, och sedan han förgäves väntat på någon påföljd av senapsdegarna på maggropen och fotsulorna lämnade han djupt skakad den lilla boningen, i vilken ända hittills frid och glädje så länge hade härskat, och som nu för alltid var invigd åt smärtan och sorgen. När han flera timmar senare på förmiddagen återvände, fann han de tre sörjande nästan ännu i samma ställning. Han undersökte nu den avlidna, vars kropp var iskall, och vars ögon redan var insjunkna. "Är det då verkligt", skrek den med förtvivlan kämpande modern, "är mitt barn verkligen dött, så plötsligt i blomman av ungdom och skönhet mördat av dödens gräsliga slaktarhand? – Ja, sataniskt mördat!" Utbrytande i förbannelser utstötte hon därpå ett hysteriskt skratt. "Han och hon", fortfor hon, "är nu borta, nu står jag alldeles ensam. Vilken glädje måste det inte nu vara däruppe över att ha lyckats krossa en moders hjärta! Hon är borta; jag skall aldrig återse henne!"

Tröstens ord fann inget öra. Läkaren sade slutligen med vemod: "Tro, olyckliga kvinna, tro! Vid dödsbäddarna föddes tron. Ni skall sannerligen en gång återse ert barn!"

Knappt hade Walter aftonen förut avlägsnat sig, förrän Cecilia började att avkläda sig. Ju gladare hon varit, desto mera förvånade det modern att dottern plötsligen blev alldeles tyst och knappast svarade henne på hennes frågor. "Vad fattas dig?" frågade fru Morrison ängsligt. Med förskräckelse såg hon att Cecilia blivit alldeles blek. "Jag vet inte vad som fattas mig", svarade den unga flickan. "Jag har hela dagen haft en underlig känsla under bröstet och i hjärnan och nu mår jag verkligen illa, men det går väl över när jag får sova." – Moder och dotter lade sig, och Cecilia tycktes snart ha insomnat. Efter en timmas förlopp hörde fru Morrison att Cecilia suckade. Den ömma modern sprang genast ur sängen. Man skulle genast skicka efter doktorn; den sjuka undanbad sig det. En timme senare kände Cecilia plötsligt stora plågor, och nu hämtade tjänarinnan läkaren, som förordnade de nödiga medlen. Men Cecilia låg snart medvetslös i den häftigaste kramp. Klockan ett inställde sig dödsrosslingen. Endast stundom ett djupt andetag, sedan omärklig andhämtning, en knappt märkbar puls, slutligen allt stilla! – Den starka, blomstrande flickan hade blivit ett offer för en häftig förkylning.

Den olyckliga modern kände sig så eländig att läkaren förbjöd henne att lämna sängen. Natten därpå yrade hon, och den trogna White vek inte ifrån hennes sida. Cecilia var redan lagd i kistan och utburen i ett sidorum. Walter hade i stum smärta tillbringat hela dagen hos henne eller hos modern. Men doktor Effingham befallde honom allvarligt att gå hem och lägga sig.

I huset bredvid i bottenvåningen bodde ett gammalt folk, vars tjänster vid behov av hjälp togs i anspråk av fru Morrison. Då White inte kunde lämna sin sjuka matmoder, måste fru Murdock i huset bredvid vaka vid Cecilias lik.

En lampa utbredde en dyster skymning i likrummet. Bredvid kistan, i vilken jungfrun vilade, stod länstolen i vilken vakterskan bekvämt utsträckte sig. Vilken kontrast! Här den friska rosen, plötsligt bruten av dödens hand, där en gammal gumma stående vid gravens brädd, och dock ännu full av livskraft. Och hur sköna likets drag, och hur fula likvakterskans! Fru Murdock tycktes sova, men i verkligheten hade hon sina små, gnistrande ögon riktade på jungfruns bleka anlete, medan hon lutade huvudet mot ena sidan av stolskarmen. Tid efter annan tog hon sig en pris ur sin tenndosa för att hålla sig vaken. I hennes drag låg ett vidrigt uttryck av skadeglädje. På kommoden under teköket flammade en spritlampa, på det vakterskan inte måtte sakna nödig vederkvickelse. Gumman reste sig, fyllde en kopp och tillsatte en god dos rom ur en flaska som hon bar hos sig. Sedan hon tagit sig en duktig klunk grep hon lampan och framträdde därmed till kistan, hon lyste på den dödas ansikte; höll sitt öra en stund mot hennes mun och nickade därpå, som om hon ville ge tillkänna sin tillfredsställelse.

"Det är egentligen skada på det unga kräket", mumlade hon för sig själv. "Dock nej – bevars, det är ingen skada! – Leben und leben lassen! – Så skall det vara. – Om nu bara inte den där lipande pojken vore! – Jag undrar just på att han lämnat plats åt mig här."

Hon gick tillbaka till kommoden och satte lampan ifrån sig. I detsamma föll hennes rörliga skugga på den dödas ansikte; nästan krampaktigt grep hon åter lampan och skyndade fram till kistan, där hon liksom skallerormen på fågeln fäste sin förstelnande blick på Cecilia, och åter lyssnande böjde sig ned över henne.

"Det var precist som om hon hade rört sig", sade fru Murdock efter en paus. "Men det var ingenting; hon sover gudskelov. Fast, om hon inte sover –" Hennes mumlande förlorade sig här i ett sakta viskande. Tyst smög hon nu till dörren och sköt för regeln. Därpå kände hon med fingrarna på den jungfruliga kroppen och nickade ånyo mycket belåten. Med lampan i vänstra handen började hon slutligen att uppveckla de lakan som höljde liket. Det skönaste bröst, en fyllig arm visade sig för hennes beundrande blickar. Och mer och mer avhöljde hon kroppen, och dess retande ungdomliga formers hemlighet avslöjade sig för hennes giriga öga.

"Flickungen är dock fördömt vacker", sade hon nu flinande, "det var ett kapitalt streck av henne att lägga sig att dö. Vid S:t Patrik, någonting sådant har du inte på länge fått under händerna, du gamle skabbige smulgråt. Men Gud straffe mig, den här gången skall Dick inte låta klå sig. Kom, min lilla sötunge, du ligger och får feber med så mycket på dig; genera dig inte, ge hit de tunga lakanen så blir du bättre. En halvtimma är tillräckligt, och så länge har jag väl tid. Hon däruppe är dödssjuk och White kan inte komma ifrån henne."

Hon satte lampan ifrån sig och hade snart med stor skicklighet fullkomligt avklätt liket, vilket nu alldeles naket låg utsatt för den nattliga oktoberkylan. "Hu! Kall som is!" ropade missfostret, när hon efter en stund prövande lade handen på Cecilias kropp. "Så är det bra; nu allt åter i ordning!" Lika så hastigt inhöljde hon åter kroppen. Därpå drog hon regeln från dörren, tog ännu en klunk ur sin flaska, kastade sig i länstolen, och snart förkunnade ett djupt snarkande att hon hade insomnat.

Och den olyckliga Cecilia *levde*. En stelkramp fängslade hennes leder, men hon hade klart medvetande om allt som tilldrog sig. Alla hennes sinnen hade förenat sig i hörseln. Genom nattens tystnad framträngde hennes sjuka moders ångestrop till henne. "Cecilia, mitt barn! " skrek den sjuka, glödande av feber, och djupt i dotterns inre återklingade den moderliga ömhetens klagoljud.

Plötsligt upprycktes dörren; Cecilia hörde den trogna Whites röst, som besvor hennes moder att bli kvar i sängen. Strax därpå instörtade fru Morrison i likrummet; hon stötte tillbaka tjänarinnan som sökte fasthålla henne, och omfamnade högt snyftande den älskade dotterns kropp. "O mitt barn, mitt söta barn", ropade hon med moderskärlekens ljuvaste toner, "hulda, älskade dotter, öppna ännu en gång dina ögon; jag har ju nu ingenting mera i denna värld! – Hur älsklig, hur skön du är, hur blek din söta mun är som ständigt talade så ömt med mig, hur liten och späd din hand; o du mitt enda, älskade barn, kalla mig blott ännu en gång din lilla mamma, det är inte möjligt att du vill lämna mig!" Därvid kysste hon barnets bleka läppar och händer, och brännande tårar föll på Cecilias kinder. Och den olyckliga flickan hörde och kände allt; och varje tår som den förtvivlade modern lät falla, genomborrade som ett dolkstygn hennes ömma hjärta!

Med möda lyckades det att åter få fru Morrison tillbaka i sängen. – Och åter förgick en dag och en lång natt, och ännu alltjämt fasthöll stelkrampen med järnhand sitt offer. Och Cecilia motsåg med förskräcklig ångest begravningen och kände de outsägligaste kval, när hennes fästman grät vid båren. Den åter något litet tillfrisknade modern, Walter och några unga flickor, Cecilias väninnor, smyckade henne med blommor. Den beklagansvärda hörde det ovanliga bestyret i huset. De inbjudna kom; de inträdde i rummet för att ännu en gång se den av dödens lie så plötsligt skördade flickan. Därpå tog moder och fästman för alltid avsked av henne... Hon kände ynglingens sista kyss... Slutligen blev allt stilla. – Snickaren inträdde, han lade locket på kistan. Några hammarslag smattrade i Cecilias öron, ljudet av skruvarna trängde ända in i hennes innersta märg; en tjock ångestsvett framträngde på hennes panna; men förgäves försökte hon att skrika, förgäves att röra en lem. Kistan var sluten...

Och långsamt rasslade den dystra likvagnen genom gatorna. Vagnen stannade, bärarna upplyfte kistan och bar den till graven. Den nedsänktes. Från de fyllda spadarna föll mullen dovt på den lilla brädhyddan; – vansinnet virvlade genom den olyckligas hjärna, men hennes lemmar förblev fängslade; nu först berövade den oerhörda ångesten henne medvetandet. – Snart välvde sig en liten kulle över graven.

Samma natt roade sig några vilda sällar på en avlägsen krog. Vid ett särskilt bord satt fyra karlar av hemskt utseende, vilka med dämpad röst samtalade med varandra medan de rökte ur sina korta lerpipor, och då och då tog sig en klunk brännvin. Med otålighet blickade de på varje nykomling. Slutligen inträdde en blek, mager karl i ett slitet betjäntlivré i rummet och tog genast plats hos dem. Nyfiket och förtroligt ryckte de sina stolar närmare hans.

"Nå", tilltalade honom en liten, tjock karl med skelande ögon och stripigt svart hår på utländsk dialekt, "bringar du oss goda underrättelser, har han besinnat sig, har han blivit förnuftig, vill den fördömda bensågaren den här gången betala bättre, eller menar han åter att man bedragit galgen på en stek? Hå? Må jag bli fördömd om jag gör någon mer affär med er!"

Spanande såg de fyra karlarna den nykomne i ansiktet. Denne, vilken ganska väl märkte att brännvinet redan gjort sin verkan, ryckte på axlarna och vågade inte säga något.

"Nå, du långbenta spindel", fortfor Murdock, ty det var han, "rör på käften, vi har redan väntat i två timmar. Tiden är dyrbar; hur mycket vill han ge?"

"Tjugo pund", svarade den tillfrågade klenmodigt.

Ett allmänt utrop av ovilja hördes kring bordet. Murdock slog knytnäven i bordsskivan. "Tror den gamle bensågaren att vi stjäler vår vara?" sade han vredgad. "Vi är ärliga och bra karlar och förtjänar vårt bröd i vårt anletes svett och riskera livet därmed på köpet. Vi är fyra, och dock bara tjugo pund? Hä?"

"Ja, och det är skändligt att bli så behandlad av en gammal kund", skrek Baw, en jättestor, rödhårig karl, vilken hade stött ansiktet mot båda händerna med pipstumpen i den breda munnen, i det han glodde på den nykomne.

"Den här gången blir det ingenting av", skrek den tredje.

"Skrik inte så högt", varnade den fjärde, "de börjar på att koxa hitåt."

"Tjugo pund", upprepade Murdock i det han sänkte rösten, "och ung och fet, och rund som en koltrast. Jaså! Och vad skall vi då begära för en gammal käring, eller för en gammal gubbstut, eller för en långbent spindel som du, eller för en isterbuk som din snåla flåbuse till husbonde?"

"Jag kan inte hjälpa det", klagade den tilltalade. "Ni vet att jag gör mitt möjliga."

"Må jag bli fördömd", fortsatte Murdock i det han störtade i sig ett glas brännvin, "om jag släpper varan under trettio pund, men då levererar jag den också gratis hos köparen. Vill doktor Musgrave preja mig, så skall jag nog ha honom i minnet. Säg honom det; må jag inte längre vara min fars son, om jag inte säljer hans usla kadaver till doktor Haddington för fem pund så snart han farit åt helvetet, dit han i alla fall kommer."

"Ja, och på det första", brummade rödhuvudet, "skall jag den dag som är knacka hjärnan ur skallen på honom."

"Var dock förnuftiga", bad Tom, doktor Musgraves förtrogne tjänare. "Tjugo pund är mycket, han har ju aldrig givit er mer än fem, tio och högst femton pund."

"Men om du får behålla fem pund för egen del, du spetsnosiga galgfågel?" fortfor Murdock. "Inte sant, då skaffar du oss trettio pund?"

"Det är inte möjligt", svarade Tom, men i en ton som tydligt utvisade att den listige betjänten blott varit betänkt på sin egen fördel, och att hans herre verkligen hade beviljat trettio pund. Då doktor Musgrave drog i betänkande att själv sätta sig i förbindelse med "uppståndelsemännen", så betjänade han sig av Tom såsom mellanperson, som visste att på sitt sätt dra fördel därav.

Man kom överens att liket klockan två samma natt skulle föras hem till doktor Musgrave, varpå Tom lämnade krogen.

Murdock och hans kamrater flyttade sig nu närmare varandra; deras röster sänkte sig nu till ett så sakta viskande, som larmet från det övriga slöddret medgav. Vid midnatt lämnade de stället. De genomilade några gator och gränder av den ofantliga staden och klappade på porten till ett litet hus, som låg i det djupaste mörker. Strax därpå öppnades en lucka i porten, och en packe föll ut. Murdock uppvecklade densamma, den innehöll fyra korta kappor med kapuschonger, en repstege och flera skynken och säckar. De fyra karlarna insvepte sig hastigt i dessa kappor.

Därpå stack en osynlig hand hackor och spadar ut genom öppningen, varpå luckan åter tillslöts. Försedda med dessa verktyg skyndade Murdock och hans sällskap ned för den trånga gränden, vilken ledde ända till kyrkogårdsmuren. Här fästes repstegen och muren överstegs hastigt och utan buller.

Det var en månlös men stjärnklar natt; höstvinden ven över gravarna. Långsamt och försiktigt framskred helgerånarna längs muren. ”Här måste stora gången strax börja”, viskade Murdock, ”jag har reda på läget, jag har noga lagt märke till allt. Men det vore ett fördömt streck, om den förälskade pojken ännu skulle sitta och kura på graven. Käringen min har sagt mig att pojken är halvgalen av sorg.”

”Då ger vi honom ett nyp i skallen”, svarade rödhuvudet, ”håll nu käften och gå på.”

Snart hade bandet uppnått graven. Ingen syntes till. Bovarna lyssnade ännu en stund och började därpå sitt gräsliga arbete. Med otrolig hastighet rörde de nu hacka och spade.

Efter en lång, lång vanmakt uppvaknade den levande begravda åter till medvetande. Ögonblickligen erinrade hon sig det gräsliga läge vari hon befann sig. Hon ville skrika och med de svaga armarna spränga det förskräckliga fängelset, men stelkrampen fängslade fortfarande hennes viljekraft.

Och allt var stilla omkring henne, och gravens natt omhöljde henne. Hennes kista låg bredvid en annan för längesedan begraven och till hälften förmultnad. Hon hörde maskarnas gnagande i det murkna träet, i den rysliga grannens knotor. Hennes tankar förvirrades. Var hon död? Var detta tillståndet efter döden, det utlovade återseendet? ”Är detta varje from troendes fruktansvärda missräkning när han dött? Nej, nej, jag lever än; Jesus, min Jesus, jag är levande begraven. Förbarmande! Förbarmande min Gud, för Kristi skull!”

Då löste allmakten hennes lemmars fjättrar.

Hon öppnade ögonen och stirrade i sitt fängelses ohyggliga natt. Ofrivilligt drog hon sig konvulsiviskt tillsammans, slet båda armarna ur svepningen och sökte med huvud, hand, knä och fot att avlägsna det ohyggliga locket över sig. Ack, arma, svaga, ljuva varelse, även om det skulle lyckas, så välver sig sex fot hög, tung, kvävande mull över dig! Och de späda lemmarna nästan sönderbröts vid den övermänskliga ansträngningen, köttet löste sig från händer och fötter, panna och knä blödde, sönderskavda och sargade! Och snart hade den återuppväcktas andedrag förtärt luften i det trånga rummet; mordängeln närmade sig.

"Luft – – luft – – ack! Förbarmande – – Gud – Jesus – jag kvävs – – luft! – –" Och i vild förtvivlan vältrade hon sig på sidan och sönderklöste ansiktet med sina naglar. – – – Då träffades hennes öra av bullret av en spade, som berörde kistan. Ty under tiden hade uppståndelsemännen framskridit så långt i sitt arbete, att kistans lock kommit i dagen.

Rödhuvudet höll plötsligt upp med grävandet och viskade förskräckt: "Hör ni ingenting?" – Alla hörde ett tydligt kvidande, som framträngde ur kistan.

"Fördömt!" sade Murdock. "Om det inte är en katt som skriker, så har kvinnfolket åter blivit levande."

Allt tydligare jämrade det, man hörde rörelse i kistan, det krafsade på locket.

"Låt oss åter kasta igen graven", yttrade den rödhårige, "och hämta henne i morgon. Det skulle just vara vackert, om vi grävde upp en levande."

"O, Jesus!" klagade det åter ur griften. Två av uppståndelsemännen var djupt skakade. "Låt oss hjälpa", sade den ene till den andre. Därpå skyfflade de med yttersta skyndsamhet och inom några sekunder var locket fritt från jord. Murdock såg harmset på; rödhuvudet ville hindra de båda bättre sinnade.

"Är ni förryckta", sade han, "skall människan till tack för vår tjänst få oss i galgen!"

"Det skall hon inte", svarade en av de hjälpsamma, i det han med spaden sökte bryta upp locket. "Vi öppnar endast och hänger en kappa över henne, sedan springer vi vår väg, och hon får hjälpa sig själv."

Cecilias återigen försvinnande medvetande kände dock den nära räddningen. Med yttersta ansträngning framstötte hon ångestropet: "Hjälp! Hjälp!" Då brast locket till kistan; den yttre luften inträngde i det fasansfulla fängelset; med en suck tillslöt Cecilia vanmäktig sina ögon.

"Hon rör sig inte", sade Wilm, den godmodigaste bland de fyra skurkarna, "hon är till slut dock död."

"Vore hon det inte, så slog jag ihjäl henne", brummade Baw. "Jag har inte lust att arbeta för intet."

"Var då barmhärtig", fortfor Wilm. "Vad säger du, Dick?"

"Jag säger", sade irländaren, "att vi måste undersöka om hon är död. Hon var alltid så vänlig och beskedlig mot hustru min, det är då en sanning."

"Nå då stoppar vi henne i säcken", sade Wilm, "det är hög tid att vi ger oss i väg."

Cecilia upplyftes ur kistan. Medlidsamt insvepte Wilm henne i sin kappa och stoppade henne därpå i säcken, där hon förblev liggande i djup vanmakt, medan de fyra männen hastigt och med vana händer åter tillskottade graven. När de med sin börda kommit till repstegen, gol tuppen. Med stor skicklighet skaffades säcken över muren; Murdock ilade med sina följeslagare uppför gränden till det mörka huset; man öppnade; ett par vämjeliga kvinnor mottog säcken och släpade den ned i en källare, för att här före avlevereringen på vanligt sätt undersöka liket, ta av det klädespersedlar och prydnader som det möjligen kunde vara iklätt, och rena det. Murdock, som därpå genast ville föra det till Musgrave, steg ned i källaren för att påskynda kvinnornas arbete. De andra karlarna begav sig till vila.

Knappt var säcken öppnad och Cecilia lagd på en bänk, förrän en suck uppsteg ur hennes bröst. Kvinnorna skrek högt, Murdock stirrade överraskad på den uppvaknande. "Således levande ändå", mumlade han. "Om inte djävulen här har sitt finger med i spelet, så finns det ingen djävul; hon är dock rysligt tilltygad det stackars kräket, det måste vara en fördömd rolighet att åter vakna upp nere i jorden. Jag måste bort, så att hon inte ser mig."

I detsamma slog Cecilia upp ögonen; hon igenkände genast Murdock. De båda kvinnorna såg på honom med mordgiriga blickar, liksom om de väntade att han genast skulle mörda den olyckliga. "Rör henne inte!" var allt vad han sade. Cecilia suckade ännu några gånger men förblev orörlig. Murdock hade vänt sig bort. Då viskade hon med svag röst: "Murdock, är det ni? – Ack, förbarma er över mig, för mig hem till min mor."

Han förblev stående med ryggen mot Cecilia, därpå vände han sig plötsligt om i avsikt att utföra mordet på den hjälplösa flickan, men han lät handen sjunka. Hans bättre natur hade segrat. Cecilia märkte inte hans kamp med sig själv.

"Var är jag, hur har jag kommit hit?" frågade hon sakta. "Ni har räddat mig, gode Murdock. Ack, ni skall bli belönad därför."

"Hon vet ingenting", tänkte Murdock. "Men hur skall jag förklara saken för henne?" – Kvinnorna ville avlägsna sig för att tillkalla de övriga karlarna, men Dick bjöd dem med en befallande vink att kvarstanna. Därpå insvepte han sorgfälligt Cecilia. "Tag i", fortfor han, "vi ska lägga henne däruppe i en säng. Men förråder ni mig, miss, så –"

Han stannade. "Vad skall jag förråda, gode Murdock?" frågade Cecilia.

"Svär", återtog denne, "att aldrig göra några frågor, att aldrig nämna mitt namn i sammanhang med vad som i natt tilldragit sig. Svär på det!"

Men Cecilia hade av svaghet åter fallit i vanmakt.

"Flickkräket har verkligen rört mig", yttrade nu Murdock. "Bär hen-
ne dit upp, hon kan inte hålla ut länge; men man skall åtminstone inte
kunna säga att jag gjort en levande människa något ont."

Kvinnorna åtlydde tigande Murdocks befallningar. Cecilia lades i en
säng.

Irländaren fyllde ett glas med brännvin och sökte gjuta något därav i
hennes mun. Hon slog åter upp ögonen.

"Sov miss", sade Dick godmodigt, "försök att hämta krafter."

"Min mor, min Walter!" suckade Cecilia knappt hörbart.

"Svär", upprepade Murdock. "Ni skall snart åter bli frisk och då få fara
hem till er mor. Svär att inte förråda oss."

"Vad skall jag inte förråda?" frågade Cecilia ånyo. Långsamt och med
avbrott tillade hon med matt röst: "Jag vet blott att ni är min räddare. –
Ack gräsligt! – – Jag vet allt. – Jag var begraven – levande. – Hur skedde
min räddning?"

"Just det får ni inte fråga, miss, och inte nämna mig eller någon av oss,
det är det kontrakt som Dick sluter med er, för den tacksamhets skull,
som ni är honom skyldig. Det är ändå trevligare här i den varma sängen
än därnere, hä? – Men här är ett stycke bröd med brännvin, kvinnfolken
skall koka varmt te åt er. Rör på er litet."

Han avbröt ett stycke av det med brännvin fuktade brödet och stack
det i munnen på Cecilia, som emellertid endast med möda kunde få ned
en bit. "Mina knän, mina händer!" suckade hon flera gånger. "För mig
hem, ack snart, snart!"

"Djävulen vet hur man skall förhålla sig här", brummade Murdock.
"Ett förbannat spratt, när varan blir levande under ens händer! – Sov ni,
miss, så blir ni nog bättre. Tvätta först blodet ur pannan på henne; jag vet
nog att ni ser helt annorlunda ut, miss Morrison, stackars lilla kräk!" – –

En av kvinnorna tvättade blodet ur ansiktet på henne; och den andra
uppgjorde eld för att koka te. Cecilia stönade av smärta. "Jag kan inte
sova", sade hon. "Varför för ni mig inte till min mor?"

"I morgon, morgon", svarade Murdock, "när ni bara fått litet krafter.
Fördömt vad era naglar blöder!"

"Ack, det var gräsligt!" stönade Cecilia. "Hur mamma grät – jämrade
sig – hur Walter – förtvivlade – och jag – hörde allt – kunde inte – röra
mig. – När snickaren – skruvade på locket – vagnen for – jorden – rull-
lade ned på kistan!" – – Den sjuka stannade. Murdock och kvinnorna
ryste. Alla betraktade henne medlidsamt. Efter en paus fortfor hon med
allt svagare stämma: "Jag var begraven – levande – allt svart – så trångt –

ingen luft – jag hörde – maskarna – i kistorna – jag ville ut – jag kunde inte – – o Gud – – o Gud – – –.”

Cecilia hade redan legat en lång stund och ännu hängde de närvarandes blickar uppmärksamt fast vid hennes läppar. Det var alldeles tyst i rummet. Slutligen böjde sig Murdock ned över henne och betraktade uppmärksamt hennes bleka ansikte. Hon var död. – –

Hon var verkligt död.

Förgäves gned Murdock hennes tinningar med brännvin, förgäves gjöt han en sked därav i hennes mun, det flydda livet vände inte tillbaka. Han lyste noga på henne och hyste, såsom erfaren likbesiktningsman, inte något tvivel om att hon slutat sina lidanden.

Knappt hade han kommit till denna övertygelse, förrän allt medlidande försvann och egennyttan ånyo tog ut sin rätt. ”Nu har ni fått er vilja fram, kvinnfolk”, sade han, ”det är ute med henne. Tvätta henne nu snygg och stoppa henne i säcken. Till slut så var det ändock det bästa. Kvicka tag; Musgraves långbenta spindel har redan väntat en timme, och rätt som det är gryr dagen!”

Med vämjelig skicklighet och vana förrättade nu de båda kvinnorna sin tjänst, Cecilia blev avklädd och stoppad i säcken, varpå Dick avlägsnade sig med sin börda, som tjugo minuter senare låg utsträckt på ett bord i doktor Musgraves anatomiska salong.

I nattmössa, nattrock, kalsonger, nedhasade strumpor och tofflor, samt med ett ljus i handen, belyste Tom med fräck nyfikenhet den oskyldiga flickans kyska kropp och mönstrade alla enskilda partier.

”Inte sant, kapital, hä?” sade Dick i det han vänligt fäste sina pigga ögon på Tom.

”Åh ja! Hm!” – var allt vad denne svarade, i det han skakade på huvudet. Djupt skymfad satte Dick båda händerna i sidorna. ”Må jag bli fördömd”, skrek han vred, ”om du inte är den otacksammaste trashank på jorden. Vad är det som felas, vad skall de där ’åhja! hm!’ betyda? Hä?”

I stället för svar petade Tom på likets panna, händer, knän och fötter, vilka samtliga skiftade i blått, och ryckte åter på axlarna.

”Det vill säga att jag måste rabattera ännu ett par shillings; inte sant, du spindelbenta galgföda, du utblåsta talgljus, du – –.”

Tom sprang hastigt tillbaka ett par steg. ”Värdaste vän”, sade han listigt och med det ödmjukaste uttryck, ”jag har bestämd befallning att dra av ända till tio pund, när varan inte är felfri. Då nu här onekligen finns några defekter, några felaktigheter – ville jag säga, så –” han tvekade, ”så får vi väl lov att dra av ännu fem pund.”

Irländaren råkade nu i det yttersta raseri.

"Din herre skall själv komma, nu genast på stunden; jag skall upplysa honom om dina skurkstreck. Tror du att jag är en sådan slankhas som du? Jag är en ärlig man och låter inte preja mig." – Med möda lyckades den sluge Tom lugna Murdock, men han förstod att verkligen pruta ännu ett pund.

Klockan var fyra på morgonen när Murdock uppnådde sin bostad och för sin äkta hälft berättade nattens äventyr. Efter alla sina ansträningar hade han ännu att uppbära några örfilar och en dugtig knuff, när han oförsiktigt nog kom att omnämna sitt deltagande för den återuppståndna och ännu mera för det från honom prejade pundet.

Några timmar senare stod Walter, utan en aning om det skedda rovet, vid den hädangångna fästmöns gravkulle. Heta tårar föll på den vanhelgade plats, vilken han trodde inneslöt hans allt. Ödets grymma ironi! – Och allt mäktigare grep honom den oerhörda smärtan; den manade honom till självmord. Han tänkte på den lilla familjens sista glada sammanvaro med doktor Effingham och varje uttryck av hans Cecilias fromma tro. "Jag vet bestämt att vi alla en gång däruppe skall återse varandra", hade hon sagt. Ack, han kunde inte tro, hoppet om återseende tröstade honom inte! "Hon fruktade inte döden", tänkte han, "för henne hade döden ingen fasa, hon har medvetslöst skilts ifrån oss. Hon sade: med glädje vill jag dö redan denna dag, och – denna okända, fruktansvärda makt hörde henne, tog henne på orden. – Fasligt! Om det finns ett liv efter detta, skulle Cecilia giva mig underrättelse därom. Dock nej, hon sade ju: Visste vi hur skönt det är i himmelen, skulle ingen mera kunna uthärda härnere. – – Tiger du, min Cecilia, då – då – är det skönt i himmelen eller det finns ingen himmel och det är – förintelse efter döden. – Förintelse! – Ack, vilken törst ligger inte i denna tanke, sedan hon inte mera är till. – Självmord! Gives det något efter detta, så för ett självmord till återseendet med henne; om inte så – är allt slut. – Då har även hon försvunnit i intets natt, och gärna följer jag henne även dit. Förskräckligt, om jag skulle göra försöket och sedan fortsätta att existera ensam och övergiven! – O min Gud, skydda mig för vansinne! – Vad skall jag göra, var skall jag finna frid?"

Just som han vände om ett hörn, hörde han glättigt skratt närma sig. Det var muntra studenter, bekanta till honom. Hans bleka, förstörda utseende frapperade dem. Han ville undvika dem, men man fasthöll honom och frågade deltagande vad som fattades honom. Med några få ord meddelade han dem sin olycka. "Förströ dig", svarade man honom. "Kom med oss, vi vill försöka att muntra dig."

"Lämna mig", bad han, "lämna mig ensam med min smärta!" Men med välment enträgenhet fattade två av dem honom under armarna. "Jag har också förlorat en fästmö", sade den ena, "tre månader var jag förtvivlad, men så kom levnadslusten åter. Så länge man ännu inte vunnit mod att leva, och lycka och glädje inger en äckel, måste man söka glömskan i arbete; kom med oss! Vi går till Musgrave, han föreläser idag om praktisk anatomi."

"Lämna mig", bad Walter, "jag kan inte se någon död, det skulle alltför mycket uppröra mig! "

"Så får en medicine studiosus inte tänka", skämtade en av de glada ynglingarna. "Du skall förslöa din smärta; ju mera man umgås med döden, desto likgiltigare blir man."

Till hälften drog man honom med sig, till hälften följde han motvilligt.

Väl femtio studenter var redan församlade i doktor Musgraves anatomiska salong, när Valter och hans vänner inträdde. På dissektionsbordet låg ett överhöljt lik. Men dödens närhet gjorde inte något intryck på den ungdomliga hopen, som skämtade och skrattade. Tom, i sitt livré med uppvikta ärmar och ett vitt förkläde om de magra höfterna, stod bredvid liket. Walter kände sig hemsk till mods; hans dystra sinnesstämning ökades därav. Han ville just avlägsna sig, när den berömde anatomen inträdde. Detta förmådde honom att stanna.

"Mina herrar!" började den lärde professorn. "Jag lovade er i min sista föreläsning en fullständig dissektion. Det har lyckats mig att anskaffa ett utmärkt vackert kadaver, som skulle vara ännu vackrare om inte panna, knän, de yttre extremiteterna och ansiktet hade lidit. Av skadornas beskaffenhet antar jag att den olyckliga personen, en ung flicka, blivit levande begraven. Se här!"

Tom tog lakanet av liket. Rysande trängde sig studenterna nyfiket fram. Walter befann sig i en fruktansvärd skakning; en ung flickas lik hade han inte väntat sig. Den omständigheten, att han hade en levande begraven framför sig, gjorde hans rörelse ännu våldsammare. Han betäckte sitt ansikte med händerna. "Liket är ännu så färskt", fortfor Musgrave, "att det kan vara högst en à två dagar gammalt. Den arma varelsen måste ha lidit gräsligt."

"Men kanske att hon blivit mördad", invände en student, "och att detta är spåren efter hennes motstånd."

"Nej, mina herrar", svarade professorn med en egendomlig blinkning på ögonen och med dämpad röst, liksom om han endast kunde bli förstådd av invigda. "Jag står endast i förbindelse med rättskaffens folk. Nej; men jag skall i alla fall skaffa mig bestämda upplysningar. – Nu till saken." Med konstfärdig hand öppnade professorn likets brösthåla. Vid bröstbenets knakande suckade Walter högt. "Stig närmare, herr Walter", sade Musgrave vänligt. Tvekande och likblek lydde ynglingen, utan att kasta en blick på liket.

Med uttryck av den högsta beundran blottade professorn nu bröstets inälvor. "Allt normalt", ropade han, "allt friskt! Skulle man inte kunna kyssa den här lungan? – Och detta sköna, röda hjärta? – Ett så utmärkt skönt kadaver har jag inte fått se på mycket länge. – Vilken vällust att sönderskära ett sådant lik! Se detta huvud! – Vi skall nu öppna det! – Vilket skönt, blont hår! Jag undrar på att de låtit henne behålla det. Och ännu ett grönt band kvar i håret!"

Omnämnandet av det blonda håret och ett grönt band verkade som en ljungande blixt på Walter. Nu kastade han den första blicken på liket. Hur mycket än Cecilias ansikte var vanställt genom den sönderskavda pannan, igenkände han genast den älskade på huvudets form, håret och det välbekanta gröna bandet. Han utstötte ett högt skri, störtade närmare, blickade liket forskande i ansiktet, slog båda armarna om den gräsligt sönderskurna kroppen, kysste den bleka munnen, såg med det mest rörande uttryck av den högsta förtvivlan omkring sig på studenterna, uppgav ett genom märg och ben trängande förfärligt, oartikulerat läte, slet håret av sitt huvud – och stötte därpå plötsligt den bredvid honom liggande dissektionskniven så häftigt i sitt bröst, att kniven gick av, och han sjönk ögonblickligen död till golvet.

Stela av fasa var de närvarande vittnen till denna sorgliga tilldragelse, som ägde rum med sådan skyndsamhet att de inte kunde förhindra den, eller lämna den ringaste hjälp på grund av sårets dödliga beskaffenhet.

Studenterna lät lägga båda liken i samma kista, och de älskande begravdes i samma grav.

Fru Morrison blev vansinnig.

Jan Neruda

Vampyren

Den oansenliga ångbåten, som dagligen går mellan Konstantinopel och Prinsöarna, förde oss till kusten av Prinkipo, där vi steg iland. Sällskapet bestod blott av några få personer. En polsk familj, far, mor, dotter och hennes fästman, samt dessutom vi två. Ja, det är sant, det fanns ännu en till. På bron över Gyllne Hornet hade en grek slutit sig till oss, en ännu ung man; att döma av den portfölj han bar under armen var han målare. Långa svarta lockar hängde ned över hans skuldra, hans ansikte var blekt och de mörka ögonen låg djupt inne i huvudet. I början intresserade mannen mig, han var så tjänstvillig och hade så väl reda på de lokala förhållandena. Men han pratade allt för mycket, och efter några minuter gick jag ifrån honom.

Så mycket behagligare intryck gjorde den polska familjen. Föräldrarna var godmodiga, öppenhjärtiga människor, fästmannen ung, elegant och belevad. De reste även till Prinkipo för att tillbringa sommarmånaderna här; dottern var sjuklig och skulle för sin hälsas skull vistas på landet. Den vackra, bleka flickan hade kanske genomgått en svår sjukdom eller bar hon fröet till en sådan inom sig. Hon stödde sig på sin förlovades arm, stannade allt som oftast för att vila, och en torr hosta avbröt gång på gång hennes svaga stämma. Så snart hon begynte hosta stannade hennes ledsagare hänsynsfullt. Medlidsamt såg han på henne och hon igen på honom, som om hon velat säga: "Det är inte något att bry sig om – jag är lycklig!" De trodde på lyckan och tillfrisknandet.

Familjen installerade sig i ett franskt hotell som rekommenderades av greken, från vilken vi skiljts på bryggan. Hotellet har den mest hänförande utsikt man kan tänka sig och är utstyrt på europeiskt vis med all möjlig komfort.

Vi åt frukost tillsammans, och då middagshettan begynte ge med sig steg vi alla i lugn och ro uppför bergsluttningen till en pinjelund för att njuta av utsikten. Knappt hade vi valt en lämplig plats och slagit oss ned, innan greken dök upp. Han hälsade otvunget, såg sig ett ögonblick omkring och slog sig därpå ned några få steg ifrån oss. Han öppnade sin portfölj och begynte teckna.

"Jag tror han lutar sin rygg mot klippan endast för att vi inte ska kunna följa med hans teckning."

"Vi behöver ju inte se på", replikerade den unge polacken, "vi har ju nog med det som ligger här framför oss." Och en stund därpå tillade han: "Det förekommer mig att han tecknar oss med som staffage."

Vi hade i själva verket tillräckligt att betrakta. Det ges väl knappt någon skönare och lyckligare fläck på hela Jorden än detta Prinkipo! Irene, den politiska martyren, Karl den stores samtida, tillbringade här en månad som förvist; kunde jag få dröja här en månad skulle jag leva på minnena resten av mitt liv. Jag skall aldrig glömma den dag jag tillbrngade här!

Luften var så ren och ljum. Till höger höjde sig Asiens bruna berg, till vänster, långt ute, blånade Europas kust. Det närbelägna Chalki, en av de nio öarna i Prinsarkipelagen, sköt sina dunkla cypresskogar mot höjden, krönt av en storartad byggnad – en asyl för sinnessjuka.

Marmorhavets vatten krusades lätt och skiftande i alla färger lik en jättestor opal. Längst borta var havet vitt som mjölk, litet närmare hade det en rosenröd färg, mellan de båda öarna glödde det som gyllne orange och djupt under oss låg det safirblått. Det var en övergiven skönhet. Ingenstans såg man ett större skepp, endast längs kusten av vår ö gick två ångbåtar med engelsk flagg. Delfiner tumlade om emellan dem och flög i bågar över vattnet. Högt uppe i den blånande luften seglade örnar med lugna vingslag från världsdel till världsdel.

Hela bergssluttningen under oss var betäckt med rosor och luften var mättad av deras doft. Från caféets arkader nere vid havet tonade en dämpad och drömmande musik.

Ett gripande intryck! Vi tystnade alla, betagna av den paradisiska bilden.

"Här kan kropp och själ hämta styrka", viskade den unga flickan. "Vilket skönt land!"

"Vid Gud – jag har inga fiender, men om jag det hade, skulle jag förlåta dem här!" sade fadern med darrande röst.

Och åter blev det tyst. Alla hade en känsla av välbehag, som inte lät sig uttala. Vi lade knappast märke till att greken om en stund steg upp, slog ihop sin portfölj och försvann efter en kort hälsning. Vi satt där vi satt.

Flera timmar därefter, då horisonten redan antog den violetta färg som i södern förtrollar en, bröt vi äntligen upp och sökte oss till vårt hotell.

Här slog vi oss ned på en luftig veranda. Knappt hade vi tagit plats innan vi stördes av ett gräl och skällsord, som växlades nedanför. Det var greken och hotellvärden. Vi lyssnade för ro skull.

Det räckte inte länge. "Hade jag inga andra gäster här –" brummade värden och steg uppför trappan till oss.

"Säg mig", frågade den unge polacken då värden närmade sig vårt bord, "vem är den herrn? Vad heter han? "

"Ja – vem vet vad han kallar sig", puttrade värden och blickade föraktfullt nedåt terrassen. "Vi kallar honom vampyren."

"Är han inte målare?"

"Ja, men han målar endast lik. Så snart någon i Konstantinopel eller dess omnejd dör, är karlen redan samma dag färdig med likporträttet. Han målar på förhand – och han tar aldrig fel, den gamen!"

Den gamla polskan utstötte ett skri av ångest. I hennes armar låg dottern vanmäktig, kritvit.

I samma ögonblick var hennes fästman nere på terrassen, grep greken för bröstet med ena handen och fattade hans portfölj med den andra.

Vi ilade efter honom. De båda männen låg redan i sanden.

Portföljen var öppen, dess blad flög omkring, och på ett av dem såg vi den unga polskans huvud tecknat med slående likhet. Ögonen var slutna och en myrtenkrans virad om pannan.

F.H. Power

Den elektriska vampyren

Jag hade just avslutat min frukost då min tjänsteflicka hämtade mig en biljett med detta innehåll: "Min gode Charles, det skulle glädja mig att få se dig hos mig i kväll, eftersom jag har att visa dig en nyhet som säkert skall intressera dig. Jag har även bjudit Tom."

Inbjudningen var välkommen. Dr Tomas Merrel och jag hade fördrivit många angenäma aftnar i Georg Vickers hem. Vi var ungkarlar vardera, och då vi båda var intresserade av hans fysikaliska experiment kunde vi tillbringa dessa stunder på det mest underhållande sätt – ja, många gånger hände det till och med att dessa våra visiter kunde förlängas ända till in på småtimmarna.

Under dagens lopp överraskade jag mig själv med att upprepade gånger vara försjunken i gissningar över vad Georg väl denna gång ämnade visa oss. Och jag påminde mig några av de sinnrika elektriska experiment han hade gjort i vår närvaro i sitt laboratorium. "Jag vågar tio mot ett att han åter har något elektriskt provförsök att uppvisa", tänkte jag, men i själva verket var min gissning endast delvis riktig.

Jag anlände till hans hem omkring klockan 6 och fann att Tomas Merrel redan var där, och att denne som vanligt hade slagit sig ned i den mjukaste länstolen. Vår värd med sitt outgrundliga, leende ansikte stod med ryggen vänd mot en muntert flammande brasa.

"Jag är glad att du kom, Charlie", sade han. "Du befriar mig från det där levande frågetecknet." Och han nickade mot doktorn, som satt och tvinnade på sin ännu osynliga mustasch.

"Well, varför kan han då inte förklara för oss varför han har släpat oss hit?" utbrast doktorn frankt på sak. Och så ursäktar han sig med att han inte vill fördärva vår aptit till middagen, kan man tänka sig!"

"Va' falls?" utbrast jag häpen.

"Ah, nu börjar ni igen! Tala för all del om någonting annat tills vi har fått något till livs", sade Vickers, och han föreslog senaste *Flygnytt*.

Efter en stund satt vi till bords. Vårt samtal under måltiden skulle av många utomstående ha ansetts ganska torrt, men det var det inte efter vårt eget tycke och avstannade inte en enda gång. Doktorns specialämne är biologi. Mitt älsklingsstudium är kemi, och det var genom en explosion som nästan berövade mig synen, som jag första gången gjorde doktorns bekantskap och efteråt presenterade honom för Vickers.

Äntligen reste George sig upp i stolen och tände en cigarr.

"Ni vill naturligtvis veta vad i all världens dar det är, som jag nu ämnar överraska er med. Er nyfikenhet skall genast bli tillfredsställd. Men förrän jag visar er min hemlighet ber jag er att lyssna till följande korta sammanfattning av en serie föredrag, hållna av en man vid namn Nood och vilka publicerades år 1844."

Han hämtade ett papper och läste.

"Det var medan han befattade sig med studier i elektrisk kristallbildning som mr Crosse först upptäckte den märkvärdiga insekten, som sedan väckte en så stor publik uppmärksamhet." Här gjorde Vickers ett uppehåll och anmärkte:

"Mr Crosse var en personlighet, som i vårt land hann längre än någon annan i sina experiment med atmosfärisk elektricitet."

Och han fortsatte:

"Till denne talangfulle mans försvar – som för denna insekts skull, som han på ett underbart sätt framfödde, blev ansatt av den vidskepliga och okunniga hopen på det skamligaste och gemenaste sätt, och som undergick svåra prövelser och blev missaktad för sina experiment – skall jag ge en detaljerad beskrivning över det förnämsta av de positiva resultat som han uppnådde, och genom vilket Acarus först blev bemärkt."

"Här följer", sade George, "en kort beskrivning över Crosses apparat. Den bestod av en behållare fylld med en mättad lösning av en löslig kiselart. Denna behållare slutade nedtill i en tratt. Under denna reglerade en duk vätskan ytterligare att med jämna mellanrum droppa ned på en platta av porös röd järnoxid, som hämtats från Vesuvius. Från ett voltabatteri ledde en elektrisk ström genom plattan, som vilade på ett isolerande glasunderlag.

På den fjortonde dagen efter experimentets början kunde Crosse genom mikroskopet iakttaga några små vårtor, vita till färgen, som sträckte sig i riktning mot den prick, som droppvis men oavbrutet närdes av kisellösningen från stenplattans mittpunkt. På den artonde dagen hade dessa vårtor vuxit märkbart, och med bestämdhet kunde redan sju eller åtta fjun urskiljas på dessa. Vart och ett av dessa var dock redan av större längd än vårtorna. På den tjugoandra dagen framträdde de ännu mera skärskådligt och tydligt; och fyra dagar senare kunde han urskilja hur dessa vårtor bildade en levande insekt, som stod upprätt på några fina borst, vilka sedermera befunnits utgöra stjärten. Ända till denna stund hade mr Crosse likväl ännu ingen aning om att dessa mikroskopiska kryp var annat än mineralformationer. Och inte förrän på den tjugoåttonde dagen lade han märke till att de rörde på sig. Efter förloppet av ytterligare några dagar skilde sig den nya insekten självmant från stenen och kröp helt muntert omkring och tycktes suga sig näring med tillhjälp av ett rörformat organ... Och mr Crosse tillägger: 'Jag har aldrig bildat mig någon hypotes om orsaken till deras framfödelse och underlät att göra så, emedan jag helt enkelt inte kunde finna en antaglig förklaring.'"

Vickers vek ihop pappret.

"Ännu många omständigheter finns att berätta i saken, men jag vill nöja mig med de nödvändigaste. Om någon av er ännu önskar ställa någon fråga om dessa experiment, gör ni bäst i att vända er till det Elektriska Sällskapets bibliotek."

Det uppstod en kort tystnad, varunder vi blossade på våra äkta havannas. Därpå anmärkte dr Merrel:

"Enligt vad jag har förstått, har då ingen senare kunnat uppnå ett så framstående resultat som denne mr Crosse?"

Vickers smålog triumferande:

"Om ni vill följa mig, tror jag mig kunna övertyga er om att åtminstone en person sedan dess har haft ganska god tur." Och han vinkade åt oss att följa sig.

Jag hade ofta förr besökt hans laboratorium, men till min förvåning förde han oss denna gång till ett rum i översta våningen, och då han stack nyckeln i dörrlåset hade vår nyfikenhet nått sin höjd.

"Jag litar på er, mina vänner, att ni tiger med det som jag nu kommer att visa er, ty jag håller som bäst på med förberedelserna till en skriftlig avhandling över detta experiment, och det skall bli en överraskning", sade han och skuffade dörren på vid gavel.

Dr Merrel steg modigt på, med en spänd iver avspeglad i sitt ansikte. Jag följde honom tätt i hälarna, och jag kommer väl ihåg att jag undrade varför George, som vanligen brukade visa sig så orörd, denna gång förrådde en hemlig iver.

I nästa ögonblick såg jag själv vad det var. Måtte jag, en man, förlåtas om jag då ryste från huvud till fot.

På ett lågt, slätt träbord vilade ett slags metallskiva, ungefär fyra fot i kvadrat. Från en behållare som hängde i taket och vars botten var försedd med talrika små hål, dröp en vätska långsamt ned på föremålet inunder. Men jag lade knappast märke till dessa omständigheter, ty min uppmärksamhet var riktad mot mitten av skivan, på vilken sträckte sig ett odjur som jag närmast endast kan för likna vid en ofantlig spindel, omkring två fot lång.

Två ben stack fram, ett på var sin sida, och fyra längre dito var fästade på buksidan – de måste i det närmaste ha varit lika långa som djurets kropp. Det saknade bitorgan men var försett med ett långt, snabellikt sugorgan, som var i ständig rörelse och i mycket liknade detta hos flugan. Kroppen var glest, med ungefär en tums mellanrum, betäckt med långa utstående hår eller borst. Djuret var till färgen smutsgrått och jag lade märke till att det var betäckt med slem. Dess ögon liknade ugglans, men blinkade aldrig.

Vi stirrade på det fruktansvärda vidundret under hemsk tystnad. Vickers var den förste som talade:

"Ett praktexemplar, inte sant?" sade han med ett skratt, vars klang i detta ögonblick retade mig till att hetsigt protestera. Men orden dog på mina läppar, då jag i detsamma kastade en blick på min vän doktorn. Hans händer var hårt sammanknutna och ögonen stirrade vidöppna, så att jag kunde se vitögat.

"Store Gud, George, vad har du där?" viskade han häftigt.

"Detta, min käre doktor, är resultatet av många års ihärdigt experimenterande. Det blev för första gången synligt för blotta ögat på årsdagen för fem år sedan, ehuru det inte tycks ha vuxit i storlek under de senaste fem månaderna. Det bekräftar mr Crosses uttalande i minsta detalj. Tycker ni inte att det är superbt?"

"Superbt? Oh yes, nog är det superbt så det förslår!" sade doktorn. Han mumlade otydliga ord för sig själv medan han promenerade kring bordet, skärskådande besten från alla sidor. Men av de få ord som jag kunde uppfatta sade han allt annat än "superbt", eller ens något liknande.

Han glömde dock genast sin indignation, i det hans lust tog överhanden att ur vetenskaplig synpunkt ta "praktexemplaret" i närmare betraktande.

"Jag måste få känna på en av dessa borst", sade han, sträckande ut handen.

Men i blinken fattade Vicker honom om handleden, och han var blek som döden. Dr Merrel syntes både förvånad och stött.

"Jag ber om ursäkt, doktor, men jag har glömt att tillägga att varje vidröring är förenad med en ödesdiger elektrisk stöt", sade han urskuldande.

Merrel kände sig endast till hälften blidkad, men hans intresse hade mot förmodan ökats.

"Då måste den vara någon släkting till Gymnotus, eller den elektriska ålen från Venezuela?" frågade han.

"Eller torpedfisken från Medelhavet", föreslog jag.

Vickers höjde på axlarna

"Jag vet endast så mycket, att min gamle trogne favorithund Topsy igår råkade följa mig hit i igår rummet, och då han förde nosen för nära gjorde han plötsligt ett språng och föll död ned. Den hade fruktansvärda brännsår på ena sidan".

Vår vän relaterade tragedin med låg röst, men vi kunde se att den hade gjort ett djupare intryck på honom än han ville låta påskina.

"Undrar om inte du då kände dig litet kuslig?" framstötte jag.

"Well, inte just; då den ännu var helt liten gav den mig en gång en elektrisk stöt – kanske därigenom att jag då inte var tillräckligt försiktig. Men" – och han vände sig till det hemska odjuret och strök med handen tätt intill dess långa, ludna ben – "du känner ju din mästare och herre inte sant, du min präktiga ögonsten?"

Djuret tycktes till synes förstå honom, ty dess långa sugrör rörde sig ut och in i hastigare tempo. Och efter vad jag nu kommer ihåg, var detta den enda rörelse jag iakttog hos detsamma under detta mitt första besök.

Våra förskrämda miner roade Vicker inte litet.

"Den är nog all right; den känner ju mig. Har inte jag sett den dagligen växa upp alltsedan..."

"Varmed brukar du föda det?" avbröt honom doktorn.

Till svar hämtade Vickers från andra ändan av rummet en bleckburk, som han försett med lufthål.

"Sugröret", förklarade han, "är i ändan försett med två små, skarpa tänder och likt vampyren suger den småningom blodet ur sina offer." Han besvarade vår nästa fråga förrän den var uttalad. "Nej, den dödar dem inte genast", sade han och tillslöt locket.

Burken innehöll levande möss.

*　*　*

Det var precis tio dagar senare. Jag satt i Merrels rökrum och spelade schack med honom eller åtminstone låtsade vi spela. I själva verket hade doktorn osökt igen kommit att omnämna Vickers experiment, och då avstannade spelet av sig självt.

"Tro mig, det är den märkvärdigaste upptäckt som någon hittills bragt i dagen – jag säger dig – den största!"

Och hans näve skakade bordet, så att pjäserna trådde en vild krigsdans mot varandra. Hans ögon sköt blixtar av hänryckning, men dessa dog bort, då hans tankar följde en ny riktning.

”– – – Men av alla de avskyvärda djur som Gud någonsin har skapat...”

Han avbröt sig helt plötsligt.

”Och dessa hemska, stirrande ögon. Jag kände på mig, att hade vi stannat därinne ytterligare, hade den lätt kunnat... Men kanske var det endast en tom inbillning. Vet du”, fortsatte han, ”att Vickers intressanta skyddsling, trots dess kolossala storlek, är släkt med lössen? Alla dessa insekter är försedda med sugorgan, varmed de suger näring ur djur på vilka de lever som parasiter, och i tropikerna – well, jag behöver knappast nämna att de är mycket mera besvärliga där. Resten kan du lätt själv tänka ut. De är små och flata, då de först slår sig ned på sina offer, men småningom sväller de till och blir röda till färgen, ända tills de slutligen har nått sin fulla utveckling, då de är stora som bönor och lika lätta att krossa som mogna körsbär. Såframt jag kunnat sluta mig till av dess utvecklingsskede, har George upptäckt länken mellan den oorganiska och den organiska världen – just den länk som vi ovillkorligen behöver för att kunna uppställa en fullständig utvecklingsskala. Men en omständighet som talar emot denna teori, är djurets ovanliga utveckling...”

Hans vidare tal avbröts av att tjänsteflickan Ethel inträdde.

”Mr Vickers hushållerska önskar tala med er, Sir”, sade hon. Jag hörde Merrel säga ett undertryckt ”Ah!” och kommer ihåg att mitt hjärta klappade häftigt. I hopp om att den gamla frun dock endast hade kommit för att söka bot för sin ”värk”, som hon kallade reumatismen, försökte jag intala mig lugn.

Vi skyndade ned till doktorns arbetsrum i bottenvåningen och steg in.

Mrs Jones, Vickers hushållerska, steg upp vid vårt inträde och drog undan floret från sitt ansikte.

”Hur mår mr Vickers?” frågade Merrel rakt på sak.

Mrs Jones talade ovanligt släpande och långsamt, och denna gång kom hennes svar så trögt att jag kände mitt tålamod ta slut, innan den enkla frågan var besvarad.

”Well, sir, mig veterligen har det inte hänt mr Vickers något ont, utom att han inte har haft en bit till livs sedan igår klockan ett-tiden, och dock är jag säker på att han befinner sig någonstans i huset. Det sista jag hörde av honom var då han gick upp till...”

Jag kunde nästan förstå varför stackars mrs Jones i häpenheten glömde att tala vidare, ty dr Merrel, som alltid utmärkte sig genom sitt tvära yrkesmanér, rusade till lokaltelefonen och ropade med upprörd stämma: "Be John att genast köra fram automobilen! Förstår ni? Utan ett ögonblicks dröjsmål!" Därpå vände han sig till hushållerskan, som ännu stod med vidöppen mun, och sade brådskande: "Ni följer med oss och ger oss närmare upplysningar på vägen".

Vad hade hänt? Jag tänkte med fasa på vad Vickers vindsrum denna gång skulle förtälja. Doktorn och jag såg på varandra. Därpå lade han sin hand på min arm.

"Charlie", viskade han, "tro mig, Georg har förmodligen fallit offer för det där odjuret. Jag har anat att någonting kommer att hända alltsedan han visade det för oss, och det ser nu nästan ut som om mina farhågor blivit besannade".

"Be till Gud att vi bara inte måtte komma för sent!" tillade han ångestfullt, och jag tänkte på det hemska vidundret och ryste.

"Har du en revolver?" frågade jag. Han nickade och vi lämnade rummet.

Några ögonblick senare anlände motorvagnen. Vi knuffade in mrs Jones, och Merrel gav chauffören vår väns adress samt tillade:

"Men kör som ni aldrig har kört förr!"

Jag kommer inte att glömma den resan i första hast, och säkert är att mrs Jones inte heller gör det så snart. Vi bemödade oss att fråga henne om närmare detaljer, men hennes svar var så otydliga att vi snart uppgav våra försök såsom fruktlösa, ty hon satt och klängde sig, ömsom skrikande på hjälp och ömsom bönfallande oss att stanna, med ena handen fast vid fönsterskarmen och slitande i min överrock med den andra.

En skrämd tjänsteflicka släppte oss in. Vi störtade förbi henne och rakt uppför trapporna. Sedan vi hunnit till dörren till det hemlighetsfulla rummet stannade vi för att lyssna, men kunde inte förnimma det minsta ljud. Vi kände och vred på låset. – Dörren var obevekligt låst. Efter att sålunda ha skyndat hit hals över huvud, måste vi alltså göra halt framför en starkt byggd dörr, vartill Vickers hade nyckeln. Vi såg på varandra i förtvivlan. Men Merrel gav inte saken förlorad, vilket jag läste i hans upphettade ansikte.

"Han är därinne, och vi måste söka att nå honom till vilket pris som helst", sade han beslutsamt.

"Jag skall hämta en låssmed; det borde bli det bästa medlet att hjälpa oss ut ur detta dilemma", sade jag och ämnade just utföra min föresats, då doktorn plötsligt i viskande ton bad mig vänta: "Lyssna! Han talar ju!"

Jag närmade mig dörren på tåspetsarna och lyssnade andlöst med bultande tinningar. Det uppstod en lång tystnad. Då urskiljde jag äntligen rösten, men kunde inte förstå orden. Den tycktes komma från ett avlägset fjärran och var ytterst svag och otydlig, liknande rösten i en dåligt förenad telefon. Merrel skakade på huvudet.

”Tala högre, gamle kamrat! Vi kan inte höra vad du säger!” ropade han.

Och åter ansträngde vi oss att lyssna och denna gång kunde vi med svårighet urskilja: ”... nyckeln... lönnlåda... bottnen skrivbordet”, varefter rösten åter dog bort.

”Vilken låda och hur öppnas den?” frågade doktorn högt, men svaret uteblev denna gång, ehuru han två gånger upprepade frågan.

Merrel vände sig till mig. ”Ett sista hopp återstår oss alltså ännu: Enligt vad jag begriper har Vickers varit så försiktig att han försett sig med en reservnyckel. Och att söka rätt på denna blir nu vår närmaste uppgift, men fort, fort!”

Vi rusade ned till Vickers arbetsrum, där vi visste att skrivbordet var beläget. Det var av ek och vackert utarbetat. Rullocket var uppskjutet så att en dubbel rad av små fack och lådor var synliga. I ett av facken fann vi en knippa nycklar.

”Hm, men var är nu lönnlådan då?” sade Merrel otåligt och började att ivrigt pröva nycklarna på lådorna, vilka dessvärre alla var låsta.

Som läsaren väl vet brukar en dylik operation vara mer eller mindre ”krånglig” och helt säkert också tidsödande; att Merrel under förhandenvarande omständigheter protesterade både mot det ena och det andra, bistert brummande i skägget, får vi därför inte lägga honom till last.

Sedan han efter en stund lyckats öppna men förgäves genomletat halva antalet lådor, avlöste jag honom och fortsatte letandet. Omsider var sålunda samtliga bordslådor undersökta, men något spår till en lönnlåda kunde vi inte finna.

Våra nerver hade varit spända till det yttersta redan vid vårt inträde i studierummet; i denna stund var mina redan i ett beklagligt tillstånd av upphetsning. Doktorns ansikte uttryckte förtvivlan.

Tigande räckte han mig en eldtång och tog ned från väggen en tung, gammal malajisk stridsklubba.

”Börja, du, på högra sidan av bordet, jag tar den andra på min lott”, sade han.

Vi fann till slut den rätta nyckeln, det är sant. Men skrivbordet... Åter stod vi utanför dörren till det rum där Vickers – eller åtminstone hans kvarlevor – var dolda. Ehuru jag låste upp dörren hade jag i detta ögonblick inte mod att öppna den på vid gavel. Hela saken föreföll mig så motbjudande. Jag föreställde mig den vedervärdiga spindeln krypande omkring på golvet, och den stackars Vickers...?

Jag sneglade på Merrel. Han stod med ihopbitna tänder och spände revolvern. Den enda ljud vi kunde höra härledde sig från några åkdon, som passerade förbi ute på gatan och en tågvissla långt bort ifrån.

Men vårt förehavande var likväl mer än blott en dröm, det var verklighet och dessutom förtvivlat verkligt. I nästa ögonblick flög därför dörren upp. I detsamma nådde oss en svag viskning: "För Guds skull var så tysta som möjligt." Vi steg in på tåspetsarna...

Var och en möter åtminstone någon gång i livet en sådan scen som han aldrig sedan kan glömma. Ännu efter det flera år har förflutit kan den framstå för det inre ögat med utomordentlig noggrannhet. Scenen som vi nu blev vittnen till, var just en sådan.

Den nedgående solen sände en bred stråle in genom nedre kanten av det med en svart filt förtäckta fönstret och belyste med hemsk tydlighet det skådespel som utspelades på golvets mitt.

Vickers låg utsträckt på rygg med den ohyggliga tingesten vilande tvärs över bröstet och med sugröret inborrat i hans strupe. Hans ansikte och läppar var bleka som döden. Hans ögon var slutna och jag kunde inte märka den minsta rörelse på bröstkorgen eller näsvingarna.

Jag såg på Merrel. Hans ögonbryn var ihopdragna så att de nästan möttes, och han andades häftigt med ett sakta väsande ljud mellan tänderna. Jag påminde honom om revolvern, som han höll färdigladdad i handen.

"Var inte enfaldig!" sade han irriterat. "Gå hellre efter konjak, och till att börja med, lägg bort den där modstulna minen!"

Då jag återvände höll han handen på Vickers puls, men revolvern låg på golvet bredvid honom. Hans ansikte bar fortfarande ett mycket allvarsamt uttryck. Jag måtte ha röjt min förvåning, ty han sade förklarande i en knappt hörbar viskning: "Hur kan jag vara säker om att döda vampyren, förrän den hinner urladda en mördande elektrisk stöt genom stackars Georges kropp? Du vet lika väl som jag att dylika lågt stående djur är mycket seglivade. Vi får inte riskera att utsätta George för djurets raseri, varken genom att skjuta eller att skrämma bort det."

Konjaken bringade nu Vickers till medvetande, och han måtte ha uppsnappat något ord från vårt samtal, ty han öppnade ögonen och sade med ett spöklikt leende: "Har ni någonsin sett en blodigel mätta sig med blodet ur en människa?"

Jag svarade häftigt.

"Du vill väl inte kräva att Merrel och jag skall stå här overksamma och se på hur – hur..."

"Om jag orkar hålla mig vid liv tills sugröret flyttas? Ha ha." Vickers log då han klädde min tanke i ord.

Denna tanke var outhärdlig. Vi måste ju finna på någon utväg! Men timme efter timme förgick sålunda under väntan, vilken jag fördrev vilande på en soffa i ett närbeläget rum, ty jag kände mig matt till följd av en blodöverföring. "Det är absolut nödvändigt för att inte vår nödställde vän skall duka under", hade Merrel sagt och med skicklig hand utfört operationen så att vampyren inte stördes i dess grymma måltid. Georges betydligt kryare utseende var belöningen för min lilla uppoffring.

Jag hade insomnat tungt, trött som jag var både av själslig och fysisk ansträngning; och jag drömde om män och kvinnor som jag kände, men deras anblick kom mig att rysa, ty de hade alla förvridna, askgrå ansikten med stora orörligt stirrande ögon, och någonting låg utsträckt över deras kroppar med huvudet borrat djupt i deras strupar, och alla bad de mig att vid allt som jag höll heligt befria dem från deras plågoande, men jag kände mig maktlöst fjättrad av osynliga band. Jag vaknade under en våldsam ansträngning att slita mig lös, badande i kallsvett och fann doktorn lutad över mig, hålögd och orakad. "Riden av maran?" frågade han. "Vart ville du gå och vem var det som hindrade dig? Var försiktig", tillade han då jag sprang upp och sviktade emedan golvet rörde sig runt, som jag tyckte. Såsom min vän riktigt anmärkte, har en blodöverföring just inte egenskapen att få föremålen att synas lika orörliga och få omdömesfömågan att bli så skärpt, som jag gärna hade önskat mig dem.

"Har odjuret rört på sig?" frågade jag.

"Nej", var hans lakoniska svar

Vi läste varandras tankar under tystnad. Jag hoppades att han skulle gissa sig till min nästa fråga, men han teg.

"Hur är det med George?

"Han är ännu vid liv." Och jag förstod av hans hopplösa min, att han endast sagt mig den nakna sanningen. Det uppstod en ny tystnad.

"Oh, men kan vi då inte på något sätt bistå honom?" utropade jag, gripen av förtvivlan. "Jo", svarade han, "jag kommer att göra ett sista försök om vampyren inte flyttar sig undan inom tio minuter. George har nu uppnått det stadium då risken är synbarlig men insatsen inte så stor, ty om detta kommer att fortfara ännu längre måste vår väns livsgnista ovillkorligen slockna för alltid. Hans krafter är redan ansträngda till det yttersta."

Vi återvände till det hemska pinorummet. Stackars Vickers insjunkna ansikte var knappt igenkännligt, och det fordrades inget vant öga för att kunna se att slutet var nära förestående.

Jag såg på klockan. "Jag tänker att fem minuter blir tillräckligt", mumlade Merrel. Jag tog plats på burken med lufthålen och såg först på Vickers dödsbleka ansikte och sedan på Merrels bekymrade drag, där han stod slätande med handen om sin stubbiga haka och med blicken bevakande blodsugarens minsta rörelse.

"Tiden är tillända", sade jag.

Doktorn gick försiktigt fram och ställde sig mitt emot odjurets huvud och hukade sig ned på knäet. Därpå sänkte han revolvermynningen tills den var endast på sex tums avstånd från dess huvud. Hans pekfinger vilade redan på trycket, då ett mirakel inträffade: Vampyren drog plötsligt in sugröret och stirrade otäckt på honom, såsom hade den anat att dess sista stund var nära. Jag tittade ängsligt på doktorn. Det föll mig därvid plötsligt in att Merrel måste vara fascinerad av dessa ondskefulla ögon, ty han blinkade inte en gång då odjuret långsamt, men med blicken oavvänt fäst vid hans, drog sig tillbaka och ned på golvet.

"Nu!" ropade jag, då dess sista hårstrå hade lämnat Vickers kropp. Men Merrel rörde sig inte. Min aning var då besannad! Jag ryckte förtvivlad revolvern ur hans viljelösa hand, tog hastigt sikte och fyrade av. Jag handlade inte ett ögonblick för sent, ty i detsamma rusade den emot mig med utomordentlig snabbhet. På skottet följde ett öronbedövande buller och en flammande blixt. Även tyckte jag mig höra en kvinnas nödrop blanda sig i bullret. Därpå förlorade jag för en stund medvetandet.

Rummet erbjöd en hemsk anblick vid mitt uppvaknande.

Merrel låg med ansiktet nedåt i en blodpöl och stönade av smärta. Och hans ena hand hängde ned över randen av ett stort gap mitt uti golvet. Jag tackade Gud då jag fann, att han dock endast hade blivit bedövad av det stora lager av elektricitet som odjuret plötsligt hade urladdat. Som att åskslag hade laddningen träffat golvet, sprängt detta och trängt sig väg genom huset.

Vi återvände till Vickers. Merrel kände på pulsen.

"Jag skall rädda honom till livet", sade han.

Och han höll sitt löfte.

Mary Elizabeth Braddon

En modern vampyr

Bella Rolleston hade fått för sig att bästa sättet för henne att själv förtjäna sitt bröd och att då och då kunna sända sin moder litet hjälp vore att ge sig ut i världen såsom sällskapsdam. Hon önskade sig plats hos en eller annan äldre dam, som vore excentrisk och rik nog för att hålla sig med ett avlönat sällskap. Fem hela shillings, en vara på vilken hon och hennes mor aldrig hade överflöd och som snart smälte bort mellan deras fingrar, hade överlämnats åt föreståndarinnan för en platsanskaffningsbyrå i Harbeck Street, i hopp att denna höga person skulle kunna anskaffa en lämplig anställning och en lön åt miss Rolleston.

Den "höga personen", en välklädd dam, kastade en prövande blick på pengarna som Bella lagt framför henne på pulpeten och började därpå att i en prydlig liggare införa namn, kvalifikationer och fordringar.

– Ålder? frågade hon kort.

– Arton nästa juli.

– Kunskaper och talanger?

– Nej, sådana har jag inga. Hade jag haft det, skulle jag sökt plats som guvernant. En sällskapsdam tycks vara lägsta graden.

– Vi har i våra böcker flera mycket kunskapsrika och talangfulla damer, vilka söka plats som sällskap eller som "förkläden".

– Åh, jag vet, jag vet, fortfor Bella med ungdomlig talförhet. Men detta är ju något helt annat. Mamma har inte varit i stånd att hålla piano sedan jag var tolv år gammal och jag tror att jag alldeles glömt bort konsten att spela. Jag har måst hjälpa mamma med sömnad, så det har just inte varit mycke tid övrig till studier.

– Var god och uppta inte tiden med att redogöra för vad ni inte kan, utan säg mig istället vad ni kan, sade föreståndarinnan med förkrossande värdighet och med pennan lyft mellan sina fingrar, i väntan på att få skriva.

– Kan ni läsa högt två eller tre timmar i sträck? Är ni verksam, händig och tjänstvillig, stiger ni tidigt upp, är ni en god fotgängare och har ni ett milt sinnelag?

– Jag kan svara ja till alla dessa frågor med undantag av vad som gäller det milda sinnelaget. Jag tror likväl att jag har ett mycket gott lynne och jag skall göra allt vad jag kan för att göra den till freds, i vars tjänst jag kommer. Jag skulle söka visa att jag verkligen gjorde skäl för min lön.

– De damer som anlitar mina tjänster har ingen användning för en alltför pratsam sällskapsdam, sade föreståndarinnan strängt, sedan hon upphört med att skriva i sin bok. Mina kunder tillhör uteslutande aristokratin, och inom denna klass fordrar man stor tillbakadragenhet.

– Ja, naturligtvis, svarade Bella, men det är ju en helt annan sak när jag talar med er. Jag måste ju tala om för er allt som rör mig själv en gång för alla.

– Det gläder mig att det blott behöver bli en gång, blev det spetsiga svaret.

Föreståndarinnan för platsanskaffningsbyrån var en dam av obestämbar ålder, iförd en tätt åtsittande svart sidenklädning. Hon var lätt pudrad i ansiktet och bar omsorgsfullt friserat hår, ehuru en god del därav synbarligen inte var hennes eget. Det är troligt att Bellas ungdomliga friskhet och livlighet hade ett irriterande inflytande på nerver som blivit illa medfarna under åtta timmars dagligt arbete på ett kvavt kontor två trappor upp i Harbeck Street. Detta mottagningsrum med sin brysselmatta, sina gardiner och möbelöverdrag av sammet och sin högt pickande pendyl på marmorkaminen föreföll emellertid Bella som höjden av lyx, då hon jämförde det med ett annat rum två trappor upp i Walworth, där mrs Rolleston och hennes dotter tillbragt de sista sex åren.

– Tror ni att ni har något i era böcker som skulle passa mig, stammade Bella efter en paus.

– Nej, min lilla vän; jag har ingenting för närvarande i sikte, sade den värda damen, som med en frånvarande min strukit ned Bellas pengar i en låda. – Ni inser väl att ni är alltför obildad, alltför ung för att kunna få plats som sällskap hos någon lady av rang. Det är skada att ni inte fått nog uppfostran för att kunna bli guvernant för mindre barn; det skulle ha passat er bättre.

– Tror ni att det kan dröja länge innan ni kan skaffa mig en plats, frågade Bella.

– Jag kan verkligen inte säga det. Har ni något särskilt skäl för att vara så otålig – ingen kärleksaffär, vill jag hoppas?

– En kärleksaffär, utropade Bella rodnande. En sådan idé! Jag vill ha en plats därför att min mor är fattig och jag inte vill vara en börda för henne. Jag vill ha lön för att kunna dela den med henne.

– Det är inte mycket utsikt för att ni skall kunna erhålla så stor lön att ni kan dela den med någon – vid er ålder och med ert, hm, tämligen obildade sätt, sade föreståndarinnan, som fann Bellas röda kinder, klara ögon och otyglade livlighet mer och mer irriterande.

– Kanske om ni ville vara så snäll och lämna mig tillbaka inskrivningsavgiften, så kunde jag vända mig till en annan agentur, vars förbindelser inte är fullt så aristokratiska, sade Bella, vilken – såsom hon sedan berättade för sin moder om samtalet – inte var sinnad att låta sig trampas under fötterna.

– Ni lär inte finna någon platsanskaffningsbyrå som kan göra mera för er än min, svarade föreståndarinnan, som aldrig brukade släppa vad hon en gång lagt klorna på. Ni får vänta tills ett lämpligt tillfälle erbjuder sig. Det här är ett ovanligt fall, men jag skall ha er i minne, och om någon lämplig plats erbjuder sig skall jag skriva till er. Mera kan jag inte lova.

En halvt föraktfull böjning på det ståtliga huvudet, tyngt av det myckna löshåret, tillkännagav att audiensen var slut.

Bella återvände till Walworth – gick till fots hela den långa vägen i septemberkvällen – och härmade sedan "den höga personen" till förnöjelse för modern och hennes värdinna, som stannade kvar en stund i det lilla torftiga vardagsrummet sedan hon burit in teet, och livligt applåderade miss Rollestons "spel".

– Bevare mig, sådan mimik hon har, sade värdinnan. Ni borde ha låtit henne gå in vid teatern, min fru. Hon skulle ha gjort sin lycka som aktris.

II.

Bella väntade och hoppades. Hon lyssnade efter brevbärarens knackning, han som bar så många brev till första och andra våningen och så få till den simpla tredje, där mor och dotter satt och sydde dagen igenom för att med nålen eller symaskinen skaffa sig sin torftiga bärgning. Mrs Rolleston var en lady till börd och uppfostran, men det hade varit hennes olycka att få en dålig man; sedan sex år tillbaka hade hon haft det sämre än en änka: hon var en övergiven hustru. Till all lycka var hon modig, flitig och en skicklig sömmerska och hon hade kunnat försörja sig själv och sitt enda barn genom att förfärdiga kappor för en affär i West End. Det var inte något luxuriöst liv. Billig bostad i en smutsig gata i Walworth-kvarteret, magra middagar, utslitna kläder hade varit moderns och dotterns lott; men de höll så mycket av varandra och naturen hade förlänat dem båda med ett så glatt lynne, att de på det hela funnit sig ganska lyckliga.

Men nu hade tanken på att ge sig ut i världen såsom sällskap till någon bättre dam rotat sig fast i Bellas sinne. Och fastän hon tillbad sin mor och fastän skilsmässan mellan mor och dotter skulle nära nog komma att sönderslita två älskande hjärtan, så längtade den unga flickan likväl efter att få sig en plats, efter förändring och ombyte, lika mycket som medeltidens pager längtade efter att bli riddare och få dra ut till det heliga landet för att bryta en lans med de otrogna.

Hon blev trött på att springa ner för trapporna var gång hon hörde brevbäraren knacka, endast för att få höra "Ingenting för er, miss" från den smutsige portvakten, som tog emot breven till de övre våningarna. "Ingenting för er", skrattade han, till dess Bella slutligen tog mod till sig och ännu en gång gick upp till Harbeck Street och frågade föreståndarinnan hur det kunde komma sig, att det ännu inte lyckats skaffa någon plats åt henne.

– Ni är för ung, sade förestånderskan, och ni önskar lön.

– Naturligtvis gör jag det, svarade Bella. Önskar inte alla andra lön?

– Unga damer av er ålder brukar annars vanligen nöja sig blott med ett angenämt hem.

– Men det gör inte jag, utbrast Bella, jag behöver hjälpa min mor.

– Ni kan ju komma igen om åtta dagar, blev svaret; men om jag under tiden hör av något, skall jag skriva till er.

Inget brev kom från platsanskaffningsbyrån, och på dagen en vecka efter hennes sista besök satte Bella på sig sin bästa hatt, den som varit minst ute i regn, och gav sig till fots iväg till Harbeck Street.

Det var en dunkel oktobereftermiddag och luften var så grå, att den lovade dimma före natten. Butikerna vid Walworths Road lyste glatt genom den gråa luften, och fastän sådana butikfönster måste förefalla knappt värdiga en enda blick för en ung dam som brukar röra sig på Londons förnämsta handelsgator, så var de likväl för Bella en snara och en frestelse. Där fanns så många vackra saker som hon önskade sig och som hon aldrig skulle bli i stånd att köpa.

Harbeck Street brukar vid denna tid, årets döda säsong, vara tämligen tom, en lång, lång gata med ett ändlöst perspektiv av välbyggda hus. Byrån var belägen längst bort i slutet av gatan, och Bella blickade framför sig nästan förtvivlad och mera trött än vanlig av den långa vägen från Walworth. Just då passerade en vagn förbi, en gammaldags, gulmålad kalesch på fjädrar, dragen av ett par stora gråa hästar och körd av den ståtligaste bland kuskar med en lång betjänt vid sin sida.

– Det där ser då alldeles ut som den snälla gudmoderns vagn i fésagan, tänkte Bella. Jag undrar just om den inte varit en pumpa från början.

Hon blev inte litet överraskad då hon kom fram till platsanskaffningsbyrån och fann den gula kaleschen hålla framför husets dörr och den långe betjänten väntande bredvid trappan. Hon blev nästan rädd för att gå in och möta ägarinnan till det präktiga åkdonet. Hon hade endast fått en skymt av en plymbesatt hatt och en hermelinkappa, då vagnen rullade förbi.

Föreståndarinnans lille betjänt förde henne uppför trapporna och knackade på dörren till mottagningsrummet.

– Miss Rolleston, förkunnade han högtidligt, medan Bella väntade därute.

– Visa henne in, sade förestånderskan hastigt, och därpå hörde Bella henne viska något till hennes klient.

Bella kom in, frisk, blomstrande, en levande bild av ungdom och hopp, och innan hon hann se på föreståndarinnan blev hennes blickar dragna till vagnens ägarinna.

Aldrig hade hon sett någon så gammal som den gamla fru, vilken satt där framför kaminelden: en liten, gammal figur, från huvud till fot insvept i en hermelinkappa; ett rynkigt, gammalt ansikte under en hatt med stora plymer – ett ansikte så härjat av tiden att det endast tycktes bestå av ett par ögon och två spetsiga kinder. Näsan var också spetsig, men mellan de skarpt utstående kindknotorna och de stora, stickande ögonen var den lilla örnnäsan knappt synlig.

– Detta är miss Rolleston, lady Ducayne.

Med sina klolika, av juveler blixtrande fingrar förde lady Ducayne lornjetten till sina svarta, skinande ögon, och genom glasen såg Bella dessa onaturligt lysande ögon gigantiskt förstorade och hemskt stirrande på henne.

– Miss Torpinter har sagt mig allt om er, sade den gamla. Har ni god hälsa ? Är ni stark och verksam, har ni god aptit, sover ni väl, går ni raskt och är ni i stånd att njuta av allt vad som är gott i livet?

– Jag vet inte vad det vill säga att vara sjuk eller overksam, svarade Bella.

– Då tror jag ni passar för mig.

– Naturligtvis under förutsättning att referenserna är fullkomligt tillfredsställande, inflickade miss Torpinter.

– Jag frågar inte efter några referenser. Den unga flickan ser uppriktig och oskyldig ut. Jag tar henne på god tro.

– Så likt er, min dyra lady Ducayne, mumlade miss Torpinter.

– Vad jag vill ha är en ung stark flicka, vars hälsa inte kommer att göra mig något besvär.

– Ja, ni har ju haft en sådan otur i det avseendet, kuttrade miss Torpinter, vars tonfall och sätt i den gamla damens närvaro övergick till en smältande ljuvhet.

– Ja, jag har verkligen haft otur, grymtade lady Ducayne.

– Men jag är säker på att ni i det hänseendet skall bli belåten med miss Rollestone, ehuru visserligen efter er ledsamma erfarenhet med miss Tomson, som såg ut som hälsan själv, och miss Blondy, som påstod sig aldrig ha besökt en doktor sedan hon blev vaccinerad – –

– Osanningar, utan tvivel, mumlade lady Ducayne. Vändande sig till Bella frågade hon därpå helt kort:

– Ni har väl ingenting emot, kan jag tro, att få tillbringa vintern i Italien?

I Italien! Själva orden hade en magisk klang. Bellas vackra unga ansikte överdrogs av en hastig rodnad.

– Det har alltid varit mitt livs dröm att en gång få se Italien, framstötte Bella.

Från Walworth till Italien. Hur lång, hur omöjlig hade inte en sådan resa synts för den unga drömmerskan.

– Nåväl, er dröm skall bli uppfylld. Gör er färdig att lämna Charing Crosstationen med lyxtåget åtta dagar från idag klockan elva. Var nu säkert vid järnvägsstationen en kvart före tiden. Mitt folk skall ta hand om er och ert bagage.

Lady Ducayne reste sig från stolen med hjälp av sin kryckkäpp och miss Torpinter följde ödmjukt till dörren.

– Och vad lönen beträffar, frågade den sistnämnda på vägen till dörren.

– Lönen, åh, densamma som vanligt, och om den unga damen behöver en kvartalslön i förskott, så kan ni skriva till mig för att få en växel, svarade lady Ducayne likgiltigt.

Miss Torpinter följde sin klient nedför alla trapporna och stannade där nere, tills hon sett henne väl installerad i den gula kaleschen. Då hon kom upp igen var hon alldeles andtruten och hon hade återtagit det överlägsna sätt som Bella funnit så förkrossande.

– Ni kan verkligen prisa er ovanligt lycklig, miss Rolleston, sade hon. Jag har dussintals flickor i mina böcker som jag kunnat rekommendera till denna plats – men jag kom i håg att jag just bett er komma hit upp denna afton – och jag tyckte jag kunde bereda er ett gynnsamt tillfälle. Gamla lady Ducayne är en av de bästa i mina böcker. Hon ger sin sällskapsdam hundra pund om året och betalar alla resekostnaderna. Ni kommer att leva i ett hav av lyx.

– Hundra pund om året! O, så härligt! Kommer jag att uppträda i stora toaletter? Deltar lady Ducayne mycket i sällskapslivet?

– Vid hennes ålder! Nej, hon lever mycket tillbakadraget – mest i sina egna rum – hennes franska kammarjungfru, hennes betjänt och hennes läkare är nästan hennes enda sällskap.

– Varför har hennes förra sällskapsdamer lämnat henne? frågade Bella.

– Deras hälsa började bli vacklande. Stackarna, och så måste de lämna henne. Ja, de blev nödsakade därtill. Jag antar att ni behöver en kvartalslön i förskott.

– Ja, var så snäll och låt mig få det. Jag behöver köpa åtskilliga saker till min ekipering.

– Nå, då skall jag skriva till lady Ducayne efter en växel och jag skall sända er vad som blir över – sedan jag avdragit mitt kommissionsarvode av er årslön.

– Javisst, jag hade alldeles glömt bort kommissionsarvodet.

– Ni tror väl inte att jag håller denna byrå blott för mitt nöjes skull.

– Naturligtvis inte, mumlade Bella, ihågkommande de fem shillings hon lämnat i inskrivningsavgiften; men ingen kunde ju också vänta sig hundra pund om året och en resa till Italien för blott fem shillings.

III.

"Från miss Rolleston i Cap Ferrino till mrs Rolleston i Beresford Street, Walworth.

Vad jag önskar du skulle kunna se denna plats, kära mamma! Den blå himmelen, olivskogarna, apelsin- och citronplanteringarna i lä mellan klipporna och havet, som låter sina lätta vågor slå emot stranden! Ack att du kunde få se allt detta, kära moder, och få gassa dig i detta solsken, som gör det så svårt att tro på datumet härovan. November! Luften är lik en engelsk juni – solen så het att jag inte kan gå några steg utan parasoll. Och att tänka sig att du är i Walworth under det jag är här! Jag kan gråta vid tanken på att du kanske aldrig kommer att få se denna härliga kust, detta underbara hav, dessa sommarblommor mitt i vintern. En hel tjock häck av ljusröda geranier blommar under mitt fönster och utslagna praktfulla dijonrosor klänger sig över pelarna på terrassen – en rosen-

229

trädgård full av blommor i november. Du kan inte tänka dig lyxen i detta hotell. Det är nästan nytt och har blivit byggt och inrett med oerhörd kostnad. Våra rum är klädda med blått siden, vilket just inte bidrar till att försköna lady Ducaynes pergamentsliknande ansikte; men som hon hela dagen igenom sitter i ett hörn på balkongen och värmer sig i solskenet – med undantag av den tid då hon är ute och åker – och hela aftonen i sin länstol framför elden, samt således aldrig ses av någon annan än av sitt eget folk, så gör ju hennes utseende ingenting till saken.

Hon har den vackraste rad av rum i hotellet. Mitt sovrum är innanför hennes, det allrasom sötaste rum – allting blått siden och vita spetsar – med emaljerade möbler och speglar på alla väggarna. Detta rum var ursprungligen avsett till lady Ducaynes toalettrum, men hon gav order att en av de små blå sidenchaiselongerna skulle anordnas till säng åt mig – den nättaste lilla säng som jag på soliga morgnar brukar rulla fram till fönsterna. Jag tycker det är alldeles som om lady Ducayne vore en gammal lustig mormor, som plötsligen uppenbarat sig i mitt liv, mycket, mycket rik och mycket snäll.

Hon är inte alls svår att göra till lags. Jag läser en god del högt för henne och hon slumrar och nickar ofta därunder. Ibland hör jag henne stöna i sömnen som om hon hade besvärliga drömmar. Då hon är trött att höra på mig, låter hon sin kammarjungfru Francine läsa en fransk roman för sig, och det ser nästan ut som om hon vore mera intresserad i dessa böcker än i Dickens eller Walter Scott. Jag har rätt mycket frihet, ty lady Ducayne ber mig ofta gå ut och roa mig och då brukar jag timvis klättra omkring bland bergen. Allt är förtjusande där! Jag fördjupar mig in i olivskogarna, stiger högre och högre upp mot furuskogarna – och över furorna reser snöbergen sina vita spetsar. O, hur olikt allting är här mot hemma vid det mörka Beresford Street! Ibland brukar jag blott gå ut på terrassen utanför hotellet. Trädgården ligger där nedanför och lawntennisplatsen, där jag ibland spelar med en mycket söt ung flicka, den enda här på hotellet med vilken jag blivit god vän. Hon är ett år äldre än jag och har kommit hit till Cap Ferrino med sin broder, en doktor – eller en medicine studerande, som snart skall bli doktor. Han har avlagt sin medicinska examen just innan de reste hemifrån, har Lotta berättat mig. Han har kommit hit till Italien endast för systerns skull. Hon hade en svårare bröståkomma förliden sommar och blev ordinerad att resa ut i vinter. De är fader- och moderlösa, alldeles ensamma i världen och håller så mycket av varandra. Det är mycket roligt för mig att ha en sådan vän som Lotta. Hon har en alldeles utmärkt karaktär, har blivit uppfostrad långt ut på landet och känner knappast till något av livet. Hennes broder vill inte tillåta henne att läsa någon engelsk eller fransk roman, som han inte själv har läst och godkänt.

– Han behandlar mig som ett barn, sade hon till mig; men det gör ingenting, ty det är roligt att veta någon håller av mig och frågar efter vad jag gör och tänker.

Mr Stafford, Lottas broder, är mycket älskvärd och snäll. Han säger det är synd om mig att jag skall vara hos en så gammal gumma som lady Ducayne – men han vet ju också inte hur fattiga vi två är och hur underbart livet syns för mig på denna förtjusande plats. Det förefaller mig som vore det höjden av själviskhet att jag kan njuta av all denna lyx, medan du, som så mycket mera behövde det, sitter hemma och trälar."

Detta brev var skrivet då Bella ännu inte varit fullt en månad i Cap Ferrino, ännu innan hon hunnit bli mätt på landskapet och den henne omgivande lyxen. Hon skrev varje vecka till sin moder, sådana brev som endast kan skrivas av en ung flicka, som varit van att leva i innerlig förtrogenhet med sin moder, och som öppnar hela sitt hjärta däri. Hon skrev alltid glatt, men då nyåret börjat tyckte mrs Rolleston sig förmärka en skymt av melankoli under alla dessa livliga beskrivningar över platsen och folket.

– Min stackars flicka är hemsjuk, tänkte hon. Hennes hjärta är i Beresford Street.

Det var kanske därför att hon saknade sin nya väninna och kamrat, Lotta Stafford, som med sin bror rest på en tur till Genua, Spezzia och Pisa. De skulle komma tillbaka i februari, men under tiden måste ju Bella känna sig mycket ensam bland alla dessa främlingar, vilkas görande och låtande hon beskrev så väl.

Moderns instinkt hade varit riktig. Bella var inte mera så lycklig som hon varit, då allt var nytt och det plötsliga ombytet mellan Walworth och Rivieran utövade sin inverkan på henne. På ett eller annat sätt, hon visste inte själv hur, hade en viss trötthet börjat komma över henne. Hon fann inte längre samma nöje i att klättra i bergen; doften av rosor och timjan och den friska sjöluften fyllde henne inte längre med hänryckning. Hon tänkte på Beresford Street och på sin mor med en sjuklig längtan. De var så långt, långt borta. Och så tänkte hon på lady Ducayne, där denna satt och värmde sig framför kaminelden, på detta vissnade nötknäckareansikte, dessa gnistrande ögon – tankar som fyllde henne med en obeskrivlig fasa.

Gäster på hotellet hade sagt henne att luften i Cap Perrino hade ett förslappande inflytande – lämpade sig bättre för ålderdom än för ungdom, bättre för sjuka än för friska. Det led inget tvivel att det var så. Hon var inte mera så rask som hon varit i Walworth; men hon sade sig själv att hon endast led av skilsmässan från den älskade modern. Hon hade gråtit många tårar över den skilsmässan och hade tillbringat mången sorgsen stund på marmorterrassen med ögonen trånade riktade mot hemtrakten och önskande sig tusen mil därifrån.

Hon satt på sin favoritplats på östliga sidan av terrassen, ett lugnt litet hörn skyddat av apelsinträden, då hon hörde ett par rivieragäster tala i trädgården nedanför, där de satt på en bänk invid terrassmuren.

Hon hade inte fäst någon uppmärksamhet vid deras tal, förrän hon hörde lady Ducaynes namn nämnas och då lyssnade hon på dem utan tanke på att göra något orätt. Det var inga hemligheter de hade att berätta, endast vanligt prat hotellgäster emellan.

Det var två äldre personer, vilka Bella endast kände till utseendet. En engelsk prästman, som tillbragt vintern i Italien nästan halva sitt liv och en äldre respektabel ogift dam, vars kroniska bronkit nödsakade henne att årligen uppehålla sig utomlands om vintern.

– Jag har träffat på henne i Italien under vart enda av dessa sista tio åren, sade damen, men jag har aldrig kunnat komma underfund med hennes verkliga ålder.

– Jag anslår hennes ålder till hundra – inte ett år mindre, svarade prästen. Alla hennes minnen går tillbaka till engelska regentskapet, och hon stod säkerligen då i sitt zenit; och jag har hört henne säga saker som utvisar att hon uppträdde i parisersocieten under det första kejsardömets bästa tider, innan ännu Napoleon skiljt sig från Josephine.

– Hon talar inte mycket nu.

– Nej, där är inte mycket liv kvar i henne numera. Hon är därför nog klok att hålla sig i ensamheten för sig själv. Jag blott undrar över att inte den där gamle kvacksalvaren, hennes italienske doktor, tagit livet av henne för länge sedan.

– Jag tror snarare tvärtom, att det är han som håller livet i henne.

– Min kära miss Manders, hur kan ni tro att italienskt kvacksalveri kan hålla någon kvar i livet?

– I alla händelser så lever hon ännu – och hon har honom alltid med sig. Han är verkligen en obehaglig företeelse.

– Obehaglig, upprepade pastorn; jag tror knappt att den lede själv kan övergå honom i fulhet. Jag beklagar verkligen den stackars unga damen som får tillbringa sina dagar mellan gamla lady Ducayne och doktor Parravicini.

– Men den gamla ladyn är mycket god mot sina sällskapsdamer.

– Tvivelsutan. Hon är mycket frikostig med penningar; tjänstfolket kallar henne den snälla lady Ducayne. Hon är en gammal kvinnlig Krösus och vet att hon inte är i stånd att själv göra slut på sina penningar och vill inte heller att andra människor skall ha glädje därav, sedan hon själv ligger i sin kista. Jag tror nog att hon är frikostig mot dessa stackars flickor – men hon kan inte göra dem lyckliga. De dör i hennes sällskap.

– Säg inte att de dör, mr Carton! Jag känner blott till den stackars flickan, som dog i Menton i våras.

– Ja, men en annan av hennes sällskapsdamer dog i Rom för tre år sedan. Jag var där nere vid den tiden. Lady Ducayne hade låtit henne stanna kvar i en engelsk familj, där flickan ägnades all omsorg. Gumman var mycket frikostig mot henne – men den stackars flickan dog likväl. Jag skall säga er, miss Manders, att det är inte bra för en ung flicka att leva dagligen tillsammans med två sådana ohyggliga människor som lady Ducayne och Parravicini.

De började nu tala om andra saker – men Bella hörde inte mera på dem. Hon satt orörlig, och det föreföll henne som en kall vind från bergen strukit fram över henne till dess hon började frysa, där hon satt i solskenet under apelsinträden mitt bland söderns hela skönhet och värme.

Ja, det låg verkligen något ohyggligt över paret – hon härjad av ålderdomen, så lik en aristokratisk gammal häxa, han av en obestämbar ålder, men med ett ansikte mera likt en vaxmask än en människas. Men vad gjorde det? Ålderdomen är värd all vördnad, och lady Ducayne hade ju visat sig mycket god och vänlig mot henne. Dr Parravicini var en oförarglig människa som tillbragte hela dagen under studier och som sällan såg upp från den bok han höll på att läsa. Han hade sitt enskilda rum, där han gjorde sina experiment i kemi och annan naturvetenskap – kanske i alkemi. Vad kunde det göra Bella? Han hade alltid varit artig mot henne på sitt frånvarande sätt. Hon kunde aldrig få en bättre anställning än denna – i detta palatslika hotell och hos denna rika gamla lady.

Utan tvivel saknade hon den unga engelska flickan som varit så vänlig emot henne, och det är ju möjligt att hon också saknade dennas broder, ty mr Stafford hade talat rätt mycket med henne – hade intresserat sig för de böcker hon läste, och för det sätt varpå hon använde sin lediga tid.

– Ni får komma upp till oss när ni har er frihet, så kan vi musicera litet samman. Ty ni kan väl sjunga och spela, hade han en gång sagt. Varpå

Bella med en rodnad av blygsel måste tillstå att hon upphört att spela för flera år sedan.

– Men, hade hon tillagt, mamma och jag brukade ofta i skymningen sjunga små duetter tillsammans utan ackompanjemang. Och därvid hade tårarna kommit henne i ögonen då hon tänkte på sitt torftiga hem, på det mödosamma arbetet dag ut och dag in, och på moderns röst, så ljuv, så klagande, så kär.

Ibland överraskade hon sig själv med att undra, om hon verkligen någonsin mera skulle få se denna älskade moder igen. Egendomliga förkänningar började uppstiga inom henne. Men hon blev ond på sig själv för det hon lät dylika melankoliska tankar få makt med sig.

En dag frågade hon lady Ducaynes franska kammarjungfru angående dessa två sällskapsdamer som dött inom tre år.

– De var stackars svaga varelser, berättade Francine. De såg visserligen ganska friska och duktiga ut när de kom i myladys tjänst, men de åt för mycket och ville inte röra sig tillräckligt. De dog av vällevnad och lättja. Mylady var alltför snäll mot dem. De hade ingenting att göra, och så började de inbilla sig en hel del dumheter såsom att luften inte passade för dem och att de inte kunde sova.

– Jag sover vanligen mycket gott, men sedan jag kom till Italien har jag flera gånger haft en sådan besynnerlig dröm, sade Bella.

– Åh, ni gjorde bäst i att inte börja tänka på drömmar, annars kan det hända att ni blir likadan som de båda andra flickorna. De brukade också drömma – och de drömde sig till sist till kyrkogården.

Denna dröm som flera gånger återkommit oroade Bella en smula, inte därför att den väckte fasa och förskräckelse, utan därför att den var förenad med ett slags upplevelser som hon aldrig förut erfarit under sömnen – ett buller av hjul, vilka gick mitt i hennes hjärna som en virvelvind, men rytmiskt liksom tickandet av ett gigantiskt ur; och så, efter detta mellanrum av känslolöshet, hade hon åter hört ljudet av röster och därpå bullret av hjul, högre och högre – sedan åter känslolöshet – tills hon på morgonen vaknat trött och nedslagen.

En dag, det enda tillfälle då hon behövt hans biträde såsom läkare, hade hon berättat för dr Parravicini om sin dröm. Hon hade före jul lidit ganska mycket av moskiterna och hade en dag blivit helt skrämd av att på sin arm finna ett litet sår, som hon endast kunde tillskriva dessa plågoandars giftiga styng. Parravicini satte sina glasögon på näsan och undersökte noga märket på den runda, vita armen, där Bella med klänningsärmen uppviken till armbågen stod framför honom och lady Ducayne.

– Ja, det där är inte att leka med, sade han; den har stuckit er just på en åder. En sådan vampyr! En riktig liten blodsugare! Men ingen skada är skedd, signorina och jag skall snart ha kurerat er med ett förband. Ni måste likväl alltid visa mig om ni får några flera liknande bett. De kan bli farliga om de försummas och leda till blodförgiftning.

– Och att tänka sig att så små djur kunna sticka så här, sade Bella; min arm ser ju ut som man hade varit i lag med en kniv därmed.

– Om jag under mikroskopet visade er en moskits sugrör, så skulle ni inte mera förvånas däröver, svarade Parravicini.

Bella fick sedan lära sig uthärda många liknande moskitstyng och dr Parravicini fick flera gånger anlägga sina förband, en operation som han gjorde med lättaste hand och som snart kom de stygga såren att läkas.

"Bella Rolleston till mrs Rolleston, den 14 april.

Min käraste moder! Här har du en växel på hela det belopp som jag erhållit som lön för andra kvartalet. Denna gång slipper vi att dela med oss till någon kommissionär, så här har du det alltsamman. Jag har tillräckligt med fickpenningar kvar av det belopp jag hade med mig då jag reste ut. Det är nästan omöjligt att göra av med några penningar här, såvida man inte har en hel förmögenhet att ge ut, ty allting här, som man verkligen skulle vilja köpa – sköldpaddarbeten, koraller, spetsar – är så dyrt att endast en miljonär kan våga se på det.

Du frågar mig så allvarligt hur det är med min hälsa, att jag är rädd för att mina sista brev varit mycket dumma. Jo, kära mamma, jag mår bra – men jag är inte fullt så stark som när jag var hemma i London. Luften här är något slappande och jag känner mig ibland litet trött. Nu tror jag mig kunna se hur bekymrad du ser ut, när du läser detta. Men var inte rädd, jag är alls inte, verkligen alls inte sjuk. Endast litet trött på allt det vackra jag dagligen får liksom jag tror man skulle till slut bli trött av att dag ut och dag in ha den vackraste tavla hängande på väggen framför sig. Varje dag tänker jag på dig och vårt lilla trevliga rum och på vår lille Dick, som sjunger i sin bur. Du får nödvändigt i nästa brev skriva hur det är med honom.

Min vän Lotta och hennes broder ha inte kommit tillbaka hit. De har rest från Pisa till Rom och skall tillbringa maj månad vid en av de italienska sjöarna, skrev Lotta nyligen till mig. Själva kommer vi i nästa vecka resa till Bellagio vid Comosjön. Blir det inte förtjusande? Vi stannar på vägen två dagar i Genua och en dag i Milano. Så roligt det skall bli att riktigt få tala om för dig allt vad jag sett, då jag en gång väl kommit hem igen.
Bella."

IV.

Herbert Stafford och hans syster hade ofta talat med varandra om den vackra engelska flickan med det ungdomsfriska, rosiga utseendet, som så behagligt kontrasterade mot alla dessa gamla och av sjukdom tärda ansikten på Grand Hotel i Cap Ferrino. Den unge läkaren tänkte på henne med en medlidsam ömhet – hennes ytterliga ensamhet i det stora hotellet bland så många främlingar, hennes fångenskap hos denna gamla, gamla gumma, då alla andra där var fria och endast hade att njuta av livet. Det var ett hårt öde, så mycket mera som den stackars flickan synbarligen var mycket fäst vid sin moder och led av skilsmässan från henne.

Lotta berättade honom en morgon att hon fått brev från Bella, och att de kom att åter träffas i Bellagio.

– Gumman och hennes hovstat kom dit redan innan vi är där, sade hon. Så roligt det skall bli att åter ha Bella hos sig. Hon har alltid något så ljust och glatt – trots att hon ibland har en släng av hemsjuka. Jag har aldrig efter en kort bekantskap fäst mig så vid någon annan flicka som vid henne.

– Jag tycker om att hon är hemsjuk, ty då är jag säker på att hon har hjärta, sade Herbert.

– Vad har du med hjärtan att göra, såvida det inte gäller att dissekera? Glöm inte att Bella är mycket fattig. Hon har i förtroende berättat mig att hennes moder syr kappor för en butik i West End.

– Inte tänker jag sämre om henne för det

– Naturligtvis inte om man tar saken rent abstrakt. Men du kan inte gärna gifta dig med en flicka vars moder syr kappor.

– Vi har ännu inte kommit så långt att vi behöver ta denna fråga i betraktande, svarade Herbert, som gärna roade sig med att en smula reta sin syster. För övrigt hade han under två års tjänstgöring vid lasaretterna sett alltför mycket av livets grymma verklighet för att vidare hålla på några bördens företrädesrättigheter.

Mr Stafford och hans syster anlände till Bellaggio en vacker majafton. Solen höll på att gå ned då ångaren närmade sig hamnpiren, och det blomsterflor som vid denna tid på året betäcker varje natt med purpur där nere, flammade och blev ännu djupare i det glödande skenet. En grupp av damer stod på hamnpiren och väntade på de ankommande, och bland dem varseblev Herbert ett blekt ansikte, som ryckte honom ur hans vanliga sinnesstämning.

– Det är hon, utbrast Lotta som stod bredvid honom, men hur förfärligt förändrad. Hon ser ju alldeles förstörd ut.

Några minuter därefter skakade de hand med henne uppe på kajen och en rodnad av glädje lyste upp hennes stackars avtärda ansikte.

– Jag var säker på att ni skulle komma i afton, sade hon. Vi har varit här en vecka.

Hon tillade inte att hon varit nere vid hamnen varenda afton och även många gånger på dagen för att vänta båtens ankomst. Hotellet där de bodde låg helt nära hamnen, och det var inte svårt för henne att hinna ned i tid då hon hörde ångaren ge signal. Hon kände sig glad över att åter få råka de båda syskonen, en känsla av att få vara bland vänner, en tillit som all lady Ducaynes godhet aldrig kunnat inge henne.

– O, min stackars kära vän, vad du måste ha varit dålig, utbrast Lotta, då de två flickorna omfamnade varandra.

Bella försökte svara, men hennes röst kvävdes av tårar.

– Men vad är det som har felat dig? Den förskräckliga influensan, kan jag tänka?

– Nej, nej, jag har inte varit sjuk – endast känt mig en smula tröttare än vanligt. Jag tror inte att luften i Cap Ferrino passade riktigt för mig.

– Den måste ha varit förfärligt olämplig för dig. Jag har aldrig sett någon så förändras. Du får nödvändigt låta Herbert ordinera för dig. Han är fullt kompetent, som du vet. Han har redan kurerat en massa influensapatienter.

– Jag är fullkomligt övertygad om att han är mycket skicklig, svarade Bella, men det hela är verkligen ingenting. Jag är inte sjuk, och om jag vore det så skulle lady Ducaynes läkare...

– O, den där förfärliga mannen med det gula ansiktet? Då kunde jag lika gärna ha en av de giftblandande Borgierna till att ordinera för mig. Jag hoppas att du inte tagit något av hans medikamenter.

– Nej, kära du, jag har inte tagit något. Jag vet att dr Parravicini är en skicklig doktor, ty han har kurerat mina förskräckliga moskitbett.

– Lite ammoniak gör gott i det inledande stadiet. Men här finns väl inga moskiter som besvärar dig nu.

– O, visst finns det.

Hon strök upp sin ledigt sittande skjortärm och företedde ett ärr, vilket han ingående granskade med ett överraskat och förbryllat uttryck.

– Men detta är ju alls inte något moskitbett! utbrast han.

– Åh, jo visst är det så – såvida det inte finns ormar på Cap Ferrino.

– Det är inte alls något bett. Ni skämtar med mig. Miss Rolleston –

ni har låtit den där eländige italienske kvacksalvaren åderlåta er. Det är skadligt och det var mycket dåraktigt gjort av er.

– Jag har aldrig i mitt liv blivit åderlåten, mr Stafford.

– Sådant prat! Låt mig se på er andra arm. Är där också några märken efter moskitbett ?

– Ja visst. Dr Parravicini säger att jag har dåligt läkeskinn och att giftet angriper mig mera häftigt än de flesta andra.

Stafford undersökte nu båda hennes armar i det klara solskenet och fann flera både äldre och yngre ärr.

– Ni har blivit mycket illa biten, miss Rolleston; om jag någonsin får rätt på den där moskiten, så skall jag nog klämma efter den. Men säg mig nu på ert hedersord, säg mig som åt en vän, vilken är uppriktigt ängslig för er hälsa och lycka – såsom ni skulle säga åt er mor om hon stod här och frågade er – har ni inte kännedom om någon annan orsak till de där ärren än moskitbetten – inte ens en misstanke?

– Nej, inte den minsta! Nej på min heder. Jag har visserligen aldrig sett någon moskit bita mig – man ser ju aldrig de farliga små fienderna. Men jag har hört dem trumpeta bakom gardinerna och jag vet att jag ofta haft ett av de där giftiga små odjuren surrande omkring mig.

Senare på dagen satt Bella och hennes vänner och drack te i trädgården, medan lady Ducayne tog en aftonpromenad med sin doktor.

– Hur länge tänker ni stanna kvar hos lady Ducayne, miss Rolleston? Med denna fråga avbröt Herbert Stafford de båda unga flickornas prat, efter att länge ha suttit i djupa tankar.

– Så länge hon vill fortfara med att betala mig tjugofem pund i kvartalet.

– Även om ni märker, att ni helt och hållet sätter er hälsa på spel i hennes tjänst?

– Det är inte tjänsten som har haft något skadligt inflytande på min hälsa. Ni ser ju att jag i själva verket knappast har något att göra – att läsa högt för en timme eller så en eller två gånger i veckan och att en och annan gång skriva ett brev till någon affärsman i London. Jag skulle aldrig kunna få en lättare tjänst hos någon annan. Och ingen skulle heller betala mig hundra pund om året.

– Då tänker ni fortsätta till dess ni dukar under, dör på er post.

– Liksom de två andra sällskapsdamerna? Nej! Blir jag allvarsamt sjuk – verkligt sjuk, så reser jag direkt tillbaka till Walworth.

– Vad menar ni med: liksom de två andra sällskapsdamerna?

– De dog båda två. Det var mycket ledsamt för lady Ducayne. Det var därför hon tog mig i sin tjänst; hon valde mig därför att jag var så frisk och stark. Hon måste vara mycket missbelåten med att jag också blivit blek och svag. Men apropos, när jag talade om för henne det utmärkta nervstärkande medel ni givit mig, sade hon att hon gärna skulle vilja rådfråga er för egen räkning.

– Och jag skulle också gärna vilja lära känna lady Ducayne. Men när sade hon det?

– I förrgår.

– Vill ni fråga henne om hon kan ta emot mig i afton.

– Med nöje. Jag undrar just vad ni skall tänka om henne. Hon ser förskräcklig ut för en främling, men dr Parravicini säger att hon en gång varit en ryktbar skönhet.

*　　*　　*

Klockan var nära två då mr Stafford erhöll ett bud från lady Ducayne, vars betjänt kom för att föra honom till hennes salong. Bella höll på att läsa högt då hans besök anmäldes. Och han iakttog vilken trötthet och ansträngning som nu låg över hennes eljes så välljudande röst.

– Slå ihop boken, sade den gamla något knarrigt. Nu börjar ni att släpa på målet alldeles som miss Blandy.

Stafford såg en liten, krökt figur sammanknipen i en stol framför den stora brasan av olivved, en hopskrumpen gumma iförd en prålande dräkt av svart och röd brokad, en hals som endast var skinn och ben, och som höjde sig ur en massa gamla venetianska spetsar, sammanhållna av ett diamantsmycke, vars stenar gnistrade som eldflugor då det gamla huvudet vände sig mot honom.

Ögonen, som ur detta ansikte blickade upp mot honom, lyste nästan i kapp med diamanterna och tycktes vara det enda levande i detta förtorkade pergamentansikte. Han hade sett hemska ansikten på lasaretterna – ansikten på vilka sjukdomar satt förfärliga märken – men han hade aldrig sett något som gjort ett så pinsamt intryck på honom som detta, vilket i sin hemskhet tycktes ha överlevat själva döden och som för år och åter år sedan borde ha varit gömt under kistlocket.

Den italienske läkaren stod på andra sidan vid kaminen; han rökte en cigarett och blickade ned på den gamla mot elden lutade kvinnan med ett uttryck som vore han stolt över henne.

– God afton, mr Stafford! Och ni, Bella, kan gå upp på ert rum och skriva på era oändliga brev till er mor i Walworth, sade lady Ducayne. Jag tror hon skriver en hel sida om varenda vild blomma hon finner i skogen

239

eller på ängarna. Ty annars vet jag inte vad hon skulle kunna skriva om, tillade hon, sedan Bella dragit sig tillbaka till sitt lilla vackra sovrum, vars dörr förde ut till Ducaynes stora rum. Ty här liksom i Cap Ferrino sov hon i ett rum som gränsade omedelbart till den gamla ladyns eget.

– Ni är läkare, mr Stafford, efter vad jag hört.

– Jag har avlagt alla examina och genomgått de praktiska övningarna, men jag har ännu inte börjat egen praktik.

– Ni har ju börjat med min sällskapsdam, berättar hon mig.

– Ja, jag har ordinerat litet för henne och det gläder mig att min ordination tycks göra henne gott; men jag anser detta endast vara en temporär förbättring. Hennes sjukdomsfall behöver en mera genomgripande behandling.

– Jag frågar inte efter hennes fall. Det är ingenting alls med flickan – absolut ingenting – med undantag av en smula flickgriller; för mycken frihet och ingenting att göra.

– Jag har hört att två av era förra sällskapsdamer dött av samma sjukdom, sade Stafford med en blick först på lady Ducayne, som gjorde en otålig kastning med sitt gamla darrande huvud, och sedan på Parravicini vars gula ansiktsfärg blev litet blekare vid Staffords ord.

– Tråka inte ut mig med mina sällskapsdamer, sade lady Dacayce. Jag har skickat efter er för att rådfråga er för egen räkning – och inte för några bleksjuka flickors skull. Ni är ung och läkarekonsten är en framåtskridande vetenskap, säger tidningarna mig. Var har ni studerat?

– Edinburgh och Paris.

– Två goda skolor. Och ni känner till de nya teorierna, de moderna sagolika upptakterna; ni har studerat hypnotism – elektricitet?

– Ja, och blodtransfusionen, sade Stafford mycket långsamt och med en blick på Parravicini.

– Har ni gjort några upptäckter i konsten att förlänga det mänskliga livet – något elixir – något behandlingssätt? Jag vill ha mitt liv förlängt, unge man. Den där mannen – hon pekade nu på dr Parravicini – har varit min läkare i trettio år. Han gör allt vad han kan för att hålla mig kvar i livet – allt efter sin förmåga. Han studerar vetenskapens alla nya teorier – men han är gammal; han blir äldre för varje dag – inte heller hjärnan arbetar som förr – han är alltför gammeldags – kan inte rätta sig in i de nya systemen. Han kommer att låta mig dö om jag inte är på min vakt mot honom.

– Ni lägger i dagen en otrolig otacksamhet, excellens, sade Parrvicini.

– Åh, ni behöver inte beklaga er. Jag har betalt er tusentals för att hålla mig vid liv. Varje år av mitt liv har kommit er plånbok att svälla; ni vet att ni ingenting får då jag gått bort, inte det minsta. Min hela förmögenhet har jag testamenterat till ett hem för behövande kvinnor av bättre samhällsställning, vilka fyllt sina nittio år. Kom, mr Stafford, jag är en rik kvinna. Ge mig några år till i solskenet, några få år ytterligare ovan graven och jag skall som belöning därför skaffa er en fashionabel praktik i London – jag skall bekosta hela er uppsättning i West End.

– Hur gammal är ni, lady Ducayne?

– Jag föddes samma dag som Louis XVI blev guiljotinerad.

– Då tycker jag att ni har haft er beskärda del av solskenet och nöjena i livet och att ni nu borde använda era få återstående dagar till att ångra era synder samt att göra bot för de unga liv, som offrats för er kärlek till livet.

– Vad är meningen med detta, sir?

– Åh, lady Ducayne, behöver jag i tydligare ordalag uttrycka den nedrighet vartill ni och i ännu högre grad er läkare gjort er skyldiga. Den stackars flickan som nu är anställd hos er har genom dr Parravicinis experiment blivit bragt från starkaste hälsa till ett tillstånd av absolut fara, och jag tvivlar inte på att de båda andra unga damerna i er tjänst blivit behandlade på alldeles samma sätt. Jag kan när som helst åta mig att med ovederläggliga fakta bevisa inför en jury av läkare, att dr Parravicini har åderlåtit miss Rolleston efter att ha bedövat henne med kloroform, och det gång på gång ända sedan hon kommit i er tjänst. Försämringen i den unga flickans hälsa talar för sig själv; märkena efter skalpeller på hennes armar kan inte missförstås; och hennes beskrivning på de upplevelser hon haft under sömnen och vilka hon kallar en dröm, tyder klart och tydligt på att kloroform blivit använd på henne under sömnen. Ett handlingssätt så skändligt, så dödsbringande, måste ådra sig en rättslig dom inte mindre sträng än om det gällt ett mord, om det offentliggörs.

– Jag kan skratta, sade Parravicini och lyfte sina magra händer i vädret, jag kan skratta åt era teorier och era hotelser. Jag, Leopold Parravicini, fruktar inte att lagen kan ha något att skaffa med vad jag gjort.

– Skaffa flickan bort och låt mig slippa att höra något mera om henne, utropade lady Ducayne med sin tunna, åldriga röst, vilken så ringa överensstämde med den energi och eld som hon ännu ägde kvar. Låt henne återvända till sin moder – jag vill inte ha flera flickor som dör i min tjänst. Här finns nog av unga flickor i världen att få, det vete gud!

– Om ni någonsin engagerar en ny sällskapsdam – eller tar en annan engelsk flicka i er tjänst, lady Ducayne, så skall jag låta hela England genljuda av historien om era skändligheter.

– Jag vill inte ha flera flickor. Jag tror inte längre på hans experiment. De har varit fulla av fasa för mig såväl som för flickan – en enda luftblåsa i mina ådror och det skulle varit slut med mig. Jag vill inte ha mera av detta farliga kvacksalveri. Jag skall söka upp en ny läkare – en som är bättre än ni – en upptäckare som Pasteur eller Virchow, ett snille som kan hålla uppe mitt liv. Ta flickan härifrån, unge man. Gift er med henne om ni så önskar. Jag skall skriva ut en växel åt henne på ett tusen pund, och låt henne leva på biff och öl tills hon blir tjock och fet igen. Jag vill inte veta om flera sådana experiment. Hör ni det, Parravicini, ropade hon förbittrad med det gula ansiktet förvridet av raseri och spännande sina gnistrande ögon i honom.

Syskonen Stafford förde följande dag Bella med sig till Varese. Hon var mycket ledsen över att få lämna lady Ducayne, vars frikostiga lön satt henne i stånd att lämna sin moder så god hjälp. Herbert Stafford hade emellertid för hennes hälsas skull uttryckligen påyrkat att Bella genast skulle lämna Belaggio, och därvid behandlat henne alldeles som vore han hennes husläkare och som om hon helt och hållet vore överlämnad åt hans vård.

– Tror ni att er moder skulle låta er stanna här för att dö? frågade han. Om mrs Rolleston visste hur sjuk ni är, skulle hon kommit med kurirtåg för att hämta er tillbaka.

– Jag blir aldrig frisk igen förrän jag kommer hem till Walworth, svarade Bella, som denna morgon var mycket nedstämd och gråtfärdig, en reaktion efter hennes goda lynne föregående dag.

– Låt oss likväl först försöka en vecka eller två i Varese, sade Stafford. När ni utan hjärtklappning kan gå halvvägs till Monte Generoso, skall ni få återvända till Walworth.

– Stackars mamma, hur glad hon skall bli att få återse mig och hur ledsen över att jag gått miste om en så god plats.

Detta samtal hade ägt rum på ångbåten, just då de höll på att lämna Bellaggio. Lotta hade klockan sju på morgonen gått upp till sin vän, långt innan lady Ducaynes trötta ögonlock hade öppnats för dagsljuset och till och med innan Francine, den franska kammarjungfrun, var på benen. Hon hade hjälpt Bella att packa reskofferten och fått henne ner för trapporna innan hon hunnit göra några allvarsamma invändningar

– Allt är redan uppgjort, försäkrade henne Lotta. Herbert hade igår afton ett långt samtal med lady Ducayne och de har överenskommit om att du skulle lämna henne redan denna morgon. Hon tycker inte om att se sjuklingar omkring sig, förstår du.

– Nej, suckade Bella, hon tycker inte om sjuklingar. Det var mycket ledsamt att jag skulle förlora min hälsa liksom miss Tomson och miss Blandy.

– I alla händelser är du inte död ännu som de, svarade Lotta, och min bror säger att du säkert skall komma dig igen.

Det föreföll emellertid Bella mycket obehagligt att bli avskedad så utan vidare, utan ett ord till farväl från sin matmor.

– Jag undrar vad miss Torpinter skall säga då jag kommer tillbaka för att be om en ny plats, undrade Bella sorgset, under det hon med sina vänner höll på att frukostera ombord på ångbåten.

– Kanske ni aldrig kommer att behöva någon annan anställning, sade Stafford.

– Ni menar att jag aldrig kommer att bli frisk nog för att kunna tänka därpå.

– Nej, det var alldeles inte min mening.

*　*　*

Det var efter middagen i Varese, sedan Bella hade förmått sig att ta ett helt glas chiantivin och sedan hon av en så ovan stimulus kommit i ett nästan strålande lynne, som mr Stafford drog upp ett brev ur sin ficka.

– Jag har ju alldeles glömt att ge er lady Ducaynes avskedsbrev, sade han.

– Vad kan hon skriva till mig? Jag är så glad – det gjorde mig så ont att lämna henne på ett så kallt sätt; ty när allt kommer omkring var hon likväl mycket snäll mot mig, och om jag inte tyckte om henne, så var det endast därför att hon var så förfärligt gammal.

Hon öppnade kuvertet. Brevet var mycket kort och gick rakt på saken. Det lydde:

”Farväl, mitt barn. Gå och gift dig med din doktor. Jag innesluter en avskedsgåva som mitt bidrag till din hemgift.
Adeline Ducayne.”

– Hundra pund, en hel årslön – nej – nej – det är ju – en växel på ett tusen pund! utropade Bella. En så ädelmodig och frikostig gumma! Hon är verkligen den snällaste gamla ladyn i världen!

– Det är just det hon inte varit mot er, Bella, sade Stafford.

Han hade så småningom ombord på ångaren kommit att kalla henne vid hennes förnamn. Det tycktes ju också helt naturligt, då hon skulle vara under hans beskydd ända till dess de kommit tillbaka till England.

243

– Jag skall åta mig en äldre broders plikter och rättigheter mot er tills vi landat i Dover, sade han; och sedan – ja, då får det bli som ni själv vill.

Frågan om deras blivande ställning till varandra tycktes ha blivit på ett tillfredsställande sätt ordnad redan innan de passerat Kanalen, ty Bellas nästa brev till modern konstaterade tre märkliga fakta.

För det första att den inneslutna växeln på 1000 pund skulle insättas i en bank i mrs Rollestons namn och såsom hennes egen tillhörighet samt att räntan därpå skulle bli hennes inkomst för hela hennes återstående liv. För det andra att Bella vore med det snaraste att förvänta hem igen.

För det tredje och sista att hon och mr Herbert Stafford skulle hålla bröllop nästa höst.

”Och jag är säker på att du kommer att hålla lika mycket av honom som jag”, skrev Bella. ”Och allt detta är den snälla lady Ducaynes verk. Jag hade aldrig kunnat gifta mig, om jag inte vetat att din bärgning vore tryggad. Och Herbert säger att vi framdeles skall bli i stånd att lämna vårt bidrag därtill, och att det alltid i vårt hem skall bli ett rum för dig, var vi än kommer att slå oss ned. Ordet svärmor förskräcker honom inte alls.”

Henryk Sinkiewicz

En dröm

I ett sällskap talades det mycket om egendomliga tilldragelser, aningar, gengångare och liknande fenomen – ett ämne som nu för tiden mer och mer sysselsätter fantasin.

Också husläkaren, som speciellt spelade skeptikerns roll, var närvarande. Mot slutet av samtalet vände sig en av damerna till honom med frågan om han också hade upplevt något som han inte kunde förklara.

"I mina yngre år", svarade läkaren, "hade jag en dröm, eller rättare en följd av drömmar så besynnerliga, att de i egendomlighet övergår allt vad jag nyss hört; om någon önskar det skall jag gärna berätta."

Alla tillkännagav sin önskan i detta avseende, och doktorn började:

"Det är nu tolv år sedan. Jag uppehöll mig i Biarritz för att nyttja havsbad. Samtidigt var jag förälskad i en engelska, som bar en broderad fiskfjällskostym som baddräkt. Missen var ytterst originell, full av fantastiska infall. En gång höll hon mig och sina andra tillbedjare fast i en båt till klockan tre på natten. Vi hade betraktat stjärnorna och talat om sannolikheten av själavandring från den ena planeten till den andra. Förfärligt utmattad hade jag kommit hem och fallit i sömn i länstolen, under läsningen av ett brev som jag funnit på mitt skrivbord. Knappt hade jag slutit ögonen förrän det förekom mig, som jag befann mig i en stor stad; jag kom ut från ett för mig obekant hus och såg en likvagn hålla utanför porten. Till närmare upplysning för oberesta vill jag nämna att man i utlandet inte förskaffar folk till deras sista vilostad på sådana kolosser till sorgeställningar som hos oss. En likvagn där ser ut som en långdragen kaross med glas på sidorna; baktill är den försedd med en liten dörr genom vilken kistan skjutes in. En sådan likvagn var det som jag såg i drömmen.

Dock, därmed är inte allt sagt. Vid likvagnen stod en 15-årig gosse i svart frack med en rad små metallknappar och galonering. Vid åsynen av mig öppnade han den lilla dörren på likvagnen, bockade och uppmanade mig med en hövlig handrörelse att stiga in. Fastän vi i drömmen är vana att uppleva de underligaste ting, minns jag dock att jag blev i hög grad förskräckt och for så häftigt tillbaka, att mitt huvud stötte mot stolryggen. Naturligtvis vaknade jag.

Efter två dagars förlopp, som jag tillbringade tillsammans med den omtalade engelskan, var drömmen glömd, men tredje natten återupprepades den. Därpå återvände den med oregelbundna mellanrum var tredje eller fjärde natt. Slutligen blev den mig en ren plåga. Och det underbara var, att huset och likvagnen ständigt såg likadana ut, gossens utseende och dräkt var alltid desamma, alltid uppmanade han mig att stiga in med samma hövlighet. Jag minns ytterst noga hans korta frack, besättningen av de små metallknapparna, än vidare hans ljusa hår och de grå ögonen, som hade en smula likhet med fiskögon.

Ni kan säkert medge, att jag hade skäl att oroas över detta hårdnackade upprepande av samma dröm.

Efter några veckors förlopp reste jag till Paris och tog in på samma hotell som min engelska. Vi var ett tämligen stort sällskap och ankom just som man skulle sätta sig till table d'hotel. Jag klädde om mig i all hast och gick därpå till elevatorn, som skulle föra mig ned i matsalen. I korridoren fick jag syn på mina bekanta, som likaledes skyndade sig bort till elevatorn, men jag kom först och tryckte på den elektriska knappen. Litet senare hörde jag elevatorns dova rullning, därpå sköts dörren åt sidan och jag for förfärad tillbaka, som om jag sett döden för mina ögon. I den öppna dörren stod en 15-årig gosse med ljust hår och fiskögon, iförd en kort, svart frack med galoneringar och metallknappar – alldeles sådan som jag sett honom i drömmen.

Han stod i den ännu slingrande elevatorns öppna dörr och uppmanade mig med en hövlig handrörelse att stiga in.

Jag måste medge att jag för första gången i mitt liv kände att håren verkligen kan resa sig på ens huvud av fasa. Såsom sinnesförvirrad tumlade jag tillbaka och störtade i vild flykt ner längs trappan in i salen.

Gossen i elevatorn väntade uppenbart på ett större antal gäster; emellertid hade jag tagit plats i en gungstol för att vila ut ett ögonblick, ty jag kände med mig att jag var vit som ett lärft.

Och... jag vet inte... kanske hade det förflutit ett par minuter, kanske blott ett par sekunder så hörde jag plötsligen ett förfärligt skrik, därpå ett brak och det svartnade för mina ögon. Elevatorn hade gått sönder.

Då mina själsförmögenheter återkommit, såg jag i salen mänskliga kroppar som i hast hade insvepts i blodiga lakan. Gossen var också omkommen. Jag har senare fått veta det.

Och nu – må den som vill förklara detta. Ni kallar mig skeptiker och ni har rätt. Ty om detta hänt någon annan, skulle jag inte trott det.

Charles Dickens

Korvmaskinen

Då mr Pickwick travade förut och Sam följde bakefter med en uppsyn, som uttryckte det mest avundsvärda och sorglösa trots mot allt och alla, fördubblade den senare sina steg till dess han var ända i hälarna på mr Pickwick, eftersom han alltid var särdeles ivrig om att meddela sin herre varje särskild kunskap han var i besittning av, och sade nu, i det han pekade på ett hus som de gick förbi:

"En präktig köttbod, den där, sir!"

"Ja, så ser det ut", sade mr Pickwick.

"En berömd korvfabrik", fortfor Sam.

"Är det?"

"Om det är! Jo, jag skulle tro det!" sade Sam med en viss häftighet. "Det var ju där, sir, Gud signe era oskyldiga ögon, som en aktningsvärd borgare försvann på ett så hemlighetsfullt sätt för några år sedan."

"Du må väl aldrig säga att han blev burkad,[1] Sam?" sade mr Pickwick och såg sig hastigt om.

"Nej, det vill jag inte, sir", svarade mr Weller, "men jag skulle önska att jag kunde det, ty det var någonting vida värre än så. Han rådde om den här boden sir, och hade uppfunnit en patent-ångkorvmaskin, som kunde ta en gatsten om man höll den tillräckligt nära, och mala den till korvmat lika lätt som om den varit ett litet spädbarn. Han var mycket stolt över den där maskinen, vilket också var helt naturligt, och han kunde vara nere i källaren och se på den medan den var i full gång, tills han blev riktigt melankolisk av glädje.

Och en mycket lycklig människa kunde han ha varit, sir, eftersom han ägde den där maskinen och dessutom två andra vackra barn, bara hans hustru inte hade varit; men hon var riktigt ett hår av hin håle. Hon följde honom ständigt i hälarna och gnällde honom i öronen, så att han till slut inte kunde uthärda det längre. — 'Hör nu, jag ska säga dig en sak, min

---

1 Kött på burk? Engelskans "burked" syftade på att någon mördades och såldes till anatomisal, efter liktjuvarna och seriemördarna Burke och Hare. Idag betyder ordet att kväva eller på andra sätt mörda någon utan tecken på våld, enligt de metoder Burke använde.

vän', säger han en dag. 'Om du fortsätter med den här munterheten, så förbanne mig ger jag mig inte av till Amerika; det är så mycket du vet det.' – 'Du är mig en äkta lat odåga', säger hon, 'och jag gratulerar amerikanarna till handeln.' Och se'n så går hon på och skäller på'n en halvtimme och springer därefter in i kammarn innanför boden, där hon ger sig till att skrika och jämra sig att han tar livet av henne, och så får hon dåndimpen i sina tre goda timmar och bara skriker och sparkar.

Nåja, nästa morgon är mannen borta. Han hade inte tagit ut någonting ur lådan under disken och inte heller tagit på sig sin överrock, varför det var tämligen tydligt att han inte hade rest till Amerika. Inte kom han heller tillbaka nästa dag eller nästa vecka; hustrun lät sätta in i tidningarna, att om han ville komma tillbaka skulle allt bli honom förlåtet (vilket var bra liberalt, eftersom han inte hade gjort någonting alls). Det draggades i alla kanalerna, och var gång det i två månader därefter hittades ett lik, fördes det direkt till korvbutiken såsom en självfallenhet. Men då inget av dem var det riktiga, så hette det att han hade rymt sin väg, och hon fortsatte med handeln.

En lördagsafton kommer en liten, mager, gammal herre alldeles ursinnig in i boden och säger: 'Är ni ägarinnan till den här boden ?' – 'Ja, det är jag', säger hon. – 'Nå, då vill jag säga er, min fru', säger han, 'att jag kommit hit för att låta er veta, att jag och min familj inte vill låta kväva oss för intet, och så en sak till', säger han: 'Ni torde tillåta mig att anmärka, att om ni också just inte begagnar det allra bästa kött att göra korv utav, så tycker jag ändå att ni borde inse att oxkött är nästan lika billigt som knappar.' – 'Knappar, sir?' säger hon. – 'Ja, knappar, min fru', säger den lilla herrn och tar upp ett papper ur fickan och visar henne tjugo eller trettio halva knappar. 'Byxknappar är ena sköna kryddor i korv, vasa?' – 'Kors i Herrans namn, det är min mans knappar!' säger änkan och ska till att få dåndimpen. – 'Vad säger ni?' säger den lilla herrn och blir helt blek. – 'Nu förstår jag alltsammans', säger änkan: 'Han har i ett plötsligt anfall av galenskap oförhappandes gjort sig till korvmat!'

Och så hade han också, sir", sade mr Weller, i det han såg lugnt in i mr Pickwicks förfärade ansikte, "eller också hade han på något annat sätt kommit in i maskinen; men hur det nu förhöll sig med den saken, så rusade den gamle, lille herrn, som i hela sitt liv hade varit så kär i korv, som en galning ut ur boden och lät sen aldrig mera höra av sig."

Jean Richepin

Kardinalens skäggstrå

– Du har en underbart lätt hand, min flicka. I hela mitt liv har ingen rakat mig med så lätt hand.

– Och likväl är Ers Eminens, med förlov sagt, ingalunda lätt att raka. Jag har aldrig förrättat ett svårare arbete.

– Det är visserligen sant, att mitt skägg är sällsynt strävt...

– Och lika visst, att Ers Eminens har en sällsynt rynkig hud.

– Och ändå har du inte rispat mig en enda gång, och jag har knappast känt kniven snudda vid mitt skinn.

– Jag tror verkligen att jag utan skryt kan berömma mig av att kunna mitt yrke.

– På den saken vill jag ge dig intyg, försett med mitt stora sigill.

– Tusen ödmjuka tacksägelser.

Hon avtorkade tvållöddret och tvålade på nytt in den store kardinalens rynkiga ansikte.

– Vad gör du, vad gör du? Är du förryckt?

– Jag märker, att Ers Eminens inte är van att behandlas med den omsorg som tillkommer en sådan man. Ers Eminens bör rakas två gånger, och likväl fruktar jag, att jag försummat mig.

– Ta dig tillvara. Du tycks förstå konsten att smickra, och den sortens folk är inte i min smak.

– Skulle jag då säga, att Ers Eminens har strävt skägg och är rynkig...?

– Visserligen inte. Behandla mig då med all den omsorg som du anser tillkommer min person. Jag är riktigt nyfiken att se, vad din kniv kan finna ytterligare att ta bort.

– Åh, mycket mer än Eminens kan ana.

Åter flög kniven lätt och blixtsnabbt över rynkorna.

– Du har verkligen ett makalöst handlag min flicka.

– Skulle jag inte det, då min högsta önskan uppfyllts idag.

– Vad menar du? Förklara dig.

– Kommer Ers Eminens ihåg, hur en mängd människor en gång brändes levande för häxeri i Santa Maria de los Angels i provinsen Alicante?

– Jag har låtit bränna många häxor på många olika platser. Jag kan inte erinra mig alla.

– Dessa var gitanos. Kommer Ers Eminens ihåg...?

– Ah, mitt minne är alldeles uppfyllt av kättargitanos, som bränts levande.

– Men detta var en hel familj, elva personer...

– Vad betyder elva människor bland de tusen och åter tusen vars själar jag renat genom bålen? Men i vilket samband står deras död med ditt livs högsta önskan?

– Åh – jag bara kommer ihåg deras dödsdag, som Ers Eminens glömt... Då var jag fem år... Nu är jag arton.

Hon dröjde ett ögonblick, innan hon fortfor:

– Under de tretton år som gått sedan den dagen har jag ständigt närt förhoppningen att en gång få raka Ers Eminens.

– Du darrar litet på handen!

– Gör jag?

– Ja. Varför gör du det?

– Åh, det kommer sig av min djupa beundran och hoppet att få rang, heder och värdighet av Ers Eminens egen barberare.

Han skrattade.

– Den lysande titeln av barberare åt den store och upphöjde storinkvisitorn, som till sin eviga berömmelse låtit bränna så många häxor och dårar...!

– Är du så säker på att få den lysande titeln?

– Ers Eminens avslår nog inte min begäran efter detta prov. Om Ers Eminens anstår att föra handen över ansiktet, skall han märka att huden är len som en ung flickas.

– Mycket riktigt, som en ung flickas.

– Och finns det någon annan i hela världen som skulle kunna raka såväl?

– Jag utnämner dig härmed enligt din önskan till min egen barberare.

– Jag kysser Ers Eminens händer. Gud vare tack, min dröm har gått i fullbordan.

Kardinalen tog sig om hakan och upptäckte ett enstaka skäggstrå, som satt kvar.

– Varför har du inte rakat bort det här också?

– Jag ville inte skada Ers Eminens. Det där strået har djupa rötter, de går ända till hjärtat.

– Du är visst inte vid dina sinnens fulla bruk, min flicka?

– Jag tror att jag är vid mina sinnens fulla bruk, Ers Eminens.

– Om du inte är fullt klok, vill jag inte ha dig till barberare.

– Åh, den titeln kommer jag inte att bära länge, vid Santa Maria de los Angeles.

– Hur så? Du menar att jag går på gravens brädd?

– Kanske närmare än Ers Eminens tror.

– Vad menar du.

Den unga flickan hade ivrigt vässat kniven och sade nu med sin blida stämma:

– Ers Eminens vill alltså att jag tar bort det där strået, vars rötter går ända till hjärtat?

– Ja, naturligtvis.

– Verkligen...?

– Javisst. Du skall ta bort allt överflödigt från min hud.

– Och från mitt samvete också, med Ers Eminens tillåtelse... från mitt samvete också.

Hon tryckte en lång kyss på knivens klinga.

Därpå sade hon med allvarlig, uttrycksfull stämma:

– För tretton år sedan brände Ers Eminens i Santa Maria de los Angeles elva gitanos, anklagade för trolldom. Det var min far, min mor, mina fyra systrar, mina fyra bröder och min kusin José, som skulle ha blivit min man...

Och medan kardinalen storinkvisitorn förfärad betraktade henne, alldeles stel och oförmögen att röra sig under hennes magnetiska blick, skar hon ett djupt, raskt snitt genom hans strupe medan hon elva gånger mumlade:

– Amen...!

Maurice Level

Klockringaren

Från höjden av sitt klocktorn bevakade utkiken staden. Han såg den ligga där platt och långsträckt utbredd vid sina fötter. Floden, som flöt mellan sina bräddar, var för honom endast en smal strimma vatten; träden bildade en massa mot marken; de blå taken bredde ut sig på de vita murarna och de promenerande skred fram som små fläckar på grändernas botten.

När han hade blivit för gammal att förtjäna sitt dagliga bröd hade man skickat honom dit upp – halvvägs till himmeln, som han sade – för att den gode guden endast skulle behöva räcka ut handen när han ville ta honom...

Medan han betraktade korparnas matta flykt över molnen, levde han bland klockorna, drömmande inför deras orörliga kläppar som doldes i skuggan av deras vida mantlar, eller också följde han med ögonen de bruna dragrepen som hängde ner i kyrkskeppets ekande djup genom golvets runda hål, ända till kyrkans golvplattor. Den gapande öppningen, varigenom en människokropp bekvämt skulle ha kunnat passera, vållade honom ingen svindel.

Som avbrott i denna landsflyktartade enformighet mottog han varje dag besök av sin dotter, som förde mat till honom. Han kunde urskilja den ena skörden från den andra som vajade för vinden, räknade på långt håll antalet kreatur i de betande boskapshjordarna; med ett ord han hade under de fem år han bott där uppe utan avbrott (ty hans stackars ben skulle inte ha kunnat bära honom tillbaka upp) iakttagit alla förändringar staden undergått, utan att vara okunnig om en enda.

Någon enstaka gång besöktes klocktornet av en turist, och då var det den gamles fröjd att visa honom landet, skogarna, vägarna.

En afton, då han skulle gå att lägga sig efter att som vanligt ha undersökt synranden för sista gången, såg han ett ljus brinna på avstånd. Klockan hade långt före detta slagit midnatt. Vem hade vid den tiden ännu inte gått till vila?

Han väntade i tanke på att ljuset skulle släckas. Men ljuset rörde sig i språngmarsch, lämnande efter sig en lysande strimma; och plötsligt uppsteg lågor, långa flammor rakt upp mot den fredliga himmeln.

– Ah! undslapp det den gamle. Elden är lös! ...

Han kände trakten så väl att han genast var på det klara med var eldsvådan brutit ut.

– Det är nära förskansningarna... Jag kunde hålla vad om att det är mellan tvättstugan och klostret.

I det röda skenet avtecknades byggnaderna alldeles tydligt på den vita marken, och vid skenet från brasan urskilde den gamle träden i klostergården, tvättinrättningens vattenreservoar och sädesskylarnas[1] avrundade konturer på fälten.

Han räknade:

– Den sista poppeln... Minorets farm... skylarna vid Jarny... en... två... tre... vägen till Paris... en skyl... två skylar... Men det är ju...

Ett skri kvävdes i hans strupe. Det hus som brann var hans dotters hus! Snabbare än hans blick gissade sig hans tanke till allt som skulle komma att tilldraga sig inom dessa väggar:

Barnen sover, okunniga om faran... Elden bryter ut på vinden. Sädesförråden fatta eld... Rök av färsk halm tränger ner genom det tunna taket... Sedan ett vanvettigt uppvaknande, ett förtvivlat springande i mörkret och i den allt tjockare röken, medan utgångarna befinns oanvändbara. De små klänger sig fast vid modern... Ohyggliga skrik tränger genom brandens dån. Taket störtar in med ett brak! ... Så blir det tyst. Höga flammor skjuter fram ur de rykande ruinerna... Så ingenting mer... eldens muntra visa tystnar!

Allt detta skall inträffa inom en kort stund. Vem utom han kunde vid denna tid på dygnet se lågorna och slå alarm?

Han skrek: – Elden är lös! Elden är lös!

Hans röst förlorade sig i vinden.

– Mina små... mina små brinner opp! ...

Lågorna växte. Med händerna för ansiktet steg han baklänges, fruktande att se något mera, då hans axlar plötsligt stötte emot någonting. Instinktmässigt utsträckte han armarna, varvid fingrarna rörde vid klockorna. Det slog ner i honom som en blixt. Han samlade hela sin fattning:

– Klockorna! ... Där är räddningen! ... Med dem kan man slå alarm... väcka upp staden, få säker hjälp till stället... klämtning med larmklockan!

Raglande, med knäna sjunkande ner mot bjälkarna, famlande i mörkret gick han fram mot repen...

Nästan utom sig talade han med hög röst i det han vände huvudet vid

---

1 I äldre tider lades kärvor av säd i buntar (skylar) för torkning.

varje steg, för att utforska eldsvådans framfart och slog i tomma luften
med öppna händer... Gråtande framstammade han:

– O, mina klockor, mina goda klockor. Ni skall ringa för mig den här
gången. Ni skall sända ut er kallelse i tystnaden och er djupa röst skall
uppväcka staden... Vänta... vänta... Ni skall dansa i mina gamla armar,
mina kära klockor...

En suck vidgade hans bröst. Hans fingrar hade fattat repet.

Rätande ut sig i hela sin längd grep han med höjda armar och darran-
de händer tag uti repet, bet ihop tänderna, tog stöd med ena foten mot
väggen och med den andra mot kanten av det gapande hålet över vilket
den stora kyrkklockan hängde och drog av alla krafter. Men hans händer
gled längs det alltför hala repet.

Med spända muskler drog han starkare, föll på knä, men klockan
rörde sig inte.

Han drog och drog... förspilld möda! Med knutna händer angrep han
bronsen, men han sprängde blott i onödan sina knytnävar i blod.

Han släppte vanmäktigt taget.

– Vad skall jag få se, min Gud! Vad blir jag inte tvungen att bevittna!

Efter att ha hämtat andan återfick han en återstod av energi:

– Eftersom jag är för svag att dra med kort rep, skulle det kanske lyckas
mig där nerifrån, från sakristian där pojkar ringer till bröllop och barn-
dop...

Han gick över plattformen med ben som knappast höll honom uppe.
Två gånger stupade han och reste sig ånyo, illa slagen. Men så snart han
hade öppnat dörren som ledde ut till torntrappan greps han av svindel
och föll med ansiktet förut ner på trappstegen. Blodet rann över hans
armar och händer och över hans ansikte, som badade i tårar. Halvt för-
blindad hasade han sig tillbaka upp, ty han insåg att han skulle dö innan
han kommit nerför trappan.

På magen krälade han tillbaka till sin fristad bland klockorna, medan
han bad:

– Min Gud! Min Gud! ... Ett underverk!

Där nere fortsatte branden. Då greps den gamle som av ett plötsligt
vansinne; rosslande av smärta lade han sig raklång på magen och luta-
de huvudet över kanten till det mörka hålet med de tigande klockornas
mörka konturer över sig och började långsamt dra upp repet...

Kort därpå suckade ett långt klämtslag ut i natten, därpå ett till och
staden fylldes av dessa dystra signaler. Folk vaknade – fönster öppnades...
man skyndade till brandstället.

Dörrarna sprängdes och ur röken räddades de sovande halvkvävda. Det halmtäckta huset brann ner, men dess invånare var räddade.

Sedan livsfaran var över och hustru, man och barn återförenats, tänkte klockringarens dotter på den gamle där uppe, som hade gett alarm och som måste ha utstått fruktansvärd ångest. Hon skyndade till klockstapeln.

Andra följde henne. Under vägen sade en:

– Märkte ni hur underligt klockorna ringde?

– Jo, fem, sex gånger i enstaka stötar och sedan ingenting mer...

– Jo, farfar har inte längre starka armar.

En andtruten skvallerkäring mumlade:

– Det är inte rätt att lämna honom där uppe. Snart skall han inte kunna ringa alls.

Man hade nått fram till foten av tornet. Medan dottern steg uppför vindeltrappans sluttande trappsteg, ropade hon:

– Pappa! Det är vi! Vi ä' alla här!

När den lilla truppen inte fick något svar fortsattes uppstigningen, och i dörröppningen där uppe ropade dottern:

– Pappa! Det är vi! Var är du?

I klocktornet ropade hon:

– Pappa, svara då! ...

Inget svar. Hon blev rädd.

– Ack, min Gud, kan det ha hänt honom någonting? ...

En av de närvarande drog eld på en tändsticka. Man undersökte förgäves de minsta vrår.

Plötsligt böjde han sig över den runda öppningen i golvet, som dagtid släppte ljus i kyrkan, och drog sig tillbaka med ett fasans skri.

Vid ändan av det sträckta repet svängde helt långsamt en kropp längst nere i tomma luften.

Mannen blottade sitt huvud och korsade sig. Medan man bar bort dottern, som skrek halvt vansinnig, blev det klart för honom, som under vägen hade tyckt att klockan ringde så egendomligt, varför den inte klämtat fler än fem till sex gånger

När den gamle klockringaren hade kommit underfund med att han inte förmådde ringa hade han bundit fast sin kropp vid repet och släppt sig ner. Hans fallande kropp hade kommit bronsen att skälva och hans sublima dödskamp hade framkallat klockornas klämtning.

Maurice Level

Den blinde

I det glada vimlet på gatan gick den blinde sin väg fram med långsamma avmätta steg och ansiktet riktat mot himmeln, liksom hade hans ögonlock av en osynlig makt dragits mot den strålande solen för att av dess värme väckas till nytt liv.

Hans darrande hand stödde sig på en helt ung kvinnas arm. Han stannade stundom för att tilltala henne och därvid upplystes hans ansikte av ett oändligt blitt leende, medan hans hängivna och milda röst uttalade ljuva och smeksamma ord. Han tryckte ömt sin följeslagerskas arm och hans själ tycktes hänga vid blicken hos denna kvinna, som var försjunken i drömmeri utan att höra honom och nästan utan att svara honom.

Den blinde sade:

– Louise, är vi snart framme?

– Nej, inte ännu; om tio minuter.

Hon teg. Den blinde sade:

– Din röst är så förändrad; är du sjuk eller trött?

Hon svarade "nej" med en axelryckning; men då han inte varseblivit hennes gest och upprepade sin fråga, vände hon sina ögon mot honom och svarade: – Nej!

Folkhopen omkring dem var tät och hade bråttom, och medan Louise ledde sin man under iakttagande av nödvändiga försiktighetsmått tänkte hon...

Hon såg sig sådan hon var för fem år sedan, ung och fattig, ägande bara en enda vän, den blinde, åt vilken hennes döende föräldrar hade anförtrott henne. Liksom han var hennes enda stöd, hade hon blivit hans enda strimma av glädje; och en afton då hon satt drömmande vid fönstret och han bad henne förena sitt liv med hans, hade hon av okunnighet lämnat sin vita hand i hans. När hon sedan som hans maka kände hans sökande läppar trycka den första kärlekskyssen på hennes slutna mun, tycktes henne en skugga bre ut sig över hennes väsen och natt omhölja dem båda.

I detta ögonblick hade ett vilt hat ersatt den forna tacksamheten innerst inom henne, och ehuru hon var den avgudade härskarinnan kände hon på sina svaga axlar bördan av ett förfärligt, motbjudande slaveri. Hon glömde sin tidigare nöd, sin nuvarande lugna och bekväma tillvaro, och även hennes heder hade smält bort som snön för vårsolen vid närmandet av den unga och starka man, som en tillfällighet hade fört i hennes väg.

Hon hade blivit hans älskarinna, hans tillhörighet, lycklig blott genom honom och i hans närhet, trotsande för hans skull alla faror och all skam. Stundom anropade hon döden, den hon ville söka tillsammans med honom. Men emot denna tanke uppreste sig hennes väsen.

Nej, nej! Det var den andre som borde försvinna, den andre, den ofullkomlige vars ömhet gjorde henne utom sig, vars beröring kom hennes kropp att isas.

Stundom kommer nattetid egendomliga syner för hennes vidöppna ögon. Medan han slumrade hade hon väl tjugo gånger lurat på denna avskydda varelse, denna härskare, väl tjugo gånger hade hon närmat sina öppna händer till hans hals för att strypa honom, för att bli fri och kunna älska den andre inför hela världen. Men ett flyktigt ord i drömmen, en glimt genom de halvöppna gardinerna, en knäppning i möblerna kom henne att åter sjunka rysande ner mellan lakanen.

Allt detta drog i oredliga konturer genom henne och tankarna gav ett fult drag åt hennes mun, medan hennes stirrande ögon liksom i en dröm tycktes följa uppenbarelsen av en avlägsen bild i den rörliga hopen...

Mannens röst ryckte henne ur detta tillstånd av bedövning.

– Är det långt ännu?

Hon förblev tyst och stannade.

– Är det här?

– Ja.

– Ser du, fortfor den blinde leende, att jag gissade. Men det var mycket långt, min älskling... kanske borde vi ha tagit ett åkdon?

De kom in i det vida trapphuset dit dagern inträngde dämpad och lugn genom de tjocka rutorna.

– Det är för högt att gå till fots, yttrade han. Led mig till hissen.

Hon tog honom vid handen. Kommen till hissgallret av smidesjärn märkte hon att hissen stannat högst uppe.

– Den är inte nedkommen, sade hon. Låt oss vänta.

Förströdd blickade hon omkring sig, åter försjunken i sina tankar. Med en mekanisk rörelse kom hon att stöda sin hand mot gallerporten, som vred sig på gångjärnen och gick upp.

Märkvärdigt, tänkte hon, att dörren öppnar sig då hissen begagnas... Och man förvånar sig över att olyckor inträffar.

Så plötsligt återkom maran som hela tiden behärskat henne, än mer mäktig och bestämd. Möjligheten av den olyckshändelse som just dragit genom hennes hjärna tycktes henne frammanad av en hämnande försyn, och mordet lyste för henne som en osviklig befriare.

Först uppreste hon sig emot tanken, men en obetvinglig makt drog henne med sig. Hon kände hur brottets svindel fick välde över henne, hon förnam i sina susande öron en förledande röst som sade:

– Men så, handla då! Du behöver bara göra en rörelse, och däri ligger befrielse... Strafflöshet! ... Vem får någonsin veta det? ... Du är alltså feg?

Hon lade sin hand på den blindes axel.

– Sätt dig där; det är bekvämare medan du väntar.

Hon sköt honom framåt. Villigt lydde han, tog ett steg, så ett till och sade i det han vände sig mot henne:

– Du har rätt; jag har det bra här. Det drar mindre.

– Inte sant?

Pustande svarade han: – Jo.

Med klackarna fastnitade i golvet, tyst, med halsen framsträckt, fixerade hon med sina utvidgade pupiller turvis den bruna tingesten som orörligt hängde där högt uppe och turvis den omedvetet dömde. Hjärtat hoppade i bröstet på henne och hon bearbetade sina tummar med naglarna, ty hon väntade ännu...

Då sade den blinde:

– Du är inte pratsam idag, min älskling.

I samma ögonblick sträckte hon ut sin arm ända till signalknappen och tryckte till... Ljudet av en lindrig knäpp åtföljd av en sakta gnidning nådde hennes öra, och hennes sjögröna ögon såg det mörka föremålet röra sig ljudlöst, sänka sig ned i enformig, obetvinglig rörelse, glida ner tyst och långsamt, tungt, jättelikt, fruktansvärt.

Den röst som gjort henne till brottsling hade tystnat. Genom hela hennes varelse drog en lång rysning av otålighet och skräck. Hon önskade att någonting oväntat skulle inträffa, att hissen lik ett vidunder skulle bryta sina kedjor och ramla ner, så att hon fick skrika ut sin fasa.

Åter en knäpp, en våning var tillryggalagd; sedan följde den tredje, därpå den andra. Ännu några sekunder och tingesten skulle vara där, över honom, krossande honom med sin enorma vikt.

– Säg mig, dröjer det länge ännu? yttrade den blinde...

Hon behövde samla allt sitt mod för att svara:

– Blott ett ögonblick.

Sista knäppningen... en våning till och sedan skulle han förintas, hans ben krossas under en förfärlig dödskamp, hans huvudskål spräckas under det fruktansvärda trycket lik en övermogen frukt under klacken, medan hjärnan blodstrimmig och vit skulle välla fram ur kraniet... Hon skulle se allt detta inför sina ögon... på en armlängds avstånd... Denna stackars smärtfyllda kropp skulle bli en oformlig massa; av denna lidande varelse skulle inte återstå annat än namnlösa trasor!

Känslolöst sänkte sig hissburen längs de genombrutna skiljeväggarna. En oövervinnlig fasa genomilade hennnes kropp... Den bruna tingesten gled förbi ledstångens sista sväng. Hon utropade:

– Nej! Nej! Inte så! Hjälp! Hjälp!

Hon kastade sig över den blinde och ville gripa tag i honom och dra honom bort. Men överraskad av hennes förfärans skrik höll han sig fast och släpade henne med sig in i den mörka buren, utropande:

– Vad är det? Vad är det?

Under kampen grep han begärligt tag i dörrens gallerverk som sålunda slöt sig om dem, medan hustrun, som insåg att döden för dem båda var oundviklig, fattade tag i gallret och skakade det i raseri, utom sig av skräck och med ögonen trängande ut ur huvudet

Hissen kastade redan sin skugga på deras pannor. Den vidrörde deras huvuden, böjde deras nackar, vek deras höfter, kastade dem på knä, rådbråkade som en mortelstöt tjutande och levande kött tills den stannade helt mjukt, som en båtsida mot sin fendert av tågvirke, mot en blodig bädd av människokött och blod.

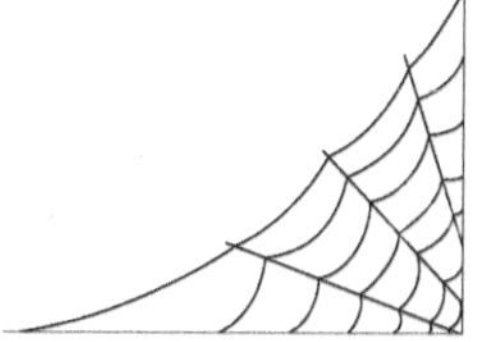

Om författarna

Alcott, Louisa May (1832-88). Amerikansk författare och poet, känd för den klassiska ungdomsboken *Little Women* (1868-69) och dess uppföljare. Hon var förbisedd som skräckförfattare till 1995-96, då hela sju samlingar med hennes skräck- och fantastiska berättelser publicerades, de första på över hundra år. Den här publicerade novellen, som i original heter *Lost in a Pyramid; or, The Mummy's Curse* (1869) uppmärksammades 1998 av egyptologen Dominic Montserrat i den egyptologiska tidskriften *KMT* och blev snabbt en klassiker i undergenren "mumiens förbannelse". Novellen är helt enkelt bland den tidigaste kända skönlitteraturen med det temat.

På villospår i pyramiderna publicerades anonymt i *Uleåborgs Tidning* 13/1 1879 utan angiven översättare.

Bergsøe, Vilhelm (1835-1911). Dansk naturforskare som sadlade om till författare under det långa tillfrisknadet från en ögonsjukdom, som en period gjorde honom blind. Han blev mycket populär och läst genom sina färgrika och inlevelsefullt skrivna berättelser, ofta med skrämmande, mörka motiv. I *Gjengangerfortællinger* (1871) tog han steget ut i den övernaturliga sfären.

De amputerade armarna är från *Andeberättelser* (1876), där den gick under titeln *Ett äventyr på Regensen* översatt av "H.B.". Samma novell publicerades som *De amputerade armarne* i *Fantasiens värld* (1910).

Braddon, Mary Elizabeth (1835-1915). En av den viktorianska mysterieberättelsens främsta författare (*Lady Audley's Secret*, 1862). Hon blev förmögen på sina romaner och grundade 1866 den litterära tidskriften *Belgravia*, som förutom biografier och faktaartiklar publicerade den sortens noveller och följetonger hon själv föredrog: mysterier, äventyr – och spökhistorier. Lady Braddon var god vän med Bram Stoker och hans hustru, och det är enkelt att tro att den här publicerade novellen skrevs i spåren efter den sensation som Stoker åstadkom med *Dracula* – men faktum är att Braddons novell publicerades ett år tidigare. Inslagen med blodtransfusion och försöket att uppdatera den gamla vampyrmyten med "modern" medicin inspirerade antagligen Stoker till liknande inslag i *Dracula*. En god samling med Braddons skräck- och spökhistorier är *The Face in the Glass and Other Gothic Tales* (2014).

En modern vampyr (orig. *The Good Lady Ducayne*, 1896) publicerades i *Tammerfors Tidning* 12/3-16/4 1896 utan angiven översättare.

Busson, Paul (1873-1924). En nästan helt bortglömd österrikisk författare, på sin tid också känd som journalist och krigskorrespondent. I sina berättelser använde han huvudsakligen spiritistiska och övernaturliga motiv, som i varulvsnovellen *Der Schuß im Hexenmoos* (bokpublicerad 1923) och romanen *Die Wiedergeburt des Melchior Dronte* (1921) om häxeri och reinkarnation.

Natt! publicerades i *Åbo Tidning* 16/8 1904 utan angiven översättare.

Chambers, Robert William (1865-1933). Hans novell- och poesisamling *The King in Yellow* (1895), vars genomgående tema är en mystisk bok som öppnar porten till en övernaturlig värld och driver läsarna till galenskap, är en av skräckgenrens mest ljusskygga klassiker. Detta var förstås en direkt inspiration till H.P. Lovecrafts *Necronomicon*. Chambers återvände ofta till skräck och övernaturligheter i novellform under sin författarkarriär, men den största framgången hade han med lättviktiga och romantiska romaner, som ofta blev bestsellers – det har påståtts att han med dessa blev en av USA:s mest framgångsrika författare, ekonomiskt sett. Aleph Bokförlag har tidigare publicerat hans novell *The Yellow Sign* i antologin *Berättelser i svart*.

Passeur! (orig. *Passeur*, 1897) publicerades i *Uleåborgs Tidning* 10/5 1898.

Dickens, Charles (1812-70). 1800-talets förmodligen mest lästa författare och fortfarande i högsta grad en levande klassiker; alla känner till *Oliver Twist* och *A Christmas Carrol*. Den humoristiska och allegoriska *A Christmas Carrol* är ett slags spökhistoria, men Dickens var överhuvudtaget en överdängare i genren fullt jämförbar med J. Sheridan Le Fanu (vilken Dickens publicerade i de tidskrifter han ägde). Han skrev åtskilliga originella och stämningsfulla spökhistorier, där *The Signal-Man* och *The Trial For Murder* (också kallad *To Be Taken With a Grain of Salt*) torde vara de mest kända.

Novellerna som publiceras i denna bok är inte spökhistorier men kan väl klassificeras som skräck. *A Madman's Manuscript* prisades av Edgar Allan Poe i en recension när den publicerades i den episodiska romanen *The Pickwick Papers* (1836-37), och det är inte svårt att se varifrån Poe fick inspirationen till noveller han strax därefter skulle skriva: *The Tell-Tale Heart* och *The Black Cat*. Det finns flera andra berättelser i den romanen som tydligt inspirerade Poe när han skrev dessa och andra noveller. Han och Dickens blev också personliga vänner under Dickens besök i Amerika 1842 och höll därefter kontakt per brev. Dickens hävdade senare att Poe under deras möte sade att Dickens "hade öppnat en ny epok i hans själ". Den intima kopplingen mellan de båda litterära giganterna utreds förtjänstfullt i en artikel av Herb Moskovitz, *A Literary Meeting: Dickens and Poe in Philadelphia* <www.charlesdickenspage.com>.

En vansinnigs manuskript och *Korvmaskinen* publicerades i *Pickwick-Klubbens efterlemnade papper* (1876) översatt av C.J. Backman.

Doyle, Arthur Conan (1859-1930). Högst densamme som skapade Sherlock Holmes och därmed åstadkom en odödlig klassiker, samt en av världslitteraturens största succéer. Dessa deckare var dock bara en del av hela hans författarskap, som i övrigt bestod av historiska romaner, äventyrsromaner, tidig science fiction, sportberättelser, böcker om spiritism och förstås skräck. Goda exempel på Doyles övernaturliga skräck finns översatta till svenska i åtskilliga antologier, exempelvis Aleph Bokförlags *Likkistförsäljaren*, Barbro Werkmästers *Spöktimmen* och Charles Keepings *Klassiska spökhistorier*. Denna novell är dock en realistiskt förankrad rysare.

Mannen i hissen (orig. *The Lift*, 1922) publicerades i *Svenska Dagbladet* 18/6 1922 utan angiven översättare.

Jokai, Maurus (1825-1904). Ytterst produktiv författare av noveller och realistiska romaner. I *Encyclopædia Britannica* beskrivs han som "en av de mest betydande författarna i Ungern under 1800-talet". När hans samlade verk publicerades 1894-98 fyllde de 100 volymer. Han hette egentligen Mór Jókai, men namnet transkriberas ofta till Maurus Jokai utanför Ungern.

En droppe blod publicerades i *Åbo Tidning* 1-8/11 1885.

Le Fanu, Joseph Sheridan (1814-73). Irländsk-engelsk författare, en mästare på den viktorianska mysterieromanen och banbrytande som skräck- och spökhistorieförfattare. Hans kortroman *Carmilla* (1871-72) är den mest klassiska vampyrhistorien näst Bram Stokers *Dracula* (1897). Stoker beundrade Le Fanu och lät sig inspireras starkt av denna berättelse, inte minst sättet som Le Fanu omarbetade vampyrmotivet på; det var först här som vampyren bara kan vara vaken på natten, och först här som den nödvändiga pålen genom hjärtat samt halshuggningen förekom i en litterär vampyrhistoria. Med novellerna om dr Martin Hesselius, en gåtlösare väl bevandrad i övernaturliga läror, skapade Le Fanu den första ockulta deckaren; dr Hesselius var förmodligen förebilden till dr Van Helsing i Stokers roman. *Madam Crowl's Ghost* (1870) är ett utmärkt exempel på Le Fanus spökhistorier, där atmosfär, hotande antydningar, verkliga tragedier och genuint tecknade människor är lika viktigt som skildringen av det övernaturliga i sig. Aleph Bokförlag har tidigare utgivit hans långnovell *Grönt te*, illustrerad av Nicolas Krizan och med efterord av Sven Christer Swahn.

Madam Crowls ande publicerades i *Göteborgs Handels- och Sjöfartstidning* 1-27/11 1871 översatt av Sigfrid Nyberg.

Lermina, Jules (1839-1915). Fransk författare som skrev fantastiska och äventyrsrika berättelser i Edgar Allan Poes och Jules Vernes tradition. Livselixir, återuppväckta förhistoriska djur, exotiska skådeplatser och groteska mord fyller hans boksidor. I engelska och amerikanska science fiction-kretsar finns numera ett förnyat intresse för honom, och flera av hans romaner har sedan millennieskiftet översatts av Brian Stableford.

En spökhistoria (orig. *Monsieur Mathias*, 1888) publicerades i *Uleåborgs Tidning* 10/7 1891 utan angiven översättare.

Barabi-bibari (också orig. titel) publicerades i *Åbo Tidning* 19-21/8 1885 översatt av "Ib".

Level, Maurice (1875-1926). Fransk författare specialiserad på korta och grymma noveller, inte olik en tidig Roald Dahl men mörkare och utan dennes humor. Level var en stilistisk mästare som på några korta sidor kunde måla upp hela levnadsöden och intriger utan att något känns skissartat. Hans noveller trycktes i dagstidningar och många av dem sattes upp som teaterpjäser av Grand Guignol, "skräckteatern" i Paris. Amerikanska *Weird Tales* publicerade hans noveller för en engelskspråkig publik.

Den blinde publicerades i *Gula Boken* 1902 utan angiven översättare.

Klockringaren publicerades i *Gula boken* nr 8 1904 utan angiven översättare.

Maupassant, Guy de (1850-93). Novellformens stora mästare och klassiker, men samtidigt också en av skräckgenrens främsta 1800-talsklassiker. Fransmannen Maupassant räknas till naturalismen med dess råa realism och desillusionerade perspektiv på mänskligt liv och relationer. Sålunda är också hans skräcknoveller fattiga på uppenbara övernaturligheter, men innehåller i Poes efterföljd desto mer sinnessjukdom, hallucinationer och tvångstankar. *Le Horla* (1887) är hans främsta skräckklassiker, hyllad av bl.a. H.P. Lovecraft i *Supernatural Horror in Literature*. Merparten av dessa noveller skrev Maupassant mot slutet av sitt liv när han börjat insjukna i syfilis och förstod vad som väntade honom. Efter ett självmordsförsök 1892 spärrades han in på mentalsjukhus och dog där följande år.

Visionen (orig. *Lui?* 1883) publicerades i *Åbo Tidning* 14-15/8 1884 översatt av "Ib".

Neruda, Jan (1834-91). Tjeckisk journalist, poet och författare, en av den tjeckiska realismens främsta klassiker. Nobelpristagaren Pablo Neruda (Neftalí Ricardo Reyes Basoalto) tog sin pseudonym efter Jan Neruda.

Vampyren publicerades i *Fredrikshamns Tidning* 24/6 1899 utan angiven översättare.

Nesbit, Edith (1858-1924). Engelska E. Nesbit är en av de verkligt stora klassikerna inom barn- och ungdomslitteratur. Att hon också var mycket skicklig som skräckförfattare uppmärksammades dock inte förrän 1983 av antologisten och skräckkännaren Hugh Lamb. På svenska finns samlingen *Edith Nesbits skräckhistorier* (1986) redigerad av Lamb.

Mörkrets makt (orig. *The Power of Darkness*) publicerades i bilagan till *Allers Familj-Journal* nr 46 1905 utan angiven översättare.

Nicolai, Gustav (1795-1868). Tysk författare och kompositör. Han är ihågkommen för sin musik, sina reseskildringar och humoristiska berättelser, men är numera helt bortglömd som skräckförfattare. Att detta är i högsta grad orättvist borde visas tydligt nog av de två novellerna som publiceras här. På svenska utgavs hans novellsamling *Nattmoln och ljusglimtar*, från vilken dessa två noveller kommer, och den humoristiska romanen *Kantorn i Fichtenhagen; eller, Den metamorfoserade potentaten* (flera upplagor 1833-71).

Dödgrävaren och *Cecilia Morrison* publicerades i *Nattmoln och ljusglimtar* (1864) utan angiven översättare.

N.N. Ja, vem är författaren till *En mumie?* Novellen publicerades som "en översättning från ryskan" i *Åbo Underrättelser* 16/1 1887, men den utspelar sig i Frankrike och har antagligen en fransk författare. Anonymiseringen och förvillandet kan ha varit ett sätt att försöka undvika copyrighttrubbel. Mer än så finns inte att säga, annat än att novellen är underbart kuslig och barock.

O'Brien, Fitz-James (1828-62). Irländare som emigrerade till Amerika och dog i inbördeskriget. Han skrev noveller i både E.T.A. Hoffmanns och Edgar Allan Poes efterföljd och är en minor classic med sin surrealistiska fantasi, som ofta gestaltas i tidiga science fiction-berättelser. Den här publicerade novellen (tyvärr en förkortad bearbetning) heter i original *What was it?* (1859) och inspirerade förmodligen Ambrose Bierce till *The Damned Thing* (1893), också den en klassiker om en osynlig varelse som kanske, kanske inte har en vetenskaplig förklaring. Aleph Bokförlag har tidigare utgivit O'Briens novell *The Diamond Lens* (1858) i antologierna *Det vita folket* och *Främmande folk och förtrollade skogar*.

Spöket på 26:e gatan publicerades i *Levande Livet* nr 36 1940 utan angiven översättare.

Pain, Barry (1864-1928). Engelsmannen Barry Pain var, i likhet med flera andra författare i denna antologi, journalist och humorist. Han bidrog flitigt till den satiriska tidskriften *Punch*. Idag är han mest ihågkommen för sina dels realistiska, dels skräckfyllda och övernaturliga noveller; på sin tid jämförde Robert Louis Stevenson hans novellistik med Maupassants.

Det gröna skenet (orig. *The Green Light*, 1901) publicerades i *Hufvudstadsbladet* 11/2 1903 utan angiven översättare.

Power, F.H. Knappt några uppgifter går att hitta om den okände författaren. *The Electric Vampire* publicerades i *London Magazine* 1910 och på svenska samma år i *Kotka Nyheter* 8-22/11 under signaturen "Pierre" och titeln *Den magnetiska vampyren* (översättare ej angiven). Den Andrew Crosse som refereras i novellen har existerat och han trodde sig verkligen ha alstrat liv på det sätt som beskrivs av Power. Timaios Press utgav 2014 Cornelia Crosses minnesbok över sin make, *Memoirs of Andrew Crosse, the Electrician*.

Richepin, Jean (1849-1926). Fransk poet, författare och dramatiker, en modernist inspirerad av Charles Baudelaire som fick sitt bakvända genombrott 1876, då han kastades i fängelse en kortare tid och bötfälldes för att ha sårat den allmänna moralen med en diktsamling. Han var god vän med Arthur Rimbaud och en självklar del av Paris litterära bohemkretsar. 1908 valdes han in i Franska akademien.

Hans fiende (orig. *L'ennemi*, 1900) publicerades i *Hufvudstadsbladet* 13/11 1900 utan angiven översättare.

Mördarens mästerstycke publicerades i *Svenska Familj-Vännen* nr 8-9, 1881-82 utan angiven översättare.

Kardinalens skäggstrå publicerades i *Östra Finland* 11/4 1908 utan angiven översättare.

Rodenbach, Georges (1855-98). Belgisk poet och författare, som i likhet med Richepin blev en självklar del i Paris bohemiska innekretsar. Hans håg stod åt dekadenternas symbolism och mystik, eller som *Nordisk Familjeboks* "uggleupplaga" formulerar det med en osökt koppling till novellen i denna antologi: "främst är han dock den självberusade, självbespeglande, svårmodige lyrikern, vilse i verklighetens värld, med en okuflig dragning till förgängelsens mysterium, till det bleknande, vissnande, multnande, döende, till allt, som sakta, men säkert förbrinner och förblöder. [...] hans mest betecknande symbol kan sägas vara spegeln, från metallskifvans och glasrutans reflexer till vattnet i alla dess former..."

Speglarnas vän publicerades i *Aftonposten* 9/11 1899 utan angiven översättare.

Sinkiewicz, Henryk (1846-1916). Polack som 1905 fick Nobelpriset i litteratur, författare till den klassiska romanen *Quo Vadis* (1896) och andra historiska epos som blev internationella bestsellers.

En dröm publicerades i *Tammerfors Tidning* 28/6 1894 utan angiven översättare.

Wallengren, Axel (1865-96) var en oerhört begåvad författare, som dog alltför ung i tuberkulos. Hans crazyhumoristiska texter under pseudonymen Falstaff Fakir tillhör Sveriges humorskatt och pekar fram mot 1900-talets Knäppupprevyer, Hasseåtage och Tage Danielssons författarskap. Hans noveller behandlar dock allvarligare ämnen och hör snarare hemma i sekelslutets dekadenta strömning, där hans närmaste själsfrände i svensk litteratur torde vara Ola Hansson. Liksom Hansson återkommer han gång på gång till skräckteman i dessa noveller, som förmodligen är inspirerade av Guy de Maupassant. Ytterligare ett exempel på Wallengrens skräcknovellistik publiceras inom kort av Aleph Bokförlag i del 2 av bokserien Svenska Sällsamheter.

Värd att nämna i övrigt är novellen *Ett svårskött pastorat* (enda humoristiska inslaget i den annars allvarligt syftande novellsamlingen *Mannen med två huvuden*, 1895), där en godsägare driver med sockenprästen genom att låta omvända sina underlydanden till asaläran, vilka dock tar sin nya tro på alltför stort allvar och bestämmer sig för att nyttja husbonden som ett människooffer. Novellen blev långfilm 1958 av och med Åke Ohlmarks och Sten Broman, där också Hasse Alfredsson debuterade som filmskådespelare.

Rösten är från *Nornan: Svensk kalender* 1897.

Wilkins-Freeman, Mary Eleanor (1852-1930). Amerikansk författare, känd för sina realistiska skildringar av New England – och som en amerikansk mästare på den viktorianska spökhistorien. Hon växte upp i en mycket strikt religiös familj och började skriva professionellt redan som tonåring för att stödja familjens ekonomi sedan fadern hade dött. 1926 blev hon den första mottagaren av det prestigefulla priset William Dean Howells Medal, som delas ut av American Academy of Arts and Letters.

Skuggorna på väggen (orig. *The Shadows on the Wall*, 1902) publicerades i *Hemmet* nr 16-20 1909 utan angiven översättare.

TIMAIOS PRESS

... utger tankeväckande och märkliga böcker för dig som är intresserad
av kuriosa, spekulationer, idé- och vetenskapshistoria. Förlaget
publicerar fakta och skönlitteratur för såväl fackmannen
som den intresserade lekmannen. Utgivningen är
på svenska och engelska.

www.timaiospress.com

Böcker av och om:
Epikuros — Lucretius — Atomism — Francis
Bacon — H.P. Lovecraft — Camille Flammarion — Diogenes
Laërtius — Emanuel Swedenborg — Erasmus Darwin —
E.T.A. Hoffmann — Platon — Andrew Crosse —
Och annat.

www.ingramcontent.com/pod-product-compliance
Lightning Source LLC
Chambersburg PA
CBHW020103310726

48970CB00002B/452